밀어

—
거울의
속삭임

2

밀어: 거울의 속삭임 2

ⓒ비연 2019

초판1쇄 인쇄	2019년 1월 17일
초판1쇄 발행	2019년 1월 22일

지은이	비연

펴낸이	박대일
편집	이문영 · 임유리 · 신지연 · 전보라
교정	김필균
마케팅	임유미
디자인	박현주
일러스트레이션	리마

펴낸곳	파란미디어
출판등록	2004년 9월 14일 제313-2004-00214호

주소	03992 서울시 마포구 동교로23길 14 국제빌딩 6층
전화	02.3141.5589 영업부 070.4616.2012 편집부
팩스	02.3141.5590
전자우편	paranbook@gmail.com
카페	http://cafe.naver.com/paranmedia
페이스북	http://www.facebook.com/paranbook

ISBN	978-89-6371-640-4(04810)
	978-89-6371-638-1(전2권)

밀
어

거울의
속삭임

2

비 연 장편소설

파란

차
례

1. 밤의 속삭임

"어머! 사모님. 잘 돌아오셨어요."

설아가 집으로 들어서자 영순은 뛸 듯이 좋아했다.

"비서들이나 제가 있다고 해도 주인이 있어야 일하는 사람들도 제대로 일할 수 있는 건데. 다들 몰라도 너무 몰라."

"공사는 많이 진행되었어요?"

"글쎄요. 일하는 사람들 말로는 많이 진행되었다고들 하는데, 나는 잘 모르겠어요. 일단 2층은 텅 비었어요. 가구는 모레쯤 들어온다고 하더라구요. 아, 2층 보시겠어요? 사모님 침실하고 이사님 침실이 붙어 있고, 사모님 서재 겸 개인 룸은 그 옆에 있던 빈방으로 정해 뒀어요."

"게스트 룸에 있던 내 짐들은 다 어디 있어요?"

"아, 그건 모두 일단 헬스 룸에 뒀어요. 나는 사모님 서재 대신 드레스 룸이 있는 게 좋을 것 같은데, 이사님이 극구 사모님 서재가 필요하다고 하셔서. 덕분에 드레스 룸은 저기 2층 끝이에요. 왔다 갔다 옷 입기 불편하실 것 같은데…….”

말끝을 얼버무리는 영순에게서 지금이라도 서재를 드레스 룸으로 바꾸는 게 좋겠다는 무언의 압박이 흘러나왔다. 그러나 설아는 가볍게 고개를 저었다.

“괜찮아요. 제가 이렇게 생겨도 책 읽는 걸 좋아하거든요.”

“하지만 드레스 룸이 멀면 그게 드레스 룸이에요? 가까이 있어야 옷을 갈아입기 좋죠.”

“괜찮아요.”

사실 침실 옆에 드레스 룸이 있는 것도 좋지만 서재가 있는 게 조금 더 마음에 들었다. 과거 하재와의 즐거웠던 시간을 다시 만날 수 있을 것 같아서 더 좋았다. 2층으로 올라가면서도 영순은 계속 투덜거렸다.

“그래도 드레스 룸이 가까워야지…….”

설아는 드레스 룸을 포기하지 못하는 영순이 안내하는 대로 이리저리 움직였다. 지금까지 설아가 사용하던 게스트 룸은 하재의 서재로 변했고, 2층에 있던 서재가 설아의 침실로 바뀌었다. 그러나 하재의 침실은 별 차이가 없었다. 침대와 책상만 덩그러니 있는 텅 빈 공간. 좁은 곳이 싫다던 하재의 말이 떠올랐다.

사실은 좁은 곳이 감옥을 떠올리게 해서 싫은 것일 것이다. 그리고 하재는 평생 좁은 곳을 싫어하겠지라는 생각을 하는 순간, 마음이 울적해졌다.

"지수 씨."

이름을 부르자, 설아와 영순이 집 안을 이리저리 돌아다니는 동안 주위에서 그림자처럼 맴돌던 지수가 재빨리 답했다.

"네."

"혹시 프로젝터를 구해 줄 수 있어요?"

"프로젝터요?"

"네. 이사님 서재의 한쪽 벽면을 비워 주세요. 책을 넣지 말고 벽지는 하얀색으로. 그 앞에 프로젝터를 설치해서 영화를 볼 수 있게요."

"아……. 네, 네."

지수는 설아의 말을 빠르게 이해하고는 수첩에 적었다.

"또 영화 DVD를 구입해 주세요. 할리우드 고전물부터 아시아권 영화까지. 아니, 내가 지금 목록을 적어서 줄게요."

지수에게 영화 목록을 적어서 준 뒤, 이것저것 살피면서 집수리를 하는 사람들에게 지시를 하고 나니 시간이 훌쩍 지났다.

영순이 퇴근한 뒤, 집수리 때문에 어수선한 주방에서 음식을 챙겨 먹던 설아는 현관문이 열리는 소리에 고개를 들었다.

"무슨 일이야?"

막 거실로 들어서는 하재가 보였다. 호텔이 아니라 집에 있는 설아에 대해서 당황해하는 눈치였다. 일단 승기는 잡은 셈인가?

"무슨 일이냐니? 집안일을 하고 있는 중이야."

"호텔에 머무르라고 했잖아."

"그래. 그랬었지. 그런데 집주인이 없는데 집수리가 잘될 리가 없잖아. 내가 살 공간이니까, 당연히 내가 관리 감독해야지. 그런데 제주도는?"

제주도라는 말에 하재가 머뭇거렸다. 여기서 더 캐려면 캘수 있겠지만 이쯤에서 멈추는 것이 나을 것이다. 먹은 그릇들을 싱크대 안으로 넣은 설아는 아무렇지도 않은 척 이야기를 넘겼다.

"급한 줄 알았는데 안 가도 되는 일이었나 보네. 참, 서재에는 프로젝터를 설치할 예정이야. 그래서 벽면을 하얀색으로 했어. 또 내 침실에는 포인트 벽지를 쓰기로 했어. 네 침실에도 그 벽지를 쓸까 하다가 참았어. 취향이라는 게 있을 테니까."

"어떤 벽지인데?"

"보러 갈래?"

설아의 제안에 하재는 천천히 넥타이의 매듭을 검지로 슬쩍 내렸다. 습윤한 눈으로 잠시 주위를 둘러보던 하재는 고개를 끄덕였다.

설아의 방에 붙인 포인트 벽지는 벚꽃이 흩날리는 디자인이었다.

"예쁘네."

"그렇지? 인테리어 하는 사람은 촌스럽다고, 한물간 유행이라고 반대했지만 나는 이게 좋더라. 밤에 자다가 바람에 휘날리는 벚꽃들을 보면 기분이 좋을 거 같아서. 진짜가 아니더라도."

"정원에 벚꽃을 심을까?"

"정원에?"

"어차피 아직 나무를 심을 곳은 많으니까."

"봄에 벚꽃이 활짝 피면 예쁘겠다."

하재는 정원을 바라보며 존재하지 않는 벚꽃을 상상하는 설아를 바라보고는 미소를 지었다.

"벚꽃 외에 또 심고 싶은 나무 있어?"

"이팝나무."

"이팝나무?"

이팝나무를 처음 들은 하재는 고개를 갸웃거렸다.

"굉장히 예뻐. 하얀 꽃이 초록 나뭇잎 위로 나는데, 멀리서 보면 케이크 같아. 그리고 향기도 엄청나게 좋아서 한 그루만 있어도 주위가 향긋해. 경주에 많거든."

실수했다. 경주라는 말이 입에서 나오는 순간 실수를 깨달았다. 경주는 아버지를 떠올리게 한다. 말실수를 깨달은 설아의 표정이 변하자 하재의 입에 서려 있던 미소가 사라졌다.

"그런 나무가 있는 줄 몰랐는데 나중에 비서실에 말해서 묘목을 알아보라고 할게. 그럼 나는 씻으러."

하재가 방을 나간 후 홀로 남은 설아는 넓은 창문을 통해서 어두운 밤하늘을 바라봤다. 별이 보이지 않는다. 그래도 경주의 밤하늘에서는 간간이 별이 보였는데 서울은 아예 아무것도 보이지 않았다.

한참 동안 밤하늘을 바라보던 설아는 결정을 내린 뒤, 하재의 방을 노크했다. 잠시 후 들어오라는 목소리가 들렸다. 막 씻고 나온 하재는 머리카락의 물기를 털고 있었다.

"무슨 일이야?"

물기를 닦고 있는 하재의 손가락, 타월 사이로 목선이 보였다. 하재가 움직일 때마다 금욕적인 섹시함이 느껴졌다. 기분이 묘하다. 10여 년 전의 하재와 지금의 하재가 너무나 달라져서 당혹스럽다.

사실 가장 어색한 부분은 이런 것이다. 자신이 하재를 남자로 느끼고 있다는 점.

첫사랑이 누구냐고 묻는다면 그건 하재다. 그럼에도 불구하고 지금까지 하재는 남자가 아닌 하나의 인간일 뿐이었다.

"왜?"

이제야 어제 사무실에서 왜 숨이 막혔는지 이해 간다.

머리로는 제하가 하재라는 것을 알고 있다. 아버지가 잘못했으니 자신이 속죄해야 한다는 것도 알고 있다. 하지만 마음까지 그 사실을 따라가지는 못하고 있다.

버겁다. 자신에게 냉담한 하재도, 오랫동안 그리워했던 하재가 남자가 되었다는 사실도.

동시에 자신이 여자라는 사실도.

"무슨 일이야?"

"……."

"설아?"

하재가 한 발 다가왔다. 하얀 목욕 가운 사이로 하재의 가슴이 보였다. 자신이 하재의 몸을 보고 있다는 사실을 인지하자 갑자기 얼굴이 확 달아올랐다. 그 모습을 보던 하재는 웃으면서 샤워 가운의 허리띠를 조금 더 강하게 묶었다.

"매번 이럴 예정이라면."

"……."

"미리 말이라도 해 줘. 그래야 나도 네가 얼굴을 붉히고 있는 동안 다른 행동을 할 수 있을 테니까."

"알겠어."

숨을 들이마신 설아는 하재를 향해서 웃었다.

"하재야. 갤러리 구경을 하고 싶어."

"지금?"

갑작스러운 설아의 요구에 하재는 정원을 바라봤다. 잠시 고민하던 하재는 고개를 끄덕였다.

"알겠어. 잠시만 기다려. 옷 입고 나갈 테니까."

편한 옷으로 갈아입은 하재가 내려왔다. 그동안 1층 현관에서 기다리고 있던 설아는 불이 꺼져 있는 갤러리를 바라봤다. 열기를 머금은 여름의 밤공기가 물씬 다가왔다. 정원의 잔디들이 내뿜는 청량한 초록의 향을 맡으면서 다가간 갤러리는 전과는 사뭇 다른 느낌이었다.

불을 켜자 갤러리 안의 그림들이 한눈에 보였다.

전체적으로 갤러리는 2층에 있는 〈백설 공주를 위하여〉를 중심으로 그림들이 걸려 있는 모양새였다. 2층으로 올라간 설아는 〈백설 공주를 위하여〉를 바라봤다. 여전히 강렬한 그림이다. 모호한 얼굴의 백설 공주와 피로 얼룩진 새하얀 눈밭. 붉은 심장을 들고 있는 공주의 얼굴은 하재와 닮아 있었다. 어릴 때는 예성과 하재가 하나도 닮지 않았다고 생각했는데, 이제 보니 두 사람은 모자 지간답게 여기저기 꽤 많이 닮았다.

"이 그림이 보고 싶었던 거야?"

"응."

"이 밤에? 갑자기?"

"그래. 이 밤에, 갑자기 보고 싶어졌어."

하재의 말을 따라 하면서 설아는 미소를 지었다. 자신의 옆모습을 하재가 바라보고 있다는 것을 모른 채, 설아는 그림을 뚫어져라 바라봤다.

"아름다운 그림이야. 사랑스럽고 포근하고. 그런데 오랫동안 보고 있으면…… 이상하게도 기분이 나빠져."

"……."

"미안해. 네 아버지의 작품인 건 알지만 그런 느낌을 떨칠 수가 없어. 이상하지? 이토록 아름답고 사랑스러운데. 아무래도 나는 이 그림을 좋아하긴 힘들 것 같아."

"이제는 나도 그리 좋아하지는 않아."

"왜? 어릴 때는 이 그림을 굉장히 좋아했었잖아."

"그때는 그랬지. 그런데…… 지금은 생각이 달라졌어."

하재가 한 발 곁으로 다가왔다. 싸한 샤워코롱 냄새가 코끝을 스친다.

"그리고 어쩌면 이건 모작이 아니라 진품이라서 네가 더욱 강렬한 느낌을 받았을 수도 있어."

"진품?"

"전에 말했었잖아. 이 그림에 대한 소유권은 친혈육만 가지도록 정해져 있다고. 고모하고 나. 걸려 있는 다른 그림들도 고모가 소유하고 있었는데 유산으로 물려받게 되었어."

"고모가 돌아가셨구나."

다른 그림들도 모두 하재 아버지의 그림들이라고는 생각하지 못했다. 그만큼이나 〈백설 공주를 위하여〉는 갤러리 안의 다른 그림들과 판이하게 다른 이질감을 주었다. 설아는 갤러리에 걸려 있는 다른 그림들을 찬찬히 바라봤다. 〈백설 공주를 위하여〉 외에 예성을 모델로 그린 그림은 없었다. 아마도 하재의 아버지는 다른 모델들에 대해서는 예성에게서 받은 감정을 느끼지 못한 것 같았다.

〈백설 공주를 위하여〉는 사람이 타인을 사랑하는 일이 얼마나 무서운지 여실히 드러내고 있었다. 그림이나 예술에 대해서 조예가 깊은 것은 아니지만, 사람이 사람을 사랑함에 있어서 이토록 파괴적인 느낌을 주는 작품을 본 적이 없다.

백설 공주는 아름답고 사랑스럽다. 모두가 백설 공주를 숭배하고 있다. 그럼에도 불구하고 그 사랑이 백설 공주를 두렵게 만들었다. 자신의 모든 것을 다 바쳐서 상대방을 사랑한다는 건, 너무나 무겁고 잔혹한 일이라는 것을 그림이 보여 주고 있는 듯했다. 그림을 바라보던 설아는 천천히 고개를 돌렸다.

자신을 바라보고 있는 하재가 보인다. 검고 깊은 눈동자를 가진 하재.

예전에는 시선의 높이가 같았지만 이제는 꽤 고개를 올려야 마주할 수 있게 되었다. 그동안 그들 사이에 흐른 시간의 깊이가 느껴졌다. 친구였던 하재는 남자가 되었고 자신은 여자가 되었다. 이 당연한 사실이 이제야 현실로 다가온다.

두 사람 사이에서 먼저 시선을 돌린 쪽은 하재였다. 설아는 자연스레 시선을 옆으로 슬쩍 돌리는 하재에게 질문을 던졌다.

"하재야. 물어볼 게 있어."

"뭔데?"

"우리, 부부 맞는 거지?"

"서류 제출했잖아."

"그런 서류 말고. 정식으로 부부가 맞는 거야?"

설아의 말에 하재가 몸을 돌렸다. 설아와 시선을 마주한 채, 하재는 조금 차가운 목소리로 물었다.

"왜? 부부가 아니었으면 해?"

"아니. 그런 거 아냐."

설아는 다시 한번 더 똑똑히 말했다.

"나는 결혼에 대해서는 만족해. 다만 네가 누구인지 잘 몰라서 당황스러워."

"난 서하재야."

"아니."

설아는 고개를 저었다.

"너는 자신을 서하재라고 말하지만 내 눈에는 민제하로도 서하재로도 안 보여."

"그럼 누구라고 생각해?"

"민제하도, 서하재도 아닌 제3의 사람. 낯선 사람. 그래서 깜짝깜짝 놀라게 돼. 나는 과거의 하재를 기억하고 있는데, 너는 전혀 다른 모습이니까. 네가 무섭다거나 싫어서 놀라는 게 아냐. 그냥 내 기억 속의 하재가 아니라서……. 나는 그게 너무 어색하고 이상해. 그러니까 네가 참아. 생각해 봐. 당연한 일이잖아. 내 기억 속의 하재는 네가 아닌걸."

그러니까 네가 참아 줘, 하재야. 네가 기다려 줘. 내가 적응할 때까지. 나에게 어리광을 부릴 틈을 줘.

하재는 참아 달라는 설아를 바라보면서 고개를 살짝 갸웃거렸다.

"혹시 무슨 일 있었어?"

"왜?"

"그냥. 뭔가 좀 달라진 거 같아서."

"난 원래부터 이랬어."

설아가 하재 쪽으로 한 발 다가섰다. 거리를 좁힐수록 하재의 눈동자가 흔들리는 것이 느껴졌다.

"어릴 때도 나는 늘 응석만 부리고, 너는 그런 나를 살펴 줬잖아. 너는 항상 어른스러웠고 나는 실수투성이였지."

"그렇게……."

조금 쉰 하재의 목소리가 입 밖으로 나지막이 흘러나왔다.

"네가 엉망이었던 건 아니었어. 그때는 우리 둘 다 어렸잖

아. 사실 이것저것 따지고 보면 내가 더 엉망이었을 거야."

"아니. 너는 나보다 훨씬 어른스러웠어. 다만 식욕을 억제하는 걸 힘들어했지."

식탐을 누르지 못해서 힘들어했던 과거를 떠올린 하재가 피식 웃었다. 환하고 시원한 웃음을 지은 채로 하재는 고개를 끄덕였다.

"알았어. 나는 과거의 나와 지금의 나를 구분할 수 있지만 너는 아닐 수도 있겠지."

"이해해 줘서 고마워. 그리고 물어볼 게 있어."

"결혼에 대해서라면……."

"아니. 궁금한 건 그게 아냐."

하재의 시선과 마주한 채, 설아는 천천히, 그러나 그 어느 때보다 힘 있는 목소리로 물었다.

"어디서부터 어디까지 계획된 일이었던 거야? 내가 오현종과 만나는 것부터 너와 관련되어 있었던 거야?"

"오현종부터라니?"

"아니라고 생각하지만 확실히 알고 싶어. 오현종의 일을 네가 계획했던 거야? 그리고 이보미도?"

"이보미?"

보미의 이름을 들은 하재는 금시초문이라는 듯, 눈썹을 살짝 찡그렸다.

"그 이름이 왜 나오는지 모르겠는데."

"아냐. 보미는 상관없는가 보다."

"오현종도 상관없어."

"……."

"네가 클럽에 온 건 어디까지나 우연이었어. 또 오현종이 약을 쓴 것도 우연이었어. 약을 쓰자마자 개입하긴 했지만……. 그놈이 약을 쓸지는 나도 알 수 없는 일이었어."

"그럼 그때 나를 처음 본 거야?"

연이은 질문에 하재는 조금 주춤거렸다.

"아니."

"……."

"가끔 보러 갔었어. 어떻게 사는지 궁금했었거든."

"어떻게 보였어?"

"잘살고 있는 것처럼 보였어."

"미웠겠구나. 내가 증언했다고 알고 있었을 테니까."

"그래. 유쾌하진 않았지. 하지만 너도 행복해 보이지는 않았어."

하재는 〈백설 공주를 위하여〉 쪽으로 고개를 돌렸다.

"아까 이 그림이 기분 나쁘다고 말했었지? 당연할지도 몰라. 이건 아버지가 광기에 휩싸여서 그린 그림이거든."

"광기?"

"어머니가 나를 왜 싫어하는지 말한 적 없었지?"

"……."

"지금까지 아무에게도 말한 적 없어. 특히 너에게는 더 말하기 싫었어."

"왜?"

"나는, 내가 질투에 미쳐서 죽은 아버지의 아들이라는 게 너무 싫었거든. 간단히 말하자면 아버지는 보잘것없는 양아치였고 어머니는 부동산 재벌 집 딸이었어. 첫 만남에서 반한 두 사람은 외가의 반대를 무릅쓰고 결혼했지만 이후의 삶은 순탄치 않았어. 아버지는 늘 어머니를 의심했고 외가를 미워하느라 정신없었다고 들었어. 화가로서 인정받고 그림이 비싼 값에 팔려 나가는 그 순간조차 아버지는 어머니에 대한 감정 때문에…… 미쳐 갔던 거야. 그래서 나는 이 그림이 사랑스럽고 아름다운 만큼이나 거북하다고 생각해."

하재가 어머니인 예성과 아버지인 준수에 대한 이야기를 하는 동안, 설아는 의외라는 생각을 했다. 하재의 아버지인 준수에 대해서는 아는 게 거의 없다. 그냥 유명한 화가이고 죽었다는 사실밖에. 하지만 예성의 행동이나 태도로 미뤄 봐서 두 사람 사이에서 상대방에게 더 매달렸던 사람은 예성이라고 막연히 생각했었다. 집착했던 남편에게 사랑받지 못했기 때문에 아들인 하재를 미워하는 게 아닌가라는 추측을 했었다. 그런데 전혀 반대일 줄이야.

"아버지는 어머니를 지나치게 사랑했어. 세상이 사라져 가는 순간에조차 그림 속의 백설 공주는 아름답잖아."

하재의 말을 듣고 보니 확실히 그런 느낌이 물씬 풍겼다. 사랑받는 것이 당연한 아름다운 백설 공주. 광기에 사로잡힌 하재의 아버지 눈에는 예성이 저리 보였을까?

"나도 그렇게 될지 몰라. 아버지의 아들이니까."

"너는……."

하재 쪽으로 한 발 다가간 설아는 조심스레 바싹 메마른 하재의 손을 조심스럽게 쥐었다.

"그렇게 되지 않아."

"어떻게 확신해?"

"너는 그렇게 되지 않을 거니까."

아니, 설아. 너는 몰라. 내가 너를 볼 때마다 어떤 마음이었는지.

〈샤이닝〉을 볼 때 너는, 나도 무서워서 떠는 줄 알고 있었겠지만 아냐. 나는 너에게 사로잡혀 있었어. 네가 움직일 때마다 들뜨는 마음에 미칠 것 같고 커져 가는 육체의 욕망이 부끄러웠어. 어떻게 하면 너를 내 옆에 조금이라도 더 머무르게 할 수 있을까만 생각했었어. 너는 내가 어떻게 변할 수 있는지 모르기 때문에 아니라고 말할 수 있는 거야.

"만일 자식이 모두 부모를 닮는다면. 나는 바람을 피워야 할 거고, 또 폭력적인 사람이 되어야 하는 거잖아. 내 부모가 그런 사람들이니까. 그렇게 되는 건 정말 싫다. 그러니까 아닌 걸로 하자."

"……알았어. 그런데 이제 그림 구경과 할 말은 다 한 셈이야?"

"아니. 오현종과 보미 일도 물어보고 싶었지만 사실은 다른 걸 말하고 싶었어."

"다른?"

설아는 의아해하는 하재를 바라봤다. 결혼하는 순간부터 지금까지 계속 속으로만 생각했던 말. 하루에도 몇 번이나 고치고 다듬었던 말이다. 침을 꿀꺽 삼킨 설아는 최대한 평온한 어조로 말했다.

"바람은 안 돼."

"뭐?"

"바람. 그건 절대로 받아들일 수 없어."

"……그게 무슨 말이야?"

"지아영을 말하는 중이야."

아영의 이름을 꺼내자 하재의 얼굴에 웃음기가 서렸다. 조금 토라진 것 같은 설아의 말투에 하재는 피식 웃었다.

"설마 신경 쓰였어?"

"응. 아주 많이 신경 쓰였어. 그러니까 웃지 마."

설아의 단호한 말에 하재는 웃음기를 거뒀다.

"나는 그 여자가 싫어. 제멋대로에 건방지고 무례해. 내가 있는 자리에서 너에게 추근거리는 것도 싫어. 정말 싫어."

"……"

"너는 이 결혼을 어떻게 생각하는지 몰라도 나는 진짜라고 생각해. 나는 네 아내고, 너는 내 남편이야. 그러니까 할 수 있는 한 최대한 노력해 볼 거야. 다시 말해서 지아영, 정리해. 전에는 우리 관계가 거짓이었으니까 참아 줄 수 있었지만 이제는 달라. 난 못 참아."

"알겠어."

하재가 너무 순순히 승낙을 해서 조금 당황스러울 정도다. 아영과 꽤 깊은 관계까지 갔었다는 느낌이 들었는데, 아영을 아무런 상관없는 사람처럼 대하고 있다. 하재는 웃으면서 한 발 다가왔다.

"그럼 이제 하고 싶은 말은 다 한 거야?"

"아니."

"오늘따라 왜 이렇게 할 말이 많아?"

"원래부터 할 말은 많았어. 다만 말할 기회를 찾지 못했을 뿐이야."

하재는 한 발 더 다가왔다. 설아의 바로 앞에 선 하재는 웃으면서 물었다.

"날을 잡은 것 같으니 모두 말해 봐."

"어디까지 갈 생각이야?"

"……응?"

"네가 어디까지 가려는 건지는 모르겠지만 나도 같이 갈 거야. 네 말대로 누군가는 대가를 치러야 하고, 치르는 건 내 몫이니까. 불만 없어. 그러니까 말해 줘. 네가 하려는 일이 정확히 뭐야?"

지금까지 줄곧 웃고 있던 하재의 얼굴이 굳어졌다.

"그날 밤 무슨 일이 일어났었는지부터 말해 줘. 나는 아버지에게 머리카락이 잘리고 학교에서 너와 만났던 것까지는 기억해. 네가…… 그러니까 네가…… 실수로 나에게 입을 맞추고…… 교실을 나갔던 것까지는 기억이 나. 그러나 그 이외에는 죄다 블랙아웃이야. 다시 깨어났을 때는 병원이었어. 말해 줘. 무슨 일이 있었던 거야? 왜 네가 범인으로 지목된 거야?"

그동안 물어보지 못하고 꾹 참았던 의문점들을 설아가 속사포처럼 쏟아내는 동안 하재는 팔짱을 낀 채 가만히 듣기만 했다. 말없이 듣기만 하던 하재가 한 발 다가왔다.

"아니었어."

"응? 뭐가?"

팔짱을 낀 채로 하재가 몸을 숙였다. 설아의 얼굴까지 몸을 숙인 하재가 귓가에 속삭였다.

"실수."

"……."

실수라는 목소리와 함께 가까이 다가온 하재의 숨결이 귀와 목을 스쳤다.

"그 키스는 실수가 아니었어."

따뜻한 하재의 숨결이 목덜미에 닿자 얼굴이 확 붉어졌다. 몽글몽글하면서도 짜릿한 감각이 등줄기를 스쳤다.

"그건 서하재가 죽을힘을 다해서 낸 용기였어."

"죽을……힘을."

설아는 두 눈을 깜빡이면서 어색하게 웃었다. 붉어진 뺨을 숨기기 위해서 고개를 살짝 옆으로 돌렸다. 그러고는 떨리는 목소리로 말을 이었다.

"다할 필요는 없었을 텐데……."

자신을 피하는 설아를 본 하재는 천천히 몸을 일으켰다. 그리고 한 발 뒤로 물러난 하재는 〈백설 공주를 위하여〉쪽으로 고개를 돌렸다.

한참 동안 말없이 그림을 보던 하재가 천천히 입을 열었다.

"어릴 때, 변호사가 이 그림의 모작을 주면서 굉장히 많은 규칙을 말해 줬어. 그런데 나는 그림과 변호사의 말에 집중할 수 없었어. 어머니가 화내고 있었거든. 그런 모습은 단 한 번도 본 적이 없었어. 고운 얼굴을 일그러뜨린 채 온몸을 바들바들 떨고 있었어. 그러고는 무시무시한 눈으로 나를 쏘아봤어. 마치 어머니가 가진 것 중에서 가장 귀하고 값진 것을 내가 훔치기라도 한 것 같은 눈으로. 그때 알아차려야 했어."

"……."

"어머니는 나를 한 번도 사랑한 적 없었다는 걸. 그리고 동시에 평생 나를 증오할 것이라는 걸. 하지만 그때는 그림을 고이 잘 간직하고 있으면 어머니가 언젠가는 나를 안아 줄 거라고 생각했지. 어머니란 그런 존재니까. 열 달 동안 자신의 몸에 품고 있던 존재를 미워하는 사람은 단 한 명도 없을 테니까. 모성애란 위대한 거니까."

하재는 그림 속의 백설 공주, 현실에서 그의 어머니인 예성을 바라봤다.

"나중에 공부하면서 알았어. 모성애는 분명히 위대하지만 지나칠 정도로 각색되어 있다는 걸. 내 어머니는 나를 증오하고 미워해. 그래서 이 그림을 주지 않는다는 이유로 나를 지옥으로 밀어 넣은 거야."

예성. 하재의 아름다운 어머니.

설아도 그림 쪽으로 고개를 돌렸다. 예성은 이 그림을 가지기 위해서 하재에게 잔혹하게 굴었다. 모르겠다. 자신이라면, 자신에게 집착했던 남편의 그림을 가지고 싶어 하지 않을 것이다. 준수의 집착이 모두를 불행하게 만들었는데도 예성은 남편의 그림에 병적으로 집착하고 있다. 아들을 외면한 채 오직 그림만을 원하는 예성이 이해 가지 않는다. 하긴 그렇게 따지면 이 일에 연관된 사람 중에서 이해되는 사람이 한 명이라도 있는 걸까?

"내가 바라는 게 뭐냐고? 그건 내 어머니, 지 의원, 이 일에 관련된 사람들에게 최대한의 고통을 맛보게 하는 거야. 그게 바로 내가 원하는 전부야."

기대했었다. 혹시라도 너는 괜찮아, 너는 그 사람들과 다른 취급을 해 줄게, 너만은 용서해 줄게라고 말해 주지 않을까 하고. 자신이 알고 있는 하재라면 그렇게 말해 줄 거라고 믿었다.

다시 한번 더 뼈저리게 느끼게 된다.

눈앞에 있는 하재는 자신이 알았던 예전의 하재가 아니라는 것을.

설아는 두 눈을 질끈 감았다가 떴다.

하지만 괜찮아. 이제부터 내 인생은 생각하지 않을게. 어떤 식으로든 속죄는 불가능하겠지만 너를 위해서 남은 인생을 바칠게. 네가 나에게 했던 것처럼.

"알겠어. 그럼 내가 뭘 해야 해?"

"네가 해야 할 것은 지 의원 가족들을 건드리는 거야."

"건드려?"

"지아영을 맡아 줘. 그 여자의 성질을 있는 대로 긁어. 그럼 아영은 점점 더 제멋대로 굴 거고, 결국 제민은 그런 아영을 감당하지 못해서 헤어질 거야."

"제민을……."

"싫어해. 하지만 그 녀석은 의부의 친손자야. 그러니 돌봐 줘야지. 의부께서는 제민이 어떻게 되어도 상관없다면서 의연하시지만 그렇다고 속까지 편한 건 아니실 테니까. 아영 같은 여자를 제민의 곁에 붙여 둘 수 없어. 적당한 때에 끊어 내야 해. 그렇게 하려면 내가 아영에게 관심이 없다는 걸 확실히 해 둘 필요가 있어."

"애초에 왜 아영과 사귀었던 거야?"

물어보면서도 혹시나 아영을 좋아했으니까라는 답이 나올까 봐 걱정했다. 그러나 하재의 대답은 뜻밖이었다.

"필요했으니까."

"……."

"그 여자는 내 계획에 있어서 꼭 필요한 존재였어. 사귀는 동안 최선을 다했지만 결국 그 여자가 택한 상대는 제민이었지."

순간 가슴 한구석이 지끈거렸다. 이렇게 담담하게 하재에게서 옛 여자에 대한 이야기를 듣고 싶지 않았다. 게다가 최선을 다했다는 말을 듣는 순간, 기분이 상했다. 표정이 변한 설아는 그림 쪽으로 고개를 돌렸다.

　최선을 다해서 사귀었다? 하재가 말한 최선이라는 단어가 가리키는 뜻이 궁금해졌다. 어디까지였을까? 하재가 말하는 최선은.

　"앞으로는 그런 일 없을 거야. 이제 그 여자가 필요 없으니까."

　"앞으로 없다는 게 위로라면 위로네."

　잔뜩 날이 선 목소리라는 걸, 말하는 순간 알아차렸다. 틀림없이 하재도 지금 자신의 감정을 눈치챘을 것이다. 턱을 조금 치켜든 설아는 말을 이었다.

　"일단 내가 할 건 아영의 성질을 긁으라는 거지? 그런데 한 가지 물어봐도 돼?"

　"묻지 마. 너무 많이 궁금해하지 마. 이 일에 관련된 사람들 중에서 특히 지 의원은 쉽게 볼 상대가 아냐. 그자는 속에 능구렁이 백 마리는 들어가 있는 요물이야. 네가 많이 알면 알수록 그 인간은 나를 경계하게 될 거야. 너는 얼굴에 티가 나거든."

　"그렇게 많이 나지는 않아."

　"아니. 거의 대놓고 드러나."

　철벽을 치는 하재에게 더 이상 지 의원에 대해서 물을 수가 없었다. 하지만 이대로 물러날 수 없었기에 설아는 생각나는 질문을 마구 던졌다.

　"알겠어. 지 의원에 대해서는 묻지 않을게. 하지만 다른 건 물어봐도 되지?"

　"뭔데?"

"좋았니?"

"뭐가?"

"아영과 사귀는 거. 그 여자하고 좋았어?"

질문을 받은 하재의 얼굴이 붉게 달아올랐다. 설아도 놀랐다. 자신이 이런 질문을 던질 줄 몰랐다. 동시에 하재가 이토록 당황해할 줄도 몰랐다. 잠시 후 원래의 피부색으로 돌아온 하재는 가볍게 고개를 저었다.

"이런 질문을 받을 줄은 몰랐는데."

설아는 가볍게 헛기침을 하는 하재를 바라보면서 입술을 달싹였다. 아영과의 만남에 관한 내용을 물어볼 생각은 없었지만 이미 뱉은 말이니 주워 담을 수도 없다. 게다가 질문을 던지는 순간부터 굉장히 궁금해지기 시작했다. 필요로 만났던 관계에서의 만남이 좋았을까? 아니면 별로였을까?

난감해하면서 손가락으로 입술을 천천히 어루만지는 하재를 보고 있자니, 서서히 화가 나기 시작했다. 이럴 때는 아영과의 시간이 끔찍할 정도로 싫었다고 말하는 게 정답이다. 머뭇거리는 하재가 섭섭했다.

"됐어. 말하지 마. 네 침묵이 모든 걸 말해 주니까."

"꼭 그래서 말하지 못했던 건 아냐."

"괜찮아. 굳이 변명할 필요 없어. 어느 쪽이나 기분 나쁠 것 같으니까. 좋았다고 해도 기분 나쁘고, 별로였다고 말하면 거짓말을 하는 거 같아서 더 짜증 나."

설아는 몸을 빙글 돌렸다.

"이제 그만 돌아가자."

하재의 태도에 기분이 상했지만 질투하는 것으로 보이고 싶지 않다. 그래서 최대한 자연스러운 자세로 계단을 내려가려고 하는데 그만 발을 헛디뎠다.

"앗!"

계단을 헛디딘 설아는 짧은 비명 소리와 함께 앞으로 미끄러졌다.

"조심해!"

뒤따라오던 하재가 재빨리 붙잡았다. 만일 하재가 붙잡지 않았다면 그대로 나뒹굴었을 것이다. 하재의 품에 안긴 채, 설아는 아래를 내려다봤다. 꽤 높은 계단이다. 크게 다쳤을지도 모른다. 뒤에 있는 하재의 다급한 숨소리가 들렸다.

"괜찮아?"

"아…… 응……."

"왜 그렇게 급히 간 거야?"

"그게……."

네가 아영과의 일을 제대로 말하지 않으니까 기분이 상해서라고 답하고 싶다. 그러나 하재의 품에 안긴 채, 하재의 검은 두 눈을 바라보면서 그 말을 할 수는 없었다. 온몸을 감싸고 있는 남자의 탄탄한 육체를 인지하자 얼굴이 붉어졌다.

"그거."

머리 위에서 하재의 목소리가 들렸다.

"응?"

"아까 그 질문."

목소리가 점점 아래로 내려왔다.

간질간질. 숨결이 귀와 목을 스치면서 내려온다. 조금 쉰 목소리가 들렸다.

"조금 다른 대답이 될 것 같기도 한데……."

숨결인가 싶었는데 어느새 하재의 입술이 귓불을 살짝 깨물었다. 짜릿하면서 욱신거리는 통증이 몸을 스친다. 설아의 육체가 반응하며 뒤로 움직이려 하자 하재는 허리를 단단히 감싸 안았다.

"상대와 상관없이…… 나는 꽤 잘하는 편이라고 생각해."

부드러운 입술이 목선을 따라 내려온다. 약간의 틈도 주지 않은 채, 하재는 설아의 육체를 제압했다. 목의 옆선에 입술이 닿자 찌릿한 전기가 하복부에서 피어올랐다. 점점 등이 뒤로 젖혀지고 몸에서 힘이 빠져 갔다. 설아의 육체가 의지할 곳은 그녀의 몸을 감싸고 있는 하재뿐이다.

숨을 크게 들이마신 설아는 마주하고 있는 하재의 눈을 바라봤다.

처음 보는 눈, 남자가 여자를 탐내는 눈. 심장이 떨려 왔다.

안전한 곳에 설아를 놓아 준 하재는 느릿느릿, 지나치게 느려서 마음을 찌릿하게 뛰게 만드는 몸놀림으로 설아의 손을 붙잡았다.

그러고는 손바닥에 입을 맞췄다. 설아에게서 시선을 떼지 않은 채.

하재의 검은 눈동자에 피어오르는 붉은 열망이 보였다. 남자의 시선과 마주한 설아는 입술을 살짝 깨물었다.

하재의 입술이 손목을 타고 점점 위로 올라온다. 간질간질, 묘한 감각이 손목에서부터 시작해 팔을 타고 올라왔다. 사람을 그대로 잡아먹을 듯한 눈동자가 최면을 거는 것 같다. 숨소리가 깊어지면서 하재의 눈에서 시선을 돌릴 수가 없다.

"침대로 가자."

잔뜩 쉰 목소리가 귓가에 들렸다. 뭐라고 말하고 싶은데 아무 말도 하지 못하겠다. 목덜미에 하재의 숨결이 닿을 때마다 하복부에서 피어난 열기가 온몸으로 짜릿하게 흘러간다. 뜨거운 안개가 몸을 감싸는 것 같다. 숨을 들이마시던 설아의 고개가 점점 뒤로 넘어갔다. 다시 한번 더 하재가 속삭인다. 침대로 가자고.

"그래……."

흐릿하면서도 불분명하지만 동의의 목소리가 설아의 입에서 흘러나오자 허리를 쥐고 있던 하재의 손에 힘이 들어갔다. 허리를 붙잡고 있는 하재의 손이 아래로 내려갔다. 음란하게 움직이는 손짓에 아무 말도 할 수 없었다. 하재의 육체에 몸을 기댄 채, 뜨거운 숨만 다급히 토해 낼 뿐이다. 그러나 하재는 성급하지 않았다. 여전히 설아의 몸을 껴안은 채로 귓가에서 한번 더 속삭였다.

"네가 택한 거다."

"알아."

들뜬 목소리가 간신히 흘러나왔다. 설아의 입에서 안다는 말이 나오자 하재는 손에 힘을 줬다. 설아의 허리를 안아서 번쩍 든 뒤에 하재는 계단을 올라갔다. 갤러리에서 하재가 지내던 방으로 들어선 두 사람 사이에 누가 먼저라고 할 것 없이 짙은 키스가 이어졌다.

허리를 붙잡고 있는 하재의 손이 아래로 내려갔다.

입고 있던 티셔츠가 말려 올라가고 그 자리를 남자의 뜨거운 손길이 대신했다. 가슴이 터질 것 같다. 숨을 쉴 수가 없다. 그러나 지금의 숨 막힘은 과거와는 달랐다.

지금의 갑갑함은 앞으로 다가올 일에 대한 두려움과 흥분, 쾌락에 대한 기대다.

남자의 육체가 가하는 무게감이 점점 짙어졌다. 부드럽게 시작된 손길은 점점 농밀해져 갔다. 부드럽고 매끄러운 피부를 어루만지는 사내의 손길이 거칠면서도 달콤하다. 쓰윽. 배를 스친 손이 가슴을 움켜쥐었다. 아프지는 않지만 적당한 악력이 몸을 점점 흥분시켰다.

젖어들어 가고 있다. 남자의 손길에 육체가 녹아들고 있다.

벗겨진 옷이 침대 밖으로 던져졌다.

탄탄하면서 매끈한 다리를 쓰다듬는 손길에, 몸이 배배 꼬여 간다. 위로 올라오는 남자의 피부 위로 흐릿한 달빛이 쏟아져 내렸다. 헬스장에서 훔쳐봤었던 아름다운 사내의 몸이 눈앞에 모습을 드러냈다.

하재 쪽으로 손을 뻗자 단단한 근육이 손끝에 닿았다. 천천히 아래로 내려가는 설아의 손짓에 하재의 입에서 옅은 신음 소리가 흘러나왔다. 완전히 밑으로 내려가기 전 하재가 설아의 손을 잡았다. 그러고는 뒤로 밀었다.

빙글, 몸이 호선을 그리며 밀려 나가자 하재가 허리 위로 올라왔다. 남자의 몸이 주는 무게가 묵직하다. 묘하게도 그 묵직함이 알싸한 기대를 가지게 했다. 점점 젖어들어 가는 몸의 열기를 해소해 줄 더 지독한 뜨거움. 두 다리 사이가 벌어지고 그 안을 남자의 몸이 파고들어 왔다.

첫 경험은 수많은 매체에서 떠드는 것처럼 지독하게 아프지 않았다. 동시에 정신을 잃을 정도의 강렬한 쾌락이 있는 것도 아니었다. 다만 서서히 시작되는 통증과 열기가 육체를 감싸 안았다. 육체에서 향이 난다. 달착지근하면서도 농밀한 육체의 향에 취할 것만 같다. 그러나 부드러움은 이내 끝났다.

곧이어 리드미컬한 움직임이 이어지자 입에서는 뜨거운 숨소리만 흘러나왔다.

하아……. 시트를 움켜쥔 두 손에 점점 힘이 들어간다. 고개가 뒤로 젖혀지면서 온몸에 힘이 들어갔다. 몸이 점점 변하고 있다는 것이 느껴졌다. 사내의 몸을 받아들일 수 있도록 육체가 변해 가고 있다. 꽃이 환하게 만개하듯이, 남자에 맞춰서 몸이 움직이기 시작한다.

욕정에 들뜬 숨소리가 이어지고 허리를 쥔 하재의 손에 점점 강한 힘이 들어갔다.

시트를 쥔 손을 옆으로 꺾는 순간, 절정이 다가왔다.

밤이 오고 있다. 소란하면서도 들뜬, 선명하게 날이 선 신경조차 흐려져 가는 시간. 어디선가 꽃이 피는 소리가 들리는 것 같다. 바람에 나부끼는 꽃들이 만개하는 소리가 방 안의 거친 숨소리와 뒤섞여서 사람을 미치게 만들고 있다.

눈이 부시다. 밝은 빛 때문에 잠에서 깬 설아는 손으로 눈을 가렸다. 여기가 어디? 그리고 몸은 왜 이리 뻐근하고 아릿한 거지? 일어나려던 설아는 뒤쪽에서 느껴지는 무게감 있는 온기에 고개를 돌렸다.

하재다. 잠자고 있는 하재를 보자 어젯밤의 일들이 서서히 떠올랐다. 기억을 떠올린 동시에 얼굴이 붉게 물들었다. 잠시 그대로 가만히 하재를 보던 설아는 조심스레 몸을 돌렸다. 어깨 위에 있는 하재의 손을 살며시 내려놓은 설아는 바닥에 떨어져 있는 티셔츠 쪽으로 손을 뻗었다. 거리가 조금 짧다. 아슬아슬하게 닿을락 말락 하는 티셔츠를 향해서 조금 더 손을 뻗는 순간, 하재의 목소리가 들렸다.

"내가 주워 줘?"

"꺅!"

갑작스러운 하재의 목소리에 깜짝 놀란 설아는 그대로 앞으로 떨어졌다. 만일 뒤에서 하재가 감싸지 않았다면 바닥으로 나뒹굴었을 것이다.

"너."

등 뒤에서 하재의 목소리가 들렸다.

"어제부터 계속 떨어지고 있는 거 알아?"

안다고 말하려 했다. 그러나 등 뒤에서 느껴지는 온기 때문에 아무 말도 할 수 없었다. 방금 전과는 다른 의미로 얼굴이 붉어졌다.

"옷을 주우려다가……."

"알아. 봤으니까."

어깨 쪽으로 하재의 얼굴이 다가왔다. 뒤에서 설아를 완전히 감싼 자세가 된 하재가 웃으면서 말했다. 목을 스치는 하재의 숨결이 간질간질하다.

"잘 잤어?"

"응."

"그런데 어땠어?"

하재의 질문에 얼굴이 붉어졌다. 얼굴만이 아니다. 온몸이 붉어지는 기분이다.

"이런 말 묻는 거, 찌질한 남자처럼 보여서 싫지만. 그래도 궁금해서."

"어떤 말을 듣고 싶은 건데?"

"좋았다. 엄청나게 좋았다. 황홀했다. 뭐, 그런 말?"

"좋았어. 엄청나게 좋았어. 황홀했어. 됐어?"

"응."

웃음기가 가득한 목소리로 하재가 말한다. 응이라고.

그 목소리에 기분이 좋아졌다. 뒤에서 설아의 어깨에 턱을 살짝 걸치고 있던 하재가 고개를 돌렸다. 야릇한 느낌이 스쳤으나 설아는 무시한 채, 몸을 일으켰다.

"이제 그만 일어나야겠다. 오늘 바빠."

"바빠?"

바쁘다는 설아의 말에 하재는 어리둥절한 얼굴이 되었다.

"일 있어? 번역?"

"아니."

흘러내린 이불을 어깨까지 끌어올리면서 설아는 약간 퉁명스럽게 말했다.

"누구누구가 준 엄청나게 빡빡한 스케줄 덕분에. 설마 잊어버린 거야?"

"아아……."

"뭐야? 정말 잊어버리고 있었던 거야?"

힐난하는 설아의 목소리에 하재는 웃음을 터트렸다.

나른한 아침, 서로가 함께 있는 침대와는 어울리지 않을 정도로 청량한 웃음. 손으로 입을 막은 채 웃던 하재가 천천히 몸을 앞으로 숙였다. 그러고는 그대로 설아의 목덜미에 얼굴을 파묻었다.

"그거 안 해도 돼."

"뭐?"

"안 해도 된다고."

"무슨 말이야. 꼭 지켜 달라고 했잖아. 완전히 분 단위로 쪼갠 스케줄 표를 만들어 줘 놓고는!"

그냥 질투였어. 네가 송지철하고 같이 있을 시간을 줄이기 위한. 혹시라도 네가 나 아닌 다른 남자를 보게 될까 봐, 겁이 나서.

"조만간 최 비서가 새 스케줄 표를 들고 올 거야. 그거대로 하면 돼."

"그럼 나에게 줬던 건 뭐였어?"

"그거?"

머뭇거리는 하재를 향해서 설아의 두 눈이 가늘어졌다. 아무래도 그 스케줄은 그저 심술이었던 것 같다.

"뭐야, 진짜."

짐짓 짜증 나는 척하면서 등을 돌렸다.

"화내지 마."

가는 목에 하재의 입술이 닿았다. 단지 그것뿐인데 몸속 어딘가가 흥분되기 시작한다. 하재는 집요할 정도로 계속 목에 키스를 했다. 점점 허물어져 가는 설아를 뒤에서 감싸 안은 채, 하재는 목선을 핥아 올라갔다.

설아가 할 수 있는 것은 쾌락의 신음을 참으면서 입술만 잘근잘근 깨무는 일이었다.

하아…… 참지 못한 신음 소리가 기어이 입 밖으로 흘러나왔다. 흐트러진 몸은 다시 침대로 밀려갔고 그 위를 하재가 올라왔다. 조금 못이 박힌 남자의 손이 온몸 구석구석을 어루만졌다. 어떤 곳은 미약한 통증이 왔고 어떤 곳은 참기 힘들 정도의 쾌락이 흘렀다.

자신의 몸에 이런 감각을 느끼는 곳이 있는 줄 몰랐다. 미칠 것 같은 감각이 온몸을 휘감았다. 오싹오싹한 흥분마저 느껴진다.

"그런데 등……."

잔뜩 쉰 하재의 목소리가 등이라고 말하는 순간, 등의 상처가 떠올랐다. 많이 옅어졌다고 하지만 여전히 흉터가 남아 있다. 뒤늦게 등의 상처가 신경 쓰인 설아는 몸을 비틀었다. 그러나 하재는 두 손에서 힘을 빼지 않았다.

"놔 줘."

이렇게 밝은 빛 아래에서 하재에게 상처를 보여 주고 싶지 않다.

"많이…… 아팠어?"

"……."

"당연한 걸 물었구나……. 당연히…… 아팠겠지."

하재는 천천히 등의 상처를 따라서 입을 맞췄다. 부드럽게 시작된 입맞춤에 몸이 다시 들뜨기 시작한다.

"이제는……."

간신히 입을 열어서 말했다.

"아프지 않아."

아프지 않다고 말하는 순간 몸이 빙글 돌려졌다. 설아의 몸 위로 올라간 하재가 천천히 몸을 숙였다. 귓가를 스치는 목소리.

"내가……그놈에게 꼭 죗값을 치르게 해 줄게. 그놈의 몸을…… 죄다……."

누구? 누구를 말하는 건지 물어보려는 순간 하재가 몸 안으로 들어왔다. 천천히 안으로 들어오는 남자를 받아들이기 위해서 몸이 활짝 열린다. 변화하기 시작한 육체가 더욱 깊어지고 있다. 뜨거운 신음 소리와 함께 침대 매트리스가 삐걱거리는 소리만이 조용한 갤러리 안에서 요란하게 울렸다.

2. 덫

역시 진주 목걸이를 해야 했나. 차에서 내리기 전에 설아가
계속 목을 만지자 옆에 있던 하재가 몸을 숙였다.

"왜?"

"아니. 그냥 진주 목걸이가 훨씬 좋았을 것 같아서."

설아의 말에 하재가 다가왔다. 그러고는 머리카락을 위로 틀
어 올리고 있는 설아의 목에 입술을 살짝 가져다 댔다.

"하지 마!"

설아가 몸을 뺐지만 하재의 입술은 떠나질 않았다.

"이거 두 시간이나 걸린 머리야!"

"하지만 네가 너무 대놓고 유혹을 했잖아."

"한 적 없어."

"그래. 없다고 하자."

하재는 웃으면서 설아의 허리를 감았다.

"안 돼. 이 옷도."

"왜? 이 옷도 입는 데 두 시간이나 걸렸다고 말하고 싶어?"

"아니. 이 옷은 구김이 잘 가는 재질이라는 말을 하고 싶었어."

"오늘따라 너무 철벽을 치는 것 같은데."

"나는 지금 우리가 집이 아니라 밖에 있다는 말을 하고 싶은 거야."

"알았어."

하재는 웃으면서 설아에게서 몸을 뗐다.

"대신 집 안에서는 구김이 잘 가지 않는 옷을 입고, 머리카락을 풀고 있었으면 좋겠어."

"노력해 볼게."

"노력으로 부족하니까 실천으로 옮겨 줘."

하재는 웃으면서 차에서 내렸다. 그러나 하재의 웃음은 오래 가지 않았다. 차에서 내린 하재는 방금 전과는 사뭇 다른 차가운 목소리로 말했다.

"조심해. 이제 적진이야."

"알고 있어."

"다른 사람이 하는 말은 귀담아 두지 말고. 혹시라도 내가 없을 때 장소를 이동해야 하면……."

"알아. 최 비서에서 연락해서 동행할게. 절대로 낯선 사람을 따라가지도 않을 거고. 특히 지 의원이나 제민 쪽 사람들에 대해서 주의를 기울일 테니까, 걱정하지 마."

이곳에 오기 전에 하재가 말했던 주의 사항을 읊으면서 설아는 미소를 지었다. 그러나 하재의 얼굴에는 웃음기 하나 없었다.

"정말 조심해야 해. 너는 이쪽 사람들이 얼마나 거친지, 짐작도 하지 못할 거야."

걱정하는 하재의 태도에 설아도 얼굴에서 미소를 거둬 들였다. 다른 사람도 아닌 하재가 이토록 걱정하는 것이라면 더욱 주의를 기울여야 할 것이다.

"응, 알았어. 진짜 조심할게. 어디를 가든 최 비서와 꼭 같이 가고."

"그래. 반드시 그렇게 해야 해."

말을 주고받는 사이 엘리베이터의 문이 열렸다. 허리를 감싸고 있는 하재의 손에서 힘이 느껴졌다. 엘리베이터가 위로 올라가는 동안 설아는 거울을 보면서 마음을 가다듬었다.

띵동.

가벼운 기계음과 함께 엘리베이터 문이 열렸다. 앞으로 한 발을 내디뎠다. 호텔 연회장 입구에는 지진태 의원님의 출판 기념회라는 플래카드가 걸려 있었다.

"가자."

하재의 입에서 가자라는 말이 나오자 설아는 등줄기를 쭉 폈다. 연회실 안으로 들어가자 사람들이 인사하기 위해서 여기저기서 다가왔다.

"민 이사, 오랜만이군."

나이가 지긋한 남자가 다가와서 하재에게 악수를 청했다.

"그동안 잘 지내셨습니까, 최 이사님."

"나야 늘 그렇지. 그런데 이쪽 분이 이번에 결혼했다는?"

"유설아입니다."

설아는 환하게 웃으면서 최 이사에게 인사를 했다. 유성그룹 사람들끼리 어떤 식으로 계파를 이루고 있는지에 대해선 잘 모른다. 누가 하재의 편인지도 잘 모른다. 그러나 환하게 웃으면서 정중하게 인사하는 미인을 싫어하는 사람은 없다. 최 이사 역시 생글거리며 웃는 설아가 싫지 않은 눈치였다.

"소문대로 대단한 미인이구만. 그동안 우리 민 이사가 어떤 여자와 결혼할지, 다들 궁금했는데. 역시 눈이 높아."

최 이사는 웃으면서 하재의 어깨를 툭툭 쳤다.

"어머! 최 이사님."

발랄하고 경쾌한 목소리와 함께 아영이 등장했다. 발랄하고 귀여운 차림새의 아영이었지만 목소리를 들은 최 이사의 얼굴은 미묘하게 구겨졌다.

"와 주셔서 감사해요. 그런데 최 이사님, 우리 아버지는 만나 보셨어요? 아버지께서 최 이사님을 뵙고 싶어 하시던데."

"아……. 그런가? 그럼 가 봐야겠군. 그럼 민 이사, 회사에서 보지."

"제하 씨."

중간에 아영이 끼어들었다.

"제하 씨도 같이 가야 할 거 같아. 아버지가 제하 씨도 보고 싶대. 그동안 내가 여기 있을게. 그런데 누구시더라, 이 여자분은?"

"머리가 나쁘신 것 같다, 아영 씨."

설아는 웃으면서 아영의 말을 받아쳤다.

"유설아. 아영 씨의 숙모잖아. 벌써 몇 번이나 만났는데 아직 기억을 못 하면 어떻게 해요. 혹시 초로기 치매라고 알아요? 검색해 보고 증상이 비슷하다 싶으면 검사를 한번 받아 보세요. 숙모로서 걱정된다."

설아의 말이 길어질수록 아영의 얼굴이 딱딱하게 굳어져 갔고 최 이사의 입에는 미소가 서렸다.

"민 이사, 나와 함께 가지. 민 이사 와이프는 혼자 둬도 괜찮을 것 같아."

"아……. 그게."

하재가 주춤거리자 설아는 작은 핸드백에서 휴대전화를 꺼냈다.

"갔다 와요, 제하 씨. 나는 최 비서를 좀 만나야겠어요. 상의할 게 있었거든."

설아가 최 비서를 부르겠다고 말하자 하재는 그제야 발걸음을 옮겼다. 최 이사와 하재가 떠나난 뒤, 아영은 두 눈을 가늘게 뜨고 설아를 아래위로 훑어봤다. 설아가 입고 있는 옷과 보석 그리고 구두의 가격을 눈으로 대충 계산하던 아영이 입술을 삐죽였다.

"제하 씨가 많이 쓰네."

확실히 아영은 타인의 기분을 상하게 만드는 놀라운 재능을

가지고 있다. 자신이 해야 할 일은 아영의 성질을 건드리는 것
이다. 그러나 아영을 만나자마자 단순히 해야 한다는 사명감은
사라지고 전투력이 불타올랐다! 여전히 자신만이 하재의 여자
라는 식으로 굴고 있는 아영에게 제대로 한 방 먹여 주고 싶다.

"남편이 아내에게 돈 쓰는 건 좋은 일이죠. 그만큼 사랑한다
는 뜻이잖아?"

"어머. 세상에. 나는 김치년들이 어디 있나 했는데, 여기 있
었네."

"그렇구나. 지금 이곳에는 인터넷상에서만 존재한다는 김치
년이 둘이나 있네."

너도 만만찮다는 설아의 말을 한 번에 알아듣지 못하고 시
간이 조금 지난 뒤에 이해한 아영의 얼굴이 새하얘졌다.

"뭐? 너, 지금 말 다 한 거야?"

"아니. 덜 했는데. 설마 이게 내가 하고 싶은 말의 전부겠어?"

"야!"

입술을 뒤집은 아영이 팔짱을 낀 채 다가왔다.

"너, 언제까지 이렇게 주제 모르고 설칠 건데? 제하와 결혼했
다고 눈에 뵈는 게 없어? 정신 차려. 너 따위는 아무것도 아냐!"

"너야말로 정신 차려. 김치녀, 무슨무슨 녀, 그런 식으로 여
자에게 낙인찍는 거, 그게 굉장히 무식하고 무례한 짓이야. 하
긴 네가 뭘 알겠어. 세상 물정 모르는 철부지 주제에, 자신을
대단한 사람으로 착각하면서 살고 있는데."

"이게 진짜 세상 무서운 줄 모르고 설치네. 너, 지금 제하가

이사회를 움직일 수 있다고 믿고 있는 것 같은데. 정신 차려. 그런 일은 절대로 벌어지지 않아. 민 회장님은 절대로 제민을 못 버려!"

"길고 짧은 건 대 봐야 아는 거지. 다들 제하 씨가 이길 수도 있을 것 같아서 간 보고 있는 거 아냐? 그나저나 제하 씨가 말해 줬는데."

설아는 잘 다듬은 손톱을 보면서 빈정거렸다.

"너, 굉장히 못한다면서? 별로라고 하던데."

말이 끝나기가 무섭게 공기를 가르는 거친 소리가 들렸다. 쫙! 얼굴이 왼쪽으로 확 돌아갔다. 동시에 오른쪽 뺨이 화끈거린다. 아영이 뺨을 때렸다는 사실에 놀란 설아는 손으로 오른쪽 뺨을 감싼 채로 뒤로 한 발자국 물러났다.

이 정도까지의 반응을 기대한 것은 아닌데. 이건 예상 외의 수확일까? 아니면 오버한 걸까? 옆으로 흘러가는 시야 속에서 당황한 얼굴로 뛰어오는 하재가 보였다.

"무슨 짓이야!"

뛰어온 하재는 아영의 손을 거칠게 잡았다.

"저…… 저년이…….'

"저년?"

뒤에서 수호의 목소리가 들렸다. 얼굴을 잔뜩 일그러뜨린 수호는 아영을 보면서 혀를 끌끌 내찼다. 수호의 옆에 있던 제민 역시 마땅찮은 상황에 화가 난 얼굴이었다.

"설마 아영이는 설아가 숙모라는 걸 모르는 게냐."

"아……, 아……. 할아버지."

"나는 가족 문제에 있어서만은 엄격한 사람이다. 감히 질부가 숙모의 뺨을 때리다니!"

"할아버지! 그게 아니라……."

아영이 서둘러 수호의 팔에 매달렸으나 이미 분위기는 싸늘해졌다.

"그게 아니면 뭐란 말이냐?"

"쟤가 한 말을 할아버지도 들었으면!"

"쟤라니! 숙모에게 무슨 말버릇이야!"

"무슨 일이십니까?"

결국 진태까지 등장했다. 딸의 잘못을 직감한 진태가 수호의 기분을 맞춰 주고 난 뒤에야 겨우겨우 일이 매듭지어졌다.

"괜찮아?"

차가운 얼음주머니를 가지고 온 하재는 설아의 곁에 매달려 있었다. 무릎을 꿇은 채로 하재는 설아의 붉어진 뺨을 살피느라 정신이 없었다.

"괜찮아. 겨우 뺨 한 대야. 그것도…… 아버지같이 힘 좋은 남자가 아니라 그냥 여자애가 때린 거야. 아프지도 않아."

그러나 하재의 굳은 얼굴은 풀리지 않았다. 아영에 대해서 살기를 뿜어내는 하재의 모습에 설아는 미소를 지었다.

"사실 내가 너무 긁어 댔어. 그보다 이게 네 일에 도움이 된 거야? 아니면 별 도움이 되지 못한 거야?"

설아의 질문에 하재의 얼굴이 싸늘하게 굳어졌다.

"지금!"

조금 커진 하재의 목소리에 설아는 몸을 뒤로 살짝 젖혔다.

"나는 네가 다쳤다고 말하는 거잖아! 이런 상황에서까지 도움이 되었는지 아닌지를 따질 필요 없어!"

"하재야."

설아는 하재의 손을 쥐면서 웃었다.

"아까도 말했듯이 그냥 **뺨** 한 대를 맞았을 뿐이야. 별거 아냐. 아버지 손에 비하면 지아영은 애교 수준이었어. 지금 나에게 중요한 건 네가 유성을 차지하는 일이야. 너도 그 때문에 나와 결혼한 거잖아."

하재는 자신들의 결혼에 대해서 말하는 설아를 가만히 바라봤다.

아니. 나는 그래서 결혼한 게 아냐.

나는 너와 함께 있고 싶어서 결혼한 거야. 너와 함께 행복해지기 위해서.

"하재야?"

"제하."

"아……. 미안해, 제하. 앞으로 조심할게. 그러니까 말해 줘. 도움이 된 거야? 아닌 거야?"

"아주 많이 도움이 되었어."

하재는 꽉 다문 입술로 으르렁거리듯이 말했다.

"오늘 출판 기념회에는 제민 쪽 이사들은 거의 다 참석한 상황이야. 다들 지 의원의 영향력은 높이 평가하지만 아영에 대해서는 꺼려 하는 경향이 있어. 아영이 지나치게 제멋대로라서 오너의 아내로는 적절치 않다고 생각하는 와중에 네 뺨을 때리는 걸 봤으니까, 도움은 되겠지."

"다행이다."

웃던 설아는 이내 얼굴을 살짝 찡그렸다. 하재에게는 괜찮다고 했지만 사실은 맞은 부분이 꽤 아프다. 쪼끄만 아영의 손에서 이 정도의 힘이 나올 줄은 몰랐다.

"전에 말했었지."

하재는 진지한 얼굴로 설아의 손을 꼭 쥐었다.

"맞는 데 익숙해지지 말라고. 이런 짓은 두 번 다시 하지 마."

설아는 화가 난 하재의 두 눈을 바라봤다. 이럴 때마다 조금씩 마음이 부풀어 오른다. 자신을 걱정하는 하재를 볼 때마다 과거의 하재가 떠오르고 현재의 하재가 좋아져서.

"약이라도 사 올까? 아니면 병원에 갈래?"

"이런 걸로 병원 가면 사람들이 우릴 욕해."

"누가 감히?"

"내가."

설아는 하재의 손을 잡았다.

"그보다 차에 파우치를 두고 왔어. 화장을 다시 해야 하는데. 키, 줘 봐."

"아냐. 내가 갔다 올게. 여기서 기다려. 곧 최 비서가 올 거야. 꼼짝하지 말고."

몇 번이나 설아에게 가만히 있으라는 말을 한 뒤에야 하재는 움직였다.

"도대체 왜 그런 짓을 한 거야?"

미리 잡아 둔 룸으로 간 제민은 아영을 향해서 큰 소리를 냈다. 그러나 아영은 제민보다 더 길길이 날뛰었다.

"그년! 그년이 날더러 뭐라고 한 줄 알아? 도대체 넌 그동안 뭘 한 거야? 제하가 그 여자랑 결혼하는 동안 너는 뭘 했냐고!"

"나도!"

"나도라고 말하지 마! 도대체 너희들! 사내새끼들은 왜 말만 번지르르하게 하고 실천을 안 하는 거야?"

아영은 히스테릭한 목소리로 바락바락 외쳤다.

"아빠라면 지금쯤 제하를 박살 냈을 거야!"

"너희 아버지도 제하를 건드리지는 못해!"

"너와 아빠가 같다고 생각하지 마!"

"……."

"그년이 뭐라고 했는지 알아? 날더러 못한대! 형편없었대! 아빠에게 말해야겠어."

아빠라는 말이 나오자 제민은 꿈틀거렸다. 그러나 아영은 제민의 반응에 눈길조차 주지 않았다. 진태의 보좌관에게 전화를 걸면서도 아영은 끊임없이 설아를 향해서 욕을 퍼부었다.

"나쁜 년! 그런데 김 보좌관은 왜 전화를 안 받는 거야?"

아영은 짜증을 내면서 쥐고 있던 전화기를 집어 던졌다.

"아빠에게 말해서 얘도 자르라고 해야겠어. 지가 보좌관이면 보좌관이지! 뭐가 잘났다고 목에 힘을 빳빳하게 줘! 왜 내 전화를 안 받냐고!"

"그래서 뭘 어쩌고 싶다는 건데?"

"어쩌고 싶은 거냐니? 지금 그걸 몰라서 물어? 그년 얼굴에 칼이라도 박아 버리고 싶어! 주제에 자기가 숙모라고 내 앞에서 고개를 빳빳하게 쳐들고 있는 꼴을 보고도! 뭘 어떻게 하고 싶은 거냐고 물어?"

"그런 짓 하면 고소당할 거야."

"고소? 자기가 할 거야? 아니면 김 보좌관이 할 거야? 도대체 누가 나를 고소할 건데!"

"지아영! 네가 화가 난 건 알겠는데."

"알면!"

아영은 제민에게 짜증스러운 목소리로 소리쳤다.

"제대로 행동해! 자기가 제하에게 밀리니까 그년도 날 우습게 보는 거잖아!"

"누가 제하에게 밀려?"

"자기가!"

한 발 다가온 아영은 검지로 제민의 가슴을 콕콕 찔렀다.

"늘 제하에게 밀리잖아!"

"나는 밀리는 게 아니라!"

"밀려! 자기는 언제나 제하보다 아래였어! 솔직히 말해서 자기가 민 회장님 친손자가 아니었으면 상대도 안 됐어! 제하가 친아들이었으면 아버지도 제하 대신 자기랑 결혼하라는 말도 안 했을 거야!"

"야! 적당히 해!"

제민이 버럭 고함을 질렀으나 아영은 한 치의 양보도 없었다.

"싫어! 내가 왜, 그만둬야 해!"

제민의 주먹이 파르르 떨렸으나 아영은 여전히 기세당당했다.

"네가 그만하라고 말하면 내가 입 다물어야 해? 야, 민제민. 착각하지 마. 우리 관계에서는 네가 나보다 밑이야. 알겠어? 그것도 훨씬 아래, 한참 아래!"

"작작 해라."

"지금 작작 하고 있는 게 안 보여? 너는 돈밖에 없어! 그것도 네가 물려받을지도 불확실한 유성그룹! 재계 순위 겨우 30위에 드는 그깟 기업밖에 없지만 난 달라!"

"뭐가 다른데?"

"우리 아버지는 대통령이 될 사람이야."

"……."

"그러잖으면 네 할아버지처럼 돈에 미쳐서 날뛰는 늙은이가 왜 나를 붙잡으려고 그 난리를 치겠어? 생각을 좀 해 봐, 이 멍청아! 제하가 왜 나에게 설설 기는지에 대해서도 생각을 좀 하라고! 너도 우리 아버지가 대통령이 될 거라고 생각하니까 내 성질을 다 받아 주는 거잖아! 아냐?"

맞다. 그래서 받아 주고 있다. 그런데 만일 진태가 대통령이 되지 못한다면? 제민은 혈관을 지나는 피가 차갑게 식어 가는 것이 느껴졌다. 진태가 대통령이 되지 못한다면 아영은 계륵이 아니라 최악의 악수가 될 것이다.

"이제 그만 나가! 아빠에게 다 말할 테니까!"

"만일 네 아버지가 대통령이 못 되면."

쨍그랑! 제민의 말에 아영은 탁자 위에 놓여 있던 유리잔을 그대로 집어 던졌다. 벽에 맞아서 산산이 부서진 조각이 제민에게도 튀었지만 아영은 신경조차 쓰지 않았다.

"입 닥쳐! 어디서 감히 그런 말을 해? 우리 아빠는 대통령이 될 거야! 지금 당내에서 아빠보다 더 뛰어난 사람이 있을 거 같아?"

"유상옥, 이연진 같은 사람도 네 아버지보다 더 영향력 있어."

"그자들은 쓰레기야! 아버지에 비하면 무능력하고 부패한 자들이야!"

"그래? 나는 네 아버지가 대통령이 되면 나라가 망할 것 같은데."

"뭐!"

아영은 또 다른 유리잔을 들고 바들바들 떨었다. 그러나 제민은 미동조차 하지 않았다. 얼굴 가득 비웃음을 띤 채 아영을 향해 빈정거렸다.

"던져 봐. 이제는 나도 참고 있지 않을 테니까."

"나가!"

"나가라고 하지 않아도 나갈 거야. 그리고 네 아버지가 대통령이 된다는 거, 그거 다시 한번 찬찬히 되짚어서 생각해 봐야겠다. 아무래도 내가 썩은 줄을 잡고 있다는 느낌이 들거든."

"꺼져!"

이번에 아영은 제민의 얼굴을 노리고 유리잔을 던졌다. 그러나 유리잔은 제민의 왼쪽 벽에 맞고 떨어졌다.

"그만해. 네가 이 유리잔을 치울 것도 아니잖아."

"나가라고 했어!"

"체크아웃 할 때, 네가 돈 내. 더 이상 너의 같잖은 짓거리에 맞춰서 돈 쓰기 싫다. 네 말처럼 돈밖에 없다지만 너한텐 돈 쓰기 싫어."

제민은 아영을 비웃으면서 룸을 나갔다. 밖에서 기다리고 있던 수행 비서인 이민석을 본 제민은 한숨부터 내쉬었다.

"이 비서, 지금 당장 우리와 지 의원이 얼마나 연계되어 있는지, 확인해 봐."

"지 의원과요?"

"그래. 아무래도 동지가 아니라 적이 될 때를 대비해 놓는 게 좋을 것 같아."

지하 주차장에 세워 둔 차에서 설아의 파우치를 찾은 하재는 엘리베이터의 버튼을 눌렀다. 잠시 후 띵동 하는 소리와 함께 문이 열린 엘리베이터에는 준표가 서 있었다.

"여어. 지준표 씨. 안녕하십니까."

이런 곳에서 하재를 만날 줄 몰랐던 준표는 눈에 띄게 당황했다. 그 틈을 놓치지 않은 하재는 준표에게 다가섰다.

"이런 곳에서 만나게 될 줄 몰랐는데. 그래도 만나니까 반갑군요. 그런데 우리 관계가 어떻게 되는 거죠? 제민은 내 조카니까 아영은 질부가 되는 거죠? 준표 씨는 아영의 오빠이니까, 질부의 오빠가 되는군요. 이런 관계를 지칭하는 단어가 있던가요?"

"어딘가에 있겠죠."

준표는 퉁명스레 내뱉었다.

"원래 이 나라 사람들은 이런저런 가족 관계에 단어 만들어 두기를 좋아하는 족속들이니까."

"그런가요? 오늘 집에 가서 한번 찾아봐야겠네."

"많이 찾아보십시오. 그럼 전 이만."

준표는 서둘러서 자리를 떠나려 했지만 하재는 쉽게 놓아주지 않았다.

"참, 우리 설아와 고등학교 때 한 반이었다던데…….."

설아의 이름을 꺼내자마자 준표의 얼굴빛이 달라졌다.

"학교 다닐 때 준표 씨가 공부를 아주 잘했다면서요? 그 누구지? 못생기고 뚱뚱한 놈을 제외하면 가장 잘했다고 하던데."

"민 이사는 고등학교 시절을 그리워하는…… 뭐, 그런 족속이십니까?"

"네?"

"사회에 나가 보니까 자주 만나거든요. 내가 고등학교 때 얼마나 잘나갔나, 뭐, 그런 말만 되풀이하는 사람들."

"제가 그런 부류로 보였습니까?"

"뭐, 꼭 그런 건 아니지만 고등학교 이야기를 하니까 그런 사람인가 싶어서. 참, 그리고 고등학교 이야기를 하니까 생각난 건데. 와이프 분하고 그 뚱뚱한 돼지가 꽤 친했었죠. 다른 이야기들도 꽤 있지만 방금 결혼한 신혼부부 사이를 깨고 싶지 않으니 여기까지 하죠."

승기를 잡았다고 생각한 준표는 입술을 이죽거렸다. 하재는 그런 준표를 향해서 빈정거렸다.

"여기까지가 아니라 계속 더 하셔도 됩니다. 어차피 아내에 대한 감정이 변할 리 없으니까."

"이야기를 듣지도 않고 어떻게 압니까?"

"예쁘니까 과거 따위는 상관없습니다."

하재의 단호한 말에 준표의 눈썹이 살짝 위로 올라갔다.

"예쁘다구요? 여자를 그런 이유로 고릅니까, 민 이사는?"

"그럼 여자를 무슨 이유로 골라야 합니까? 내 눈에 예뻐 보이면 그만이지. 그나저나 생각보다 우리 설아에 대해서 꽤 많이 기억하고 계시는군요. 나도 오늘부터 설아와 함께 준표 씨에 대해서 이야기를 많이 해 봐야겠네."

"이제 그만하지."

"뭘 말입니까?"

"별것도 없으면서 꼭 있는 것처럼 상대방을 떠보는 거. 그거 댁들, 양아치들의 전매특허잖아."

"글쎄. 별거 있는지 없는지는 알아봐야 하는 거고. 나야, 못 배운 놈이니까 이렇게 산다지만. 지준표 씨는 배운 분이 왜 그런 짓을 저지르셨을까?"

"뭐?"

"그때 그 일 말입니다."

순간 준표의 얼굴이 확 변했다. 주위를 둘러본 준표는 입술을 이죽거렸다.

"지금 무슨 소리를 하는 거야?"

"내가 무슨 소리를 하는지 잘 아셔야 할 텐데. 그래야 내가 지아영 같은 여자와 사귄 보람이 있을 테니까."

"입 닥치지 못해? 유설아가 뭐라고 나불거렸는지 모르겠는데!"

준표의 입에서 설아의 이름이 나오자 하재의 눈은 깊게 가라앉았다.

먹잇감이 덫을 향해서 다가오는 소리가 들린다. 지금까지 매번 덫을 피해서 도망쳤던 먹잇감이다. 조심스러운 시선으로 주위를 둘러보던 먹이가 마침내 덫 쪽으로 한 발 내디뎠다. 흥분으로 심장이 뛴다. 안 돼, 이런 감정을 들켜서는 안 된다. 지금은 먹이가 순순히 덫 근처로 다가왔다는 것만으로 만족해야 한다.

그래, 오늘은 여기까지.

10년이 넘는 세월 동안 기다렸던 복수다. 한순간의 흥분으로 망칠 수 없다.

"설아가 뭔가 말하긴 했죠. 아, 이런. 우리 설아가 오래 기다리겠다. 파우치가 필요하다고 해서 내려온 거였는데. 준표 씨 조만간 설아와 과거 이야기라도 하면서 술이라도 마시죠. 그동안 몸조심하십시오."

"……."

"……."

하재가 떠난 자리에 홀로 남은 준표는 주먹을 꽉 쥔 채로 주위를 살폈다. 진정하려 했지만 쉽지 않다. 민제하는 사람의 기분을 긁어 대는 데 일가견이 있는 놈이다. 아영과 사귈 때부터 제하는 재수 없었다. 늘 사람을 염탐하는 눈으로 바라보곤 했었다. 그래서인지 제하가 곁으로 오면 기분이 나빴다.

사방에 덫을 놓은 뒤에 기다리는 음험한 놈.

준표는 천천히 손을 폈다. 땀이 흥건하다. 아무래도 이대로는 곤란하다. 이렇게 긴장된 상태로는 중요한 출판 기념회를 망칠지도 모른다. 마음을 진정시킬 필요가 있다. 차 안으로 들어간 준표는 백미러 뒤에 숨겨둔 작은 비닐봉지를 꺼냈다. 주위를 둘러본 뒤 준표는 봉지 안에 든 약을 흡입했다.

그나저나 제하 놈이 말한 그 일이라는 게 뭘까?

좁은 차 안에서 준표는 거친 숨을 몰아쉬었다. 얼마 전 재판에서 벌어진 일? 아니다. 그건 아무도 알아차리지 못했을 거다. 그럼 뭐지? 혹시 대학 때의 일인가? 하지만 그 여자애들은 그 뒤로도 그만 보면 슬슬 피했다. 절대로 다른 사람에게 사실을 털어놓지 못했을 것이다. 아무에게도 말하지 못할 나약한 여자들만 노렸으니까.

그럼 뭐지? 혹시 고등학교 때? 아까 제하가 했던 말이 떠올랐다. 우리 설아가 많은 것을 기억하고 있다던 말. 역시…… 그 일이었나!

얼굴이 새파래진 준표는 욕설을 내뱉으며 핸들을 마구 내리쳤다. 누군가가 듣고 있을지 모른다는 걱정 따위는 사라진 지 오래였다. 짐승이 울부짖는 것 같은 욕설을 한참 지르고 난 뒤에도 준표는 여전히 흥분 상태였다.

준표가 침착함을 되찾은 것은 약기운이 돌고 난 뒤였다. 약이 온몸으로 퍼져 가자 서서히 이성이 되돌아왔다. 동시에 세상 모든 일이 잘 풀릴 것이라는 낙관적인 느낌이 강해졌다. 준표는 긍정적인 웃음을 지었다.

신경 쓸 필요 없다.

민제하. 죄다 헛소리다. 또 유설아는 아무 말도 하지 못할 것이다. 그년은 이미 재판 때 자신의 편을 들었다. 왜 자신의 편을 들었는지 모르지만 그때 유설아는 노선을 정한 셈이다. 또 결정적으로 유설아는 아는 게 없다. 하얀 가루가 주는 힘이 커질수록 낙관적인 생각은 점점 강해졌다.

모든 사실을 알게 되었다고 할지라도 제깟 놈들이 뭘 할 수 있겠는가. 민제하나 유설아는 버러지들이다. 파리보다 더 하찮고 보잘것없는 놈. 하찮은 날파리 몇몇이 윙윙거리면서 돌아다녀 봤자 벌레일 뿐이다. 숨을 크게 들이마신 준표의 얼굴에 웃음이 떠올랐다. 게다가 정 위급하면 유설아를 제거하면 된다. 돈만 주면 뭐라도 하겠다는 놈들을 고용했으니까.

평정을 되찾은 준표는 웃으면서 차 밖으로 나갔다.

다행히 밖에는 아무도 없었다. 역시 하늘은 그를 아끼고 있다. 엘리베이터에 올라탄 준표는 거울을 보면서 머리카락을 쓰윽 넘겼다.

자신은 그 누구보다도 똑똑하다. 그러니 마땅히 세상은 그의 것이 되어야 한다. 일단 오늘은 아영의 빌라로 가서 숨겨 뒀던 약을 즐기자. 아버지는 출판 기념회 때문에 바빠서 자신을 찾지 않을 것이고 아영도 오늘 같은 날에는 클럽에서 밤이 샐 때까지 놀다 올 것이다.

완벽해. 준표의 얼굴에 행복한 미소가 서렸다.

앞으로도 그의 인생은 계속 완벽할 것이다.

"설아 씨!"

화끈거리는 뺨을 감싸고 있던 설아는 준을 발견했다. 환하게 웃으면서 손을 흔드는 준을 보니까 반가웠다. 그러나 전에 아영과 둘만 남겨 둔 채 사라졌던 일을 떠올리는 순간 얼굴이 굳어졌다. 그런 설아의 마음을 읽기라도 한 것처럼 준은 빠른 걸음으로 다가왔다.

"결혼 축하합니다."

"감사해요."

"무슨 일이야?"

설아의 파우치를 든 하재가 시큰둥한 얼굴로 걸어오자 준은 두 손을 벌린 채 환하게 웃었다.

"이야, 역시 민제하. 이런 일은 속전속렬……. 아니지. 속전

속결로 해치우는군."

준은 웃으면서 하재의 어깨를 두드렸다.

"설아 씨, 축하해요. 그런데 한국에도 결혼 선물이라는 풍습이 있죠? 뭐가 가지고 싶으십니까? 말만 하세요."

"나는 필리핀 쪽 회사를 가지고 싶어."

설아가 사양하기도 전에 하재가 입을 열었다. 하재의 말에 준은 과장된 몸짓으로 고개를 절레절레 저었다.

"칼만 안 들었지 날강도가 따로 없네. 그게 얼마짜리인 줄 알고 말하는 거야?"

"알고 있으니까 말하는 거지."

"하아……. 한국 사람들 무섭다, 무서워. 이러니까 아버지가 어머니에게 꼼짝도 못 하지. 이건 날강도가 아니라 노상강도야."

"날강도와 노상강도의 차이점은 모르겠고. 네가 아무리 싫다고 해도 필리핀 일은 다시 이야기해야 해."

"제민 쪽에서는 반대할걸?"

"괜찮아. 어차피 회장님이 직접 개입하실 거니까."

"이런……."

준은 씁쓸한 얼굴로 고개를 저었다.

"이래서 내가 제민 이사와 일하고 싶은 거라니까. 그 멍청이는 대충대충 넘어가는데. 이런 곳에서 필리핀 회사의 발목을 잡히다니. 하여튼 최근에 운세가 더럽게 나빠."

"그리고 우리 집 주변을 얼쩡거리는 건 그만두는 게 어때?"

"얼쩡거리다니?"

준은 두 눈을 동그랗게 떴다. 순진무구함과 결백함의 상징이 있다면 그건 바로 지금의 준일 것이다. 그러나 하재는 쉽게 넘어가지 않았다.

"너도 알다시피 내 집으로 이사진들 사람은 오지 않아. 회사 일은 회사에서만 한다는 게 내 철칙이야. 너희 집과는 달라."

"그래도 모르는 거지. 그리고 얼쩡거리는 게 아니라 산책이야, 산책! 요즘은 산책하는 것도 상대방 눈치를 봐야 하는지 몰랐는데."

"산책으로 보이지 않아서 하는 말이지."

"산책이라니까. 나는 원래 산책을 그런 식으로 해. 그런데 설아 씨는 오늘도 변함없이 아름다우시네요. 그나저나 이 사람은 왜 이렇게 늦는 거지?"

하재의 눈치를 보던 준이 대화의 주제를 슬쩍 바꿨다. 그런 준이 불쌍해 보였기에 설아는 말을 건넸다.

"누구 기다리세요?"

"네. 한국 파트너."

"파트너?"

파트너라는 준의 말에 설아만 놀란 게 아니었다. 하재 역시 놀란 얼굴이었다.

"너에게 파트너가 있다고?"

"아, 이거 오해하면 곤란한데. 나도 방금 두 사람이 생각한 뜻의 파트너였다면 행복할 텐데 그렇지 않아서 문제야. 이래서 인간은 개과천선을 할 필요가 없는 거라니까. 아버지가 한

때 야마구치구미 소속이었다고 해서 나까지 의심할 필요는 없는 거잖아. 그런데도 굳이 누군가를, 심지어 검사를 나에게 붙여 가면서 감시할 필요가 있냐고."

"글쎄, 최근 너희 회사 움직임이 그리 순수했던 건 아니라고 생각하는데."

"민제하. 원래 순수와 돈은 어울리지 않는 단어라는 거 몰라? 한 비서만 아니었으면 그놈의 파트너를 진작 떼 버리고 다녔을 텐데."

"한 비서와 아는 사이야? 한국 파트너가?"

"아니. 우리 한 비서는 일만 하는 사람이잖아. 그런 사람이 남자 검사를 알고 지낼 리가 없지."

"일만 하니까 검사를 알고 지낼 것 같은데."

하재의 말에 준은 진심으로 상처 입은 표정이 되었다.

"민제하. 어떻게 그런 막말을 할 수 있어? 남자를 안다는 건, 우리 한 비서에 대한 모독이야. 한 비서는 잘 때도 일하고 밥 먹을 때도 일하는 사람이야. 덕분에 내가 얼마나 혹사당하는지 알면서……. 아, 저기 온다."

한 비서에 대한 원망 아닌 원망을 늘어놓던 준이 누군가를 향해서 손짓을 했다. 준이 가리킨 방향으로 고개를 돌리던 설아는 깜짝 놀랐다. 준이 말한 파트너는 놀랍게도 지철이었다. 설아를 발견한 지철 역시 깜짝 놀란 얼굴이 되었다.

"설아 씨?"

지철이 설아의 이름을 부르는 순간, 옆에 서 있던 하재가 설아의 허리에 손을 감았다. 어느 때보다 격하게. 마치 이 여자는 내 여자니까 근처에도 오지 말라고 경고하는 듯했다. 그런 하재의 태도를 알아차린 지철은 걸음을 멈췄다. 모두가 당황해하고 있는 가운데, 준만 웃었다.

"어? 서라 씨. 송 상. 아는 사이였스니까?"

준의 한국어 발음은 급격히 어눌해졌다. 낯선 준의 모습보다 허리를 감싸고 있는 하재의 손이 더 신경 쓰였다. 설아는 어색한 웃음을 지으며 지철을 바라봤다. 지철 역시 어떤 태도를 취해야 하는지 모르는 가운데, 하재가 먼저 나섰다.

"민제하입니다."

하재는 설아의 허리를 감싸고 있는 반대쪽 손을 지철에게 내밀었다. 지철은 하재가 뻗은 손을 잡았다.

"송지철입니다."

"송 상은 한구그 검사."

"네. 알고 있습니다. 서울지검에서 일하고 계신다고 들었습니다."

알고 있다? 지철이 어디에서 일하는지 알고 있다는 하재의 말에 설아는 고개를 홱 돌렸다. 표정에 변화가 없다. 무표정한 하재의 얼굴에서 더 이상의 정보를 읽어 내는 건 불가능했다.

"다드르 송 상과 아는 사이인 주르 모르라는데. 나만 외로게……. 목이 마른데, 잠시만……. 무…… 무르 좀 마시러."

어눌한 발음으로 중얼거리던 준은 마실 것이 필요하다면서 자리를 떠났다. 준이 사라지자 세 명 사이에 깊은 침묵만 드리워졌다.

"아……. 저는 그러니까 설아 씨의 고향 선배인데."

"알고 있습니다. 송지철 검사님."

하재가 재차 알고 있다고 말하자 지철은 어색하게 웃었다.

"저에 대해서 꽤 많이 아시는군요. 나는 설아 씨가 결혼한 상대가 유성의 민 이사님인 줄은 전혀 몰랐는데."

"왜 말하지 않았어? 나와 결혼했다고."

고개를 살짝 옆으로 돌린 하재가 부드러운 목소리로 물었다. 눈빛도 부드럽다. 그러나 허리를 감싼 손에서는 그 어느 때보다 강한 힘이 느껴졌다.

"아……. 그게……."

"송 검사님. 우리 설아가 좀 부끄러움이 많습니다. 그런데 스즈키 상과 함께 행동하셔야 하는 것처럼 보이는데. 알고 계신지 모르겠습니다만 스즈키 상은 이런 식으로 마실 것을 찾으러 갔다가 돌아오지 않는 경우가 태반이지요."

"이런!"

뒤늦게 준의 존재를 떠올린 지철이 당했다는 얼굴이 되었다.

"참고로 한국어를 그 누구보다 유창하게 할 수 있으니까 대화에서 어려움을 느끼지는 않을 겁니다."

"유창?"

"네. 한국인보다 더 발음이 좋죠. 아나운서 발음으로 공부했다고 들었으니까. 언어 감각이 뛰어나서 영어, 중국어까지 자유자재로 구사하는 사람이 바로 스즈키 상이지요. 최근에는 아랍

어를 배운다고 들었습니다. 만일 스즈키 상을 급히 찾고 싶으시 다면 한재영 비서에게 연락하시면 될 겁니다."

"조언 감사합니다. 그럼 저는 스즈키 상을 찾으러."

설아와 하재에게 인사를 한 뒤, 지철은 준을 찾으러 자리를 떠났다. 그러나 지철이 사라진 뒤로도 하재의 손에서는 여전히 힘이 빠지지 않았다. 설아는 딱딱한 목소리로 물었다.

"어떻게 알고 있는 거야?"

날카로운 목소리가 나간다.

하재와의 관계는 왜 이런 건지 모르겠다. 좋았다가도 금방 싸늘해진다.

"당연히 알고 있어야지."

"당연히?"

"너와 관계 있는 사람이니까. 넌 지금 민제하의 아내야. 알 아 둬야 하는 게 있으면 어떻게든 알아내는 게 우리야."

싸늘한 하재의 목소리. 오늘 차에서와는 전혀 다른 목소리다. 가슴이 답답해진다. 이런 일로 화내고 싶지 않은데 기분이 상하 는 건 어쩔 수 없다.

"앞으로도 내가 만나는 사람들을 모두 체크할 예정이야?"

"확실히 말할게."

허리에서 손을 뗀 하재가 몸을 돌렸다. 설아와 시선을 마주 한 하재는 단호히 말했다.

"지금 우리는 그리 안전한 위치가 아냐. 언제라도 물리적인 위해를 받을 수 있는 입장이야. 그러니 네가 만나는 사람들 중에서 위험 집단을 분리하는 건 당연해."

"알겠어. 무슨 말인지 이해해. 그런데 하나만 확실히 하자. 송지철 씨에 대해서 알게 된 시기가, 우리가 결혼하고 난 뒤야? 아니면 전이야?"

"후야."

전이다. 하재는 후라고 말했지만 결혼 전부터 지철의 존재를 알고 있었던 게 틀림없다. 언제부터 알고 있었던 걸까? 어쩌면 지철과 처음 만났을 때부터 하재는 모두 알고 있었을지도 모른다. 설마 감시당하고 있었던 건가?

설아는 입술을 꼭 깨물었다. 지금까지 최 비서가 경호원 겸 비서라고 생각했다. 그러나 달리 생각하면 지수는 보호자라는 이름의 감시자가 될 수도 있다. 이걸 어떻게 받아들여야 하는 거지?

입술을 꼭 깨문 설아를 향해서 하재가 빙그레 웃었다.

"배고프다. 밥 먹으러 가자."

설아는 자신의 손을 잡아 이끌면서 웃는 하재를 바라봤다. 일단은 같이 웃어 줘야 할 것 같다. 뭔가가 계속 걸리지만 이 문제는 이대로 넘어가는 게 좋을 것 같다는 생각이 들었다. 아직 이사회는 아무 결정도 내리지 않은 상태다. 이사회에서 결정이 나고 하재의 위치가 탄탄해지면 그때 다시 이야기해도 될 것이다.

하재가 설아를 데리고 간 곳은 고급 음식점이 아니라 허름

한 국숫집이었다. 지 의원의 출판 기념회 때문에 잔뜩 차려입은 차림새로는 어울리지 않는 곳이기도 했다. 바삐 움직이는 종업원들 사이에서 국수를 먹고 있던 사람들도 하재와 설아의 화려한 옷차림에 의아한 눈치였다.

"여기가 맛있어."

"맛있어 보이긴 하는데, 우리 옷차림이 너무 튀어서 조금 부끄럽다."

"괜찮아. 준이 여기 처음 왔을 때 옷차림에 비하면 아무것도 아냐."

"어땠는데?"

자리에 앉으면서 설아가 물었다.

"아……. 뭐라고 해야 하지? 과하다고 해야 하나?"

"과해? 어떤 점에서?"

"머리는 어깨까지 길러서 무지갯빛으로 염색한 상태였어."

"뭐?"

긴 머리카락을 무지개로 염색한 준? 상상이 되지 않았다. 귀찮은 상황이 있으면 그 누구보다도 빨리 사라지지만 기본적으로 준은 세련되고 우아한 남자다.

"정말? 정말 무지개 색이었어?"

"응. 거기에 몸에 완전히 딱 붙는 양복. 어땠을 거 같아?"

"아……. 정말 과했네."

"과하지. 아마 그때가 준의 반항기였을 거야."

"반항기?"

"살다 보면 청소년 때가 아니라 전혀 다른 시기에 반항심으로 똘똘 뭉칠 때가 있잖아. 내가 그때 그놈을 버렸어야 했는데. 지금 생각하면 복을 걷어찬 셈이지. 대신 내가 준에게 한 비서를 소개시켜 줬으니 어느 정도 앙갚음은 한 셈이야."

"한 비서?"

"준의 비서지만 실질적으로 준의 상사나 다름없는 사람이야. 준은 일 귀신인 한 비서의 눈치를 보면서 일하거든. 뭐, 일하는 게 아니라 구박을 받으면서 살고 있는 셈이지만."

친구 같지만 친구는 아닌 사이. 전에 들었던 하재의 말이 다시 떠올랐다.

"그보다 뭐 먹을래? 여기 잔치국수도 맛있고 비빔국수도 맛있어."

"난 비빔국수."

"그럼 주문하고 올게."

바쁜 종업원을 대신해서 주문을 하고 온 하재의 손에는 물잔이 들려 있었다.

"자, 여기 물. 그런데 아까 아영에게 뭐라고 한 거야? 아무리 성격이 나쁘다고 해도 공개적인 자리에서 폭력을 휘두를 만큼 멍청한 사람은 아닌데."

"음……."

하재의 질문에 쉬이 답할 수 없었다. 뺨이 붉어진다.

"말해 봐. 아영에게 뭐라고 했길래 폭발한 거야?"

"말하기가 좀 그런데……."

"왜? 뭔데? 말해 봐."

호기심을 참지 못한 하재가 계속 물었다. 뺨을 붉힌 채, 주저하던 설아는 시선을 회피한 채 재빨리 말했다.

"엄청."

"뭐?"

"아영에게 엄청 못했다고 말했어."

설아의 말을 듣자마자 하재는 웃음을 터트렸다. 시끌벅적한 국숫집 안에서 울려 퍼지는 하재의 웃음소리는 청량했다. 몇몇 사람이 돌아봤지만 하재는 웃음을 멈추지 못했다. 한참 웃던 하재는 눈물까지 닦으면서 물었다.

"정말 그렇게 말했어?"

"너무 웃지는 마. 아영의 성질을 제대로 긁어 놓고 싶었던 것뿐이야."

"하긴 그 여자의 신경을 건드리는 데 있어서 그만한 공격도 없겠지만……. 아, 여기."

하재는 종업원이 내려놓는 국수를 받아 들었다.

"호박이 없는 건 이쪽으로 주시면 됩니다."

"호박?"

"그래. 너, 호박 못 먹잖아."

종업원이 자리를 뜨자 하재는 젓가락과 숟가락을 챙겨서 설아의 그릇 옆에 놓았다.

"그걸 아직 기억해? 내가 호박을 못 먹는 거?"

"네가 도저히 못 먹겠다면서 얼마나 자주 많이 가지고 왔는지 잊어버린 거야?"

"그랬었지······."

호박이 없는 국수를 받아 들자 기분이 좋아졌다. 아까 지철 때문에 느꼈던 뾰족뾰족한 느낌이 사라지는 기분이다. 하재가 자신이 호박을 먹지 못한다는 사실을 기억하고 있는 게 좋았다. 그 모든 시간이 자신에게 특별했던 것처럼, 하재에게도 특별했다는 사실을 재확인할 수 있어서 기분 좋다.

"그런데 지금은 호박을 먹을 수 있어."

"먹을 수 있다고? 먹으면 두드러기가 났었잖아."

"응. 그런데 서울에서 혼자 살 때 먹어 봤더니 괜찮았어. 너무 배가 고파서 누군가가 주는 걸 먹었는데 그게 호박죽이었거든."

"그런 식으로 알러지가 고쳐질 수도 있는 거였어?"

"아마도 내 생각에는······."

말을 살짝 얼버무리면서 주저했다. 그날 이후 하재와 아버지에 대한 이야기는 한 적 없다. 이런 자리에서 아버지의 존재를 떠올리고 싶진 않지만 아무런 설명을 하지 않는 것도 이상했다. 그렇기에 설아는 최대한 아무렇지도 않은 목소리로 말하려고 노력했다.

"정신적인 것도 좀 있었던 거 같아. 알잖아······. 우리 아버지······."

"······."

"강압적이시잖아. 그래서 내가 정신적으로 반응했던 거였을 수도 있었다고 생각해. 어쨌든 이제는 호박을 먹을 수 있으니까, 다음번에는 빼라고 하지 말아 줘."

"알았어. 고추장을 더 넣을래?"

다행히 하재는 아버지의 존재에 별다른 반응을 보이지 않았다. 자신의 마음을 편안하게 해 주기 위해서 일부러 하재가 무심한 척하는 것임을 알 수 있었다. 설아는 물을 한 잔 마시면서 고개를 저었다.

"아니. 지금도 살짝 매워."

"육수 가져다줘?"

"괜찮아. 맵지만 맛있어서 좋아."

하재가 이것저것 챙겨 주는 가운데 먹는 비빔국수는 맛있었다.

지 의원의 출판 기념회에 차려져 있던 음식들과 비교할 수 없을 정도로.

3. 함께하는 시간

"어머. 안 돼요, 사모님. 그건 들기름으로 볶아야지."

"들기름으로요?"

"네. 들기름으로 볶아야 고소하니 더 맛있죠."

최근 이사회 때문에 하재는 눈코 뜰 새 없이 바빠졌다. 쉬지도 못하고 일만 하는 하재를 보고 있자니 마음이 짠해져서 조금이라도 더 먹이고 싶어졌다. 그러나 요리에는 취미도 재능도 없다. 어릴 때부터 주방 일을 했다지만 발전은 더뎠다. 지금도 영순의 계속된 타박에 손이 움츠러들고 있는 상황이다.

"사모님은 앉아서 차 드세요. 나는 이거 하느라 돈 받는 건데."

"그래도⋯⋯."

"사람들이 뭘 몰라서 음식은 정성이라는 말을 하는데 본디 음식은 정성으로 만드는 게 아니라, 손맛과 실력으로 만드는 거예요. 죄다 정성으로 만들면 나 같은 사람은 뭐 먹고 살겠어요? 사모님은 쉬는 게 나를 도와주는 거예요."

결국 주방에서 쫓겨난 설아는 출근 준비를 하고 있는 하재의 드레스 룸으로 들어갔다. 몸에 잘 맞는 옅은 하늘색 와이셔츠를 입은 하재가 넥타이를 고르고 있었다. 하재는 드레스 룸으로 들어오는 설아를 보면서 물었다.

"벌써 식사 준비가 끝난 거야? 오늘은 양배추쌈?"

"아, 그게. 양배추쌈이 아니라 다른 거야. 김 여사님은 내가 만드는 음식을 내놓을 수가 없대."

"그게 무슨 말이야?"

"내 쌈은 이사님의 고급 진 입에는 어울리지 않는 허술한 음식이라서 도저히 식탁에 올릴 수가 없대."

"아무래도……."

고르던 넥타이를 놓은 채, 하재는 설아에게 다가왔다. 그러고는 허리를 감싸 안고 웃었다.

"김 여사님이 내 입맛을 잘 모르시나 보다."

말하면서 하재는 설아에게 입을 맞췄다. 가볍게 시작된 키스가 점점 짙어져 간다. 부드럽게 피부를 스치는 남자의 손. 하재의 손이 허리를 감싸 안았다. 키스가 점점 길어지더니 티셔츠 안으로 하재의 손이 들어왔다. 남자의 손이 몸을 더듬기 시작한다. 그와 동시에 하재의 몸이 다리 사이를 파고들어 왔다. 육체가 쾌락을 탐하기 시작한다. 탄력 있는 가슴이 남자의 손에 들어가서 엉망으로 이지러졌다. 욱신거리는 통증과 함께 몸이 점점 뜨거워진다.

"이사님!"

하재가 설아의 목에 키스하려 할 때, 영순의 목소리가 들렸다.

"사모님! 아침 드셔야죠!"

"하아……."

아쉬운 한숨 소리가 하재의 입에서 흘러나왔다. 조금 쉰 목소리로 하재는 복도 쪽을 바라봤다.

"정말 내 입맛을 모르는군."

"두 분 다 어디 계세요?"

영순의 목소리가 바로 근처에서 들렸다. 설아는 서둘러서 흐트러진 머리카락을 다듬었다. 그런 설아를 보던 하재가 놓아 뒀던 넥타이를 들었다.

"이거 어때? 어울려?"

옅은 하늘빛 와이셔츠에 회색 넥타이.

"글쎄. 내가 입는 옷들이 취향이 아니라는 분이 갑자기 기억이 나서."

"그런 건 기억하지 않아도 돼."

"기억하지 못할 정도로, 누군가가 부드럽게 말한 게 아니라서."

"그 누군가에 대해서는 그만 말하고. 오늘 회사로 올 수 있어?"

"회사?"

"아이. 참! 두 분 여기서 뭐 하시는 거예요! 국 식어요, 국!"

드레스 룸으로 들이닥친 영순은 서로 마주 본 채 농담을 하고 있는 설아와 하재를 끌고 가서 식탁에 앉혔다. 그 뒤로도 음식은 식으면 맛이 없다느니, 제때 먹는 버릇을 해야 건강에 좋다느니 하는 잔소리를 한참 듣고 난 뒤에야 하재와 설아는 식사에 집중할 수 있었다.

회색 넥타이를 맨 하재는 집을 나서기 전, 한 번 더 말했다.

"4시쯤 회사로 왔으면 좋겠어."

"알았어. 그때 갈게. 그런데 어떻게 입고 가야 해? 누군가 때문에 요즘은 옷 고르기가 힘들어서."

"와, 유설아. 뒤끝이 너무 길다."

"응. 길어. 그러니까 어떻게 입고 갈지 말해 줘."

"저녁 먹을 거야. 가벼운 차림이 좋을 거 같아."

"알았어."

설아는 웃는 얼굴로 출근하는 하재를 배웅했다.

떠나는 하재를 보면서 그런 생각이 들었다. 이런 삶도 괜찮지 않을까 하는 생각. 시작은 속죄를 위해서였지만 지금은 하루하루가 행복하다. 하재는 믿기 힘들 정도로 자신을 아껴 주고 소중히 대해 준다. 어떤 때에는 하재가 진심으로 자신을 사랑하는 게 아닐까 하는 생각마저 들 정도로.

다시 찾은 유성 빌딩은 전과 똑같았다. 달라진 것이 있다면 설아를 대하는 데스크 직원들의 태도와 뒤를 따르고 있는 지수였다. 깍듯이 대하는 직원들에게 인사를 한 뒤 하재의 사무실로 올라갔다.

"그런데 저녁을 먹기에는 조금 이른 시간이네요."

엘리베이터에 같이 올라탄 지수는 스케줄을 검토하면서 고개를 갸웃거렸다. 확실히 4시는 저녁을 먹기에는 조금 어정쩡한 시간이기는 하다. 엘리베이터에서 내리자 미리 연락 받은 비서가 하재의 사무실 문을 열어 줬다. 지수를 다른 비서들과 함께 밖에서 기다리게 한 채, 설아는 사무실 안으로 들어갔다. 책상에 앉아서 서류를 읽고 있던 하재가 고개를 들었다.

"왔어?"

하재의 공간에 들어설 때마다 새삼 알게 되는 사실은 가구가 없다는 점이다. 그 사실을 인지할 때마다 감옥과 아버지가 떠올랐다. 가슴이 갑갑하다. 신경 쓰지 않으려 해도 지금처럼 아버지가 생각나면 기분이 가라앉는다.

"왜? 무슨 일 있어?"

"응? 아…… 아냐."

설아는 손을 저었다.

"그냥 너무 일찍 온 게 아닌가 해서. 저녁을 먹기에는 좀 이른 시간이잖아."

"아아……. 그전에 쇼핑을 좀 하려고."

"쇼핑?"

"저번에 보니까 노트북이 너무 오래되었던데."

"뭐야? 설마 노트북을 사 주려고 일찍 불렀던 거야?"

하재의 얼굴이 살짝 붉어졌다.

"필요할 거 같았는데."

"아냐, 괜찮아. 번역할 때만 쓰는 거라서 그게 좋아. 그리고 원래 지나치게 좋은 노트북은 놀기 좋아서 꾀만 부리게 돼."

"이런. 그런 생각은 못 했는데."

"당연히 못 했겠지. 너는 꾀를 부리지 않으니까."

책상 위의 서류들을 흘깃 본 설아는 진지한 얼굴로 물었다.

"해야 할 일이 참 많네. 늘 이렇게 일이 많은 거야?"

결혼을 했다지만 지금의 하재에 대해서 아는 게 별로 없다는 사실을 다시 한번 더 깨달았다. 회사에서 누구와 친한지, 누가 하재의 편인지도 모른다. 그리고 이사회가 중요하다는 것은 알지만 이사진의 구성조차 모른다. 정말 이대로 괜찮은 걸까?

"많아 보이는 척하는 거야. 그래야 연봉이 올라가잖아."

"정말?"

"그런데."

말하면서 하재는 설아의 손을 잡아당겼다. 가벼운 흔들림과 함께 설아는 의자에 앉아 있던 하재의 품에 안겼다.

"노트북이 필요 없다면 괜히 일찍 오라고 했네. 일부러 시간 비워 놓았는데."

뒤쪽에서 단단히 껴안은 채로 하재가 속삭였다. 말하면서 하재의 손이 목덜미를 타고 내려왔다. 하재의 손놀림이 짜릿한 감각을 불러일으켰다. 하재의 행동이 무엇을 의미하는지 알아차린 설아는 턱으로 문을 가리켰다.

"밖에 비서들 있어."

"알아. 내가 부르기 전까지는 들어오지 않는 비서들이지."

"안 돼! 그래도 안 돼."

설아는 하재의 품에서 빠져나오기 위해서 버둥거렸다.

"부끄럽단 말이야."

"난 아냐."

"난 맞아. 그리고 너도 좀 부끄러워했으면 좋겠어."

설아는 하재의 두 눈을 가리고는 뺨에 가볍게 뽀뽀를 했다. 그러고는 자리에서 일어나려고 했으나 하재가 더 빨랐다. 몸을 일으킨 하재는 그대로 설아를 들어서 책상 위로 올렸다. 놀랄 틈도 없이 설아는 하재의 책상에 눕혀졌다. 위에서 설아를 내려다보던 하재가 빙그레 웃었다.

"미안한데, 원래부터 내가 부끄러움이라는 걸 모르는 거 같아."

아냐. 너는 부끄럼 많은 하재였잖아. 그러나 목소리는 밖으로 나오지 않았다. 입술을 움직이기도 전에 하재가 키스를 했기 때문이다. 들뜨기 시작한 남자의 욕망을 가라앉힐 수 있는 것은 없다.

하재가 서둘러서 셔츠를 벗었다.

툭 하는 소리와 함께 셔츠의 단추가 떨어졌다. 딸각거리는 소리. 어디론가 단추가 굴러가는 소리가 들렸다. 하늘색 셔츠가 바닥으로 떨어진다. 단추만이 아니다. 책상 위에 놓여 있던 서류들도 바닥으로 투둑거리며 떨어져 내렸으나 하재는 손을 멈추지 않았다. 주위를 둘러싼 공기가 점점 뜨거워진다.

책상에 누운 채로 설아는 하재의 벗은 상체를 부드럽게 어루만졌다. 목에서부터 가슴까지, 설아의 손이 만지자 하재의 목울대는 위아래로 움직였다.

남자의 욕망이 온전히 자신에게 향하는 느낌이 좋다. 어떤 때에는 남자의 모든 것을 자신이 지배하고 있다는 승리감마저 들었다. 몸을 굽힌 하재는 설아에게 키스를 했다. 입술을 탐하던 하재가 서서히 목을 타고 내려갔다.

짜릿한 흥분이 온몸을 스친다. 마음이 다급해졌지만 하재는 의도적으로 옷의 단추를 하나하나씩 풀고 있었다. 서두르라는 눈빛을 보여도 웃기만 했다. 서서히 치마가 위로 걷어 올라가고 하재의 손이 매끄러운 허벅지를 쓰다듬었다.

남자의 손이 본격적으로 애무를 시작하자 설아는 들뜬 신음 소리를 냈다. 목덜미를 타고 내려오는 입술이 뜨겁다. 몸이 천천히 뒤집혔다. 책상의 차가움이 가슴에 닿는다. 머리카락을 살며시 옆으로 젖힌 하재가 입을 맞췄다.

느릿느릿하게, 목덜미를 타고 내려온 입술이 등을 스치는 순간 발끝까지 빳빳하게 힘이 들어갔다. 목소리를 내지 않으려 했지만 젖어 있는 몸 안으로 하재가 들어오자 저도 모르게 헉 하는 짧은 신음 소리가 났다.

하아……. 입에서 신음 소리가 흘러나오자 남자의 손이 매끄러운 몸을 거칠게 안았다.

하재는 설아를 강하게 잡아당겼다. 여인을 안자 상상할 수 없을 정도로 지독한 쾌감이 혈관을 타고 온몸으로 퍼져 나갔다. 눈앞이 아득해질 정도의 쾌락. 단순히 즐겁다고 표현할 수 없는, 간질거리면서도 짜릿한 감각이다.

그의 손에 닿는 설아의 피부를 어루만질수록 달콤했다.

완전히 밀착된 자세로 하재는 더욱 강하게 허리를 움직였다. 뜨거운 숨결과 열기 속에서 하재는 반대쪽의 유리창을 바라봤다. 오후의 햇살이 환하게 쏟아져 내리는 유리창 너머로 그들의 모습이 어렴풋이 보였다. 그 모습을 보던 하재는 설아의 목덜미를 핥아 올라갔다. 땀과 열기로 끈적이는 피부는 감미로운 초콜릿이다.

하아……. 가벼운 신음 소리와 함께 품에 안겨 있는 여인의 몸에 힘이 들어갔다. 동시에 사납게 조여 오는 여체. 미칠 것 같은 쾌감이 그를 집어삼키고 있다. 피부에서 흘러내리는 미끈거리는 땀이 더욱 욕망을 부추겼다.

모든 욕망을 설아의 몸으로 밀어붙이면서 드는 생각은 한 가지였다. 자신이 민제하가 되어서 좋은 점이 하나 있다면 그건 바로 설아를 마음껏 안을 수 있다는 것이다. 하재의 입술은 땀에 젖어서 달콤하면서도 매끄러운 여인의 피부를 타고 올라갔다. 말캉거리며 탄력 있는 피부가 그의 육체로 감겨 들어왔다.

내가 계속 하재였다면 너는 나를 봐 줬을까? 친구로서는 좋아했겠지. 어쩌면 남자로서도 좋아했을지도 몰라. 그래. 어쩌면 그리되었을지도 모르지.

설아의 허리를 단단히 거머쥔 하재는 뜨거운 숨을 토해 냈다.

그래도 나는 계속 부끄러워했을 거야.

뚱뚱한 내 몸이, 여드름투성이의 내 얼굴이, 더듬거리는 말투와 소심한 성격이.

제하가 되어서 가장 좋은 점이 있다면 너에게 어울리는 남자가 되었다는 거야.

녹초가 되었다. 이럴 생각은 없었는데. 최근에는 하재와 함께 있으면 계속 분위기에 휩쓸린다. 간신히 옷은 입었지만 머리카락까지 가다듬을 힘이 없다. 몸에 남은 여운 때문인지 손을 움직이기가 쉽지 않았다.

"그냥 편하게 있어."

하재가 뒤에서 살며시 안았다. 잔뜩 쉰 목소리. 하재 역시 조금 힘이 빠진 목소리였다.

"곤란해. 너무 티가 나잖아."

"우리는 신혼이야. 티 좀 나면 어때. 그나저나 옷을 사 줘야겠다."

몸을 틀자 바닥에 떨어져 있는 하재의 셔츠가 보였다. 아까 단추가 떨어졌다는 사실이 떠올랐다. 단추 떨어지는 소리가 들렸는데, 어디로 갔을까? 설아가 품 안에서 움직이려 하자, 하재는 감싸고 있는 손에 강한 힘을 줬다.

"움직이지 마."

"하지만 단추. 찾을 수 있는데."

"새로 사면 돼. 그것보다 네가 움직이면 또 곤란해지니까 가만히 있어."

하재의 말에 얼굴이 새빨갛게 달아올랐다.

"그만해."

설아가 팔꿈치로 배를 쿡 하고 찔렀지만 하재는 웃기만 할 뿐, 팔을 풀지 않았다. 오히려 더욱 강하게 끌어안았다. 그러나 저항할 수 없었다.

어느새 하재는 제하가 되고 제하는 하재가 되어서, 모두가 뒤엉킨 채로 다가오고 있다. 눈을 감은 채, 하재의 포근하면서도 따뜻한 체온을 즐기던 중 인터폰에서 소리가 들렸다.

— 이사님. 애플 클럽 오 지배인의 연락입니다.

하아……. 아쉬운 한숨이 하재의 입에서 흘러나왔다.

"잠시만."

몸을 일으킨 하재는 책상 쪽으로 다가갔다. 엉망이 된 책상에서 인터폰을 찾은 하재가 답했다.

"무슨 일이랍니까?"

— 이번에 새로 인테리어를 하는 문제라고 합니다.

"아……. 그건 내가 다시 연락할 테니까."

— 또!

인터폰으로 조급 다급한 듯한 비서의 목소리가 들렸다.

— 정우탁 실장님이 뵈었으면 하시는데.

"정 실장이라……. 회의실에서 만나자고 전해요. 5분 내로 나갈 테니까."

인터폰을 끊은 하재는 바닥에 떨어진 셔츠를 입었다. 그 위에 슈트를 입자 셔츠 단추가 떨어진 자리가 보이지 않았다. 너무 빨리 그녀의 흔적을 지우는 하재를 보고 있자니 조금 심통이 들었다. 그런 설아의 마음을 알아차리기라도 한 듯, 하재가 빙그레 웃었다.

"나가지 말고 기다려. 정 실장은 항상 쓸모없는 일로 가장 귀찮은 시간에 징징거리는 버릇이 있어. 금방 처리하고 올게. 저녁 먹으러 가자."

"알았어."

하재가 사무실을 나가자 커다란 사무실에 홀로 남은 설아는 천천히 소파에 몸을 기댔다.

똑똑.

노크 소리가 들렸다. 들어오라는 말을 하자, 조심스럽게 열린 문으로 지수가 모습을 드러냈다.

"여기······. 이사님이 가져다드리라고 해서······."

지수의 손에 들린 것은 얼음이 들어 있는 잔과 냉수였다. 끝을 흐리는 지수의 말투에서 왜 물과 얼음을 가지고 와야 했는지 알고 있다는 느낌이 들었다. 얼굴이 붉어졌지만 설아는 미소를 지으며 물과 잔을 받아 들었다.

"고마워요."

"그리고 이사님이 조금 이야기가 길어질 것 같으니 기다리기 싫으면 먼저 나가 계셔도 된다고 하십니다. 근처에 백화점이 있으니까 거기서 쇼핑을 하셔도······."

"알겠어요. 백화점으로 갈게요. 잠시만 기다려 줘요."

"네."

아무래도 사무실 밖으로 나가는 게 좋을 것 같다. 하재도 없는 사무실 안에 홀로 있고 싶지 않았다. 화장을 고치고 옷을 바로 한 뒤, 설아는 밖으로 나갔다.

하재와 저녁을 먹기 위해서 나온 외출이기 때문에 혼자서는 딱히 할 것이 없었다. 집안일의 전반적인 일은 영순이 맡아서 하고 있기 때문에 쇼핑할 것도 없다. 백화점을 둘러보면서 시간을 보내려던 설아는 아까 단추가 떨어진 하재의 셔츠를 떠올렸다.

셔츠는 드레스 룸에도 많지만 속옷은 잘 모르겠다. 나온 김에 하재의 속옷을 사야겠다는 생각이 들었다. 하재의 속옷까지 영순에게 맡기고 싶지 않다. 그렇다고 지수가 있는 데서 하재의 속옷을 사는 것도 난처했다.

"저……. 지수 씨."

"네, 사모님?"

"5층에서 살 게 있는데 잠시만 여기서 기다려 주지 않을래요?"

"네?"

혼자서 가겠다는 설아의 말에 지수는 태어나서 이런 끔찍한 이야기는 처음 듣는다는 듯한 얼굴이 되었다.

"다른 사람과 같이 가기가 좀 그래서……."

설아가 완강히 거부하자 지수는 타협 안을 내놓았다.

"그럼 5층 엘리베이터 앞까지만 가겠습니다."

지수와 엘리베이터 앞에서 헤어진 설아는 속옷 전문 매장으로 향했다. 그러나 속옷 매장으로 가기도 전에 휴대전화가 울렸다. 하재다. 벌써 일을 마친 걸까? 설아는 얼굴 가득 환한 웃음을 지은 채 전화를 받았다.

— 어디야?

"백화점."

— 백화점? 설마……. 아침에 했던 패션에 대한 이야기의 연장인 거야?

"그건 아냐. 그런데 속옷 사이즈가 어떻게 돼?"

— 속옷? 그건 만나서 이야기해 주고 싶은데.

"지금 그냥 말해도 되잖아."

— 물론 그냥 말해도 되지만 만나서 이야기하면 더 재미있을 거 같아서.

하재가 말하는 재미가 어떤 의미인지 알 수 있었다. 그렇지만 설아는 짐짓 모르는 척했다.

"지금 말해 주면 금방 살 수 있어."

— 싫어. 만나서 이야기하자. 지금 출발하면 곧 도착할 거야. 조금만 기다려.

하재가 먼저 전화를 끊었다. 웃는 얼굴로 휴대전화를 가방 안에 넣던 설아는 어깨를 두드리는 손에 고개를 돌렸다. 지수인가 싶어서 몸을 돌려보니 대학교 때 동창인 이연주가 고개를 갸웃거리며 서 있었다.

"유설아? 설아 맞지? 이런 곳에서 만날 줄 몰랐는데. 반갑다, 애."

연주는 늘 나경과 붙어 다니던 아이였다. 하재와 통화를 하느라 환하게 웃던 설아의 얼굴이 급속도로 차가워졌다. 주위를 둘러보던 연주가 물었다.

"그런데 네가 여기에 무슨 일이야?"

"백화점에서 무슨 일이냐고 묻는 건, 좀 이상한 질문 같은데."

"어머. 그것도 그렇네."

연주는 과장된 웃음을 지으며 다가왔다.

"그냥 너는 이런 곳에 안 올 것 같은 이미지라서. 참, 맞다. 오늘 나경이하고 애들하고 만나기로 했는데. 같이 가자."

"괜찮아. 약속이 있어서 곤란해."

"에이. 아무리 그래도 동기들끼리 얼굴 한번 보자는 건데. 가자."

연주는 팔짱을 낀 채, 설아를 잡아당겼다. 괜찮다고 했지만 연주의 막무가내를 당해 내기가 힘들었다. 끝까지 싫다고 하면서 팔을 뿌리칠 수도 있었지만 나경의 얼굴이 보고 싶어졌다. 얼마 전 들은 보고에 따르면 영락의 도박 빚 때문에 나경까지 휘청거리고 있었다. 행복한 결혼 생활을 꿈꾸며 서로의 모든 단점에 대해서 눈을 감았던 후폭풍이 휘몰아치는 중이다. 힘들어할 나경의 모습을 자신의 두 눈으로 직접 보고 싶어졌다.

"잠시만. 일행이 있어서."

설아는 엘리베이터 앞에서 기다리고 있는 지수에게 말한 뒤,

연주와 함께 백화점 VIP 카페인 토파즈 룸으로 향했다. 연주는 토파즈 룸으로 들어가면서 조금 으스대는 목소리로 말했다.

"걱정하지 마. 원래 토파즈 회원당 2인까지는 들어갈 수 있으니까. 어머, 저기 애들이 다 있다. 경원이도 토파즈 회원이잖아. 이번에 결혼하면서 이 백화점에서 혼수를 다 했거든."

연주가 가리킨 방향에 나경이 있었다. 설아를 발견한 나경의 얼굴은 순식간에 구겨졌다. 나경의 옆에 있는 두 사람은 대학 동기인 김경원과 박혜인이었다. 설아를 본 두 사람의 얼굴에는 묘한 웃음이 서렸다. 두 명의 웃음을 보니 그동안 나경이 어떤 말을 하고 다녔는지 알 것 같았다.

"어, 설아야."

"여기서 만날 줄은 몰랐는데. 반갑다, 얘."

사람들과 인사를 하다 보니 예전에는 미처 몰랐던 사실들이 보였다. 연주를 비롯한 세 명은 나경과 비슷한 성향의 사람들이다. 그중 나경이 다른 사람들보다 조금 더 살갑게 굴었기 때문에 친분을 유지할 수 있었던 것이다.

설아는 나경을 향해서 차가운 미소를 지었다. 지난 세월 동안 감정을 숨기고 살았던 유설아는 사라지고 서서히 원래의 자신이 되살아나는 기분이다. 설아의 등장에 나경은 고개를 숙인 채, 어쩔 줄 몰라 했다. 그런 나경의 변화를 알아차리지 못한 경원이 앉으라는 손짓을 했다.

"앉아, 설아야. 우리 몇 년 만이지?"

"대학 졸업하고는 몇 번 만나지도 못했잖아. 그치?"

연주와 경원은 서로 눈을 마주치며 배시시 미소를 지었다.

"그런데 여기는 웬일이야?"

"어머. 나, 아까 그렇게 물었다가 설아에게 한 방 먹었잖아. 백화점에서 무슨 일이냐고 물어보는 건 이상한 일이래."

"왜? 뭐가 이상해?"

"백화점이 물건 사러 오는 곳인데 왜 왔냐고 묻는 건 이상하대나?"

"그렇네."

연주와 경원은 이야기를 주고받으면서 까르르 웃음을 터트렸다. 그동안 나경은 한마디도 하지 않고 떨리는 손으로 커피 잔을 쥐었다.

"그런데 설아야. 이제 사귀는 사람은 생겼니? 연주야, 기억나? 그 왜…… 경영학과 선배 있었잖아. 설아만 줄기차게 따라다니던 선배. 그런데 설아가 너무 매몰차게 그 선배를 내쳤잖아. 그 정도면 아주 괜찮았는데."

"그래서 그때 몇몇이서 그랬잖아. 도대체 누구와 결혼할 건지 꼭 보고 싶다고 말이야. 얼마나 대단한 사람하고 만나려고 저 정도의 사람을 거절하는 거냐면서."

"그 뒤로도 매번 설아는 거절만 했잖아. 덕분에 좀 이상한 소문도 돌았고."

"소문? 어떤 소문?"

설아가 대놓고 묻자 연주는 조금 당황한 얼굴로 주위를 둘러봤다. 모두들 아는 소문이지 않냐는 식으로 둘러보던 연주는 어깨를 으쓱거렸다.

"뭐, 이것저것. 그때는 별거 아닌 걸로 애들끼리 수다를 떨고 했으니까."

"그보다 이제 남자는 생겼니?"

"응. 생겼어."

말하면서 설아는 나경을 노려봤다. 시선을 피하던 나경은 입술만 꼭꼭 깨물었다. 연주와 경원은 남자가 있다는 설아의 말에 몸을 앞으로 살짝 내밀었다.

"어머? 정말? 애인이 생겼어?"

말하면서도 경원은 나경을 슬쩍 돌아봤다.

"나경이 말로는…… 남자가 없어서…… 좀…… 힘든 상황이 라고 하던데."

"결혼했어."

"뭐? 결혼?"

"그래. 그리고 나경에게 무슨 말을 들었는지 몰라도 지금까 지 남자가 없어서 힘든 적은 한 번도 없었어."

"내가 무슨 말을 했다고 그래!"

설아가 자신의 이름을 거론하자 나경은 고개를 바짝 치켜들 었다. 강하게 반발하려 했으나 나경은 뒷말을 잇지 못했다.

"민제하입니다."

갑자기 뒤에서 불쑥 하재의 목소리가 들렸다. 난데없는 하재 의 등장에 사람들은 깜짝 놀랐다. 심지어 연주는 소리까지 질렀 다. 주위 시선들이 집중되었으나 하재는 조금의 흔들림조차 없었다.

"반갑습니다. 설아의 남편입니다."

"어머…… 어머."

"깜짝 놀랐어요."

하재의 등장에 놀란 것도 잠시, 경원은 너무 놀랐다며 눈웃음을 치면서 숨을 크게 들이마셨다. 모여 있는 사람들을 둘러보던 하재의 시야에 나경이 잡혔다. 나경은 최대한 고개를 숙이고 있었지만 하재의 시선을 피하진 못했다.

"어라. 김나경 씨."

하재가 이름을 부르자 나경은 새파래진 얼굴로 고개를 들었다.

"오랜만입니다. 전에 뵙고 난 뒤에 얼마 만이죠?"

"아…… ."

하재가 질문을 던졌지만 나경은 제대로 답하지 못했다.

"최영락 씨는 잘 계십니까?"

"……!"

하재가 영락의 안부를 묻자 나경의 얼굴은 방금 전과는 비교할 수 없을 정도로 새하얘졌다.

"어머, 나경아. 설아 남편이랑 아는 사이야? 같은 학원에서 일했다더니 친하게 지냈나 보네."

"설아야, 소개 좀 시켜 줘."

연주와 경원이 부산을 떠는 사이, 설아는 자리에서 일어났다. 그러곤 하재의 팔짱을 꼈다.

"미안해. 지금은 시간이 없어서 가야겠다. 자세한 건 나경에게 물어봐. 참. 그리고 혹시 나경이가 좋은 투자 거리가 있다고 하면 다시 한번 생각해 보는 게 좋을 거야. 원래 좋은 투자는 혼자만 아는 법이잖아."

설아의 말이 끝나기가 무섭게 연주의 고개가 나경 쪽으로 홱 돌아갔다. 얼굴이 하얗다 못해서 거의 새파래진 나경은 몸을 파르르 떨었다.

"그런 점에서 기대해도 좋을 거야. 나경아, 내 남편은 성격이 칼 같아서 당한 만큼 갚아 주는 성격이거든."

"다…… 당한 거 없잖아!"

기어이 나경의 입에서 큰 소리가 나왔다.

"아무 일도 없었잖아! 몇 번이나 말해! 장난이었다고!"

주위 사람들이 다 돌아봤지만 나경은 주먹까지 쥐고 바락바락 소리쳤다. 억울해서 못 참겠다는 듯. 자신은 아무런 잘못도 없는데 상대방이 해코지를 하고 있다는 것처럼, 나경은 결백을 주장했다. 나경의 외침에 하재가 앞쪽으로 몸을 숙였다. 큰 키에 건장한 하재가 가까이 가자 연주와 경원은 몸을 움츠렸다. 나경에게 시선을 고정한 채로 하재는 또박또박 말했다.

"장난이었다고요? 재미있군요. 김나경 씨, 알고 있다시피 나는 유성그룹의 민제하입니다. 다시 말해서 내가 누군가에게 장난을 치면 상대방은 그리 유쾌하지는 못할 거라는 이야기죠."

서로 몸을 맞대고 있던 경원과 연주는 유성그룹이라는 말에 두 눈을 반짝였다. 그러나 나경은 더욱 억울한 표정을 지은 채,

주먹을 움켜쥐었다.

"해…… 해 봐! 경찰에 신고할 테니까!"

나경의 말에 하재는 피식 웃었다.

"김나경 씨. 나 정도 되면 경찰이 관련되지 않는 장난을 칠 줄 아는 법이지요. 그나저나 김나경 씨는 아직 여유로운가 봅니다. 여기저기 놀러 다니기도 하는 걸 보니. 하긴 조만간 이렇게 돌아다니기 힘들 테니, 지금이라도 많이 즐기세요."

하재의 말을 듣던 나경의 얼굴은 시시각각으로 변해 갔다. 잠시 후 나경은 눈물을 뚝뚝 흘리면서 호소했다.

"난! 아무것도 몰랐어요!"

"확실히 김나경 씨는 유성의 민제하에 대해서 들은 게 없나 봅니다. 나에 관한 이야기를 들었다면 운다고 해서 달라질 게 없다는 걸 알 텐데. 마음의 준비나 단단히 하시죠. 가자."

나경과의 모든 악연은 끝났다. 알 수 있었다. 이제 나경은 자신이 저지른 대가를 톡톡히 치를 것이다.

토파즈 룸을 나간 뒤에도 여전히 설아가 팔에 매달린 채 방싯거리며 웃자 하재가 물었다.

"왜?"

"아냐. 그냥."

"그냥이 아닌 것 같은데? 내가 조금은 도움이 된 거야?"

"응. 도움이 되었어. 아주 많이."

하재의 팔에 팔짱을 끼면서 설아는 다시 한번 더 웃었다.

지금도 오현종 패거리를 생각하면 피가 거꾸로 솟는 기분이다. 하지만 그런 그들에게도 고마운 것이 하나 있는데, 그건 바로 하재와 자신을 다시 만나게 해 줬다는 사실이다. 물론 하재는 그 이전부터 자신을 알고 있었으며 어떤 식으로든 곁으로 다가왔을 것 같지만.

"그럼 이제 속옷 사이즈를 이야기해 보자."

"그걸 꼭 이렇게 사람들이 많은 곳에서 이야기해야 하는 거야?"

설아 쪽으로 몸을 숙인 하재가 나지막이 속삭였다. 어떤 의미인지 묻지 않아도 하재의 목소리에 담겨 있는 뜻을 알 수 있었다. 설아는 팔꿈치로 하재의 허리를 가볍게 쿡 하고 쳤다.

"왜?"

"몰라서 물어?"

"응. 몰라서 묻는 중이야. 그리고 속옷 사이즈를 밖에서 이야기하자는 네 뜻을 어떻게 받아들일지 몰라서 고민까지 하는 중이야."

"정말."

웃으면서 설아는 다시 한번 하재의 옆구리를 팔꿈치로 툭 쳤다. 그런 설아의 손을 꼭 잡으면서 하재가 말했다.

"이제 최영락과 김나경도 끝물이야. 조만간 완전히 파산한 걸 보여 줄게. 그리고 나경은 학부형과의 트러블 때문에 매일매일 고통받고 있는 중이야."

"그 학부형……. 네가 꾸민 거야?"

"아니. 내가 꾸미지 않았어. 사실 내가 꾸며도 그보다 독특한 사람을 찾기 힘들었을 거야. 세상에는 그런 이상한 학부형이 꽤 많더라."

"하긴 학부형 중에서 말이 안 통하는 사람들이 꽤 있어. 보통 어머니 치맛바람이 세다고 생각하는데 아버지 중에서도……."

웃으면서 학원에서 겪었던 일을 말하던 설아는 반대쪽에서 걸어오는 여인 쪽으로 시선을 돌렸다. 아무런 의미도 없는, 멀리서 걸어오는 여인이 세련되었다는 생각을 하면서 바라봤다. 그러나 어딘지 모르게 익숙한 여인이 완전히 시야 속으로 들어오는 순간 설아의 머릿속은 하얗게 타 버렸다.

예성! 하재의 어머니!

상대방이 예성이라는 사실을 인식하는 순간, 심장이, 방금 전까지 쿵쿵거리며 뛰던 심장이 멈췄다.

세상이 싸늘하게 식어 간다. 귓가에서 눈이 내리는 소리가 들렸다.

뽀드득. 뽀드득. 눈이 가득 내린 정원을 걸어오는 백설 공주의 발걸음 소리가 들린다. 소리가 가까워질수록 몸은 딱딱하게 굳어져 갔다. 세상 그 누구보다 아름다운 백설 공주가 웃으면서 다가오고 있다.

오지 마! 제발 오지 마!

아무것도 모르는 하재의 팔을 꼭 붙든 채로 설아는 간절히 외쳤다.

꺼져! 우리는 이제 겨우 행복해지려고 하고 있어! 그러니까 제발 사라져!

그러나 마녀는 멈추지 않는다. 백설 공주의 아름다움을 빼앗은 마녀는 그 어느 때보다도 당당하게 걸어오고 있다. 세상을 하얀 눈으로 뒤덮은 마녀의 손에 들린 것은 바로 하재의 심장이다.

"설아?"

하재의 목소리가 들렸다. 하재의 다정한 목소리에 정신이 퍼뜩 들었다.

뭐 하는 거야! 유설아! 이런 곳에서 넋을 놓고 있다니! 놀라는 건 다음에 해도 돼!

"왜 그래?"

하재의 팔에 더욱 깊이 매달린 설아는 잠시 숨을 들이켰다. 하재의 향. 알싸하면서도 포근한, 하재의 내음. 지킬 것이다. 저 여자에게 하재를 순순히 넘겨 주지 않겠다. 두 번 다시 저 여자가 그들의 세계에 끼어들지 못하게 하겠다.

"아냐, 아무것도. 그런데."

설아는 몸을 하재 쪽으로 바싹 붙였다.

"갑자기 배가 너무 고파졌어. 우리 나가서 밥 먹자."

설아가 지나치게 서두르자, 하재는 조금 의아한 표정이 되었다. 그러나 아무 말 없이 설아가 이끄는 대로 움직였다. 설아는 하재에게 주위를 둘러볼 틈을 주지 않은 채, 재빨리 엘리베이터를 탔다. 엘리베이터를 탄 설아는 흘깃 예성을 바라봤다.

아직 30대라고 해도 믿을 만큼 젊어 보이는 예성의 옆에는 예성과 비슷하게 생긴 여자가 서 있었다. 아마도 하재의 이부 동생 중 한 명일 것이다. 문이 닫히기 전 설아는 딸을 향해서 환하게 웃는 예성을 노려봤다. 틀림없이 예성은 큰 소리 한번 내지 않은 채 딸을 키웠을 것이다. 최고급 유기농 제품만 골라서 먹였겠지. 딸이 프랑스로 가자고 하면 프랑스로 갔을 것이고 영국으로 가자고 하면 영국으로 갔을 것이다. 철마다 가장 좋은 음식과 옷 들을 사 줬을 것이다. 하재와는 달리!

4. 회상 5

하재는 어떻게 되었을까? 하재에게 무시무시한 괴물을 떠넘기고 온 느낌이다. 집에 도착한 뒤 설아는 몇 번이나 휴대전화를 들었다가 놓았다. 전화를 걸고 싶지만 혹시라도 예성이 받게 된다면 더 큰 문제가 될 것이다. 어떻게 하지? 걱정이 되어서 아무것도 손에 잡히지 않았지만 할 수 있는 일이 없었다.

날이 밝자마자 설아는 학교로 향했다. 그러나 하재는 학교에 오지 않았다. 다음 날도 마찬가지였다. 기말고사를 앞두고 하재가 연달아서 결석을 하자 준표는 대놓고 즐거운 표정을 지었다. 평소라면 그런 준표를 향해서 욕이라도 퍼부었겠지만 지금은 하재에 대한 걱정 때문에 다른 사람은 눈에 들어오지 않았다. 집에서도 계속 휴대전화를 만지작거리던 설아는 기어이 민강으로부터 한소리를 들었다.

"뭐 해? 시험이 내일모레라면서! 당장 휴대전화 내려놓고 공부해!"

"……."

"몇 달 열심히 하는 거 같아서 그냥 뒀더니! 정신 차려! 지금이 휴대전화나 만지작거리면서 놀 때냐!"

민강의 야단에 설아는 고개를 숙였다.

"당장 들어가서 공부해! 조금 잘한다 싶어서 칭찬을 하면 금방 쓸모없어져!"

설아를 향해서 더 야단을 치려던 민강의 휴대전화가 요란하게 울렸다. 민강이 전화를 받는 틈을 타서 설아는 얼른 방 안으로 들어갔다. 책상에 앉긴 했지만 마음이 불편하다. 하재는 어떻게 된 걸까? 밖에 나올 틈이 있으면 공중전화로라도 걸 텐데. 왜 아직 아무런 연락도 없는 거지?

"네? 지금 그게 무슨 말씀이십니까?"

밖에서 민강의 커다란 목소리가 들렸다.

"아닙니다. 잘못 아신 겁니다. 우리 애가 그럴 리가……. 네? 네. 맞습니다. 하지만 우리 애는……. 네……. 알겠습니다."

민강의 전화는 꽤 길게 이어졌다. 중간 중간에 약간 큰 소리가 나기는 했지만 전반적으로 민강이 조용히 듣고 있는 전화였다. 길게 이어지던 전화가 끝나자마자 민강은 설아의 방문을 벌컥 열었다. 시뻘건 얼굴로 숨을 고르던 민강이 버럭 고함을 질렀다.

"그동안 어디 독서실을 다녔어?"

"네? 네, 네?"

"독서실 어디를 다녔냐고!"

"아……. 아……. 저…… 저쪽 사…… 사거리에 있는 푸른 독서실……."

"당장 가자!"

"네?"

"당장 그 독서실에 가서! 네가 정말 독서실에 다닌 게 맞는지 확인해 보자!"

민강의 말에 설아는 그 자리에서 얼어붙었다. 아까 그 전화가 누구에게서 왔는지 알 것 같다. 예성이다. 설아가 머뭇거리자 민강의 눈에 붉은 기운이 스쳤다.

쫙! 바람을 가르는 소리가 들리더니 몸이 오른쪽으로 휘청거렸다. 외부의 강한 충격을 감당하지 못한 설아는 그대로 주저앉았다.

"그동안 공부한다면서 어딜 돌아다닌 거야!"

"아…… 아버지……."

그동안 화난 민강의 모습을 많이 봤지만 지금처럼 화가 난 모습은 처음이다.

"말해! 도대체 그동안 뭔 짓을 하면서 돌아다녔어!"

어떤 변명도 통하지 않을 것이다. 고개를 든 설아는 이성을 잃은 민강을 바라봤다. 민강이 뭐라고 소리쳤지만 알아들을 수 없었다. 겁에 질린 설아의 귀에는 윙윙거리는 바람 소리만 들렸다. 곧이어 지독한 통증이 밀어닥쳤다.

"악!"

민강이 머리카락을 거칠게 휘어 감자 설아는 비명을 질렀다. 그러나 화가 머리끝까지 치민 민강은 손에 사정을 두지 않았다. 민강에게 머리채를 잡힌 설아는 거실로 질질 끌려 나갔다. 아무리 잘못했다고 빌어도, 민강은 손의 힘을 늦추지 않았다.

짐짝처럼 끌려간 설아는 거실에서 두들겨 맞았다. 아프다고, 상황을 설명하겠다는 말을 할 틈도 없이 무자비한 폭력에 노출되었다. 얼마나 맞는지 모르겠다. 몸을 웅크린 채, 육체의 고통이 사라지기만을 기다렸다. 한참 동안 욕설을 퍼부으면서 설아를 패던 민강은 자리에 털썩 주저앉았다.

"어떻게! 어떻게 네가 이럴 수 있어! 어떻게!"

민강은 흐르는 눈물을 닦았다. 고이고이 키운 딸이다. 혹시라도 어미의 나쁜 점을 닮지는 않을까 노심초사하면서 키웠다. 그런데 사내놈이랑 동거라니! 공부하러 간다고 해서 믿었던 자신이 바보다! 더 엄하게 키웠어야 했다. 딸이라고 해서 무르게 대했던 자신이 잘못했다.

"아버지……."

말없이 맞기만 하던 설아가 울먹이면서 입을 열었다.

"공부만…… 공부만 한 거예요."

"이게 그래도!"

또다시 손을 치켜든 민강의 눈에 입술이 터지고 여기저기 멍이 든 설아의 모습이 들어왔다. 그 모습에 차마 더 때리지 못한 민강은 입술을 꽉 깨문 채로 주먹을 내렸다.

"도대체 커서 뭐가 되려고! 벌써부터 사내놈이랑! 그놈 집을 밤낮으로 들락거렸다면서! 사내놈 집을! 여자애가! 그것도 내 딸이!"

"아니에요!"

"이게 그래도!"

민강이 또 주먹을 들자, 설아는 잘못했다면서 두 손을 싹싹 빌었다.

"아버지, 나쁜 짓 안 했어요. 공부만 했어요. 공부만……. 하재는 착한……."

"시끄러!"

분을 가라앉히지 못한 민강은 서랍에서 가위를 꺼냈다. 형광등 불빛에 반사된 가위의 은빛이 설아의 두 눈으로 시리도록 깊게 박혔다.

"배은망덕한 년! 네 에미나 너나 똑같아!"

"아…… 아버지……."

"내가 너를 어떻게 키웠는데! 어떻게 키웠는데!"

가위를 든 채, 민강은 뜨거운 눈물을 토해 냈다.

"다들 네가 그년을 많이 닮았다고 해도! 남자 혼자 어떻게 어린 여자애를 키우냐고 해도! 딸자식 하나만 생각하면서 열심히 살았는데! 네가 어떻게 나에게 이럴 수 있어! 어떻게 부모 가슴에 대못을 박아!"

"아…… 아버지……."

"동거라니! 고등학생이 동거라니! 부모 눈을 피해서! 넌 이제 겨우 고등학교 1학년이야! 그런데 사내놈과……. 사내놈과!"

"아니에요! 아니라고 했잖아요!"

"때려서라도 가르쳐야지. 자식이 잘못된 길로 가면! 그걸 고치는 게 부모가 해야 할 일이니까!"

길고 고운 머리카락이 민강의 손에 잡혔다.

"안 돼!"

소리를 질렀지만 민강의 손은 거칠게 움직였다. 싹뚝거리는 소리가 들리더니 이내 거실 바닥 위로 검은 머리카락이 투둑, 하고 떨어졌다. 설아는 멍한 눈동자로 떨어지는 머리카락을 쥐었다.

"이리 와! 완전히 다 잘라 버려야, 네가 정신을 차리지!"

"안 돼!"

어디서 힘이 났는지 모르겠다. 소리를 지르면서 일어난 설아는 민강을 두 손으로 떠밀었다. 방심한 민강이 그대로 뒤로 넘어지자 설아는 곧장 현관으로 내달았다. 민강이 부르는 소리가 들렸지만 외면했다.

폐가 터질 것 같다! 신발을 잘못 신었는지 발을 내디딜 때마다 뒤꿈치가 아프다. 송곳으로 찌르는 것 같은 지독한 통증이 가슴을 꽉 채웠다. 그러나 멈출 수 없다. 조금이라도 속도를 줄이면 뒤에서 민강의 손이 따라와서 머리카락을 낚아챌 것 같다. 주위를 둘러볼 틈도 없이 미친 듯이 뛰었다. 신호등도 제대로 보지 않고 도로로 뛰어든 탓에 차들이 빵빵거리며 난리를 쳤지만 설아는 지금이 인생의 마지막인 것처럼 뛰었다.

머릿속을 가득 메운 생각은 오직 하나. 하재!

하재를 구해야 한다. 마녀의 손에서!

하재의 집 앞에 도착한 설아는 미친 듯이 초인종을 눌렀다.

하재야. 하재야! 제발 집에 있어 줘!

잠시 후 문이 벌컥 열렸다. 예성이 아니라 건장한 남자가 나왔다. 의아한 얼굴로 나온 남자가 무슨 일이냐고 묻기도 전에 설아가 외쳤다.

"하재! 하재 있어요?"

"뭐? 넌 누구야?"

"우택 아저씨, 누구예요?"

"아냐! 아무도."

우택은 서둘러서 문을 닫으려 했다. 그 순간 설아는 있는 힘껏 소리를 질렀다.

"하재야!"

"설아?"

우택의 뒤에서 하재가 나타났다. 얼굴이 퉁퉁 부어 있는 하재를 보는 순간 설아는 손을 뻗었다.

"하재야! 가자!"

어디로?라는 질문은 없었다. 설아 역시 어디로에 대한 답을 생각하지 않았다. 그저 이곳이 아닌 다른 곳. 그들 둘만 있을 수 있는 곳. 어른들은 한 명도 없는, 그들만의 공간!

"지금 무슨 일인지 모르겠지만, 학생."

하재와 설아의 사이를 가로막은 우택은 문손잡이를 잡았다.

우택이 문을 닫으려 하자, 설아는 더 크게 소리쳤다.

"하재야!"

"학생! 그만……."

"내 손을 잡아! 가자!"

그 순간 우택의 뒤에서 우물쭈물하던 하재가 손을 뻗었다. 우택의 시선을 지나서 하재와 설아는 두 손을 꼭 맞잡았다. 우택이 놀라서 몸을 비트는 순간 하재는 우택과 벽 사이의 틈을 비집고 들었다. 쾅 하는 소리와 함께 우택이 문에 부딪쳤다. 그 덕분에 무사히 빠져나온 하재는 설아와 손을 맞잡은 채 엘리베이터를 향해서 뛰어갔다.

하재와 설아는 계속 달렸다. 숨이 가쁘고 헉헉거리는 소리가 입 밖으로 흘러나왔지만 계속 달렸다. 어디로 달려가는지도 모른다. 그러나 달려야 했다. 하재를 붙잡아서 꽁꽁 묶어 두려는 끔찍한 마녀에게서 도망쳐야 했다.

왜 학교까지 왔는지는 두 사람 모두 알 수 없었다. 발길 닿는 대로 뛰다 보니 학교에 도착해 있었다. 세상 모두에게서 도망치려 했는데 결국 도착한 곳은 그들을 외톨이로 낙인찍은 학교다. 이마에 흐르는 땀을 닦으며 하재는 허탈하게 웃었다.

"결국 여기구나."

"그렇네."

무의식 속에서도 학교 외 다른 공간을 떠올리지 못하는 자신들이 어설퍼서 웃음만 난다.

땀이 식자 공기는 더욱 차갑게 느껴졌다. 뒤늦게 하재의 옷
차림을 본 설아는 깜짝 놀랐다. 하재는 티셔츠 하나만 입고 있
었다.

"하재야! 너, 티셔츠 차림이잖아!"

"서…… 설아……. 너, 피 나."

하재는 추운 겨울 밤 자신이 얇은 티셔츠만 입고 있다는 사
실보다 설아의 발뒤꿈치에서 나는 피를 먼저 보았다. 얼굴이
새파랗게 질려서 몸을 숙인 하재는 입술을 덜덜 떨었다.

"어…… 어떻게 해……. 벼…… 병원 가자."

"이 시간에는 병원도 못 가. 그냥 편의점에서 대충 밴드를
사면 돼. 그나저나 너, 너무 춥겠다. 어떻게 하지?"

"하…… 학교에…… 드…… 들어가면 돼."

"학교에?"

하재의 말에 설아는 학교 담벼락을 바라봤다. 낮다. 못 넘을
담은 아니다. 하지만 교실까지는 어떻게 들어가지? 방범 장치
가 되어 있을 텐데.

"미…… 미술 선생님은…… 창…… 창문을 잘 안 잠가. 거……
거기로 가 보자. 일단…… 너, 발도 치료해야 해."

다행히 하재의 말처럼 미술실 창문이 열려 있었다. 편의점
에서 응급약을 산 하재와 설아는 미술실 창문을 통해서 학교
안으로 들어갔다. 3층에 있는 어두컴컴한 교실에 도착하자마
자 하재는 설아의 발부터 치료했다. 막상 설아는 발바닥이 찢
어진 것도 느끼지 못했지만 치료하던 하재는 계속 울먹거렸다.

"어떻게 해······. 이거 상······처가······."

"괜찮아."

설아는 하재의 팔을 끌어올렸다.

"겨우 발바닥이 조금 찢어졌을 뿐이야. 그보다 하재야, 안 추워?"

교실 창문을 통해서 달빛이 들어왔다. 눈부시도록 밝은 달빛이 쏟아지는 가운데, 하재의 두 눈은 경악으로 점점 커져 갔다. 하재의 검은 눈이 완전히 커졌을 때, 그의 입에서 비탄의 소리가 흘러나왔다.

"서······ 설아야. 너······ 얼굴이······. 머리가······."

"아······."

그제야 설아는 아까 아버지에게 머리카락이 잘렸다는 사실을 떠올렸다. 설아의 짧은 머리를 알아차린 하재의 얼굴이 새파랗게 질렸다. 세상이 무너진 것 같은 얼굴이었다. 충격을 받은 하재에게 머리카락이 잘려서 마음이 상한 티를 차마 드러낼 수 없었다. 그래서 설아는 아무렇지도 않은 얼굴로 웃었다.

"잘렸어. 아버지가 엄청 화가 났거든."

"어······ 어떻게······ 해······."

"괜찮아. 머리카락은 금방 자라. 여기, 이 부분을 조금 자르면 단발처럼 보일 수도 있어. 아······. 안 되겠다. 이제 보니 뒤쪽이 거의 다 잘렸네. 쇼트 커트로 해야겠다."

"나······ 나 때문이야······."

고개를 숙인 하재는 울먹거렸다.

"어…… 어머니가…… 거짓말을 했어. 너희 아버지에게……
너와 내가."

"말 안 해도 알아. 우리가 이상한 짓을 했다고 거짓말한 거
지? 너와 내가 그럴 리가 없는 데도……. 아버지는 안 믿더라."

울면서 고개를 든 하재는 여기저기 멍이 든 설아의 얼굴로 손
을 뻗다가 다시 움츠렸다. 마음이 아파서 차마 설아의 상처에는
손도 대지 못했다.

"괜찮아."

설아는 우물쭈물하는 하재의 손을 쥐고는 환하게 웃었다.

"그냥 몇 대 맞은 거야. 머리카락은 금방 자랄 거고, 멍은 일
주일쯤 뒤면 사라질 거야."

"……."

"괜찮다니까. 맞는 건 이골이 났어. 걱정할 거 없어."

"그러지 마."

"뭘?"

"너는 그런 말 하면 안 돼."

"무슨 말?"

"맞는 일에 이골이 나서 괜찮다는 말. 사람은, 너처럼 아름
다운 사람은 절대로 맞는 일에 익숙해져서는 안 되는 거야."

'도대체 지금 무슨 말을 하려는 거야?'하며 웃으려 했다. 그러
나 웃음은 나오기도 전에 사라졌다. 가슴속 깊은 곳에서 뜨겁고
물컹한 것이 치밀어 올랐다. 지금까지 아무도 가르쳐 주지 않았
던, 아무도 해 주지 않았던 말.

세상에 존재하는지도 몰랐던, 바로 그 말을 하재가 하고 있었다.

단 한 번도 말을 더듬지 않고서.

너처럼 아름다운 사람은 맞는 일에 익숙해져서는 안 돼.

인간이라면 당연한 일이다. 사람이라면, 그 누구도 맞는 일에 익숙해져서는 안 된다. 그러나 지금까지 단 한 번도 자신이 보호받는 인간의 범주에 속한다고 생각해 본 적이 없었다. 누군가는 '너는 소중한 사람'이라는 말을 들을 수도 있겠지만, 자신이 그런 말을 듣게 되는 것을 상상해 본 적이 없다.

뺨을 타고 눈물이 주르륵 흘러내렸다.

울고 있다는 사실조차 인지하지 못한 채, 뜨거운 눈물이 계속 흘러내렸다.

설아가 우는 모습을 본 하재는 허둥지둥하더니 편의점에서 산 휴대용 티슈를 내밀었다. '왜 휴지를 줘?'라는 질문을 던지려는 순간 설아는 자신이 울고 있다는 사실을 알아차렸다.

뚝뚝. 뺨을 타고 눈물이 떨어져 내렸다. 울고 있는 스스로에게 당황한 설아는 황급히 손으로 눈물을 닦았다. 그러나 눈물은 멈추지 않았다.

입에서는 끅끅거리는 소리가 났다. 왜 우는지 모르겠다. 지금까지 아버지에게 아무리 호되게 매를 맞아도 울지 않았었다. 그러나 이상하게도 하재의 앞에서는 눈물을 멈출 수 없다. 고장 난 수도꼭지처럼 계속 눈물이 흘러나왔다.

"설아⋯⋯."

"나…… 난……."

"괜찮아, 설아. 내가 있잖아."

내가 있다는 하재의 말이, 가슴에 사무쳤다.

아무 말도 아닌, 그저 곁에 있겠다는 말인데 눈물이 왈칵 쏟아졌다.

시간이 얼마나 지났는지 모르겠다. 한참 울던 설아는 겨우겨우 눈물을 멈췄다. 그동안 하재는 아무 말도 하지 않은 채, 옆에서 기다리고 있었다. 손으로 얼굴을 닦은 설아는 고개를 들었다.

"내일…… 일어나면 얼굴이 퉁퉁 부었겠다."

"……미 ……미안해."

"네가 뭐가 미안해. 아버지가……."

말을 하다 말고 설아는 입술을 잘근잘근 깨물었다. 아버지에 대해서 이야기를 하는 것은 언제나 어렵다. 아버지는 딸인 자신을 사랑하고 아낀다. 잘 알고 있다. 그런데도 이상하게 아버지에 대해서 말할 때면 자신이 부모의 사랑을 몰라주는 못된 딸 같아서 힘들다.

"아버지는…… 너무…… 다혈질이야. 강한 성격이어서……."

"아…… 알아. 그동안 네가 말했었잖아."

"아버지는 사랑해서 그런 거야. 내가 걱정되니까."

변명임을 알고 있다. 하재가 아버지를 나쁘게 생각할까 봐서 하는 변명이다. 그러나 변명인 동시에 사실이다. 설아의 말을 듣던 하재가 슬픈 미소를 지었다.

"알아. 네 아버지가 너를 사랑하는 거. 그런데 말이야, 설아야……."

하재는 담담하게 말을 이었다.

"네 아버지는 딸을 사랑해. 그러나 유설아를 사랑하지는 않아."

말을 더듬지 않고 차분한 목소리로 말하는 하재. 순간 설아는 입술을 꽉 깨물었다. 입안에서 비릿한 쇠 맛이 느껴졌다. 하재가 하려는 말을 정확하게 알아들었다.

맞다. 아버지는 딸을 사랑한다. 딸도 아버지를 사랑하고 존경한다. 그러나 유설아는 유민강을 사랑하거나 존경하지 않는다. 오히려 미워하고 싫어하고 있다. 그래서 괴롭다. 아버지는 사랑하는데 유민강이 싫어서. 민강도 괴로울 것이다. 딸은 사랑하는데 유설아가 싫어서.

설아는 멍하니 앞을 바라봤다. 오랫동안 가슴속을 무겁게 누르고 있던 한 가지 질문에 해답을 얻은 기분이다. 또한 자신이 오늘의 깨달음을 진정으로 이해하고 받아들이기까지는 오랜 시간이 걸릴 것이라는 생각도 들었다.

하재는 한숨을 쉬면서 말했다.

"어머니는…… 어…… 어머니는…… 나를 미…… 미국에 보내겠대……. 도저히 나…… 나를 참…… 참을 수 없대."

"미국?"

오늘 있었던 그 어떤 일보다도 하재가 미국으로 간다는 소식이 가장 충격적이다. 두 손으로 입을 틀어막은 설아는 하재를 바라봤다. 미국이라니? 말로만 듣던 그 먼 나라로 하재가 간다고? 순간 앞이 캄캄해졌다. 하재가 없는 세상이라니. 상상만 해도 외롭고 쓸쓸해서 죽을 것 같다.

"거…… 걱정 마……. 2…… 2년이면 돌아올 수 있어. 아…… 아버지 유산이 있어. 내…… 내가…… 스무 살이 되면……. 그럼 아…… 아버지 유…… 유산을 물려받을 수 있어. 그림들 중…… 중에서 하나만 팔아도 생…… 생활할 수 있어. 2년만 지나면 그…… 그러면 돌아올 수 있어."

미래를 약속하는 하재의 목소리는 밝았다. 그러나 그 밝은 목소리는 죽을힘을 다해서 짜낸 연기라는 것을, 하재도 설아도 모두 알고 있다.

"그래도…… 미국은 너무 멀다."

"펴…… 편지……, 메…… 메일이 있잖아……."

"그래."

설아는 하재의 거짓된 희망에 순순히 고개를 끄덕였다. 메일과 편지가 있다. 하지만 외로울 것이다. 죽도록 외로울 것이다. 하재가 보고 싶어서 그리움이 온몸에 사무칠 것이다.

"나…… 나도 가…… 가고 싶지 않아……. 하…… 하지만."

차마 뒷말을 잇지 못한 채, 하재는 입을 다물었다. 만일 자신이 미국으로 가지 않으면 설아를 학교에서 퇴학시키겠다던 어머니의 날카로운 목소리가 지금도 귓가에서 쩌렁쩌렁 울린다. 동시에 학교에서 퇴학시키는 것으로 그치지 않고 설아의 집안을 금전적으로 압박하겠다던 예성의 말은 단순한 협박이 아니었다. 예성의 두 눈에는 설아에 대한 증오로 가득했다. 아무리 아니라고 말해도 예성은 착하고 순진한 아들을 꾀어낸 못 된 계집애라는, 설아에 대한 판단을 뒤집을 생각이 없었다.

"있지⋯⋯."

아무도 없는 교실에서 나란히 앉은 채로 설아와 하재는 칠판을 바라봤다.

"⋯⋯학교에서도 알은척할 걸 그랬다."

"⋯⋯."

"그랬으면 더 많은 이야기를 하고 더 많은 시간을 보낼 수 있었을 텐데."

"그러게. 아쉽다."

아쉽다. 모든 것이 다 아쉽다. 헤어져야 한다는 사실을 받아들일 수 없기에 모든 것이 다 아쉽고 서운하다. 이제야 비로소 그들의 낙원이 사라졌다는 사실이 실감 났다. 낙원을 파괴한 적들과 싸우기에 그들은 너무나도 미약한 존재들이다.

마녀에게서 하재를 구해 주기 위해서 달려갔지만 할 수 있는 것이 없다.

"설아야. 나는 지금까지 거짓말만 했어."

"거짓말?"

"응. 거짓말. 아주 지독한 거짓말."

하재의 목소리가 점점 차가워졌다. 너무 차가워서 무서울 정도로 냉랭한 목소리였다.

"내 어머니는 나를 싫어해. 아들로서도, 하나의 인간으로도."

"⋯⋯."

114

"엄밀히 말하자면 단순히 싫어하는 정도가 아니라 증오하고 있어. 그래, 증오. 그게 가장 어울리는 단어일 거야. 그렇기 때문에 억지로 인스턴트 음식과 배달 음식만 먹이는 거야. 내가 혼자 쓸쓸하게 음식을 만들어 먹는 게 싫다는 건, 모두 거짓말이야. 그냥 내가 싫고 미우니까 그런 걸 먹이려는 거야. 그러고는 치수가 작은 옷을 선물로 주고 조롱하지. 봐라. 너는 뚱뚱하고 못생겨서 사랑받지 못하는 아이야. 너는 부끄러운 존재이기 때문에 엄마는 너와 함께 살 수 없는 거야."

하재의 말에 또다시 눈물이 고였다. 그러나 애써 참았다. 담담하게 말하는 하재의 말에, 그래도 딸로서는 사랑받고 있는 자신이 울어서는 안 될 것 같았다.

달빛에 하재의 얼굴이 비쳤다. 여드름 자국이 조금 옅어진 얼굴에서 눈물이 흘러내렸다.

"하지만 나는 엄마의 말을 못 들은 척, 늘 고개를 숙이고 있어. 가만히 있으면, 시키는 대로 하면 엄마가 사랑해 줄지도 모르니까. 그래서 언제나 고개를 숙인 채, 뚱뚱한 내 몸을 부끄러워하면서 얌전히 있지. '사랑해 주세요. 한 번만 안아 주세요'라고 속으로 말하면서. 병신 같아."

"……."

"그림만 해도 그래. 엄마가 그 그림을 원하는 걸 알아. 모작이라도 가지고 싶어 하는 걸 알면서도 굳이 붙잡고 있는 이유는 하나야. 혹시라도 엄마가 그 그림이 보고 싶어서 나를 찾아올지 모르니까. 그럼……."

하재는 숨을 깊이 들이마셨다.

"엄마에게 내가 얼마나 좋은 아들인지 보여 줄 수 있으니까. 사실 공부하는 거 재미없을 때도 많아. 하지만 엄마에게 내가 전교 1등이라는 걸 보여 주면…… 그러면…… 엄마도 내가 아버지를 닮은 쓸모없는 아들이 아니라고 생각할지도 모르니까. 그래서 밤을 새워서 공부했어. 하지만 소용없어. 내가 뭘 해도 나는 돼지고, 나는 못생겼고, 나는 절대로 준희나 준성이처럼 엄마와 함께 살 수 없을 거야. 엄마는 아버지의 피를 이어받은 나를 죽이고 싶을 정도로 미워하니까."

"도망치자, 하재야!"

불쑥 입에서 도망이라는 말이 나왔다. 그리고 말이 입에서 나오는 순간 깨달았다. 그들은 도망칠 수 있다. 아직 낙원은 완전히 붕괴되지 않았다.

"도망?"

"그래! 우린 돈이 있잖아! 비록 2백만 원밖에 없지만 있긴 있는 거잖아! 그리고 너…… 집에서 돈 가지고 나올 수 없어? 안 입는 옷들 몽땅 들고 나와도 돼!"

설아의 말에 하재의 얼굴도 점점 밝아져 갔다.

"내일 당장 미국으로 가야 해?"

"아…… 아냐……. 하…… 한 달 뒤야."

"그럼 그동안 집에서 가지고 나올 수 있는 걸 다 가지고 나오면 되잖아! 2년만 기다리면 된다면서! 그 뒤에는 아버지 유산을 받을 수 있다고 했잖아. 생각해 봐. 2년 동안 고시원 같은 곳에서 살면 돼. 밥은 내가 가져가면 되구!"

"카…… 카드에서 돈을 뺄 수 있어. 아…… 아직 사용해 본 적 없지만…… 전에 어…… 엄마가 천만 원까지는 괜찮다고 했던 거 같아."

천만 원! 말로만 들었던 엄청난 거액에 설아는 환하게 웃었다. 아버지에게 맞았던 곳도 아프지 않아졌다. 도망칠 수 있다. 하재와 헤어지지 않아도 된다!

기쁜 마음에 설아는 하재를 와락 끌어안았다.

"그럼 우리 이제 천 2백만 원이나 있는 거야? 그 돈이면 2년 정도는 버틸 수 있을 거야! 그렇지, 하재야?"

"……."

"하재야?"

고개를 숙이고 있는 하재의 얼굴이 시뻘겋게 달아올라 있었다. 뒤늦게 자신이 하재를 안고 있다는 사실을 깨달은 설아는 활짝 웃었다.

"하여튼 너는 부끄러움도 많아."

웃으면서 설아는 더욱 강하게 하재를 끌어안은 채, 발꿈치를 들었다. 그러곤 뺨에 가볍게 뽀뽀를 했다. 순간적인 행동이었다. 감당하기 힘들 정도로 끔찍한 하루를 보냈기에 마음을 가볍게 하고자 하는 행동이었을 뿐이다. 그러나 입술이 하재의 뺨에 닿는 순간 뭔가 조금 달라진 듯한 기분이 들었다.

바짝 힘이 들어간 하재의 몸에서, 서로 맞닿아 있는 가슴에서, 느낄 수 있었다. 아마도 이후의 일은 지금까지와는 조금 다를 것이라는 생각이 스쳤다.

뺨에 하재의 손이 닿았다. 그러더니 하재의 얼굴 각도가 조금씩 비틀어져 갔다.

어두운 교실에서 달빛이 쏟아지는 가운데, 설아의 입술 위로 하재의 입술이 닿았다. 수줍은 입맞춤이 다가오더니, 떨리는 입술이 닿았다. 뺨을 감싼 하재의 손에서 열이 나는 것 같다. 하재가 도톰한 아랫입술을 살짝 깨물자, 짜릿하면서도 아릿한 감각이 몸을 스쳐 간다.

영원과도 같이, 길면서도 짧은 시간이 흘렀다.

뒤늦게 자신이 무슨 짓을 하고 있는지 깨달은 하재는 깜짝 놀라면서 몸을 뗐다.

"아……. 아……. 난……."

"……."

"자…… 잠시…… 화…… 화장실!"

화장실이라는 말만 남긴 채, 하재는 교실 밖으로 뛰어나갔다.

홀로 남은 교실에서 설아는 천천히 손을 입술에 가져다 댔다. 방금 하재와 키스를 했다. 왜? 키스를 했다는 사실보다 하재가 왜 자신에게 키스를 했는지가 더 궁금해졌다. 설마 하재는 자신을 여자로 좋아하는 걸까?

갑자기 하재가 서먹서먹하게 느껴진다. 친구가 남자가 되는 과정이 처음인 설아로서는 모든 것이 이상했다. 혼자 교실에 남은 설아는 책상을 오른손 검지로 톡톡 쳤다.

하재와의 입맞춤…….

모르겠다. 어떤 감각이었는지 하나도 모르겠다. 굉장히 부드럽고 바들바들 떨고 있던 입술이라는 것만 기억이 난다. 어떻게 해야 하는 거지? 이 일에 대해서 하재에게 알은척해야 할까? 아니면 순간적인 실수라고 생각해야 하는 걸까?

모르겠다. 아무래도 이건 하재가 결정해야 할 문제 같다. 잠시 고민하던 설아는 하재를 찾으러 교실 밖으로 나갔다. 그러나 하재는 보이지 않았다. 어디를 봐도 어두운 복도뿐이다. 3층 화장실 밖에서 작은 목소리로 하재를 불러 봤지만 아무 소리도 들리지 않았다.

밤의 학교는, 낮의 학교와는 완전히 다른 곳이었다. 학교란 참 이상한 공간이다. 여럿이서 같이 있을 때와 달리 홀로 있을 때는 공포의 공간으로 변한다. 금방이라도 뭔가 튀어나올 것 같은 어둠으로 가득 찬 밤의 학교에서 설아가 갈 수 있는 곳은 2층 교무실 근처까지가 전부였다. 작은 목소리로 '하재야'라고 부르던 설아는 교무실 쪽에서 딸깍거리는 소리가 들리자 소스라치게 놀라며 3층으로 뛰어 올라갔다.

교실에 도착하고 난 뒤에야 그 소리가 하재가 낸 소리일 수 있겠다는 생각이 들었다. 그러나 다시 내려갈 생각은 없다. 무섭다. 상상이 불러일으킨 공포가 한 발자국도 움직일 수 없게 만들었다.

급히 뛰어서인지 뺨이 발갛게 달아올랐다. 손으로 뺨을 만지던 설아는 뒤쪽의 창문을 조금 열었다. 차가운 바람이 밀어닥친다. 시간이 조금 지나자 이성이 돌아왔다. 아마도 아까 그

소리는 잘못 들은 소리일 것이다. 아무것도 아닌 소리에 놀라서 뛰어다닌 게 조금 부끄러워졌다.

그나저나 하재는 언제 돌아오는 거지? 옷도 안 입어서 추울 건데.

밤의 교정을 내려다보던 설아는 하재가 가지고 있는 돈 액수를 떠올렸다. 천 2백만 원은 큰돈이지만 2년이라는 시간을 버티기에는 부족할지도 모른다. 돈을 더 만들어야 하는데. 어떤 수를 써야 할까?

그때였다. 문 쪽에서 달칵거리는 소리가 들렸다.

"하재야?"

하재의 이름을 부르면서 천천히 고개를 돌리던 설아는 갑자기 뛰어오는 검은 물체와 마주쳤다. 뭐? 뭐야? 의문을 가지기도 전에 몸이 공중으로 붕, 하고 뜨더니 곧 아무것도 느껴지지 않았다.

5. 아버지와의 재회

귓가에서 까드득거리는 소리가 떠나지 않는다. 손톱으로 칠판을 긁는 듯한, 기분 나쁜 소리. 동시에 예성의 얼굴이 눈앞에서 사라지지 않았다.

행복한 듯 미소 짓고 있던 예성과 그녀의 딸.

어떻게…… 어떻게 당신은 그리 환하게 웃을 수 있지? 당신의 아이인 하재는 지옥에서 살았는데, 어떻게?

대답을 얻지 못할 질문이라는 것은 알고 있다. 그러나 묻지 않을 수 없다. 어떻게 그런 짓을 할 수 있는 거지? 아무리 악랄하고 나쁜 인간이라고 해도 자신의 아이를 그런 식으로 버리다니.

설아는 입술을 꽉 깨물었다. 비릿한 피 맛이 느껴졌다.

알고 있다. 세상에는 자신의 아이를 학대하는 부모가 있다는 것쯤은. 더 끔찍한 일들이 벌어지고 있다는 것도 잘 알고 있다.

그러나 그 대상이 하재라는 사실과 예성의 웃는 얼굴을 참을 수가 없다.

왜 지금까지 그 악마 같은 여자를 잊어버리고 있었을까. 죽지 않았으면 살아 있을 것이고. 살아 있다면 어딘가를 돌아다니고 있을 텐데. 그 어딘가가 자신들의 주위가 될 수 있다는 생각을! 왜 미처 하지 못했던 걸까.

"괜찮아?"

하재의 목소리가 들렸다. 하재의 걱정스러운 목소리에 설아는 천천히 고개를 들었다. 흐릿한 시야 너머로 하재가 보였다. 자신의 옆에 있는 사람이 하재라는 사실을 인지하자 조금씩 이성이 돌아왔다.

"기분이 안 좋아 보여. 어디 아픈 거야?"

하재야. 네 어머니를 봤어.

무서워. 간신히 쌓아 올린 우리의 낙원이 또다시 한순간에 사라질 것 같아서 두려워.

"병원 갈까?"

"아…… 아냐."

하재의 손을 붙잡은 설아는 고개를 저었다.

"아…… 아무것도 아냐."

설아가 아니라고 말했지만 하재의 이마는 잔뜩 찌푸려진 상태였다. 조심스레 설아의 이마를 짚은 하재는 자신의 이마를 만졌다. 서로의 체온을 비교하던 하재가 말했다.

"너무 차가운데? 아무래도 안 되겠다. 병원에 가자."

"아냐!"

정신 차려, 유설아! 하재는 예성을 보지 못했어! 그러니 예성을 봤다는 사실을 들켜서는 안 돼!

"정말 괜찮아."

그러나 하재는 설아의 말을 곧이곧대로 받아들이지 않았다.

"아직까지 떨고 있잖아. 차 세우라고 할까?"

"그냥 속이 조금 불편할 뿐이야. 쉬면 괜찮아질 거야. 그보다 저녁을 못 먹어서 어떻게 해."

"지금 저녁이 문제가 아니잖아."

하재는 떨고 있는 설아의 손을 꼭 쥐었다. 앞에 운전사와 강비서가 있는데도 거침없이 행동했다. 걱정스러운 얼굴로 입술을 잘근잘근 깨물던 하재가 운전석 쪽으로 고개를 돌렸다.

"아무래도 병원에 가야겠다. 강 비서. 차 돌려요."

"아냐!"

설아는 하재의 손목을 잡아 이끌었다.

"그냥 잠시만…… 잠시만 좀 내리고 싶어. 차 안이 답답해."

"차 세워요."

잠시 후 차에서 내린 설아는 근처 프랜차이즈 카페의 야외 테이블에 앉았다. 파리한 안색의 설아를 보면서 안절부절못하던 하재가 물었다.

"얼음하고 물 사 올까?"

"아…… 아니."

두 손에 힘을 준 채, 깍지를 낀 설아가 고개를 저었다. 웃으려고 하는데 어색함이 입술에 달라붙어서 사라지지 않는다. 몇 번이나 입술을 달싹인 뒤에야 제대로 말할 수 있었다.

"따뜻한 음료를 마시고 싶어."

"따뜻한 거?"

얼음 대신 따뜻한 음료수를 마시고 싶다는 설아의 말에 하재는 조금 놀란 얼굴이 되었다.

"코코아 같은 거. 그래, 코코아가 좋겠다."

"정말? 정말 얼음하고 물 대신 핫 코코아를 마실 거야?"

"응. 지금은 따뜻한 걸 마시고 싶어."

"알았어. 잠시만 기다려."

양복 윗옷을 설아의 어깨에 걸쳐 준 뒤 하재는 카페 안으로 들어갔다. 하재의 뒷모습을 보면서 설아는 다시 한번 더 깍지를 낀 손에 힘을 줬다.

지금도 예성의 마지막 외침이 선명하다.

거짓말! 거짓말! 거짓말!

온몸으로 비명을 지르던 예성의 외침. 그건 단순히 누군가를 미워하는 차원을 넘어선 광기였다. 하재가 예성에게 이길 수 있을까? 모르겠다. 머리가 텅 빈 것 같다. 예성의 존재가 어떠한 생각도 할 수 없게 만들고 있는 중이다.

그나저나 하재에게 예성을 봤다고 말해야 할까?

아마도 하재는 사람을 시켜서 예성에 대해서 조사하고 있을 것이다. 예성이 어디에서 무엇을 하는지, 어디서 살고 있는지도 모두 알고 있을 것이다. 오늘의 짧은 스침은 하재에게는 아무것도 아닐지도 모른다. 그래도 말해야 하지 않을까?

"여기."

고민하던 와중에 테이블 위로 하재의 손이 보였다. 동시에 달달한 코코아 향이 코를 스쳤다.

"특별히 더 따뜻하게 해 달라고 부탁하기는 했는데. 얼음하고 물도 같이 가져올까?"

"괜찮아. 고마워."

잔을 쥔 설아는 후후 불면서 조심스럽게 코코아를 마시기 시작했다. 달콤한 음료를 한 모금 마시자 예성을 만나서 꽁꽁 얼어붙었던 몸이 조금씩 녹아내리는 것 같았다.

예성은 〈백설 공주를 위하여〉에 표현된 백설 공주 그 자체다.

차가운 하얀 눈이 내리던 날 태어난, 세상 모두를 차갑게 얼려 버리는 백설 공주.

아름답고 잔혹한 공주.

"정말 얼음하고 물을 사 오지 않아도 돼?"

"응."

설아는 계속 뜨거운 코코아를 홀짝거리며 마셨다. 코코아의 온기로 몸이 따뜻해질수록 점점 머리가 맑아지는 것 같다. 3분의 1쯤 마셨을까? 고개를 든 설아는 자신을 기묘한 눈으로 바라보고 있는 하재의 시선과 마주쳤다.

"왜? 왜 그렇게 봐?"

"아냐. 아무것도."

"아무것도 아닌 것치고는 눈빛이 묘한걸."

"그냥."

하재는 어깨를 으쓱거렸다.

"네가 얼음하고 물 대신 다른 걸 마시는 건, 처음 보는 것 같아서."

"……."

하긴 한겨울에도 얼음과 차가운 물을 마셨던 자신이다. 답답하고 꽉 막힌 속을 시원하게 만들어 줄 수 있는 건 얼음과 물밖에 없었으니까. 그러나 지금 이 순간만큼은 코코아가 먼저 떠올랐다.

"혹시…… 지금도 나경 패거리들이 한 일 때문에 힘들어?"

"……나경?"

하재가 무슨 말을 하는지 몰라서 잠시 머뭇거렸다. 왜 갑자기 하재가 나경을 거론하는 거지? 잠시 뒤에야 설아는 오늘 나경을 만났다는 사실을 떠올렸다.

"아냐. 그런 거."

설아는 단호히 고개를 저었다.

나경 따위는 아무것도 아니다. 현종의 나쁜 짓을 그저 장난일 뿐이라고 치부하던 영락을 믿고 싶어 했던 나경은, 예성에 비하면 아무것도 아니다. 정말 아무것도 아니다.

"그냥 머리가 좀 아팠을 뿐이야."

"컨디션이 나빴던 거라면 다행이지만 어쨌든 나경과 그 패거리들은 조만간 죗값을 치르게 될 거야."

하재가 굳이 강조해서 말하지 않아도 안다. 오늘의 만남에서 잘 알 수 있었다. 이미 나경의 삶이 바닥부터 흔들리고 있다는 것을. 하지만 나경은 두려운 존재가 아니다.

진정으로 두려운 사람은 바로 예성이다.

예성은 그 누구와도 비교할 수 존재. 웃는 얼굴로 타인의 심장을 도륙 내는 예성은 그 누구와도 비교할 수 없다.

입술을 살짝 깨문 설아는 코코아를 한 모금 더 마셨다. 백설 공주의 차가운 냉기로부터 벗어나려는 것처럼, 조금씩 조금씩 코코아의 온기를 몸 안으로 밀어 넣었다.

진정해, 유설아. 앞으로 가야 할 길이 멀어. 그런데 겨우 예성을 한 번 봤다고 이렇게 덜덜 떨고 있으면 어떻게 해. 강해져야 해. 하재를 위해서라도. 언제까지 하재의 뒤에 숨어서 세상을 바라볼 순 없잖아. 지금은 그 어느 때보다 강해져야 할 때야.

코코아를 마시는 설아를 말없이 지켜보던 하재가 입을 열었다.

"혹시 내일도 몸이 좋지 않으면 병원에 가 보자."

"이제는 괜찮아졌어."

"……"

"정말이야."

설아는 하재를 향해서 방긋 미소를 지었다.

"그나저나 자주 아파야겠네. 민제하 씨가 이렇게 극진히 관심도 기울여 주시고."

"……유설아."

설아의 농담에 하재의 얼굴이 싹 변했다.

"농담이야."

"……."

"미안해. 그렇게까지 정색하지 마."

"알아. 농담한 거. 하지만 아까 네 모습을 봤다면 그런 농담은 못 할 거야."

설아는 하재 쪽으로 손을 뻗었다. 하재의 손은 살짝 굳어 있었다. 자신이 코코아를 마시는 동안 걱정스러운 마음에 주먹을 꽉 쥐고 있던 하재를 발견하자, 마음 한구석이 아려 왔다.

"미안해."

한 번 더 미안하다고 말한 설아는 결정을 내렸다.

예성에 대해서는 말하지 않기로. 오늘은 이대로 모두 모르는 척 묻어 두는 편이 좋을 것 같다. 그러나 예성을 다시 만나게 될 것이다. 그 순간 하재의 발목을 잡지 않기 위해서라도 지금부터 마음을 다잡아야 한다.

강해지자, 유설아.

예성과 바로 앞에서 만나더라도 당당하게 서 있을 수 있게.

남아 있는 코코아를 모두 마신 설아는 하재를 향해 밝은 미소를 지었다.

"코코아도 맛있네."

"더 사 올까?"

"아니. 맛있기는 한데 연달아서 두 잔이나 먹기에는 너무 달다. 그런데 여기, 우리가 처음 갔었던 그 카페와 비슷한 것 같

아. 그렇지 않아?"

"여기가?"

하재는 전혀 동의할 수 없다는 얼굴로 카페를 둘러봤다.

"응. 여기저기 화분이 많잖아. 요즘 프랜차이즈 카페에는 화분이 없는데. 여기는 많아."

"화분이 있다고 닮은 거야?"

"그래서 조금이라고 했잖아."

설아의 얼굴빛과 표정이 정상으로 돌아오자 하재도 안심하는 눈치였다. 조금 여유가 생긴 하재는 다시 한번 주위를 찬찬히 둘러봤다.

"뭐, 그래. 커피를 팔고 테이블이 있고 의자도 있고. 거기에다가 화분이 네 개쯤 있으니까 닮은 걸로 쳐도 되겠다. 그런데 네가 그 카페를 아직까지 기억하고 있을 줄은 몰랐는걸."

"멋진 곳이었잖아. 사실 그때 많이 당황했었거든."

"당황했었다고? 왜?"

"돈은 없는데 커피 값은 너무 비싸고. 그런 상황에서 너에게……."

설아는 잠시 머뭇거렸다.

"그때…… 내가 굉장히 못되게 말했었잖아. 그게 계속 미안했었어."

설아의 말에 하재는 어리둥절한 표정을 지었다.

"네가 나에게 못되게 말했었다고? 언제?"

"그때 카페에 갔을 때."

"아냐. 너, 그때 못되게 말한 적 없었어. 우리 그때 원서 산 뒤에, 곧장 집으로 돌아갔잖아."

"네가 원서를 사러 가기 전에 말했었잖아. 너는 부모가 카드를 주니까 돈 아까운 줄 모른다고……."

"그런 말을 했었어? 전혀 기억이 안 나는데."

하재는 정말 아무것도 기억나지 않는다는 표정으로 어깨를 으쓱거렸다.

"그럼 그건 기억나? 내가 오피스텔에 양배추 쌈을 가지고 갔었는데 네가 한입 먹고는 더 이상 못 먹겠다고 했었잖아."

"아아. 그래. 그건 기억난다. 내가 생각했던 맛이 아니었어. 지금은 가장 좋아하는 음식이 되었지만. 그때 네가 맛있는 음식이라고 하도 강조를 해서 나는 양배추 쌈이 굉장히 달달할 줄 알았거든."

"양배추 쌈은 달아. 다만 사탕처럼 달지 않아서 그렇지. 또 원래 달고 짠 음식은 몸에 나쁜 법이야. 아, 잠시만. 코코아가 너무 달았나 봐. 목말라. 물 좀 사 올게."

"앉아 있어."

설아가 움직이기 전에 하재가 먼저 일어났다.

"너, 지금 굽 있는 신발 신고 있으니까, 내가 갔다 올게."

"굽이 있어도 편한 신발이야."

"알아. 편한 신발인 거. 그래도 내가 더 편한 신발을 신고 있잖아."

말릴 틈도 없이 하재가 카페 안으로 들어갔다. 잠시 후 하재는 얼음이 담겨 있는 플라스틱 컵과 생수를 들고 나왔다.

"필요할지도 몰라서 얼음도 같이 사 왔어."

"고마워."

설아가 물과 얼음을 받아 드는 순간 탁자 위에 놓여 있던 하재의 휴대전화가 울렸다. 하재는 웃는 얼굴로 전화를 받았다.

"네. 김 여사님. 무슨…… 네?"

밝던 하재의 목소리가 갑자기 어두워졌다. 얼굴빛이 싹 변한 하재가 설아를 흘깃 바라봤다.

"아…… 네. 잠시만, 전화 좀 받고 올게."

"무슨 일이야?"

질문을 했지만 하재는 답하지 않았다. 대신 하재는 조금 떨어진 곳으로 걸어갔다. 거리 때문에 하재의 목소리를 들을 수 없었다.

뭐지? 무슨 일이 생긴 거지? 설마 예성인 걸까? 불안한 마음에 하재의 행동에서 시선을 뗄 수 없다. 잠시 후 통화를 마치고 돌아온 하재의 얼굴은 여전히 굳은 상태였다.

"무슨 일이야?"

"……."

"아까 김 여사님이라고 했었지? 혹시 김 여사님에게 무슨 일 생겼어?"

"아니. 그런 건 아니고……."

"그럼 무슨 일이야. 말해, 제발."

"그게…… 설아야."

하재는 머리카락을 쓸어 올리면서 한숨을 내쉬었다. 몇 번이나 깊은 한숨을 내쉰 뒤에야 하재는 사실을 털어놓았다.

"집에…… 너희 아버지가 오셨어."

하재의 말을 곧바로 알아듣지 못했다. 아버지가 왔다니? 어디를? 집에? 어떤 집? 경주 집? ……시간이 흐른 뒤에야 하재의 말을 이해한 설아는 입술을 질끈 깨물었다.

말없이 두 눈만 깜박이던 설아는 자리에서 벌떡 일어났다.

"가자, 집에. 차 불러."

"설아야. 잠시만."

"아니. 잠시만이라고 할 거 없어. 여기서 지체할 이유 없어."

마른침을 삼킨 설아는 하재를 똑바로 바라봤다.

"그러니까 빨리 차 불러요, 민제하 씨."

집으로 돌아가는 동안 설아는 창밖만 바라봤다. 하재는 설아의 손을 꼭 쥔 채로, 아무 말도 하지 않았다.

경주에서 다 끝내고 왔다고 생각했는데, 혼자만의 착각이었나 보다. 이번에는 무슨 일이 벌어질까? 다행히 경주에서는 하재가 아버지와 만나지 않았지만 지금은 다르다. 아버지와 하재가 만나게 될 순간을 상상하자 가슴이 답답해졌다. 숨을 쉴 수가 없을 정도로 뜨거운 열기가 속에서 치솟았다.

가슴속이 뜨거운 만큼이나 몸은 점점 차가워진다.

그때 하재가 몸을 움직였다. 별것 아닌 단순한 움직임이었으나 맞잡고 있는 손에서 온기가 느껴졌다. 부드럽게 손을 쓰다듬던 하재가 천천히 깍지를 꼈다. 서로 완전히 맞잡은 손.

하재의 체온을 온몸으로 느끼면서 설아는 숨을 크게 들이마셨다.

괜찮아. 다 잘될 거야.

하재와 깍지 끼고 있는 손에 조금 더 힘을 주며 설아는 마음을 다잡았다. 인간은 계속 한자리에 머물러 있는 것 같아도, 조금씩 성장해 나가는 존재니까. 자신도 그날 경주에서보다는 조금 더 성장했을 것이다. 그리고 아버지도 조금은 달라졌을 것이라고 믿어 보자.

집에 도착해서 설아는 차에서 내렸다. 환하게 불이 켜져 있는 거실이 보였다. 평소라면 포근함을 느꼈을 집이지만 오늘은 다르다. 숨을 고른 뒤, 설아는 현관문을 열었다. 거실에는 어쩔 줄 몰라 하는 표정으로 서성거리는 영순과 초조한 얼굴로 소파에 앉아 있는 아버지가 보였다. 살이 쏙 빠진 민강은 설아를 보자마자 자리에서 벌떡 일어났다.

"설아야!"

아버지의 목소리를 듣는 순간 경주에서의 일들이 떠올랐다.

아버지의 죄가, 아버지의 거짓말이 벼락으로 변해서 머리에서 발끝까지 내리꽂혔다.

"너, 이 녀석! 도대체 어떻게 된 거야? 결혼이라니? 아비에게 말도 없이 결혼을 어떻게 해? 그리고 전화는 왜 안 받아!"

자기 할 말을 늘어놓다가 뒤늦게 현관으로 들어서는 하재를 발견한 민강은 머뭇거렸다.

"저 사람은 또 누구냐."

"무슨 일로 찾아오셨어요?"

설아가 차분하게 답하자 민강은 황당한 목소리로 되물었다.

"뭐?"

"무슨 일로 오셨냐구요. 우리 그때 경주에서 이야기 다 끝낸 거 아니었어요?"

"유설아! 네가 지금!"

민강의 입에서 큰 소리가 나오자 뒤에 있던 하재가 나섰다.

"김 여사님. 퇴근하세요. 이미 퇴근 시간이 지나셨잖아요."

"아…… 네네."

하재의 말에 영순은 서둘러서 앞치마를 벗었다. 잠시 후 영순은 인사를 한 뒤 집을 나갔다. 그러나 입을 여는 사람은 아무도 없었다. 거실에는 무거운 침묵만이 자리 잡았다. 한참 동안 거친 숨만 들이마시던 민강이 하재 쪽으로 시선을 돌렸다.

"그쪽이 내 딸하고 결혼했다는 사람인가?"

"말 걸지 마세요."

민강이 하재를 사위라고 부르기 전에 설아가 말을 잘랐다.

"뭐?"

"내가 결혼한 사람은 맞지만 아버지와 상관없고, 앞으로도 계속 상관없을 거예요."

"너! 지금 도대체!"

도대체에는 너무나 많은 의미가 들어 있었다. 도대체 앞으로 어떻게 할 거냐. 정말 아비와는 인연을 끊을 거냐? 어떻게 말도 없이 이사를 할 수 있느냐. 키워 주고 낳아 준 부모에게 무슨 말본새냐! 도대체 어디서 그따위 버릇없는 태도를 배웠느냐!

민강이 하고 싶은 말들이 고스란히 전해졌지만 설아는 아무런 반응도 하지 않았다. 낯선 딸의 모습에 혼자서 숨을 몰아쉬던 민강이 겨우겨우 마음을 추스른 채 다시 입을 열었다.

"아비에게 그런 식으로…… 말하는 건…… 아니, 아니다. 지금 내가 말하고 싶은 건, 그게 아니라…… 그동안 연락하려고 온갖 애를 다 썼다. 아무리 전화를 해도 받지도 않고. 송 검사가…… 참, 너는 왜 지철이 검사라는 말을 안 했던 거냐. 암튼 송 검사가 네가 결혼했다고 하더라. 그래서……."

"송 검사님께 아무 말도 하지 말라고 해야 했는데. 송 검사님을 통해서 내 이야기가 흘러나갈 줄 몰랐군요. 실수했네요."

"실수? 실수라니! 어떻게 아비에게 그런 말을 해! 내가 너를 찾느라 얼마나 고생했는지 몰라서 그런 말을 하는 거냐?"

"아까 말했잖아요."

"뭘?"

"우리는 이미 경주에서 이야기를 다 끝냈다구요. 그러니 이제 그만하고 돌아가세요."

"……."

싸늘한 설아의 태도에 민강의 기세가 꺾였다. 입을 꾹 다문 채 주먹만 쥐었다가 펴는 민강의 머리카락은 여기저기가 하얗게 새어 있었다. 그동안 민강이 얼마나 마음고생을 했는지 알 수 있었다. 머뭇거리던 민강이 천천히 입을 열었다.

"미안하다. 그날은 내가 과했다."

"아뇨. 사과하지 마세요. 저는 아버지 사과를 받지 않을 거니까요. 그보다 하재와의 일……."

"그 녀석 이야기는 꺼내지도 마!"

민강이 버럭 소리를 질렀지만 설아는 뒤로 물러나지 않았다.

"왜요? 부끄러워서 듣고 싶지 않아요?"

"뭐?"

"아버지가 무고한 하재를 감옥에 넣었잖아요. 그 여자와 작당해서. 거짓 증언을 하고. 거짓…… 증인을 내세우고…… 아버지가……."

점점 마음이 흐트러지고 있다. 아버지가 하재를 괴롭혔잖아. 아버지가…… 아버지 때문에!

"그놈 이야기는 하고 싶지 않다! 내가 오늘 온 이유는……."

"하재의 이야기를 하지 않으실 거면 왜 오셨어요? 하재에게 사과하지 않을 거라면! 왜 왔냐구요!"

영원히 내 눈앞에 나타나지 말지 그러셨어요. 그렇다면 나도 지금까지처럼 아버지의 존재를 모른 척할 수 있잖아요. 계속 웃으면서 살다 보면 언젠가 하재가 아버지와 나의 죄를 잊어버렸을 수도 있을 텐데. 모르는 척 살아갈 수 있었을 텐데. 왜 나타나서 기어이 상처를 헤집는 거죠?

"설아야!"

"큰 소리 내지 마세요. 머리 아파요."

"……."

"경주에서 말했잖아요. 나는 못돼 처먹은 딸이라서 더 이상 아버지 고함 소리를 얌전히 듣고 있어 줄 생각 없어요."

민강으로서는 단 한 번도 접하지 못한 설아의 모습이었다. 냉랭한 딸의 거부에 부딪친 민강은 바싹 마른 입술을 달싹거렸다.

아무도 말해 주지 않았지만 민강은 본능적으로 알아차릴 수 있었다.

그의 사랑스럽고 어린 딸이, 더 이상 존재하지 않는다는 사실을. 지금 눈앞에 서 있는 여자는 처음 보는 낯선 여자다. 그러나 그 사실을 인정하고 싶지 않았던 민강은 하재에게로 시선을 돌렸다.

"자네. 내가 지금 뭐라고 불러야 할지 모르겠지만 딸과 할 이야기가 있으니까 자리를 좀 비켜 줬으면 싶은데."

"아니. 제하 씨, 여기 있어요. 아버지는 어차피 곧 가실 거야."

"네가 진짜!"

서운한 마음에 민강은 얼굴을 붉혔다.

"아무리 감정이 상했다지만, 그래도 가족은 가족인 게야! 그런데 지금까지 키워 준 애비에게 못 하는 말이 없어!"

그 어느 때보다 격하게 화내는 민강을 마주했지만 설아는 뒤로 물러나지 않았다.

어릴 때부터 아버지가 무서웠다. 틀림없이 사랑하고 있었지만 그만큼 두려웠다. 아버지가 큰 소리를 내면 곧장 주눅이 들어서 고개부터 숙였었다.

아버지의 고함 소리가 무서운 만큼이나, 자신에 대한 아버지의 실망이 두려웠다.

좋은 딸이 되기를 바랐다. 어머니를 닮지 않은, 조신하고 착하고 똑똑한 딸이 되고 싶었다. 누구에게나 자랑할 수 있는 그런 딸이 되기를 원했다. 그러나 그 오랜 시간 동안 단 한 번도 자신이 어떤 아버지를 원하고 있는가에 대해서는 생각해 본 적이 없다.

"나에게 자식의 도리를 따지기 전에 아버지부터 인간의 도리를 따져야 할 것 같지 않아요? 하재는 죄도 없이 감옥에 갔어요. 그런데 내가 하재는 어디 있냐고 물었을 때 뭐라고 답했어요? 미국으로 유학 갔다고 했죠. 너는 아무 생각 하지 말고 재활 훈련 하면서 공부나 하라고 했죠. 그런 거짓말을 할 때마다 부끄럽지 않았어요?!"

"설아야!"

"그렇게 어린아이를…… 아무것도 할 수 없었던 어린 하재를…… 얼마나 괴로웠을지…… 단 한 번이라도 생각해 본 적 있으세요?"

"나는!"

민강은 있는 힘껏 소리를 질렀다. 그러나 그 안에 담겨 있는 감정은 분노보다 슬픔에 더 가까웠다.

"부끄럽지 않다!"

민강의 얼굴이 점점 붉어졌다.

"그놈이 잘못한 거였어! 그놈이 순진한 너를 끌고 학교로 간 이유가 뭐였겠어? 틀림없이 나쁜 의도가 있었던 거야! 만일 그놈이 네 말처럼 좋은 남자였다면 당장 집으로 돌려보냈어야지! 그런데 그 추운 겨울날 학교로 데리고 가다니. 이유야 뻔하지! 그리고 너는 기억이 안 나서 그러는데. 죽을 뻔했어! 이것아! 그놈이……."

말하려다가 하재의 존재를 인지한 민강이 주춤거렸다. 차마 사위의 앞에서 딸의 허물을 말할 수 없다는 얼굴이 된 민강은 입을 꾹 다물었다.

"됐다. 이런 이야기 하러 온 거 아니다. 그리고 자네도 오해하지 말게. 아무 일도 없었어. 그냥 사고를 당한 것뿐이야. 설아는 착하고 좋은 애야. 자네 집안이…… 그래. 우리하고 격이 맞지 않을 정도로 좋다는 건 알지만 우리 설아도 어디에 내놓아도 떨어지는 애가 아냐. 그래. 설아가 좋은 여자라는 걸 아니까, 결혼했겠지."

하재의 날카로운 시선을 마주한 민강은 설아의 자랑을 주절거리며 늘어놓았다. 그런 민강을 바라보던 설아는 두 눈을 질끈 감았다.

아버지는 딸을 사랑하고 있다.

그러나 지금의 유설아에게 있어서 민강의 애정은 부모의 비틀린 사랑이다.

"지금은 조금 문제가 있어서 그러는 걸세. 잠시라도 우리끼리 따로 이야기를 했으면 좋겠는데……."

"나는 아버지하고 따로 할 이야기 없어요."

"그만해라."

"그만할 것도 없어요."

"그놈이 잘못한 거라고 몇 번이나 말해? 친구였다고? 누누이 말하지만 그놈이 진짜 친구였다면 그날 너를 데리고 학교에 가지 않고 집으로 데려다줬을 거다! 그게 친구지. 어디 감히 여자애를 데리고 아무도 없는 어두컴컴한 학교로 가! 그게 제대로 된 놈이 할 짓이냐?!"

"그래서 아버지가 판단했을 때, 하재가 나쁜 짓을 했으니까. 벌을 줘야 한다고 생각했었어요? 없는 죄를 만들어서 감옥에 넣을 만큼요?"

"그놈이!"

"이제 제발 그만해요! 유민강 씨."

설아의 입에서 자신의 이름이 나오자 민강의 눈이 동그래졌다. 민강은 몸을 파르르 떨면서 설아를 바라봤다.

"아무리 변명해도 진실은 한 가지예요. 아버지는 알면서 하재를 범죄자로 만들었어요. 돈을 받고 그 어린아이를 감옥에 넣었어요. 그래 놓고 이제 와서 모두 하재가 잘못했다고 우기고 있을 뿐이잖아요!"

"……."

"이제 와서 아니었다고 말해 봤자 내가 들을 것 같아요? 모든 진실을 다 알게 되었는데?"

"너는 몰라!"

"아뇨. 다 알아요."

"아니! 몰라!"

민강이 온몸으로 괴성을 질렀다.

"도대체 내가 그때 뭘 어떻게 할 수 있었을 것 같으냐! 그래. 나도 알았다. 그 여자가 하는 소리가 죄다 헛소리라는 것쯤은 알 수 있었어! 자식 정신머리를 뜯어고치기 위해서 감옥에 넣어야겠다니. 말도 안 되는 소리지! 어떤 부모가 그럴 수 있어?! 알아. 알았어! 나도 다 알았지만. 그럼 어떻게 하냐!"

기세등등하던 민강의 어깨가 조금씩 내려갔다.

"너는 중환자실에 있고 수술을 해야 하는데!"

"……."

"돈은 없고 설사 네가 깨어나도 장기간 입원을 해야 한다는데! 날더러 어떻게 하란 말이야! 내 자식이 죽는데 남이 무슨 짓을 당하든! 그게 무슨 상관이야! 내 자식이 더 중요한 거지! 세상 부모는 다 같은 마음인 게다. 내 자식이 가장 우선이야!"

민강의 고백에 숨이 턱 막혔다.

내 자식이 가장 중요하다. 다른 사람의 아이는 죽을 고통을 겪든 말든, 내 자식이 가장 중요했다는 민강에게 할 말이 떠오르지 않는다.

설아는 바들바들 떨리는 손으로 주먹을 꽉 쥐었다.

"차라리……."

설아는 입술을 꾹꾹 깨물면서 말했다.

"그냥 죽게 내버려 두지 그러셨어요."

"뭐? 죽게 내버려 둬?"

설아의 말에 민강은 펄쩍 뛰었다.

"지금 그게 부모에게 할 소리냐! 지금 네가 부모에게 자식을 떠나보내라고 하는 게야? 어떻게! 네가 나에게 이럴 수 있어!"

"어르신."

지금까지 가만히 듣고 있던 하재가 입을 열었다.

"어르신?"

하재가 자신을 장인어른이 아닌 어르신이라고 부른 사실에 충격을 받은 민강은 부르르 떨었다. 그러나 하재는 어르신이라는 단어를 취소하지 않았다.

"어르신. 아무래도 오늘은 날이 아닌 듯싶습니다."

울분, 분노 그리고 알 수 없는 감정으로 범벅이 된 하재는 민강에게 한 발 더 다가섰다.

"죄송하지만 오늘은 이만 돌아가 주시죠."

"자네까지 이러는 거 아냐! 나에게 이럴 수 없어!"

민강의 항의에도 불구하고 감정을 갈무리한 목소리로 하재는 차분히 말했다.

"어르신과 따님과의 일은 따님이 결정할 겁니다. 저는 따님의 결정에 따를 거구요."

"설아야!"

민강의 목소리가 떨렸다. 서울로 오는 내내, 그가 잘 설명하면 설아도 어쩔 수 없는 상황이었다는 것을 이해하고 받아들여 줄 것이라고 믿었다. 그러나 현실은 달랐다. 꽁꽁 숨겨 두었던 진심까지 털어놓았지만 딸은 끝까지 받아들이지 않고 있다. 심지어 사위까지 자신을 외면하는 상황에서 민강은 이제야 눈앞에 닥친 현실을 인지했다.

"택시 불러 드릴게요. 이제 그만 돌아가세요."

"설아야. 그건……."

"아버지. 경주에서 말했잖아요. 키워 준 은혜 감사드린다고. 그리고 인연을 끊겠다고."

마음 같아서는 민강에게 하재가 누구인지 밝힌 뒤에 무릎을 꿇고 사과하라고 말하고 싶다. 그러나 민제하가 서하재라는 사실은 꽁꽁 숨겨야 할 카드다.

"설아야. 나는……."

"아버지."

설아는 변명하려는 민강을 똑바로 바라봤다.

"딸, 유설아는 13년 전에 죽은 거라고 생각하세요. 아무리 아버지가 그때 일을 설명하고 사과한다고 할지라도 달라지는 건 없어요."

참 이상한 일이다. 민강의 두 눈에 서린 눈물을 보고 있음에도 불구하고 놀라울 정도로 아무런 감정도 들지 않았다. 그저 냉정한 눈으로 바라보고 있는 중이다. 가족인데, 아버지를 아버지로는 사랑하고 있는데도 자신과 아버지를 분리하고 있다.

"제가 나쁜 딸이라서 죄송해요. 하지만 아버지가 무슨 짓을 했는지 다 알면서 모르는 척하면서 살 수 없어요. 그러니까 이제 딸은 없다고 생각하고 경주에서 새어머니하고 사세요. 제가 드리지 못했던 거, 새 아들에게서 받으세요. 손주들 재롱도 보시고 그렇게 사세요."

"……."

"다만 두 번 다시 그 누구에게도, 너는 쓸모없는 아이라고 말하지 마세요. 사랑한다고 말하면서 억누르지 마세요. 너는 딱 거기까지인 인간이라는 말도 하지 마세요. 네가 뭘 아느냐는 말도 하지 마세요. 그냥 사랑만 하세요."

설아의 말에 아무런 대답도 하지 못한 채, 민강은 어깨를 늘어뜨렸다. 힘없는 모습으로 돌아선 민강은 몇 번이나 머뭇거렸지만 결국 발걸음을 옮겼다.

점점 멀어지는 아버지의 등.

비록 완벽하진 못할지라도, 한때는 든든한 보호자였던 아버지였다.

안녕. 아버지. 그날 경주에서 못다 한 이별 인사를 지금에야 다 하네요. 키워 주셔서 감사했어요. 아버지가 만족할 만큼 뛰어난 자식이 되지 못해서 죄송해요.

우리 인연을 여기서 끝내기로 해요.

아버지는 아버지의 삶을 사세요. 나는 이곳에서 하재와 함께 살 거예요.

민강이 시야에서 완전히 사라지자 뒤에 있던 하재가 손을 잡았다. 차가운 얼음처럼 식어 버린 몸 위로 하재의 온기가 지나간다.

하재야. 너는 아버지를 용서할 수 있니? 아니, 용서할 수 없겠지. 나 때문에 한 번 더 참은 거겠지. 그래서 나는 너에게 더 미안해. 너무 미안해서 아무 말도 할 수 없어.

내 부모의 이기심이 너에게 어떤 고통을 줬는지 알기에, 미안하다는 말조차 할 수가 없어.

잠이 오지 않는다. 한참 동안 침대에서 뒤척이던 설아는 1층 거실로 내려갔다. 창문을 열자 낮의 열기가 사라진 서늘한 밤공기가 들어왔다. 소파에 몸을 기댄 채로 설아는 불이 꺼진 정원을 바라봤다.

탁.

뒤에서 인기척을 느꼈지만 설아는 고개를 돌리지 않았다. 지금은 하재의 얼굴을 볼 면목이 없다. 다가온 하재가 어깨를 부드럽게 어루만졌다.

"안 자?"

"너는?"

"잠이 안 와서."

"나도."

단 한 번도 시선을 돌리지 않은 채, 정원을 바라보면서 설아는 담담히 말했다.

"따뜻한 거 마실래?"

"아니."

"조금 추울 것 같은데. 카디건 가지고 올까?"

"아냐. 괜찮아. 밤공기가 시원해서 기분 좋아."

"그런데 설아야."

"말하지 마."

설아는 하재의 말을 끊었다.

"하재야. 지금은 네가 아무 말도 안 했으면 좋겠어. 정말 아무 말도 안 했으면 좋겠어."

왜냐하면 지금 너에게 미안해서 미칠 것 같거든. 너무 미안해서 죽을 것 같아. 그런데 사람의 마음이라는 건, 참으로 간사해서 네가 아버지를 계속 너그럽게 봐줬으면 좋겠다 싶기도 해. 이런 생각을 하는 나 자신이 너무나도 이기적이라서 차마 입 밖으로 꺼낼 수 없어.

"고마워. 사람 불러서 아버지를 경주 집까지 바래다줘서. 그대로 혼자서…… 가시게 했다면 마음이 불편했을 거야."

"……."

"아버지는……."

뺨을 타고 눈물이 주르륵 흘러내렸다.

울고 싶지 않은데 눈물이 흐른다. 누구를 위한, 어떤 눈물인지 알 수 없는데도 눈물이 멈추지 않는다.

설아는 거친 손짓으로 눈물을 닦았다.

"미안해, 울어서."

그런 설아를 바라보던 하재가 옆으로 다가와서 앉았다.

"그게 왜 미안해."

오른팔로 설아를 감싼 하재가 말했다.

"슬픈 게 당연한 거지. 네 아버지잖아. 사랑했었잖아."

"……."

"사실 설아야, 나는 네 아버지를 이해할 수 있어."

"이해한다고? 어떻게 이해할 수 있어? 아버지가 아니었다면 너는 그런 끔찍한 곳에서 고통받지 않았을 거야."

"그래. 그랬겠지. 하지만 상상해 봐. 어린 딸의 목숨이 경각에 달렸는데 수술비는 없어. 어찌어찌 수술을 시킨다고 해도 오랜 기간의 재활 훈련과 흉터 제거 성형 수술을 해야 해. 아무리 뒤져도 돈 나올 구석은 없었을 테니, 그 순간 네 아버지가 얼마나 절실했을지 생각해 봐. 악마라도 좋다고 생각했겠지. 그래서 내 어머니와 손잡았을 거야."

"……."

"또 믿고 싶었겠지. 내가 범인이라고. 그게 자신의 양심을 지킬 수 있는 방법이었을 테니까. 뭔가 이상하다는 것을 알았겠지만 애써 무시했겠지. 기억나? 네가 말했었잖아. 나경은 그런 사람이 아닌데 왜 그랬는지 모르겠다고. 현종의 더러운 짓거리에 가담할 만큼 영락을 사랑한 것도 아닐 텐데, 라고. 그들은 믿고 싶었던 거야. 나쁜 건 내가 아니라 상대방이라고. 내가 하는 행동은 가벼운 장난에 불과하니까 결국 아무 일도 벌어지지 않을 것이라고, 자신을 속이면서 믿었던 거지. 인간이라는 건 참 묘한 존재라서, 나는 나쁘지 않다. 상대방이 나쁘다는 확신을 가지면 무슨 짓이라도 할 수 있는 것 같아. 나경은 모두 장난일 뿐이니까 괜찮은 거였고. 네 아버지는 화낼 상대와 돈이 필요했으니까, 나를 범인으로 믿으면서 스스로를 속였던 거야."

"하지만…… 그 때문에 네가 겪어야 했던 일들을 생각해 봐. 나는……."

입술이 파르르 떨린다.

"나는 아버지를 용서할 수 없어. 백번 양보해서 수술비 때문에 그랬다고 하자. 내 치료 비용 때문에. 그래. 거기까지는 양보할 수도 있어. 하지만 그 이후의 삶은? 건물을 사고 호의호식하면서 지냈어. 난……."

설아는 두 눈을 질끈 감았다.

"아무리 해도 그 부분을 용서할 수 없어."

그래서 아무것도 몰랐다고 할지라도 너의 고통을 기반으로 살아왔던 나의 평온한 삶을 받아들이기 힘들어.

"말했잖아. 화내고 싶었던 거라고. 딸의 생명이 오락가락하는 상황이었을 테니까. 왜 내 딸이 이런 고통을 받아야 하나. 울분이 치솟았겠지. 마침 그 화를 풀 수 있는 대상이 나였던 거고. 너도 그런 아버지의 심리를 이해할 수 있잖아. 그렇다고 네가 아버지를 용서해야 한다고 말하는 건 아냐. 용서는 네가 선택할 문제야."

용서는 너의 선택이라는 하재의 말이 가슴을 파고든다.

"그래. 어쩌면."

차분히 말하려 하는데 쉽지 않다. 자꾸 목소리가 떨린다.

"힘드셨겠지. 그래서 더 화가 나. 아버지의 선택을 이해하지만 받아들일 수가 없어. 그 선택을 받아들이면……."

나는 두 번 다시 네 얼굴을 볼 수 없을 것 같아. 그래서 계속 화낼래. 계속 용서할 수 없다고 말할 거야.

"어쨌든 나는 이제 아버지를 안 볼 거야. 김 여사님이나 다른 사람들에게도 말해 줘. 아버지가 와도 나와 만날 수 없게 하라고. 연락이 와도 차단해 줘."

"후회하지 않을 자신 있어?"

"나는 이미 그날 경주에서 다 끊어 내고 왔어. 오늘은 조금 남아 있는 것까지 모조리 끊어 냈어."

숨을 크게 들이마신 설아는 하재를 향해서 고개를 돌렸다. 그러곤 어색하게 웃었다.

"내 마음을 이해해 줄 수 있어?"

"……그래. 이해해."

내가 아니면 이 세상에서 누가 너를 이해할 수 있겠어.

하재는 손으로 설아의 뺨을 부드럽게 쓰다듬었다. 조심스러운 하재의 손놀림에 설아는 천천히 두 눈을 감았다.

"나는 더 이상 아버지에 관한 이야기는 하고 싶지 않아. 생각하고 싶지도 않고. 그냥 잊어버리고 싶어. 그분은 경주에서 잘 살고 있을 거라고…… 그렇게 믿으면서 끝내고 싶어. 그러니까 하재야. 우리 오늘 아무 일도 없었던 걸로 하자. 오늘 아버지는 찾아오지 않았어."

"알았어."

알겠다는 하재의 말에 설아는 고개를 끄덕이면서 눈을 감았다.

그래. 오늘은 아무 일도 없었다. 정말 아무 일도 없었다.

하재를 만나러 회사에 갔었고 그 뒤에 백화점에 갔었다. 나경을 만났고 그리고 집에 왔다. 예성을 만나지도 않았고 아버지와 말다툼을 벌인 적도 없다. 그래. 아무 일도 없었던 거다.

두 눈을 뜬 설아는 자신을 바라보고 있는 하재와 시선이 마주쳤다.

하재야. 이제 나를 용서한 거야?

아니. 용서하지 않았어. 처음부터 너를 용서할 마음 따위는 없었어. 너는 나에게 있어서 용서의 범주에 속하는 사람이아냐.

하재는 아무 말 없이 설아의 **뺨**을 부드럽게 쓸어내렸다. 따뜻한 하재의 손이 **뺨**을 스치고 어깨를 감싼다. 조금 싸늘한 밤 공기 사이로 설아는 하재에게 안겼다.

사람이 사람을 안을 때만 느껴지는 포근한 온기.

어쩌면 인간은 이 온기가 그리워서 끝없이 타인의 감정을 갈구하는지도 모르겠다.

하재는 설아를 품에 안으면서 숨을 삼켰다.

설아. 나는 아까 네가 그냥 죽게 내버려 두지 그랬냐는 말에 심장이 철렁 내려앉더라. 그래서 네 아버지를 용서할 수 있었어.

만일 그때 네가 죽었으면…… 나도 죽었어.

설아에게 완전히 기댄 채, 하재가 속삭였다.

"내일 놀이공원 가자."

"······?"

예상치 못한 하재의 말에 설아는 몸을 일으켰다. 아니, 일으키려 했다. 그러나 설아를 꽉 안은 하재는 팔의 힘을 풀지 않았다.

"이사회는 어떻게 하고?"

"이사회가 내일 열리는 건 아니잖아."

"당장 이사회가 열리지는 않겠지만 해야 할 일들이 많잖아."

"그 일들은 조금 미루지 뭐."

"무슨 말이야. 가뜩이나 바쁜 상황에서 일을 왜 미뤄."

"유설아. 너, 정말 낯설다."

"응? 뭐가?"

"옛날에는 아무리 중요한 시험이 있어도 머리를 식혀야 잘 본다면서 바득바득 우겨서 놀았던 사람이 누구였어? 그런데 이제는 먼저 이사회를 말하는 거야? 너, 정말 유설아 맞아?"

하재의 농담에 설아는 피식 웃었다. 밝은 웃음은 아니었지만 어색하게나마 웃음이 입가에 머물렀다.

"하지만······."

"괜찮아. 나, 놀이공원에 너무 가고 싶어. 그러니까 가자."

"하지만 이사회가 코앞인데······."

숨 막힐 정도로 설아를 꽉 안고 있던 하재가 팔에서 힘을 조금 풀었다.

"계속 낯선 사람 행세할 거야? 가자. 이사회가 내일이더라도 머리는 식혀야지. 가자. 응?"

하재가 제하일 때, 말한 적 있다. 자신은 타인을 설득시키는 재능이 있다고.

확실히 그 말은 사실이었다. 결국 설아는 고개를 끄덕였다.

"알았어. 가자."

6. 거울 미로

눈부실 정도로 밝은 태양 아래에 펼쳐진 놀이공원은 이상적인 피크닉 장소였다. 햇살은 뜨겁지만 바람이 시원해서 기분이 좋았다. 동시에 하재 역시 이상적인 애인이었다.

무시무시한 롤러코스터를 타자는 말을 하기 전까지는.

"저걸…… 타자고?"

설아는 끝이 보이지 않을 정도로 아득하게 높은 롤러코스터를 바라봤다. 여기저기서 들리는 꺅꺅거리는 비명 소리가 예사롭지 않다. 싫다는 의사를 듬뿍 담아서 고개를 갸웃거렸지만 하재는 흔들리지 않았다.

"응. 타자."

"저걸…… 나하고 같이 타자고?"

"재미있을 것 같지 않아?"

"별로……. 타자마자 엄청나게 후회하면서 무서워할 것 같은데……."

"그럼 꼭 타자."

"내 말 못 들었어? 타자마자 엄청나게 후회하면서 무서워할 것 같다고 말했잖아."

"유설아. 인생에서는 때로 엄청나게 후회하는 일이 생기기 마련이야. 그런데 그 경험을 겨우 놀이 기구를 타는 것으로 겪을 수 있다면 싼 거지."

"무슨 말을 하는 거야?"

"지금."

몸을 숙인 하재가 설아의 허리를 감았다. 그러고는 설아의 귀에 입술을 바싹 붙이고서 속삭였다.

"말로 너를 현혹시키고 있는 중이야."

엄밀히 말하자면 말만이 아니라 육체로도 현혹시키고 있는 중이다. 하재의 숨결이 닿을 때마다 등줄기를 타고 오싹오싹한 감각이 스쳐 지나갔다. 입술을 살짝 깨문 설아는 짐짓 화난 눈으로 하재를 노려봤다. 하재는 처량한 목소리로 다시 말했다.

"타자. 나, 롤러코스터 좋아해. 혼자서 타고 싶지 않아."

혼자서 타고 싶지 않다는 하재의 표정이 너무나 애처로워 보였기에 설아는 고개를 끄덕였다. 물론 끄덕이는 그 순간 실수했다는 사실을 깨달았지만.

주말이라면 사람들이 많아서 기다리는 시간 동안, 타고 싶지 않다고 말할 기회를 찾을 수 있었을 것이다. 그러나 평일 놀이공원에서 롤러코스터를 타기 위한 줄은 놀라울 정도로 짧았다. 결국 설아는 도망칠 기회를 찾지 못한 채 롤러코스터에 올라타야 했다.

롤러코스터가 툴툴거리는 소리를 내면서 위로 올라가는 그 순간부터 무서워지기 시작했다. 어깨부터 온몸을 감싸고 있는 안전 바가 있었지만 문제는 안전 바의 유무가 아니었다. 자신의 발이 공중에 떠 있다는 사실과 자신의 몸이 점점 더 공중으로 올라간다는 사실이었다.

덜덜거리며 좌석이 위로 올라가는 동안 안전 바를 풀고 당장 바닥으로 뛰어내리고 싶은 충동이 온몸을 사로잡았다. 하지만 실제로 그런 짓을 하면 죽게 될 것이다.

설아는 두 눈을 질끈 감았다.

바로 그 순간 좌석이 갑자기 밑으로 확 떨어져 내렸다.

여기저기에서 비명 소리가 터져 나왔지만 설아는 입도 뻥긋할 수 없었다. 겨우 10여 초에 불과한 시간이지만 직접 겪는 설아에게는 유체 이탈을 경험할 수 있었던 길고 긴 시간이었다.

새파랗게 질린 얼굴로 놀이 기구에서 내린 설아는 물부터 찾았다.

"괜찮아?"

"아니…… 안 괜찮아."

"네가 이렇게까지 못 탈 줄 몰랐어."

"내가…… 그래서 무섭다고 말했었잖아."

물을 마시면서 설아는 떨리는 마음과 몸을 진정시키려고

했다.

"미안해."

"이제 와서 미안한 거야?"

"그래. 이제 와서 미안해."

많은 의미가 들어 있는 '미안해'였다. 네 아버지를 용서할 수 없어서 미안해. 과거 너에게 무섭게 대해서 미안해. 너에게 웃어 주지 못해서 미안해. 처음 만났을 때 모르는 척해서 미안해. 그냥 모두 다 미안해. 다 내가 잘못했어, 라는 뜻이 들어 있는 '미안해'였다.

그렇기에 더 이상 롤러코스터를 타게 했다는 이유로 추궁할 수 없었다.

물을 모두 마신 설아는 머리카락을 넘겼다. 이제 더 이상 미안해라는 말을 듣고 싶지 않다. 서로에게 미안하다고 말하는 것은 여기까지.

물을 모두 마신 설아는 턱짓을 했다.

"아이스크림."

"먹고 싶어?"

"응. 바닐라로."

"잠시만 기다려."

설아가 벤치에서 기다리는 동안 하재는 아이스크림을 사서 돌아왔다. 차가운 아이스크림이 식도를 넘어가자 어질어질하던 시야가 점점 정상으로 돌아왔다. 달콤한 아이스크림을 핥아 먹으면서 설아가 물었다.

"그런데 너는 안 무서워?"

"롤러코스터? 응. 하나도 무섭지 않아. 사실 나는 더 끔찍하고 무서운 걸 타 본 적이 있거든."

"뭐? 삼단 롤러 블레이크. 그런 거?"

"그게 뭐야? 삼단 롤러 블레이크라니? 어디에 있는 거야?"

"방금 대충 지은 이름이야. 이름부터 무섭잖아. 공중으로 휙휙 날아다니면서 사람들이 소리를 지르는 그런 엄청난 롤러코스터 이름 같지 않아? 그런 롤러코스터를 타 본 거야?"

"뭐, 대충. 그런 거?"

하재는 명확히 말하지 않고 얼버무렸다.

"어쨌든 그런 걸 한 번 타고 나니까 그 뒤로는 무서운 놀이기구 같은 건 없어졌어. 그런데 이제 괜찮아졌어?"

"누구누구 때문에 상태가 나빴는데 아이스크림 때문에 조금 괜찮아졌어."

"다시 한번 더 사과하면 받아 줄 거야?"

웃으면서 말하는 하재에게 설아도 웃으면서 답했다.

"아니."

설아가 사과를 받아 주지 않는다고 농담하자 하재는 풀 죽은 목소리로 말했다.

"내가 너무 쉽게 생각했어. 사실 아까 그게 이 놀이공원에서 가장 베이직한 롤러코스터라서 괜찮을 줄 알았거든."

"서하재. 알아 둬. 이 세상에는 베이직한 롤러코스터라는 건 절대로 없어. 모두 유체 이탈을 경험하게 하는 것들이야."

"알았어. 미안해."

하재는 한 번 더 사과했다.

"아이스크림을 더 사 올까?"

"아이스크림? 아니, 지금은 아이스크림보다 커피가 마시고 싶어."

"커피? 아메리카노?"

"아니. 달달한 거. 막 온몸이 녹아내릴 것같이 단 커피."

설아가 주먹을 쥔 채 녹는 시늉을 하자, 하재는 웃음을 터트렸다.

"알았어. 물어보고 최고로 단 커피로 사 올게."

웃음을 머금은 채로 하재는 커피를 사러 갔다.

하늘이 푸르다. 하재를 기다리면서 눈부실 정도로 푸른 하늘을 보고 있자니 무서운 롤러코스터의 후유증도 사라져 간다. 동시에 아버지의 그림자도 옅어져 갔다. 아버지의 일은 이대로 잊어버리는 게 가장 좋은 방법일 것이다.

이제 남은 것은 아버지의 몫일 뿐. 자신이 할 수 있는 일은 없다.

그러니 지금은 웃자. 어제도 행복했었고 내일도 행복할 것처럼.

설아는 온몸으로 내리쬐는 태양빛을 그대로 받았다. 자외선 걱정이 조금 되긴 했지만 이런 날이 하루쯤은 있어도 상관없을 것 같다.

"저기."

"……."

"저기요."

웬 남자 목소리에 설아는 고개를 돌렸다. 검은 반팔 티셔츠를 입은 남자가 보였다. 뺨을 붉힌 남자는 검지로 계속 얼굴을 만지면서 입을 열었다.

"저기…… 혹시 혼자…….."

"아뇨."

남자가 무슨 말을 할지 짐작했기에 설아는 단호히 말을 끊었다.

"일행하고 같이 왔어요."

그러나 남자는 쉬이 포기하지 않았다.

"혹시 일행이 여자분이시면."

"그 일행! 바로 납니다."

커피와 이상한 머리띠를 쥔 채, 가쁜 숨을 내쉬면서 하재가 왔다. 설아의 일행이 여자가 아니라 건장한 남자라는 사실을 알게 된 낯선 남자는 머쓱한 표정이 되었다.

"어……, 죄…… 죄송하게 되었습니다."

남자는 계면쩍은 얼굴로 머리를 긁적이면서 발걸음을 옮겼다. 남자가 사라지자 하재는 지금까지 참았던 숨을 한꺼번에 몰아쉬었다.

"넌……."

"……?"

"아냐. 됐어."

"아니. 안 됐어. 나는 가만히 있었는데 저쪽이 먼저 말 건 거야. 또 나는 딱 잘라서 일행이 있다고 말했어. 그런데 그건 뭐야?"

설아는 하재가 쥐고 있는 머리띠를 가리켰다. 그제야 하재는 자신이 뭘 들고 있는지 알아차렸다.

"아아……."

하재가 들고 있는 머리띠는 동그란 개구리눈이 달려 있는 초록색 머리띠였다.

"설마 이거 쓰려고 가지고 온 거야?"

"아니."

"그럼 나보고 쓰라고?"

"아니."

"그럼 뭐야?"

"아…… 그게."

하재는 쉬이 말하지 못하고 머뭇거렸다.

"오늘 커피를 사면 할인이 된다고 해서 직원이 내미는데……."

"그런데?"

이런 머리띠 같은 것은 필요 없다고 거절하려는 순간 낯선 남자가 너에게 접근하는 걸 봤어. 덕분에 싫다는 말할 틈도 없이 급하게 뛰어와야 했지. 이런 내가 우습고 유치하지만 그 순간에는 다른 생각을 할 수가 없더라.

그러나 하재는 진실을 말하는 대신 빙그레 웃었다.

"써 봐."

"뭐?"

"써 봐. 귀여울 거야."

"서하재. 나는 이제 이런 걸 쓰고 귀여운 척할 나이가 지났어."

"모르는구나."

하재는 설아 쪽으로 고개를 살짝 숙였다.

"귀여움에는 나이가 없는 거야. 써 봐."

"……."

싫다고 말하려 했지만 하재의 손은 재빨랐다. 어느새 설아의 머리에 개구리눈 모양의 머리띠를 씌운 하재는 웃었다.

"이상한 거지? 그래서 웃는 거지?"

"아냐. 아냐."

뺨을 붉힌 채로 하재는 손을 저었다. 하지만 얼굴 가득 떠오른 웃음은 숨길 수 없었다. 설아의 눈이 점점 가늘어졌지만 하재는 웃기만 했다.

"예뻐."

"네 눈에만?"

"아니. 다른 사람 눈에도 예뻐 보일 거야."

"거야?"

"예뻐 보일 게 확실해."

설아는 여전히 눈을 가늘게 뜬 채 커피를 마셨다. 달달하고 차가운 커피가 입안을 가득 메운다.

"날씨 좋다. 확실히 오늘 놀이공원 오기로 한 거 옳은 결정이었어."

설아의 옆에 앉은 하재는 하늘을 올려다봤다. 고개를 살짝 뒤로 젖힌 하재의 턱선이 보였다. 남자답게 날카롭게 각이 선 턱선. 이제 어디에서도 과거 하재의 모습을 찾을 수 없었다. 그렇다고 제하도 아니다. 그냥 어른으로 성장한 하재였다.

그들이 그대로 같이 자랐다면 언젠가 만났을 하재.

"응. 꽤 괜찮은 선택이기는 해. 하지만 더 이상 롤러코스터는 안 탈 거야."

"롤러코스터가 싫으면 회전목마?"

"……그건 어린애들이나 타는 거지. 아니면 뮤직비디오에서 호호하하거리면서 타는 거던가."

"좋아. 그럼 산책 가자."

"산책?"

놀이공원에서 산책을 간다고?

"응. 어른들의 산책."

하재는 묘한 웃음을 지으면서 설아의 손을 잡아 이끌었다.

"이게 네가 말한 어른들의 산책이야?"

설아의 손을 잡은 하재가 향한 곳은 놀이공원에 위치한 '유령의 집'이었다. 피를 뚝뚝 흘리는 드라큘라의 입을 출입구로 표현한 유령의 집 앞은 한적했다. 평일이기도 했지만 환한 햇살이 비치는 낮에 유령의 집을 들어가는 사람은 별로 없었다.

"어른들의 산책을 하기에 이보다 더 어울리는 곳 있어?"

하재가 기대감에 들뜬 묘한 웃음을 지으면서 말했다.

"지금…… 우리 유령의 집 들어가는 거 맞지?"

"응. 맞아."

"다행이네. 너, 방금 유령의 집에 들어가자는 표정이 아니었 거든."

"아니라고? 그럼 어디에 들어가자고 하는 눈빛인데?"

"……마치 침대에 들어가자고 유혹하는 것 같은 눈빛이었어."

쿡. 설아의 말에 하재는 웃었다. 오늘 하루 종일 웃는 하재를 보니 기분이 좋다. 웃음소리가 커질수록 어두운 과거가 점점 흐 려져 간다.

"침대는."

하재는 설아 쪽으로 몸을 숙였다. 그러고는 가볍게 설아의 귓 불을 살짝 깨물었다. 깜짝 놀란 설아가 무슨 짓이냐며 노려봤지 만 하재는 태연했다. 오히려 팔로 설아의 허리를 깊게 감싼 채 속삭였다.

"밤에 가자."

"나는!"

"알아. 네가 그런 뜻으로 말한 거 아니라는 거. 하지만 나는 그런 뜻으로 말하고 있는 중이야. 한 치의 오차도 없이, 정확히."

하재의 숨결이 몸을 스친다. 하재가 다가올수록 복잡하던 실 타래가 점점 풀려 가는 느낌이다. 더 이상 고민할 것은 없다. 하 재가 곁에 있는 이상.

사람들의 시선을 의식한 설아는 하재를 슬쩍 밀어냈다.

"침대 문제는 밤에 다시 이야기하자. 그런데 하재, 너는 유 령의 집에 와 본 적 있어?"

"아니. 너는?"

"나도 없어."

민강은 놀이공원을 헛돈을 쓰는 곳이라면서 질색했다. 어린이날같이 복잡한 때 놀이공원에 가는 사람들은 모두 정신 나간 멍청이들이라면서 욕하는 사람이 바로 민강이었다. 어릴 때는 데리고 갈 부모가 없었고 성장한 이후에는 외톨이라서 놀이공원에 같이 갈 친구가 없었다.

"그럼 우리 둘 다 오늘이 처음이네. 무서우면 꼭 달라붙어도 돼. 꺅 하고 소리를 질러도 괜찮고. 그래도 무서우면 눈을 꼭 감은 채로 나만 따라와."

"혹시 그 반대가 되면 어쩌죠, 서하재 씨?"

"그 반대가 되면 내가 유설아의 등 뒤에 달라붙은 채로 무섭다면서 울먹거려야겠지. 내가 울면 꼭 안아 줘. 여기가 유령의 집이 아니라 침대인 것처럼."

하재와 설아는 서로 농담을 주고받으며 유령의 집 안으로 들어갔다.

예상과 달리 유령의 집은 전혀 무섭지 않았다. 시야가 확보되지 않을 정도로 어두웠지만 공포는 느껴지지 않았다. 오히려 사람을 두렵게 만들기 위해서 만들어진 장치들과 마네킹들이 우습기만 했다.

"저기 저 마네킹은 보수해야겠다. 벌써 색이 벗겨지고 있는 것 같은데."

"색이 벗겨진 게 아니라 피를 표현한 거 아냐?"

"그런가? 네 말을 들으니까 그렇게 보이기도 하네."

여기저기서 기계음으로 범벅이 된 귀신들의 괴성이 들리는 가운데 설아와 하재는 손을 꼭 잡은 채 더듬거리며 걸었다. 코너를 돌자 뭔가 휙 하고 날아왔지만 하재는 침착하게 멈춰서 물체가 지나가는 동안 기다렸다.

"어릴 때 왔었다면 많이 무서웠을 것 같아. 여기저기서 움직이는 기계들하고 소리 때문에 덜덜 떨면서 걸어갔겠지. 바닥도 좀 이상한 감촉이고."

"어, 정말 그러네."

하재의 말을 듣고 보니 확실히 바닥 감촉이 달랐다. 어떤 곳은 푹신했고 어떤 곳은 미끈했다. 만일 겁먹은 상태였다면 꽤 놀랐을 장치였다.

"꽤 많이 신경 써서 만들었구나. 그런데 우리가 너무 태연해서 조금 미안해진다."

"어쩔 수 없지. 여긴 생각보다 평범해. 다음에는 더 길고 무서운 어른들의 산책을 해 보자. 일본에 아주 무서운 귀신의 집이 있대. 거길 가 볼까?"

"왜 일본에 있는 귀신의 집까지 가야 해? 이런 게 좋아?"

"아니. 그냥 거기서는 네가 어머, 무서워요, 라고 할 것 같아서."

"서하재 씨. 제발 반대가 될 수도 있다는 걸, 인지하라니까요."

하재와 농담을 주고받으면서 어두운 복도의 코너를 돌았다.

당연히 또 다른 괴물 인형들이 늘어서 있을 줄 알았는데 등장한 것은 거울들이었다. 설아와 하재는 갑자기 등장한 거울에 걸음을 멈췄다.

거울 미로였다.

방금 지나온 복도보다는 밝지만 그래도 꽤 어두운 조명 아래 거울들이 줄지어 늘어서 있었다.

"조금 당황스럽네. 처음부터 끝까지 모두 으아아악 하는 소리나 듣게 될 줄 알았는데."

흐린 조명 아래 설아와 하재는 거울에 비치는 스스로와 마주했다.

"유령의 집과 거울 미로라……. 어울리는 조합은 아닌 것 같은데."

"글쎄. 어쩌면 제작비가 부족해서 거울 미로를 만든 건 아닐까?"

"그럴지도."

하재는 거울 쪽으로 발걸음을 옮겼다. 거울 속에서 조금 멀리 떨어져 있던 하재의 얼굴이 거울 앞으로 바싹 다가갔다.

"어쩌면 그런 걸 의도하면서 만든 게 아닐까. 영화 같은데 보면 나오잖아. 거울에 반사된 얼굴들이 쭉 늘어서 있는데 그중 하나가 갑자기 움직이는 거야. 쓰윽 하고."

"와. 너무 흔해서 전혀 무섭지 않은 내용인데?"

"흔해도 실제로 당하면 무서울 거야. 엄청."

설아의 말에 하재는 고개를 끄덕였다.

"하긴 거울이라는 건, 공포 영화나 소설의 단골 메뉴니까. 어쩌면 사람들은 자신이 생각하는 모습과 거울에 비친 모습이 다르다는 미묘한 어긋남을 두려워하는 건지도 몰라."

하재의 말을 들으면서 설아는 천천히 거울 쪽으로 손을 뻗었다. 손끝에 거울의 차가운 표면이 닿았다.

"나는 미묘한 어긋남을 느낄 틈도 없이 무서울 것 같아. 내가 생각하던 나와 거울을 통해서 보는 내가 다르다는 걸 인지하게 되는 그 순간이. 내가, 내가 아닌 거잖아. 그런데 하재야. 기억나?"

"뭐?"

"네가 말해 준 거. 미로에서는 오른쪽으로만 돌면 된다고 했었잖아. 그러면 언젠가는 출구로 나갈 수 있다고."

"미로? 내가 그런 말을 했었어?"

"응. 했었어."

기억하지 못하는구나. 괜찮아. 네가 기억하지 못해도 내가 모두 다 기억하니까. 하나하나.

너와 함께 있었던 시간은 1분 1초가 모두 소중했으니까. 그래서 하재야. 나는 궁금해져. 네가 나에게 가지고 있는 감정이 무엇인지. 내가 너에게 품고 있는 감정이 무엇인지.

백설 공주의 계모는 거울에게 세상에서 가장 아름다운 이가 누구냐고 물었다. 그렇다면 지금 자신은 누구의 감정을 거울에게 물어봐야 하는 걸까.

하재일까? 자신일까?

자신의 감정은 이미 결론이 나 있는 게 아닐까?

"무슨 생각을 그렇게 해."

하재가 생각에 빠져 있던 설아의 손을 살짝 잡아 당겼다.

"그냥 우리 모습. 이제 다 컸구나 싶어서."

이렇게 어른이 되었는데 상대방의 감정을 확인하는 일은 두려워서 입을 다물고 있다.

"들어가자."

미로 속으로 한 발을 내디디자 늘어서 있는 거울들 위로 그들의 모습이 반사되었다. 마치 연속 사진을 찍고 있는 현장을 보는 느낌이다. 동시에 어딘지 모르게 으스스해졌다. 거울들에 비치고 있는 자신들 중 누군가 하나가 흘깃거리며 시선을 옆으로 돌릴 것 같다는 느낌이 들었다.

설아는 하재의 손을 조금 더 꼭 쥐었다.

희미한 조명아래 거울에 반사된 스스로의 모습이 실제가 아니라 환상 속의 모습 같다.

하재야. 거울 속의 여자가 입술을 열었다.

네 눈은, 네 몸짓은 나를 사랑한다고 말하고 있는데. 왜 직접 말해 주지 않는 거야? 네가 직접 말하지 않으니까 자꾸만 주저하게 돼.

상처 입을까 봐 두려운 게 아냐. 거부 당할까 봐 두려워.

"설아야?"

설아가 자꾸 주춤거리자 하재가 고개를 돌렸다.

"왜?"

"아니. 조금 무서워서."

"무서워?"

설아가 무섭다는 말을 하자 하재의 입가에 만족스러운 미소가 피어올랐다. 한 발 다가온 하재는 설아의 허리에 두 손을 감았다.

"다행이네. 드디어 어른들의 산책이⋯⋯."

고개를 숙인 하재는 설아의 귓불을 살짝 깨물었다.

"될 수 있겠어."

그때였다. 어디선가 아이의 울음소리가 들렸다.

"으아아앙!"

처음에는 잘못 들은 줄 알았다. 그러나 혼자만 들은 게 아니었다. 하재 역시 울음소리를 들었는지 고개를 두리번거렸다.

"너도 들었어? 울음소리?"

"응. 유령의 집 장치 같은데. 이쯤 오면 들리게 되어 있는, 그런 건가?"

그러나 녹음된 소리라고 보기에 울음소리는 지나치게 선명했다. 게다가 소리는 점점 가까이 다가왔다.

"아아앙와으앙."

어리둥절해하는 하재와 설아의 앞으로 서너 살쯤 되어 보이는 아이가 뛰어나왔다. 눈물 콧물로 범벅이 된 아이는 거울과 부딪쳐서 그대로 넘어졌다.

"아아아앙!"

넘어진 아이는 방금 전보다 더 크게 울기 시작했다. 둘 중 먼저 움직인 사람은 하재였다. 조심스러운 손짓으로 아이를 일으

킨 하재는 주위를 둘러봤다. 그러나 아이의 보호자가 오는 소리
는 들리지 않았다.

"엄마는 어디에 있어?"

"어앙. 아…… 아파."

"엄마랑 같이 온 거야?"

"아파! 아앙."

아이는 잘 돌아가지 않는 혀로 어눌하게 말했다. 하재가 아
이를 안은 채로 거울 미로의 처음으로 돌아갔으나 사람이 오는
기척은 느껴지지 않았다.

"아무래도 아이 혼자인 것 같은데. 밖에 나가서 조금 더 기다
려 보자. 그래도 안 되면 미아 신고를 해야겠다."

"……응. 그래."

말하면서도 하재는 안고 있는 아이를 살폈다. 아이는 엉망진
창이었다. 눈물 콧물만이 아니라 오다가 넘어지고 굴렀는지, 얼
굴과 손에는 더러운 것이 잔뜩 묻어 있었다. 덕분에 하재의 어
깨 쪽은 아이의 손과 얼굴에 묻어 있는 것들로 범벅이 되었다.
옅은 베이지 톤 티셔츠가 금방 지저분해졌지만 하재는 전혀 신
경 쓰지 않았다.

"엄마…… 엄마……."

계속 엄마만 말하면서 우는 아이를 데리고 설아와 하재는 미
로를 빠져나왔다. 어두침침한 거울 미로를 벗어나자 밝은 햇살
이 보였다. 미로 밖으로 나온 설아와 하재는 아이부터 살폈다.
가족들과 놀러 나온 듯한 차림새였지만 신분을 밝혀 줄 수 있는

것은 하나도 없었다. 그나마 무서운 유령의 집을 빠져나와서 태양을 마주한 덕분에 아이의 울음은 조금씩 진정되었다.

"엄마는? 엄마하고 같이 왔어?"

울음이 진정되었다고 하지만 여전히 훌쩍거리던 아이가 설아의 질문에 고개를 끄덕였다.

"엄마는 어디에 있어?"

"모라."

아이는 고개를 저었다. 그러다가 갑자기 서러워졌는지 또다시 울음을 터트렸다. 연신 통통한 손을 오물거리던 아이는 하재에게로 팔을 뻗었다.

"엄마!"

"엄마?"

"엄마!"

아이는 거의 악을 쓰다시피 외치면서 하재에게 매달렸다. 어쩔 수 없이 하재는 다시 아이를 안아 올렸다.

"그런데 이 같은 경우는 엄마가 아니라 아빠라고 해야 맞는 거 아냐?"

"아직 아빠라는 말을 못 하나 보지."

"그래도 엄마는…… 좀. 아닌 것 같은데."

"일단 입구 쪽으로 가 보자. 거기서 헤어졌을 수도 있으니까."

설아의 제안에 하재는 걸음을 옮겼다. 그러나 입구에도 아이를 찾는 사람들은 보이지 않았다. 지친 아이가 반쯤 쉰 목소리로 엄마를 불렀으나 나타나는 사람도 없었다.

"아무래도 미아 신고를 해야겠다. 그나저나 얘는 어떻게 혼자서 유령의 집으로 들어왔던 거지?"

"그러게. 그런데 원래 애들이 계속 울면 안 되는 거 아냐? 계속 울다 보면 탈수 증상 같은 게 나타나지 않을까?"

"탈수?"

하재의 말에 설아는 아이를 살폈다. 눈물 콧물로 범벅이 된 얼굴에 더러운 것이 잔뜩 묻은 상태인 데다가 목도 조금 쉬었지만, 딱히 다른 문제가 있어 보이지는 않았다.

"아직까지는 괜찮은 것 같아. 그래도 모르니까 물을 사서 미아 센터로 가자."

"응."

미아 센터의 직원은 친절했다. 대충 설명을 들은 직원은 곧장 방송을 시작했다. 그동안 아이는 하재의 품에서 떠날 줄을 몰랐다. 직원이 맛있는 과자를 내밀었지만 아이는 고개를 가로저으며 하재에게만 매달렸다.

"애가 고집이 세네요."

몇 번이나 설득했지만 계속 거절당한 직원이 어색한 웃음을 지으며 물러났다. 설아 역시 하재에게 꼭 매달려서 울먹거리는 아이를 떼 놓을 수 없었다.

별수 없이 세 사람 모두 아이의 부모가 찾아오기만을 기다렸다. 방송을 한 지 얼마나 시간이 지났을까? 새파랗게 질린 얼굴로 산발을 한 여인이 뛰어 들어왔다.

"연성아?"

이름을 들은 아이는 하재의 품에서 고개를 들고 문 쪽을 바라봤다.

"어…… 엄마!"

얼굴 한 가득 눈물 때문에 녹아내린 검은 마스카라로 범벅이 된 여자는 아이의 얼굴을 확인하고는 그대로 털썩 주저앉았다.

"연성아!"

거의 바닥을 기다시피 다가온 엄마는 아이를 그대로 꽉 껴안았다.

"연성아! 도대체 어디를 갔었던 거야!"

"어…… 엄마!"

엄마를 만나게 되자 아이는 서럽게 울기 시작했다.

"어디를 가면 엄마에게 말하고 가야지!"

"아아아앙!"

"왜 혼자서 가! 엄마가 손 꼭 붙들고 있으라고 했잖아!"

화가 난 엄마의 목소리에 아이는 더 서럽게 울기 시작했다. 속상한 마음에 아이에게 소리를 질렀다가, 이내 미안해진 엄마의 울음이 이어졌다. 미아 센터는 삽시간에 엄마와 아이의 울음소리로 가득 찼다.

그때 아버지로 보이는 남자와 할머니가 들어왔다. 매정한 눈빛의 할머니는 아이를 보자마자 빽 소리를 질렀다.

"연성아!"

할머니의 입에서 걸걸한 목소리가 터져 나왔다.

"에미야!"

아이에게 다친 곳은 없냐, 괜찮냐고 물을 줄 알았던 할머니는 곧장 엄마에게 비난을 쏟아냈다.

"너는 도대체 애도 제대로 보지 않고 뭐 한 거야!"

"어머니……."

"에미가 되어서! 애를 잃어버리다니!"

할머니가 소리를 지르자 아이는 더 크게 울었다. 그러나 할머니는 아이의 울음소리에도 불구하고 여전히 며느리에게 화를 퍼부었다.

"네가 엄마 자격이 있는 거야?"

"어머니!"

"비켜! 연성아, 이리 와. 할미 품으로 와."

"어머니. 그만해요."

같이 온 아버지가 말렸으나 할머니는 멈추지 않았다.

"오늘 연성이 잃어버렸으면 너는 내 손에 죽었어! 도대체 엄마라는 사람이 애도 안 보고 뭘 했냐 말이야! 네가 엄마야?! 직장 다니네, 뭐 하네, 공부하네라면서 설치고 다닐 때부터! 내가 다 알아봤어!"

할머니가 어머니를 타박하는 동안 아버지는 초조한 얼굴로 머리카락만 넘겼다. 할머니가 온갖 비난을 퍼부었지만 아이의 어머니는 아이만 꼭 안은 채 울기만 했다.

"어머니. 이제 그만하세요! 다른 사람들도 있는데."

"다른 사람들이 있으면! 뭐? 내가 못 할 말 했어?"

"잠시만 나가서…… 어머니."

아버지 쪽이 화내는 할머니를 다독거리면서 밖으로 나갔다. 그동안 줄곧 울고 있던 어머니가 고개를 들었다. 엉망이 된 얼굴을 바로 할 여유도 가지지 못한 어머니는 울먹이는 목소리로 물었다.

"그…… 그런데 어느 분이 우리 아이를?"

"아, 여기 이분들이 발견하셔서 데리고 온 겁니다."

센터 직원의 말에 엄마는 하재와 설아를 향해서 감사를 표했다.

"감사합니다. 감사합니다……."

"아니에요."

설아가 손사래를 쳤지만 어머니는 울면서 계속 감사하다고만 했다.

"애를…… 정말 잠시…… 아주 잠시……. 다른 걸 하느라. 정말 아주 잠시였는데."

아이를 꼭 껴안은 채 바들바들 떨고 있는 엄마를 보자 마음이 답답해졌다. 만일 아이를 찾지 못했다면 이 사람은 그대로 죽었을 것이라는 생각이 들었다. 한순간의 실수를 모조리 자신의 탓으로 돌린 뒤에, 죄책감에 사로잡혀서.

"여보. 연성아."

혼자 들어온 아버지가 아이와 아내를 불렀다. 대충 상황을 정리한 아버지는 하재와 설아에게 고개를 숙이면서 고맙다는 말을 반복했다.

"정말 감사합니다."

"아닙니다. 할 일을 했을 뿐입니다."

"저 사례라도 하고 싶은데……."

"괜찮습니다."

"하지만 우리 애 때문에 옷도 엉망이 된 것 같은데."

아버지 말에 그제야 하재는 옷이 엉망이라는 사실을 깨달았다. 어깨만이 아니라 여기저기 더러운 것이 잔뜩 묻어 있었다.

"괜찮습니다. 옷이야 빨면 되지요."

"그래도……."

"아닙니다. 어서 가 보세요. 아이가 많이 놀란 것 같던데. 또 부인께서도……."

"아……."

하재의 말에 아버지는 한숨을 내쉬었다. 몇 번이나 깊은 한숨을 내쉬면서 남자는 울고 있는 아내와 아이를 챙겼다.

"정말 감사합니다. 여보. 연성아. 이제 그만 가자."

잠시 후 울고 있는 아내를 이끈 채로 남자는 사라졌다.

한바탕 거대한 허리케인이 지나간 것 같다. 정신이 하나도 없다.

"고생하셨어요."

가족들이 가는 동안 뒤에서 지켜보고 있던 미아 센터 직원이 입을 열었다.

"그래도 이번에는 일찍 끝났네요. 아이를 찾아도 네가 잘못했네. 내가 잘못했네. 한참 동안 싸우는 가족들도 많거든요. 이번 가족은 그나마 깔끔하게 끝났어요."

직원의 말에 조금 의아해졌다.

방금 그게 깔끔하게 끝난 거였나? 엄마는 거의 반 미친 상태로 뛰어 들어와서 아이를 붙잡고 울고. 할머니는 그런 엄마에게 네가 잘못했다며 막말을 퍼부었던 게?

직원은 설아의 그런 의문을 알아차리기라도 한 것처럼 웃으면서 말했다.

"대부분 엄마 때문에 아이를 잃어버렸다고 생각하거든요. 엄마들은 무조건적으로 자식을 사랑하며, 아무런 대가 없이 자식을 위해서 무엇이라도 하는 게 당연하다고 믿으니까요."

"……."

"다시 말해서 애는 엄마가 봐야 하고, 아이를 잃어버리면 엄마가 대역 죄인이 되는 거죠. 모두 그런 건 아닌데, 일반적으로 그렇더라구요."

웃으면서 이야기하지만 직원에게서는 냉소적인 느낌이 물씬 묻어 나왔다. 인사를 하고 밖으로 나오자 묘한 느낌이 들었다.

방금 전까지 목이 터져라 울어대던 아이의 울음소리가 들리지 않아서인지, 세상이 조용해진 것 같은 기분마저 들었다.

"뭐, 마실래?"

"아. 응. 진짜 마셔야겠다. 목말라."

설아와 하재는 놀이공원에 위치한 카페로 들어갔다. 밖이 잘 보이는 창가에 자리 잡았다. 설아가 자리에 앉자 하재가 물었다.

"커피?"

"아냐. 아까 커피 마셨잖아. 그냥 차가운 걸로 마시면 좋겠는데. 달지 않은 걸로."

말하면서 머리카락을 쓸어 넘기던 설아는 자신이 여전히 개구리 머리띠를 하고 있다는 사실을 깨달았다. 세상에 이런 몰골로 미아 센터를 갔었고 또 여기까지 왔다니! 서둘러서 머리띠를 뺀 설아는 하재를 불렀다.

"서하재."

"응?"

"너, 왜 내가 이걸 계속 하고 있었다는 거 말해 주지 않았어?"

"어?"

뒤늦게 설아의 머리에 있는 개구리눈 모양 머리띠를 인지한 하재는 웃기 시작했다. 설아는 두 눈을 가늘게 뜬 채로 하재를 노려봤다.

"웃지 마."

"미안해. 나도 정신이 없었어. 그리고 예뻐."

"이게 예쁠 리가 없잖아."

"아냐, 아냐. 예뻐. 정말이야."

자리에서 일어난 하재는 설아의 뺨에 가볍게 입을 맞췄다.

"절대로 일부러 말하지 않은 거 아냐. 그럼 넌 시럽을 조금만 넣은 차가운 아이스티로 가지고 올게. 잠시만 기다려. 나도 옷을 사야겠다. 이런 곳에서 티셔츠를 팔려나?"

"그럼 지금 옷 사러 갈까?"

"아냐. 이왕 놀러 왔는데 조금만 더 있다가 가자. 잠시만 기다려. 그리고 누구는 개구리눈 머리띠를 하고 돌아다녔는데 나라고 더러워진 옷으로 돌아다니지 못할 이유가 없지. 여기서 기다려. 이곳에 티셔츠 파는 곳이 없으면 그때 사러가자."

하재는 웃는 얼굴로 주문하러 갔다. 하재가 움직이자 카페에 있는 시선들이 일제히 따라서 움직였다. 아까 들어왔을 때도 느꼈던 시선들. 아마 저 시선들은 하재의 더럽혀진 옷은 신경 쓰지도 않을 것이다.

언제쯤 되면 하재를 바라보는 저런 시선들에 익숙해질 수 있을까? 속마음을 말하자면 익숙해지고 싶지 않다. 하재가 저런 시선들 중 하나와 눈이 마주치는 것도 싫다. 더 솔직히 말하면 하재에게 지나치게 친절한 여자들이 다 싫다.

저 여자들은 지금 하재의 외모 때문에 친절한 것뿐이지만 자신은 그 이전부터 하재의 장점을 알고 있었다. 어쭙잖은 자만심인 걸 알지만 꿈틀거리는 뿌듯함을 억누를 수 없었다.

"여기."

하재가 아이스티를 내밀었다.

"달지 않게 해 달라고 했는데. 어때?"

"음, 괜찮아. 시원하고 맛있다. 그런데 티셔츠를 판대?"

"아. 팔기는 하는데 입구 쪽에서 판대. 여기서 거기까지 걸어갔다가 다시 돌아오는 게 귀찮아서. 그냥 나가는 길에 사려고."

"알았어."

설아는 순순히 고개를 끄덕였다. 새 옷으로 갈아입어서 하재의 외모가 돋보이는 것보다 지금 상황이 조금 더 나을 것 같다.

"그런데 무슨 생각을 그렇게 한 거야? 아까 보니까 얼굴이 굳어져 있던데."

"내가?"

차마 너를 바라보는 여자들을 한 대씩 패 주고 싶었다는 말은 할 수 없었기에 설아는 시선을 창밖으로 돌렸다.

"그냥. 아까 그 애가 집으로 잘 돌아갔을까. 그런 생각 했어."

"잘 돌아갔겠지."

"그런데 어떻게 애가 혼자서 유령의 집으로 들어왔을까. 입구에 직원들이 있어서 아이 혼자서 들어올 수 없는 상황이었을 텐데."

"글쎄."

하재는 차분한 목소리로 말을 이었다.

"직원들이 잠시 다른 일을 하는 사이에 들어왔을 수도 있고. 아니면 직원들도 앞서 들어간 누군가의 아이라고 생각하고 지나쳤을 수 있겠지."

"그래서 아이는 어디로 튈지 모르는 존재라고 하는 건가 봐. 그런 말을 들은 적 있어. 아이를 잃어버렸을 때, 조그마한 아이가 가면 어디까지 갈 수 있겠냐고 안이하게 생각하면 안 된대. 아이는 단 5분만에도 엄청나게 먼 거리를 혼자서 걸어갈 수 있대. 부모를 찾아서 정말 다행이다. 아까 그 어머니를 보니까, 마음이 좀 그랬어. 정말 아이를 잃어버렸으면……."

"틀림없이 인생의 한 축이 무너져 내렸겠지."

하재는 담담한 목소리로 말했다.

"한순간, 정말 짧은 한순간 아이의 손을 놓고 다른 곳을 본 것뿐인데. 그 한순간이 인생에서 가장 끔찍한 시간이 되는 거지. 그런 점에서 아이는 사랑스럽지만 너무 위험한 존재야."

"위험해? 아이가?"

"응, 위험해. 조그맣고 무기력한데. 타인의 감정을 엉망으로 만들잖아. 감정만이 아니라 인생까지 엉망으로 만들어. 아이는…… 정말 너무 위험한 존재야."

하재는 아련한 눈으로 창문을 바라봤다. 투명한 창문 너머로 놀이공원을 오가는 사람들이 보였다. 손을 꼭 잡은 연인들과 웃고 떠들고 있는 가족들. 아이는 가족의 중심에 서 있었다. 어디를 봐도 그린 것처럼 행복해 보이는 사람들.

저들에게 자신들은 어떤 모습으로 보일까?

"……설아야."

여전히 시선은 창 너머를 향한 채로 하재가 물었다.

"물어볼게 있어. 혹시…… 아이 가지고 싶어?"

"아이?"

처음에는 난데없이 그게 무슨 말이냐면서 웃으면서 넘기려고 했다. 그러나 시선을 자신 쪽으로 돌리지도 못한 채, 입술을 깨물고 있는 하재의 모습을 보자 가볍게 넘길 질문이 아니라는 것을 알 수 있었다.

"음……."

뭐라고 말해야 할지 모르겠다. 주저하던 설아는 솔직히 말했다.

"사실 잘 모르겠어."

"왜?"

"내가 누군가의 엄마가 된다는 상상을 해 본 적 없는걸. 막연히 언젠가는 결혼하고 언젠가는 엄마가 될 수도 있겠다는 생각은 했지만 구체적으로 뭔가를 계획하고 생각해 본 적은 없어."

"하지만 결혼했잖아."

"그래. 했지. 그래도 엄마가 된다는 건 여전히 모르겠어. 조금 무섭기도 해."

"무서워?"

"응."

설아는 두 손으로 뺨을 살짝 감싸 안았다.

"TV나 영화에서 보면 임신했습니다. 축하드립니다. 그럼 그 뒤에는 행복한 출산이 연출되잖아. 하지만 현실은 다르더라. 엄마가 된다는 거. 누군가를 책임진다는 거. 내 몸이 나 혼자만의 것이 아니라, 아이와 공유하게 되는 그 모든 경험들. 그게 늘 행복할 수만은 없는 거잖아. 결정적으로 내가 그 모든 과정을 잘 견딜 수 있을지 모르겠어. 그냥 막연히 엄마가 되겠다는 것과 실제로 주위에서 출산을 하고 육아를 하는 건 다른 거니까."

"흠."

설아의 말을 들은 하재는 말없이 앞만 바라봤다.

밝은 햇살. 햇살 아래 행복한 사람들. 알록달록 화려한 색으로 치장된 놀이공원의 사람들과의 거리가 점점 멀어지는 기분이다.

"미안해."

"뭐가?"

"아이를 가지지 않겠다고 한 거."

"그건……."

여전히 밖을 바라보는 하재를 향해 설아는 차분히 말했다.

"이해할 수 있는 문제야."

"아니. 그런 뜻이 아냐. 당연히 너라면 이해할 수 있겠지. 하지만 지금 내가 말하려는 건, 이 문제에 대해서 너에게 먼저 물어봐야 했다는 거였어. 나는 어떤 신체적 변화도 겪지 않잖아. 겪는 건 모두 너인데. 내 멋대로 결정한 거니까."

"바꿀 생각은 있어?"

하재의 표정이 미묘하게 변했다는 건 착각일까? 하재는 설아의 질문에 아무 답도 하지 않았다. 소란하던 세상이 점점 조용해졌다. 세상에 둘만 남은 것 같은 고요함이 서린 뒤에야 하재는 입을 열었다.

"아까 놀이기구가 무섭지 않다고 했잖아. 그보다 훨씬 무섭고 끔찍한 걸 타 본 적이 있기 때문이야. ……바로 어머니가 운전하는 차였어."

하재가 어머니라는 단어를 꺼내는 순간 설아의 얼굴은 딱딱하게 굳었다. 그러나 하재는 담담하게 말을 이었다.

"어릴 때 어머니하고 외출한 적이 있었어. 잘 기억은 나지 않지만 아마도 아버지 납골당에 갔던 것 같아. 어머니의 운전은 거칠었어. 평소에도 어머니는 사고라도 낼 것처럼 거칠게 운전하는 편이야. 사고도 꽤 많이 냈었다고 들었어. 하지만 그 때는 완전히 달랐어. 정말 사고가 나기를 원하는 느낌이었지. 이유는 간단했어. 내가 타고 있으니까. 나를 죽이고 싶은 마음 으로 운전했던 거야."

"……"

"처음에는 어떻게 부모가 자식을 사랑하지 않을 수 있지?라 고 생각했어. 어릴 때는 모든 부모가 다 자식을 사랑한다고 믿 잖아. 그래서 그냥 어머니 기분이 나빴던 것뿐이라고, 어머니는 원래 운전을 거칠게 한다고 나 자신을 속이려 했지만, 진실은 한 가지야. 그 사람은 날 죽이고 싶을 정도로 미워해. 내가 아버 지 자식이라는 이유로."

"……"

"실제로 사고가 나면 어떻게 되었을까? 어머니도 크게 다쳤 을 거야. 하지만 그 순간만큼은 자신이 다치는 것은 개의치 않 을 정도로 내가 미웠던 거지."

"하재야."

"괜찮아. 위로하지 않아도. 밖으로 드러나지 않을 뿐, 세상에 는 내 어머니와 비슷한 사람들이 많아. 자신의 아이니까 무조건 적으로 사랑할 수 있는 건, 모든 사람들이 동일하게 가질 수 있 는 감정이 아니라고 생각해."

"……"

"너와 결혼하고 같이 지내면서 스스로에게 몇 번이나 되물어

봤어. 우리가 아이를 가지면 어떻게 될까? 나는 그 아이를 사랑할 수 있을까?"

크게 숨을 들이마신 하재는 천천히 고개를 흔들었다.

"미안해. 나는 아버지가 될 수 없을 것 같아."

"……."

"부모로부터 사랑하는 걸 배우지 못한 나는 틀림없이 최악의 아버지가 될 거야. 그런 잘못은 저지르고 싶지 않아. 그런 점에서 너를 행복하게 해 주지 못할 거야."

"……."

"미안해."

진심 어린 하재의 목소리. 미안해.

지금은 '미안해'라는 이 단어에 실려 있는 감정을 모두 이해하지 못하고 있는 상황일지도 모르겠다. 먼 훗날 후회할 수도 있을 것이다.

그때 하재를 설득해야 했다고. 또는 그때 하재를 떠나야 했다고.

그러나 지금 이 순간만큼은 상관없다. 아무것도 가지지 못해도 상관없다. 하재만 있다면.

"걱정하지 마."

설아는 미안해하는 하재의 손을 붙잡았다. 하재의 손은 약간 축축했다. 힘겹게 속마음을 말하느라 땀이 난 손을 부드럽게 감싼 설아는 웃으면서 말했다.

"내 행복에 대해서는 내가 알아서 할게."

괜찮아. 하재야. 우리에게 아이가 없어도. 아이를 가지는 건 힘든 일이겠지만 아마도 많이 행복한 경험일 거야. 그 아이가 커 가고 성장하는 걸 바라보는 건 무척이나 뿌듯하고 즐거운 일이겠지. 그렇지만 네가 그 삶을 같이할 수 없다면, 나도 누리고 싶지 않아.

"그보다 우리 오늘 저녁 뭐 먹을 거야?"

설아의 밝은 목소리에 하재는 한결 가벼워진 표정으로 돌아봤다. 그러고는 빠른 속도로 우울함을 털어 냈다.

"글쎄. 뭐 먹을까? 초밥 먹을래?"

"초밥?"

"그래. 전에 네가 초밥 먹고 싶다고 했었잖아."

"내가?"

언제 초밥이 먹고 싶다고 말했던 거지? 설아가 어리둥절한 얼굴이 되자 하재가 미소를 지었다.

"우리는 자기가 한 말은 기억하지 못하는데 상대방이 한 말은 모두 다 기억하는구나. 가자. 맛있는 곳을 예약해 뒀어. 아, 맞다."

일어나려다가 더러워진 옷을 본 하재는 고개를 흔들었다.

"그전에 정말 티셔츠 사야겠다."

초밥은 하재가 말한 것처럼 맛있었다. 같이 나온 미소 국부터 시작해서 음식들 전부 맛있었다.

"맛있어?"

하재가 물었다.

"응."

"다행이네. 여러 군데 알아봤었는데 내 입에도 여기가 가장 잘 맞더라."

"그런데 김 여사님에게 우리가 저녁 먹고 들어간다고 연락했어? 괜히 저녁 준비해 두시면 어떻게 해?"

"걱정하지 마. 미리 말해 뒀으니까. 그리고 오늘부터 며칠 동안 호텔에서 지낼 거라는 것도 말했어."

"호텔?"

갑자기 웬 호텔이냐는 설아의 시선에 하재는 씩 웃었다.

"응. 그냥 며칠 동안 호텔에서 지내고 싶어서."

"그냥?"

"가끔은 색다른 것도 좋잖아. 최 비서에게 기본적인 건 준비하라고 해 뒀어. 더 필요한 게 있으면 여기서 사면 되니까."

"알았어."

왜 하재가 집이 아니라 호텔에서 지내자고 하는지 알 것 같았기에 설아는 순순히 고개를 끄덕였다. 지금 하재는 자신을 배려해 주고 있는 중이다. 어제 아버지와 그 난리를 친 집으로 돌아가면, 그때의 기억들이 떠오를까 싶어서 일부러 호텔에서 지내자고 하고 있다.

하지만 자신은 괜찮다. 너무 멀쩡해서 당황스러울 정도다.

똑똑.

노크 소리에 설아는 고개를 돌렸다. 더 나올 음식이 있나? 후식이 들어오기도 조금 이른 시간이다. 문이 열리고 등장한 사람은 종업원이 아니라 준이었다. 뜬금없는 등장에 하재와 설아는 당황했지만 준은 태연했다.

"와. 이런 우연이 있나."

마치 우연히 만났다는 것처럼 준은 손을 흔들며 웃었다.

"이런 곳에서 만날 줄은 몰랐는데. 맛있는 거 먹는 거면 같이 먹을까요? 설아 씨."

"싫어."

설아가 뭐라고 말하기 전에 하재가 선을 그었다. 그러나 하재의 냉대에 굴할 준이 아니었다.

"네가 싫다고 할 것 같아서 미리 시켜 뒀어. 여기 초밥 맛있죠? 설아 씨. 내가 찾아낸 곳이거든요. 자, 많이 먹어요. 어차피 돈은 다른 사람이 내겠지만."

"너, 나에게 사람 붙였어?"

하재의 질문에 준은 금시초문이라는 얼굴이 되었다.

"무슨 소리야? 사람을 붙이다니? 무슨 그런 끈적거리는 이상한 말을 해? 우리 그 정도로 친밀한 관계는 아냐. 동시에 나는 어떠한 사랑에도 편견 없는 시선을 가지려고 노력하고 있지만 남자를 좋아하지 않아. 내 성적 취향은 확고해. 여자야."

"그런 의미 아닌 거 알고 있잖아. 그리고 지나치게 주절거리는 걸 보면 대충 맞는 것 같은데."

"나는 네가 무슨 말을 하는지 전혀 모르겠는데."

"전혀 모른다는 사람이 여기는 어떻게 찾아온 거야?"

하재가 정곡을 찔렀지만 준은 만만찮았다.

"저녁 식사를 하려고 들른 곳에 네가 있었던 거지. 그리고 아까 말했듯이 여긴 내가 알려 줬었잖아. 설아 씨, 같이 먹어도 되죠?"

"안 된다고 했잖아."

"나는 설아 씨에게 물어보는 건데?"

'설아 씨에게 물어보는 건데'라고 말하는 준의 눈동자가 초롱초롱하게 빛났다. 마치 맛있는 간식을 눈앞에 둔 어린 강아지 같은 모습이었다.

그러나 하재가 싫다고 한 이상, 끼어들고 싶지 않았기에 설아는 고개를 저으면서 말했다.

"그……."

"이야! 역시 설아 씨는 좋은 사람이야."

정확한 대답을 하지 않았음에도 불구하고 준은 고맙다면서 활짝 웃었다. 그런 준에게 미처 반박을 하기도 전에 노크 소리가 들렸다.

"들어와요."

이번에는 종업원이었다. 업무적인 미소를 띤 채로 들어온 종업원은 준의 앞에 음식을 놓고 사라졌다. 음식까지 온 상황에서 준을 내쫓기가 어려워졌다. 준도 그 사실을 아는 것처럼 태연하게 식사를 시작했다.

"그런데 말이야. 이사회는 어떻게 될 것 같아?"

"궁금해?"

"궁금하지 않다면 거짓말이겠지."

"알려 줄 건 없어. 그리고 하나 코퍼레이션은 중립을 지키기로 했던 거 아냐?"

"물론 우리는 중립이지. 하지만 이왕이면 이길 판에 붙는 게 훨씬 좋잖아. 안 그래요, 설아 씨? 와. 이거 맛있네. 하나 더 드셔 볼래요?"

"아뇨. 괜찮아요."

"더 드셔도 될 것 같은데. 어? 그런데 그거 뭐야? 나 몰래 둘이 쇼핑했어?"

준은 더러워진 하재의 티가 들어 있는 종이 가방을 가리켰다.

"에이. 둘이서만 쇼핑을 하다니 섭섭한데. 나하고 같이 가지. 내가 물건은 잘 고르는 편인데."

"너하고 둘이 쇼핑하고 싶지 않아."

"나도 싫어. 내가 왜 남자가 쇼핑하는 데 따라가야 해? 어디까지나 설아 씨의 쇼핑에 같이 가 줄 수 있다는 이야기야."

"설아 옷이 아니라 내 거야."

"이야. 민 이사. 그렇게 안 봤는데 쫌생이네. 네 옷만 달랑 산거야? 설아 씨는?"

"전 괜찮아요."

설아는 준의 말도 안 되는 우김에 점점 말리고 있는 하재를 구하기 위해서 입을 열었다.

"내 옷은 내 돈으로 사면 되니까요."

"그래도 내 거 사는 김에 네 거도 하나 샀다. 이런 게 한국의 정 아닌가요?"

"아니에요."

설아가 단호히 이야기하면서 구박할 기세를 보이자 준은 재빨리 하재 쪽으로 노선을 틀었다.

"아, 그렇구나. 아니었구나. 그런데 민 이사. 나에게 말해 줄 거 없어?"

"없다고 했잖아."

"있을 텐데. 예를 들어서 민 회장의 속마음. 그런 거."

"그런 게 궁금하면 네가 직접 여쭤봐."

"에이. 아무리 그래도 민 회장이 아끼는 친손자와 의붓아들이 버젓이 있는데, 동업자의 아들이 가서 속마음을 묻기는 좀 그렇지."

하재는 단 한마디도 지지 않는 준을 보면서 가벼운 한숨을 내쉬었다.

"천천히 먹어. 우리는 이제 일어나야겠어."

"어? 왜 이래. 밥 먹고 같이 술 한잔하는 게, 한국의 정식 코스 아냐?"

"너하고 술을 같이 마실 예정은 없어. 그리고 너, 이렇게 나를 쫓아다니는 거. 한 비서는 알고 있는 거야?"

하재가 한 비서를 거론하자마자 준의 표정이 확 달라졌다.

드디어 승기를 잡은 하재는 즐거운 미소를 띤 채 준에게 물었다.

"한 비서는 모르는구나?"

"아……."

기가 푹 꺾인 준이 젓가락으로 생강을 뒤적였다.

"민 이사. 내가 요즘 강하게 느끼고 있는 건데, 아무래도 한 비서는 내가 자기 상사라는 걸 모르고 있는 것 같아. 비서가 상사에게 잔소리를 하는 것 까지는 이해할 수 있어. 회사가 잘되려면 보스가 나쁜 결정을 내리면 안 되니까. 그래. 그것까지는 이해할 수 있어. 하지만 한쪽 입술을 치켜 올리면서 이걸 일이라고 한 건가요?라고 비웃는 건 좀 아니지 않아?"

한번 터지기 시작한 준의 넋두리는 끝이 없었다.

"내가 한국의 조직 사회를 경험하지 못해서 그런 거야? 한국에서는 부하가 상사에게 이걸 일이라고 한 건가요, 라고 말할 수 있는 거야? 그것만이 아냐. 오늘은 부사장님께서 딱히 제대로 일하지 않는 것 같은데, 커피라도 타는 게 어떨까요. 회사 사람들을 위해서, 라고 말했어."

"네?"

설아가 깜짝 놀라자 준은 천군만마를 얻은 표정이 되었다.

"역시 이상하죠? 내가 잘못된 거 아니죠? 한국에서도 그렇게 말하지 않는 거죠?"

"아……."

설아가 머뭇거리는 사이 하재가 끼어들었다.

"한국에서는 그러지 않겠지만 한 비서는 충분히 그럴 수 있는 사람이지. 그런 점이 마음에 걸리면 한 비서를 잘라. 아니면 나처럼 다른 사람에게 넘기든지."

"나도 그러려고 했지. 커피나 타라는 말을 듣고 참을 수 있는 사람은 없잖아. 더구나 내가 보스야. 그런데 더 놀라운 건 뭔지 알아? 내가 커피를 탔어. 그것도 아주 순순히."

지금 무슨 말을 들은 거지? 설아는 두 눈만 깜박거렸다. 준이 누군가를 위해서 커피를 탈 사람이던가? 그러나 준은 진지한 얼굴로 말했다.

"설아 씨만 놀란 게 아닙니다. 나도 놀랐어요. 아주 자연스레 그 손에 커피를 가져다 바치는 스스로를 발견했을 때의 그 충격과 공포. 이해할 수 있어요?"

"이해하고 싶지 않아."

하재는 준의 말을 차갑게 끊었다.

"한 비서와 네 문제는 둘이서 알아서 해. 물론 나는 한 비서가 이긴다에 한 표 걸겠지만. 그럼 우린 이만 일어나자."

"일어나? 어딜? 왜?"

"왜냐니. 오늘 이곳저곳 돌아다니느라 피곤해서 쉬겠다는 거지. 너, 사람 말을 듣지 않는 버릇 좀 고쳐."

"어딜 갔었는데?"

"궁금해하지 마. 가자."

"난 아직 밥을 덜 먹었어."

"먹어. 천천히. 혼자서."

자칫하다가는 내일까지 붙잡고 늘어질 것 같은 준을 뒤로한 채, 하재는 설아와 함께 음식점을 빠져나왔다.

"그나저나 의외네. 준이 쩔쩔매는 모습을 다 보고."

호텔 룸 앞에 서서 설아는 웃으면서 말했다. 많이 만난 것은 아니지만 준이 그렇게 당혹스러워하는 모습은 처음 봤다. 재미있기도 했지만 어딘가 모르게 안쓰러웠다.

"그나저나 최 비서하고 김 여사님이 며칠 동안 호텔에서 머물 수 있게 짐을 다 가지고 오셨는지 모르겠어."

필요한 것들을 떠올리면서 설아는 호텔 방 안으로 들어갔다. 뒤따라 들어오는 하재가 룸 카드를 꽂자 어두컴컴하던 호텔 룸 안에 불이 들어왔다. 설아는 환하게 밝아진 룸 거실의 소파 쪽으로 걸어갔다.

"속옷하고 화장품하고. 아, 맞다. 내 노트북. 그거 가지고 와야……."

하재는 노트북을 말하면서 가볍게 손뼉을 치던 설아의 어깨를 살짝 붙잡았다. 하재가 힘을 주자 설아는 그대로 빙그르 뒤로 돌려졌다.

하재?

왜라는 질문을 던질 틈도 없이 하재가 키스를 퍼부었다.

평소보다 훨씬 더 다급하고 거친 손길. 목덜미에 하재의 입김이 스친다.

옷이 벗겨지고 있다. 어떻게 벗겨지고 있는지 몰라도 맨살에 닿는 에어컨 바람이 느껴졌다. 그러나 춥지 않다. 오히려 덥다.

호텔 방 안의 공기가 물컹거리는 열기로 변해 간다.

발끝까지 짜릿한 감각이 허리를 타고 흐르는 가운데, 설아는 들뜬 숨소리를 내면서 고개를 뒤로 젖혔다.

밤은 너무나 짜릿하면서 매혹적이다. 차마 거부할 수 없을 정도로.

점점 익숙해져 가는 남자의 육체가 제공하는 쾌락에 중독되어 가고 있다.

나를 만져, 나를 안아.

더 깊이, 더 강렬하고 힘 있게.

바뀐 잠자리 때문에 깊게 잠들지 못할 줄 알았는데 눈을 떠 보니 9시가 훌쩍 지난 시간이었다. 고개를 옆으로 돌리자 싸하면서 청량한 하재의 향은 났지만 하재는 없었다. 하재? 비어 있는 옆자리를 만져 보니 차갑다.

어디에 간 거지? 의자에 걸려 있는 가운을 입은 설아는 호텔 룸을 뒤졌다. 없다. 욕실에도 없었고 남겨진 메시지조차 없다. 이상하다. 하재가 자신을 호텔 룸에 혼자 두고 출근하지는 않았을 텐데.

따르릉.

룸 전화가 울렸다. 서둘러 받아 보니 하재였다.

— 일어났어?

"하재? 어디야?"

— 운동하러 내려왔어. 함께 가자고 말하려고 했는데. 너무

곤하게 자더라. 같이 아침 먹자. 내려와.

"알았어. 잠시만 기다려. 씻고 내려갈게."

— 천천히 해. 나도 씻어야 해. 지금 땀투성이야.

재빨리 씻은 뒤 간단히 화장을 한 설아는 1층에 위치한 카페테리아로 들어갔다. 식사를 하고 있는 몇몇 사람들이 보였지만 하재는 없었다.

아직 도착하지 않은 건가?

설아는 하재가 찾기 쉽게 입구 쪽에 자리를 잡았다.

"봤어?"

"응. 봤어. 대박."

손님들을 접대하고 있던 호텔 직원 몇몇이 수군거리는 소리가 들렸다.

"연예인인 줄 알았잖아."

"웬만한 모델보다 잘생겼던데, 우리 피트니스 회원이야?"

"아냐. 회원은 아니라고 했어. 투숙 손님이래."

"몇 호? 혼자 왔대?"

직원들이 누구에 대해서 말하는지 알 것 같았다. 하재다. 틀림없다.

"왔어. 왔어."

역시 하재였다. 밝은 티셔츠를 입은 하재가 카페테리아로 들어서자 직원들 사이에 묘한 긴장감이 서렸다. 친절한 웃음 속 먹이를 노리는 것 같은 기운이 직원들 사이에서 뿜어져 나오기 시작했다. 그러나 하재는 그런 직원들의 분위기를 전혀 알아차리지 못한 얼굴이었다. 설아를 발견한 하재는 직원들을 가볍게 지나쳤다.

"일찍 왔네."

하재는 환하게 웃는 얼굴로 설아의 옆자리에 앉았다.

"더 자야 했던 거 아니야? 내가 괜히 전화 걸어서 일찍 일어난 거 아냐?"

하재가 설아의 옆자리에 앉자 직원들의 분위기는 급격히 어두워졌다. 마치 방금 전까진 몽글몽글하게 부풀어 오르던 분홍빛 풍선의 바람이 푸시시 빠져나가는 중이라고 할까?

설아는 대답 없이 하재를 바라봤다.

"왜? 피곤해?"

"아니."

"그럼 왜?"

"그냥 봤어요. 민제하 씨."

설아가 제하라고 하자, 하재는 움찔한 표정이 되었다. 살그머니 설아 쪽으로 고개를 숙인 하재가 속삭였다.

"제하 씨도 아니고 민제하 씨라고 성까지 붙여서 부르는 건 오랜만인 것 같은데. 그렇지?"

"그랬나요?"

"존댓말도 오랜만 같은데?"

"그랬군요. 그런데 뭐 먹을 거예요? 민제하 씨?"

"방금 이해했어."

"뭘요?"

"왜 준이 한 비서에게 커피를 타다 줬는지."

무슨 뜻이지? 하재는 어리둥절해하는 설아에게 속삭였다.

"여자가 존댓말 쓰니까 무서워."

"……."

"틀림없이 한 비서도 준에게 꼬박꼬박 존댓말 썼을 거야."

쿡.

하재의 말에 설아는 웃음을 터트렸다. 웃는 설아를 보면서 하재도 미소를 지었다.

"정말 내가 일찍 깨워서 화난 거였어?"

"아냐, 그런 거."

"그럼?"

하재의 질문에 말문이 막혔다. 차마 하재를 보고 들떠 있던 여자들 때문에 짜증이 났다는 말을 할 수 없었다. 아니, 해 주고 싶지 않다.

"나, 배고파."

설아가 말을 돌리자 하재는 고개를 끄덕였다.

"앉아 있어. 내가 가지고 올게. 뭐 먹을래?"

"빵. 커피. 그리고 샐러드. 또 맛있는 거 있으면."

"알았어. 맛있는 건 몽땅 다 가지고 올게."

자리에서 일어난 하재는 잠시 후 음식들을 가지고 돌아왔다. 빵과 커피, 샐러드. 그리고 후식으로 먹을 작은 조각 케이크와 과일 들이 차례대로 탁자 위에 놓여졌다. 샐러드를 포크로 집던 설아는 그녀의 샐러드에만 머스터드 드레싱이 뿌려져 있는 것을 발견했다. 하재의 샐러드에는 드레싱을 뿌리지 않았다.

"계속 드레싱 없이 먹으면 밋밋하지 않아?"

"괜찮아. 말했잖아. 나는 쉽게 찌는 체질이라고."

"그래. 조심하는 건 좋지. 그런데 하재야, 조금 쪄도 괜찮을 것 같아."

"뭐?"

"남자가 너무 근육질에 멋진 몸매인 것도 별로인 것 같아. 조금 통통한 몸매도 좋을 것 같지 않아?"

설아의 말에 하재는 뜬금없다는 표정을 지었다.

"무슨 말을 하고 싶은 거야?"

"네가 무슨 짓을 했기에 여기 직원들이 너를 보고 수군거리는 거냐고 말하고 있는 중이야."

"그런 거였어?"

드디어 방금 전 설아의 태도를 이해한 하재가 웃었다. 그 모습에 설아는 약간 뽀로통한 얼굴로 물었다.

"좋아? 사람들이 잘생겼다면서 흘깃거리면?"

"왜 이래, 자꾸."

"잘생겨지면 어떤 기분이야?"

"응?"

"너, 민제하로 나와 처음 만났을 때 기억나? 얼마나 뻔뻔했는지 알아? 두 눈을 똑바로 마주한 채로 내가 못생겼습니까?라고 말했잖아. 눈은 요렇게 해서."

설아는 양 검지로 눈꼬리를 치켰다.

"내가 그런 눈이었다고?"

"응. 너 그런 눈이었어. 심지어 그다음에는 뭐라고 말했는지 알아?"

"뭐라고 했었는데?"

"내가 잘생긴 건 알지만 이렇게까지 넋 놓고 쳐다볼 것까지는 아니라고 생각하는데, 라고 말했었어."

설아의 말에 하재는 입을 막고 쿨럭거렸다. 뺨을 붉힌 하재는 컵을 쥐었다.

"내가 얼마나 당황했던지. 눈 떠 보니 병원인데, 난데없이 등장한 낯선 남자가 자기는 미남이라면서 잘난 척하고 있었으니까."

"그때는 사실 나도 꽤 긴장하고 있었거든."

"왜? 내가 너를 알아볼까 봐?"

아니. 내가 다시 너를 사랑하게 될까 봐.

하재는 설아의 손을 부드럽게 잡았다. 그러곤 천천히 깍지를 꼈다. 따뜻한 온기가 다가왔다. 이 손을 잡기까지 얼마나 많은 시간이 걸렸던 걸까.

그리고 그때 한 가지 사실을 깨달았지.

다시 너를 사랑하게 된 게 아니라, 나는 계속 너를 사랑하고 있었다는 걸.

"나는 그때 민제하는 평생 미남으로 살아와서 그렇게 잘난 척하는 줄 알았지. 말해 봐. 잘생겨지니까 좋아? 어떤 점이 좋아?"

"글쎄."

하재는 쑥스럽다는 듯 계속 물만 마셨다. 여전히 설아의 손을 꼭 쥔 채.

"음……. 사람들이 친절하다는 거?"

"주로 여자들?"

"여자들이 나에게 친절하다고 말하면 화낼 거야?"

"아뇨, 민제하 씨. 제가 감히 어떻게 화를 내겠어요? 그냥 민제하 씨의 아내가 나라는 사실만 강조하겠죠. 아주 조금."

"다시 한번 준이 한 비서에게 커피를 타 준 게 이해 가고 있어. 백 퍼센트가 아닌 2백 퍼센트로."

"흐음."

"정말 커피 타 줄까? 뭐 마시고 싶어?"

설아를 바라보면서 농담하는 하재의 얼굴에는 행복한 웃음이 서렸다.

"사실 여자들은 내가 서하재였을 때도 그리 나쁘게 대하진 않았어. 물론 친밀하게 다가온 적도 없지만. 그래도 친절히 대해 줘야겠다는 의지가 보였거든."

"의지?"

"아, 이 애는 못생기고 뚱뚱하구나. 틀림없이 살면서 상처를 많이 입었겠다. 그러니까 나라도 친절히 대해 줘야지, 라는 의지. 여자들에게서는 그런 의지가 보였어. 이 아이에게 친절히 대해 줌으로써 오늘의 나는 참으로 선량한 인간이라는 것을 증명했다는 그런 느낌? 남자들에게 나는, 그래도 저 녀석보다는 내가 훨씬 낫다는, 일종의 기준점이었고. 결론은……."

하재는 웃으면서 샐러드를 포크로 찍었다.

"키가 크고 근육질의 남자는 세상을 살기에 굉장히 유리하다는 거야. 아주 유리해."

"거기에 잘생긴 얼굴도 덧붙여야겠지."

"그래, 붙이자. 네 눈에 잘생겨 보이면 되는 거니까."

"그런데 하재야. 아영 이외에 다른 여자하고 사귄 적은 없어?"

"쿨럭!"

설아의 질문에 하재는 본격적으로 기침을 터트렸다. 사레가 들린 하재는 한참 동안 기침을 했다. 그러나 설아는 하재가 기침하는 동안 날카로운 눈으로 노려봤다.

"아……, 그…… 그게."

손으로 입을 막은 채, 기침을 억누른 하재가 간신히 말했다.

"물 마셔. 계속 기침 나잖아."

"그래. 고마워."

물을 몇 잔이나 마신 뒤에야 하재는 겨우 평정을 되찾았다. 하지만 설아의 눈빛은 여전히 예리한 상태였다. 그런 설아를 향해서 하재가 조심스레 물었다.

"그런 게 궁금해? 내가 누구와 사귀었는지?"

"응. 궁금해. 유치한 거 궁금해한다고 생각해도 어쩔 수 없을 정도로 궁금해."

"없었어."

웃는 얼굴이지만 하재의 목소리는 단호했다.

"정말?"

하재는 정말이라고 묻는 설아와 시선을 마주한 채 말했다.

"응. 정말 없었어. 단 한 명도."

7. 전조

민제하의 부인으로서의 삶은 할 일이 많았다. 막연히 생각했던 것처럼 좋은 집에서 편안히 지내는 시간은 그리 길지 않았다. 하루를 분 단위로 쪼개는 하재의 스케줄처럼 하드하지는 않았지만 이리저리 얼굴을 비쳐야 할 곳도 많았고 가야 할 곳도 많았다. 만일 개인 비서인 지수가 없었다면 혼자서 감당할 수 없었을 것이다. 물론 아무것도 하지 않을 수도 있지만 하재와 제민이 회사를 두고 싸우고 있는 이상, 혼자 평화롭게 집에 있을 수만은 없었다.

오늘도 이사회에서 중요한 입지를 가지고 있는 조민구 이사의 딸인 조서혜의 피아노 공연에 참석해야 한다. 설아는 메이크업 담당자가 화장을 해 주는 도중에도 스스로의 모습을 꼼꼼히 점검했다. 오늘의 주인공은 서혜다. 그러니 아름답게 보이는 것보다 최대한 단정하고 호감 있게 보이는 게 중요하다. 찬찬히 거울을 살피던 설아는 지수가 내미는 태블릿 PC를 받았다.

"사모님. 여기, 이 기사."

"기사?"

"네. 이사님께서 오늘 사모님께 꼭 읽게 하라는 지시를 내리셨습니다."

하재가? 왜? 의아한 마음으로 받아 든 기사의 내용은 간결했다. 스쳐 지나칠 수 있을 정도로 짧았지만 그 안에 들어 있는 것은 전혀 달랐다. 강간당한 여성 아르바이트생이 자신을 성폭행한 사장을 고소했다는 기사였다. 용의자 오 씨라고 적혀 있지만 그 사람이 누구인지 알 수 있었다.

오현종이다. 하재에게 원했던 현종의 몰락이 정점을 향해서 치닫고 있다.

시작이다. 이제부터 현종은 정당한 대가를 받게 될 것이다. 현종의 인생이 끝나는 시간까지, 그가 죗값을 톡톡히 치르기를 간절히 바란다. 만일 세상이 그렇게 돌아가지 않는다면, 무슨 짓을 해서라도 그렇게 만들 것이다.

기사를 다 읽은 설아는 나경의 SNS를 검색했다. 행복해 보이는 사진들이 잔뜩 올라와 있었다. 오늘은 즐거웠다. 오늘도 즐거웠다. 수많은 태그와 비싸 보이는 물건들. 그러나 설아의 눈에는 그 모든 것이 최후로 향하는 발작처럼 느껴졌다.

모두가 정당한 대가를 치르길.

한 명도 빠짐없이.

"다 되었습니다."

메이크업 담당자 말에 고개를 든 설아는 거울을 바라봤다.

적당한 차림새다. 세련되고 우아하지만 주인공의 자리를 넘볼 만큼 과한 차림새는 아니다. 제발 오늘 아영이 미친 듯이 예쁘게 꾸며서 왔으면 좋겠다. 주인공인 조서혜가 기분 상할 만큼.

모든 준비를 마치고 설아는 피아노 공연장으로 향했다.

차가 도착하자 기다리고 있던 하재가 다가왔다. 차에서 내리는 설아를 본 하재는 조금 놀란 얼굴이 되었다.

"왜? 예뻐서 놀랐어?"

농담으로 던진 말에 하재의 뺨이 살짝 붉어졌다.

"너는 당연한 걸, 농담처럼 하는구나."

"뭐야. 왜 이래."

웃으면서 하재의 어깨를 손으로 슬쩍 밀었다. 서로의 농담이 과했다는 것처럼.

하지만 웃음을 감출 수가 없다. 기분이 좋다. 이런 게 좋다. 하재가 자신을 아름답다고 생각하면서 소중히 다뤄 주는 게 좋다. 이러고 있으면 그들 사이에 있었던 과거가 흐릿해져 간다. 마치 고등학교 때 헤어졌다가 아무 일도 겪지 않고 다시 만난 것 같다는 생각마저 들었다. 하루하루가 오늘과 같았으면 좋겠다. 서로가 서로만 보고 있노라면 잃어버렸던 시간을 되찾은 기분이다.

설아의 팔짱을 낀 하재가 고개를 살짝 숙이면서 말했다.

"부탁할 게 있어."

"제하라고 부르라고?"

"아니."

하재는 빙그레 웃으면서 말을 이었다.

"물론 그것도 확실히 해야 하지만, 며칠 뒤부터 최 비서만 아니라 이 비서도 함께 출근할 거야."

"또 비서를 둔다구? 너무 과한 거 아냐? 비서를 두 명이나 둘 정도로 내가 대단한 일을 하는 것도 아니잖아."

"이선기 비서는 남자야. 비서보다도 경호 임무에 더 집중할 거고."

"하재야."

"그냥 같이 다녀 줘."

싫다고 말하려 했다. 그러나 그냥 같이 다녀 줘라고 말하는 하재의 목소리에 실린 무게를 느낀 설아는 입을 다물었다.

"언제까지?"

"대충 일이 끝날 때까지."

"알았어."

설아는 웃으면서 하재의 팔을 꼭 붙잡았다.

"네가 그러라고 하면 그렇게 할게. 괜히 자유를 갈망하는 반항기 청소년 흉내는 내지 않을 테니까 안심해."

"고마워."

하재가 고맙다고 말하는 순간 아영과 제민이 막 입구로 들어서고 있었다. 아니나 다를까 한껏 꾸민 아영은 턱을 치켜든 채,

다른 사람들을 내려다보면서 걸어왔다. 그런 아영을 바라보는 하재의 눈은 차가웠다.

"저 남매는 그냥 아버지의 힘만 믿고 설치는 게 아냐. 그보다 저들은 자신들에게는 당연한 권리가 있다고 믿고 있어. 다시 말해서 어떤 짓을 하더라도 자신들은 아무런 제재를 받지 않는 것이 마땅하고 믿는다는 거지. 그래서 위험해."

"알았어. 걱정하지 마. 어딜 가든지 비서들과 함께할 거니까."

"곧 다 끝날 거야."

하재는 손을 살짝 어루만지면서 웃었다. 설아도 하재와 마주한 채 웃었지만 속마음은 전혀 달랐다. 자신이 위험하다면 하재도 위험할 것이다. 자신에게는 두 명의 경호원이 있지만 하재에게는? 고개를 앞으로 돌린 설아는 입술을 잘근잘근 깨물었다. 만일 하재가 다친다면? 그건 참을 수 있다. 다친 하재를 보는 게 마음이 아프겠지만. 그래, 그건 참을 수 있다.

정말 견딜 수 없는 것은 하재를 잃어버리는 일이다.

순간 앞이 까마득해졌다. 하재를 잃어버린다? 13년 전 눈을 떠 보니 하재가 사라져 있던, 그 시간이 다시 떠올랐다. 손끝이 떨린다. 온몸이 바들바들 떨렸다.

이제야 알 것 같다.

하재가 친구냐 아니면 남자냐를 따지는 것 자체가 의미 없다는 것을.

어릴 때도 하재를 좋아했다. 하재 그 자체를 사랑했다.

그리고 지금도 제하인 동시에 하재인, 하재를 사랑한다.

잃어버리고 싶지 않다. 아직 하재의 마음속에 아버지인 민강에 대한 원망이 가득할지라도. 어쩌면 하재의 마음속에 있는 자신의 존재가 그리 대단한 위치가 아닐지라도. 하재의 곁에서 떠나고 싶지 않다. 또다시 하재를 잃어버리면 살아갈 수 없을 것이다.

"괜찮아?"

하재의 손이 뺨을 스쳤다. 부드럽고 따뜻한 손길에 설아는 스르륵 눈을 감았다.

"괜찮아. 그냥……."

"왜?"

"하재야."

"응?"

"꼭 비서들 데리고 다닐게. 그러니까 너도 혼자 다니지 마."

하고 싶은 말이 많다. 그런데 어떻게 시작해야 할지를 모르겠다. 너무 많은 말이 가슴속에 꿈틀거려서 시작점을 찾을 수가 없다. 간신히 입술을 움직였다.

절대로…… 혼자서 다니지 마. 이제 두 번 다시 나를 혼자 두지 마.

연주회가 어떻게 진행되었는지 기억조차 나지 않는다. 옆에 있는 하재의 온기만 기억날 뿐이다.

"어때?"

중간에 약간의 휴식 타임이 생기자 하재가 몸을 숙여서 물었다.

"잘 모르겠어. 그래도 들을 만해."

"끝나면……."

"말 안 해도 알아. 엄청나게 감동받은 얼굴로 두 손을 꼭 모아서 말할게. 엄청난 연주였다고."

"그 정도까지는 안 해도 돼."

"할 거야."

서로 농담을 주고받으면서 설아와 하재는 환하게 웃었다. 천천히 하재의 손이 다가오더니 설아의 손 위에서 살며시 깍지를 끼었다. 회사 사람들이 보는 자리인데도 하재는 설아의 손을 놓지 않았다. 뺨이 달아오른다. 하재의 손가락이 은밀하게 움직일 때마다 더욱 뺨이 달아올랐다. 두 번 다시 이 손을 잃고 싶지 않다. 이 손을 혼자서만 붙잡고 싶어서 안달이 난다.

연주회가 끝난 뒤 설아는 최 비서가 내미는 꽃다발을 들고는 뒤쪽에 있는 대기실로 갔다. 설아가 찾아가자 서혜와 조 이사는 매우 반가워했다.

"허허……. 그저 작은 연주회인데, 뭐 여기까지 오셨습니까."

"아니에요. 정말 훌륭한 연주였어요. 간만에 연주다운 연주를 들어서 매우 좋았어요. 실력이 매우 뛰어나시던데."

"그저 좀 띵동거리는 정도죠. 그런데 민 이사는 밖에 붙들려 있나 봅니다."

"아……. 네. 연주회에 왔으면 연주만 들으면 좋겠는데. 이렇게 멋진 연주를 해 주신 분을 두고도 다들 사업 이야기에 바쁘네요."

"그게 쉽나요. 다들 민 이사만 찾는 상황인데."

"서혜야, 축하해. 멋졌어."

뒤에서 여자의 발랄한 목소리가 들렸다. 시종일관 아영이 언제 등장할지만 기다리고 있던 설아는 낯선 여자의 목소리에 고개를 돌렸다. 아영 대신 처음 보는 여자가 서혜를 향해서 다가왔다.

"이정희 담당 교수님도 오셨는데, 만났어?"

"어? 이 교수님도 오셨어? 준희야, 어디 계셔?"

준희? 준희라는 이름이 설아의 신경을 건드렸다. 설아는 다시 천천히 여자를 살폈다. 조금 마른 몸매에 도시적인 외모를 가진 여자는 준희라는 이름과 잘 어울렸다.

여자의 얼굴을 확인하는 순간 갑자기 기분이 나빠졌다. 누군가가 등을 떠미는 느낌이다. 바로 앞은 천 길 낭떠러지라서 더 이상 갈 수 없는데도, 보이지 않는 손이 계속 등을 떠밀고 있다. 어두운, 아주 어두운 손이 계속 등을 떠민다. 캄캄한 낭떠러지 아래에서 횡횡 불어오는 삭풍 소리가 들렸다.

싸늘해진 공기 속에서 누군가의 웃음소리가 들리는 것 같았다.

설아는 눈 한번 깜짝하지 않은 채, 준희를 뚫어져라 바라봤다. 오래전 들었던 목소리가 머릿속에서 다시 흐르기 시작했다.

준희와 준성이가 얼마나 실망했는지 아니? 준희와 준성.

얼마 전 백화점에서 본 영상이 눈앞에서 되감기기 시작했다.

예성의 옆에서 환하게 웃고 있던 여자의 얼굴. 준희다. 하재의 이부 여동생!

손이 덜덜 떨렸다. 손끝에서부터 시작된 떨림은 곧 온몸으로 퍼져 갔다.

"사모님?"

"……."

"사모님, 무슨 일이라도?"

설아는 새파래진 얼굴로 조 이사를 돌아봤다. 조 이사의 목소리에 서혜와 준희도 설아를 돌아봤다. 자신을 바라보는 준희의 시선을 느낀 설아는 어색한 웃음을 지으며 고개를 저었다.

"아…… 아뇨. 갑자기 빈혈이…… 나서. 제가 몸이 좀 약해서…….."

"그럼 비서를……."

"네. 네……. 비서."

입에서 무슨 말이 흘러 나가고 있는지 모르겠다. 의아해하는 조 이사의 눈을 마주한 설아는 간신히 정신을 바로잡았다. 조 이사는 하재에게 중요한 사람이다. 정신 차려! 유설아!

주먹을 꽉 쥔 설아는 최대한 밝은 미소를 지었다.

"제가 몸이 좋지 않아서……. 이만 가 봐야겠어요."

"민 이사를 부를까요?"

"아뇨!"

조금 큰 소리가 나갔다. 준희가 있는 곳으로 하재를 오게 할 수 없다.

"괜찮아요. 정말 괜찮아요. 따님의 연주는…… 잘 들었어요. 제가 몸이 나빠서……."

설아는 당황해하는 조 이사와 서혜에게 인사를 한 뒤 밖으로 나갔다. 눈앞이 흐릿하다. 흥분과 긴장으로 입안이 바싹바싹 말라 갔다. 제대로 걷고 싶은데 쉽지 않다. 최대한 빨리 대기실 주변을 벗어나야 하는데 몸이 말을 듣지 않는다. 물로 가득 찬 수조 안을 허우적거리는 것 같다. 그런데 지수는 어디에 있는 거지? 하재는? 금방이라도 쓰러질 것 같은데 하재가 보이지 않는다.

그때 누군가가 손을 잡았다. 누구?

"설아야?"

익숙한 목소리. 그리운 목소리. 하재의 목소리였다. 하재와 얼굴을 마주하자 그대로 다리에 힘이 풀렸다.

"무슨 일이야? 아영이 괴롭힌 거야?"

힘이 빠진 설아를 안은 채로 하재가 물었다.

"아…… 아니."

"그럼?"

"아…… 아냐."

아니라고 말했지만 싸늘하게 식은 몸은 전혀 다른 말을 하고 있었다. 하재는 걱정스러운 얼굴로 지나가는 사람들을 피해서 한적한 곳으로 자리를 옮겼다. 시간이 조금 지난 뒤에야 평정을 되찾을 수 있었다.

"왜 그래? 무슨 일이 있었어?"

"아…… 아냐. 아무것도 아냐."

"아닌데 이렇게 얼굴이 새파란 거야? 몸도 차."

"커…… 컨디션이 나…… 빠졌나 봐. 기분이…… 안 좋아."

"집으로 돌아가자."

설아는 집으로 가자고 하는 하재의 팔을 붙잡았다. 그런 설아의 행동을 이사회를 걱정해서 만류하는 것으로 오해한 하재는 고개를 흔들었다.

"이사회 같은 건 걱정할 필요 없어!"

"아니…… 그게 아니라……."

설아는 그녀를 걱정하는 하재를 바라봤다.

몸이 떨린다. 말해야 하는 걸까? 지금이라도 하재에게 백화점에서 예성을 봤다고 말해야 할까? 왜 그때 이야기를 하지 않았냐고 묻는다면 뭐라고 말해야 하지? 혼란스럽다. 어떤 결정을 내려야 할지 모르겠다. 그냥 모든 것이 다 무섭다. 또 하재를 빼앗길 것 같아서 두렵다. 그 악마 같은 여자는 이번에도 할 수 있는 모든 수단을 이용해서 하재를 괴롭히고 상처 입힐 것이다.

안 된다! 또다시 그런 일을 겪을 수 없다.

안색이 나쁜 설아를 보면서 하재는 걱정스러운 목소리로 말했다.

"서 닥터를 불러야겠다. 또……."

또라는 말을 하던 하재는 입을 다물었다. 짙은 침묵. 설아는 천천히 하재를 올려다봤다. 긴장한 채로 위아래로 움직이는 목울대가 보였다. 어금니에 힘이 꽉 들어가서 단단하게 굳어진

턱과 검은 눈동자가 얼핏 보였다.

텅 비어 있는 하재의 눈동자는 이미 과거에 한번 접했던 눈동자였다.

하재에게 어울리지 않는 옷들이 잔뜩 들어 있는 옷 가방 안을 봤을 때, 급히 달려오던 하재에게서 봤었다.

근처에서 웃음소리가 들렸다.

"준희 어머님은 언제 뵈어도 아름다우시네요."

"어머. 이제 이 나이에 딸 친구에게 들을 말은 아닌 것 같은데. 어쨌든 기분은 좋네요."

나긋나긋한 목소리. 죽는 순간에조차 잊을 수 없을 것 같은 목소리의 주인공은 예성이었다.

"연주회 잘 들었어요, 서혜 양."

목소리가 점점 다가오고 있다. 움직여야 한다! 이런 곳에서 예성과 마주칠 수 없다. 조금 더 준비된 상황에서, 조금 더 마음의 준비를 한 뒤에 만나야 한다!

"하재야……."

하재의 이름을 불렀으나 반응이 없다. 세상이 그들 둘만 남겨 둔 채 사라진 것 같다. 빙글빙글, 어지럽게 돌아가는 세상 속에서 하재의 목소리가 들렸다.

"그 여자가 와……."

떨리는 하재의 목소리 뒤로 그들을 둘러싸고 있던 행복한 세상에 금이 가는 소리가 들렸다. 간신히 쌓아 올린 낙원이 붕괴되는 소리. 설아는 하재의 손을 꼭 쥐었다. 손이 차갑다. 조금 떨어져서 보면 괜찮을지 모르지만 바로 옆에서 보니 똑똑히 보였다. 새파래진 하재의 얼굴에서 식은땀이 흘러내리고 있다.

정신 차려! 유설아!

설아는 스스로를 다그쳤다. 지금은 네가 놀라고 있을 때가 아냐! 하재만 생각해! 하재가 위험해! 네가 도와야 하는 거잖아. 눈물이나 흘리면서 덜덜 떨고 있을 때가 아냐!

바싹 메마른 입안이 아플 정도로 따갑지만 설아는 억지로 침을 삼켰다. 그러고는 하재의 손을 꼭 쥐면서 속삭였다.

"괜찮아."

그러나 설아의 말은 하재의 귀에 들리지 않는 듯했다.

하재의 검은 눈 뒤로, 어린 날의 하재가 떠오르고 있었다. 커다란 체육복을 입고서 쇼핑 백에 있던 고급 옷을 억지로 숨기던 하재. 그의 몸을 조롱하는 어머니에게 어찌 대항할 바를 몰라서 쩔쩔매던 아이. 그들은 힘없는 어린아이였고 상대방은 너무나 강력했다.

설아는 모두에게 버림받았던 어린 날의 하재를 껴안은 채, 다시 속삭였다.

"우린 괜찮아."

하재야. 우리는 그때처럼 어리지 않아. 그때처럼 무기력하게 당하지 않아. 그러니 움직여. 민제하의 가면을 써.

마음의 소리가 통했는지, 하재가 움직였다. 설아의 두 손을 꼭 잡은 채로 하재는 천천히 고개를 끄덕였다.

그래. 우리는 괜찮아. 우린 더 이상 붕괴된 낙원을 보면서 눈물만 흘리던 어린아이들이 아니야.

하재를 올려다본 채 설아가 물었다.

"집으로 갈까?"

"아냐."

크게 숨을 들이마신 하재는 예의 바르고 정중하지만 어딘지 모르게 도발적인 제하로 변했다. 민제하의 가면을 쓴 하재는 빠른 속도로 평정을 되찾았다.

"10년이…… 넘는 세월 동안 계속 생각했던 일이야. 예상치 못한 만남이지만 피하고 싶지 않아."

"……."

"걱정하지 마. 괜찮아."

고개를 숙인 하재는 설아의 이마에 가볍게 입술을 맞췄다.

"그냥 놀랐을 뿐이야."

"알았어."

완벽하게 민제하가 된 하재는 등을 꼿꼿이 폈다. 전투가 시작된다. 식은땀이 흥건하던 하재의 손에 힘이 들어갔다.

"잠시만."

설아는 움직이려는 하재를 붙잡았다. 그러고는 천천히, 여전히 조금 떨리는 손으로 머리를 가다듬었다.

"나, 이상해?"

"아니. 나는?"

하재의 질문에 설아는 찬찬히 살폈다. 그 어느 때보다 냉철한 눈으로 하재의 모습을 살폈다. 지금 눈앞에 있는 사람은 서하재가 아니라 민제하다. 자신만만하고 위험한 남자, 민제하. 그 안에 숨겨져 있는 하재의 모습을 찾을 수 없었다.

"괜찮아. 넌 민제하야."

"그래. 나는 민제하야."

설아와 하재는 시선을 마주한 채, 고개를 끄덕였다.

온몸의 혈관이 들끓는 기분이다. 그러나 이성은 그 어느 때보다 또렷했다.

멀리 예성이 보였다. 어릴 때 봤던 그 모습 그대로였다. 세월이 비켜 지나간 것 같은 예성은 환하게 웃으면서 사람들과 이야기하고 있었다. 예성에게 가까이 다가가던 하재의 발걸음에서 미묘한 망설임이 느껴졌다. 설아도 아버지를 떠올릴 때마다 느끼는 망설임. 아버지를 완전히 버리려고 하고 있지만 쉽지 않다. 입으로는, 머리로는 예성에게 대가를 치르게 하겠다고 말하지만 과연 하재가 그럴 수 있을까?

누가 뭐라고 해도 예성은 하재를 낳아 준 어머니다.

그런 어머니를 깨끗하게 도려낼 수 있을까?

하재는 설아의 손을 조금 강하게 쥐었다. 흔들리는 마음을 다잡으려는 것처럼. 설아는 그런 하재의 손에 살며시 깍지를 꼈다. 어쩌면 앞으로도 하재의 마음은 계속 흔들릴지 모른다. 어쩌면 아주 많이. 증오밖에 없다고 말하고 있지만 한 꺼풀 벗겨 보면 그 안에는 아직까지도 상대방의 애정을 갈구하는 어린아이가 숨어 있을 수도 있다.

예성과의 거리가 가까워질수록 하재는 맞잡고 있는 설아의 손에서의 온기에 집중했다.

"전에도 만난 적 있었어?"

"아니. 몰래 지켜본 적은 있었지만 얼굴을 마주한 적은 없었어."

"왜?"

"준비되기 전에 만나면……, 둘 중 하나밖에 없을 것 같아서."

"…….”

"저 여자를 죽이고 내가 끝나든지. 아니면…….”

아니면 뒤에 무슨 말을 하고 싶은지 묻지 못했다. 조 이사와 이야기를 하던 예성이 걸음을 옮겼다. 한 발 한 발. 완벽한 차림새를 한 채, 웃으면서 다가오는 예성. 알아볼까?

예성과의 거리가 가까워지자 또 다른 걱정이 들었다. 예성이 하재를 알아보면 어떻게 하지? 자신은 변한 하재를 알아보지 못했다. 그러나 예성은 하재의 어머니다. 그러니 알아보지 않을까? 긴장으로 얼어붙은 몸에서 땀이 흐른다. 그러나 땀은 흘러내리자마자 곧장 식었다. 온몸이 으슬으슬 떨려 온다.

"어? 민 이사. 이제야 얼굴을 보는군."

하재를 발견한 조 이사가 반갑다는 얼굴이 되었다.

"박 여사님. 여기 이쪽은…….”

"어머. 여사님이라고 하니까 너무 딱딱한 느낌이네요. 그냥 예성 씨라고 불러 주세요."

다른 여자가 했다면 끼를 부리는 느낌이었겠지만 예성은 우아함을 잃지 않았다. 조 이사는 그런 예성을 향해서 웃기만 했다.

"하긴 여사님이라는 호칭이 어울리지 않으시는군요. 예성 씨, 여기는 민제하 이사. 우리 회사의 대들보죠."

조 이사가 하재를 소개했지만 예성의 표정에서는 어떠한 동요도 없었다.

"반가워요. 박예성이에요."

예성이 손을 내밀었다. 하재도 천천히 손을 내밀었다. 서로 손을 맞잡은 채 악수를 하고 있는 하재의 모습은 평온해 보였다.

"민제하입니다."

예성을 향해서, 타인에 대한 상냥한 미소를 짓고 있는 사람은 하재가 아니라 민제하였다. 알아볼까? 하재의 옆에서 환한 미소를 짓고 있지만 설아의 시선은 불안하게 떨렸다. 예성이 하재를 알아볼까? 그러나 하재와 악수를 하는 예성의 얼굴에 피어오른 미소는 타인에 대한 미소였다.

지금 하재의 얼굴에 떠올라 있는 미소와 마찬가지로.

타인이 다가와서 타인과의 인사를 한다.

단 1그램의 흔들림조차 없는 예성을 바라보고 있자니, 지금까지 긴장했던 자신들이 어리석게 느껴졌다.

예성은 하재를 알아보지 못하고 있다.

입안이 쓰다. 짧은 순간이나마 예성이 하재를 알아보면 어떻게 해야 하나, 고민했었다. 그런데 상대방이 자신들을 전혀 알아보지 못한다. 안도감은커녕 씁쓸한 서운함이 폭발했다. 하재도 이런 마음이었을까? 그를 전혀 알아보지 못한 채, 민제하로만 대하던 자신에게 이런 감정이 들었을까?

"그런데 민 이사는 여기 박예성 씨가 얼마나 대단한 분인지 알려나 몰라. 서준수 화백이라고 유명한 화가의 부인이셨어."

"지금은 아니신가요?"

하재가 아무것도 모르는 척 묻자 예성은 조금 슬픈 목소리로 말했다.

"남편이 죽었거든요."

"아아……. 이런, 죄송합니다."

"아니에요. 미술계에 관심이 없는 분들이라면 서준수 화백이나 저에 대해서 아는 게 별로 없죠."

하재와 예성이 이야기를 하는 동안 설아는 계속 생글거리며 웃었다. 그러나 겉과 달리 속은 내장이 뒤틀리는 듯한, 괴상한 기분이다. 금방이라도 쓰러질 것 같지만 열심히 웃었다. 조심해야 한다. 그릇에 잠긴 물이 표면장력을 넘어서면 한 번에 터져서 흘러내리듯이, 조금이라도 방심하면 감정의 편린이 밖으로 새어 나갈 것이다.

"여기 예성 씨도 엄청난 화가라네."

"엄청나다니요. 과찬이세요."

조 이사의 말에 예성은 손사래를 치며 겸손의 미소를 지었다. 두 눈을 차갑게 반짝이면서.

"과찬이라니요! 이번 독일 전시회도 매우 성공적으로 잘 끝났다는 이야기를 들었습니다. 호평을 받으셨다고."

"서준수 화백의 작품과 연작이라는 설정이 좋았던 거지요. 참, 나중에 내 전시회를 보러 와요. 조만간 한국에서도 열기로 했으니까."

"네. 꼭 찾아뵙겠습니다."

몇몇 잡담을 나눈 뒤, 예성은 조 이사와 함께 다른 사람들을 만나러 자리를 떠났다. 군중들 사이에 남겨진 하재는 아무런 감정이 느껴지지 않는 목소리로 말했다.

"돌아가자."

집으로 돌아오자마자 하재는 갤러리에 틀어박혔다. 그런 하재를 세상 밖으로 끌어내고 싶지만 어떤 말부터 시작해야 할지 모르겠다. 예성은 없는 죄를 꾸며서 하재를 감옥에 넣었다. 자신의 아들을 감옥에 넣는 어머니. 상상만으로도 온몸이 떨린다.

하재는 예성이 아들인 자신을 미워하는 이유는, 아버지 때문이라고 했다.

하재의 아버지, 서준수. 〈백설 공주를 위하여〉를 그린 사람. 가난하고 못 배웠지만 천재 화가였으며 예성을 사랑했다. 그러나 자격지심으로 모든 이들을 질려 버리게 만들었던 사람.

문득 상상을 하게 된다.

자신이 예성이었다면 서준수를 싫어하는 것처럼, 아들인 하재를 싫어할 수 있을지.

모르겠다. 사랑해서 결혼했지만 끔찍하게 미워질 수도 있을 것이다. 백번 양보해서, 남편을 미워했기 때문에 하재에게 정을 붙이기 힘들었다고 할 수도 있을 것이다. 그래도 학대까지는 가지 않았을 것이다. 아무리 남편이 밉다고 할지라도 학대는 전혀 다른 이야기다.

그때는 너무 어렸기 때문에 미처 몰랐지만 성장한 이후 확실히 알게 되었다.

하재에 대한 예성의 태도는, 명백히 학대였다.

일부러 현금을 사용하지 못하게 하고 카드만 쓰게 했던 것은 하재를 자신의 통제하에 두려는 행위였다. 말로는 자유롭게 풀어 준다고 했지만 예성은 하재의 모든 것을 감시했다. 촘촘한 거미줄처럼 하재를 꽁꽁 묶어 두던 예성. 하재가 그녀의 영역을 벗어나는 것을 극도로 두려워하는 동시에 하재를 괴롭히려고 안달을 했다.

오피스텔에 하재를 홀로 내버려 둔 뒤에, 입지도 못할 옷을 보내면서 그의 뚱뚱한 몸을 조롱했다. 너 따위를 사랑할 사람은 아무도 없다는 무언의 말이 담겨 있던 옷들을 생각하면, 지금도 소름이 끼친다.

아버지인 민강은 자식을 사랑한다는 믿음을 가지고 있었다. 오직 자식을 위해서 희생하고 있다는 생각으로, 자식의 앞길을 위한다는 믿음으로, 설아의 자존감을 지속적으로 깎아내렸다.

그에 비해서 예성은 의도적으로 하재를 학대했다. 미워하는 남자의 아이였기 때문이었을까? 미워하는데도 자유롭게 놓아 줄 수 없는, 어떻게든 자신의 손에 쥐고 있으려 하는, 그런 끔찍한 감정의 밑바닥에 있는 것의 이름은 질투가 아닐까? 도대체 예성은 무엇을 질투했던 걸까?

2층 방에서 정원을 내려다보던 설아는 시계를 봤다. 1시다.

벌써 1시가 넘었다. 그런데도 하재는 꼼짝도 하지 않고 있다.

고민하던 설아는 최 비서에게 전화를 걸었다. 너무 늦은 시간이라는 것을 알지만 이대로 가만히 있을 수 없다. 다행히 최 비서는 금방 전화를 받았다.

— 무슨 일 있으세요? 사모님.

"최 비서."

말하기 전에 설아는 숨을 가다듬었다.

"내가…….."

말하려다가 설아는 주춤거렸다.

지금 하려는 일이 틀린 길이라면 어떻게 하지? 만일 잘못 생각하고 있는 거라면?

— 사모님?

전화기 너머로 들리는 최 비서의 목소리에 설아는 마음을 굳혔다.

"최 비서. 내가 최 비서를 얼마나 믿을 수 있죠?"

설아의 질문에 전화기 너머에서 침묵만이 들렸다. 잠시 후 최 비서의 목소리가 들렸다.

— 원하시는 만큼 믿으셔도 됩니다, 사모님.

"그렇다면 다른 질문도 할게요. 최 비서는 얼마나 유능하죠?"

— 그것도 필요하신 만큼 유능하다고 답할 수 있을 것 같습니다.

"최 비서. 내가 지금 부탁하는 일이, 내 남편인 민 이사의 귀에 들어가지 않기를 바랍니다. 아니, 민 이사만이 아니라 그 누구도 내가 부탁하는 일을 알지 못해야 해요. 할 수 있을까요?"

하재 몰래 일처리를 하고 싶다는 설아의 말에 방금 전보다 더 짙은 침묵이 드리워졌다. 시간이 조금 지난 뒤에 최 비서의 목소리가 들렸다.

— 무슨 일입니까, 사모님?

"서준수 화백의 과거에 대해서 조사해 주세요."

— 서…… 준수 화백요?

"네. 인터넷 서치하면 이름과 작품이 나올 거예요. 그분의 과거에 대해서 알아낼 수 있는 건 모두 다 알아봐 주세요."

— 네. 알겠습니다.

이미 세상을 떠난 화가의 과거를 조사해 달라는 설아의 요구를 들은 최 비서의 목소리에 안도의 기운이 서렸다. 방금 전까지는 혹시라도 설아가 다른 은밀한 부탁이라도 하면 어쩌나 하는 불안감이 있었지만 지금은 달랐다. 그러나 설아의 목소리는 더욱 신중해졌다.

"절대로 민 이사의 비서진과 정보 공유 하지 마세요. 그리고 그 누구에게도 알려져선 안 돼요. 특히 서준수 화백의 부인이었던 박예성 씨에 대해 주의를 기울이되, 우리 조사가 드러나지 않도록 조심해 주세요. 신중을 요하는 일이에요. 할 수 있겠어요?"

— 네.

최 비서가 '네'라고 말하는 것을 들으면서도 불안하다. 과연 최 비서가 얼마나 알아낼 수 있을까? 그리고 자신의 생각이 틀렸다면?

설아는 입술을 꼭 깨물었다. 그렇다고 이대로 가만히 손 놓고 있을 수만은 없다.

"절대로, 절대로 다른 사람에게 알려져서는 안 됩니다."

설아가 몇 번이나 당부하자 최 비서도 상황의 중대성을 이해했는지 목소리가 낮아졌다.

— 안심하세요, 사모님. 절대로 민 이사님 쪽 비서실이나 다른 사람에게 알려지지 않도록 조심스럽게 조사하겠습니다. 그런데 특히 집중적으로 조사해야 할 게 있습니까?

"여자관계요."

— 네?

"서준수 화백의 여자관계에 대해서 알아봐 주세요. 아까 말했듯이 아는 사람이 없어야 해요. 특히 박예성 씨와 민 이사, 두 사람에게는요."

— 알겠습니다. 걱정 마십시오.

걱정 말라는 말과 함께 최 비서는 전화를 끊었다.

믿을 수 있을까? 아니, 그전에 최 비서는 얼마나 알아내 올 수 있을까. 속이 답답하다.

한숨을 쉬던 설아는 갤러리로 향했다.

갤러리는 눈부실 정도로 밝았다. 인공적인 빛의 홍수 속에 하재는 〈백설 공주를 위하여〉 앞에 앉아 있었다. 조각처럼 꼼짝도 하지 않은 채, 그림만 바라보고 있었다.

"하재야."

답이 없다. 다시 이름을 불렀다. 이번에는 조금 더 강하게.

"하재야."

"난 괜찮아."

괜찮다고 말하고 있지만 괜찮지 않다는 것을, 둘 다 잘 알고 있다. 곁으로 다가간 설아는 하재 옆에 앉았다.

"그날⋯⋯."

메마른 하재의 목소리가 들렸다.

"나는 너무 무서웠어. 너무 무서워서⋯⋯ 어쩔 줄 몰랐어. 네가 피를⋯⋯ 너무 많이 흘리고 있었거든. 네가 죽을까 봐 겁나서 울었어. 네가 어떻게 되었는지 계속 물었지만 아무도 답해 주지 않았어. 그런데 어머니가 경찰서에 와서 말하더라. 이 그림을 넘기라고. 네가 어떻게 되었냐고 물어도, 범인은 잡았냐고 물어도, 어머니는 계속 같은 말만 했어. 이틀 전에 고모가 죽었다. 그러니 〈백설 공주를 위하여〉의 소유자는 네가 되었다는 말과 함께 뒤탈 없이 살고 싶으면 그림을 넘기라고만 말했어."

"⋯⋯."

"정말 그 말밖에 안 하더라. 설아는 괜찮냐고, 어디에 있냐고, 병원에서는 뭐라고 하냐고, 통화라도 하게 해 달라고 빌었지만 어머니는 저 그림만 달라고 했어."

하재의 말을 들으면서 설아는 그림을 찬찬히 봤다.

아름다운 그림이다. 쉽사리 눈길을 뗄 수 없는 강렬한 그림이지만, 병적으로 집착할 만한 그림인지는 모르겠다. 예성은 왜 그렇게까지 이 그림에 매달리는 걸까?

"감옥에서 나온 뒤에, 민제하로 살아가면서 어머니를 찾아가 봤어. 어머니가 외국에 있을 때는 찾아갈 수 없었지만…….서하재의 흔적을 지우고 싶었기 때문에 여권을 사용할 수 없었거든. 그래서 어머니가 한국에 들어와 있을 때만 보러 갔었어. 때로는 사람을 시켜서 어떻게 사는지 알아 오게도 했었고. 근 10년의 세월 동안 어머니의 삶을 훔쳐보면서 맹세했었어. 절대로 용서하지 않겠다고. 철두철미하게 준비해서 가장 행복할 때에 절벽에서 밀어 버리겠다고. 몇 백 번, 몇 천 번도 더 결심했어."

"……."

"어떻게 해야, 그 사람을 상처 입힐 수 있을까? 돈? 남자? 자식? 아냐. 그런 걸로 타격을 입을 사람이 아냐. 정신적으로 허물어지게 해야 해. 그런데 어떤 방법을 사용해야 정신을 붕괴시킬 수 있을까?"

하재의 입에서는 예성을 괴롭힐 방법들이 계속 흘러나왔지만 무섭지 않았다. 오히려 슬펐다.

"참 웃기지? 민제하가 되었는데. 웬만한 건 다 손에 넣을 수 있는 위치까지 올라갔는데. 아직까지도 그 여자에게 휘둘리고 있어."

"당연한 거야."

"……."

"우리는 그들에게서 길러졌잖아."

우리는 왜 그들에게서 길러졌을까? 왜 우리의 부모는 그들이어야 했을까.

아니, 자신은 민강이라도 괜찮다. 참을 수 있다. 예성에 비하면 민강은 정말 좋은 아버지였다.

설아는 하재를 꼭 껴안았다. 자신의 온기가 하재의 절망을 조금이라도 덜어 주기를 바라면서.

"그래서 우리가 그 사람들을 완전히 떨쳐 버리려면…… 훨씬 더 많은 시간이 필요할 거야."

"얼마나 걸릴까?"

"모르겠어. 어쩌면 그렇게 오랜 시간이 필요하지는 않을지도 몰라."

하재가 몸을 기댔다. 인간의 체온이 체온과 만나는 순간의 평온함이 느껴졌다.

"설아야. 오늘 나, 이상했어?"

"아냐. 이상하지 않았어. 정말 민제하 같았어. 민제하였어."

"그렇게 보였어야 할 텐데. 그토록 오래 준비했는데 갑작스레 만났다는 이유로 너무 흐트러졌어."

"아마도…… 그런 건, 아무리 다짐하고 준비해도 완벽하기는 힘들 거야."

하재에게는 극복할 수 있다고 말했지만 사실은 알고 있다. 그들은 결코 자신의 부모를 극복하지 못할 것이다. 사랑받지 못했음에도 불구하고 온전히 미워할 수가 없다. 그 사람들이 생명을 준 부모라서? 천륜이라서? 그러나 먼저 천륜을 어긴 쪽은 부모였다. 그런데도 왜 자신들은 손을 놓지 못하는 걸까?

"기억나? 예전에 〈샤이닝〉을 봤을 때…… 내가 비명을 질렀었잖아. 그때는 왜 그토록 무서웠는지 이유를 몰랐는데, 나중에 알았어. 어릴 때 아버지는 종종 술을 드시고 와서 마구 소리를 질렀었어. 엄마하고 방 안에 있는데, 아버지가…… 발로 문을 차면서 열라고 소리를 질렀어. 엄마도 안에서 맞받아치면서 비명을 질렀고. 그러다가 문이 부서져서 아버지가 들어왔어. 그날 그 일 이후로 엄마는 집을 나갔고. 아버지는 술을 그 정도로 마시는 일도 없어졌어. 〈샤이닝〉을 볼 때 그 기억이 떠올랐던 거야. 그래서 그토록 무서웠던 거지. 웃기지 않아? 그 영화를 보기 전까지는 기억도 나지 않던 일이었는데. 갑자기 망각의 저편에서 튀어 올랐어. 딱 그 장면 하나만."

"……."

"나중에 내가 왜 놀랐는지 알게 된 이후에…… 이런 생각이 들더라. 기억도 나지 않는 까마득한 과거의 일조차 나를 이렇게 옭매고 있구나……라는 생각. 그런데…… 그때 너는 왜 그렇게 떤 거야?"

"나?"

"응."

설아가 물어봤지만 하재는 미소를 지었다. 대답할 수 없는 문제다. 그때 서하재는 홀로 사랑에 빠지고 있던 순간이었으니까.

"상관없어……."

그림을 바라보는 하재의 목소리가 차분해졌다. 방금 전처럼 억지로 감정을 억누르느라 중간 중간 급히 숨을 들이마시지도 않았다. 그 어느 때보다 평온한 목소리로 하재가 말했다.

"그 여자가 나를 알아보지 못해도 상관없어. 모든 사람은 자신이 저지른 대가를 치러야지."

8. 이팝나무

악몽이다. 악몽이 계속되었다. 어디론가 계속 도망가고 있지만 안전한 곳을 찾을 수 없다. 끝없이 적을 경계하면서 넓은 평원을 계속 헤맸다. 마지막 피난처마저 떠나야 할 때가 왔다. 더 이상 걷기 힘들다 싶을 때 눈이 뜨였다.

기분 나쁜 꿈이다. 그러나 악몽의 기억은 정신이 맑아짐과 동시에 점점 흐릿해졌다. 옆을 돌아본 설아는 텅 비어 있는 침대를 발견했다. 온기조차 없는 자리를 더듬던 설아는 시계를 봤다. 7시 20분. 하재는 어디에 있는 거지?

가운을 입은 설아는 창을 가로막고 있는 커튼을 젖혔다. 주차장에 차가 있다. 아직 하재는 회사로 출근하지 않았다. 서둘러서 옷을 입은 설아는 주방으로 내려갔다. 식탁에 앉아서 밥을 먹고 있는 하재가 보였다. 다행이다. 하재를 보자 안심이 되었다. 태블릿 PC로 뭔가를 읽던 하재는 내려온 설아를 보면서 말했다.

"더 자지. 왜 벌써 일어났어?"

"아냐. 일어날 때가 되었어. 그런데 왜 혼자서 밥 먹었어? 나를 깨우지."

"같이 밥 먹자고 잠자는 사람을 깨울 필요가 뭐가 있어. 어차피 차려져 있는 거 꺼내서 먹으면 되는데."

"그래도……. 뭐, 더 챙겨 줄까?"

"괜찮아. 거의 다 먹었어."

밥을 다 먹은 하재는 그릇들을 싱크대 안에 뒀다.

"더 자. 중간에 깨서 그런지 안색이 나빠 보인다."

가까이 다가온 하재는 이마에 손을 올렸다.

"열도 있는 것 같은데……. 혹시 나 때문에 제대로 못 잔 거 아냐?"

걱정하는 하재를 보니 마음이 따뜻해졌다. 이럴 때보면 영락없는 하재다. 그러나 어젯밤 예성에 대해서 이야기하던 하재 역시 하재다.

"아냐. 그냥 일찍 일어난 거야. 너, 회사 가는 거 보고 올라가서 자면 돼."

어젯밤 갤러리에서 돌아온 후, 하재와 설아 둘 다 예성에 대해서는 단 한마디도 하지 않았다. 아주 오래전, 예성이 선물로 보냈던 옷에 대해서 아무 말도 하지 않았던 것처럼.

하재는 설아를 다정한 눈으로 바라봤다.

"그럼 지금 올라가서 자."

"괜찮아. 나도 현모양처 흉내나 좀 내 보자. 출근하는 남편 배웅하기."

설아의 말에 하재가 웃음을 터트렸다. 파안대소는 아니었지만 미소를 짓는 하재를 보자 안심이 되면서 불안감이 옅어졌다. 설아의 머리를 쓰윽 하고 쓰다듬던 하재가 가볍게 볼에 입을 맞췄다.

"그래. 그럼 조금 이따가 올라가서 다시 자."

"알았어."

"출근을 서둘러야겠다. 너 빨리 자게 하려면."

하재는 식탁 의자 옆에 걸어 뒀던 슈트 상의를 들었다.

"갔다 올게."

"저녁은 집에 와서 할 거야?"

"모르겠어. 준과 만나야 하긴 하는데……. 4시쯤 연락 줄게."

"알았어."

설아는 차를 타고 출근하는 하재의 뒤에서 손을 흔들었다. 조금 지나칠 정도로 밝게 행동하고 있다는 생각이 들었지만 오늘은 평상시의 열 배 정도 더 발랄하게 행동해야 할 것 같다. 그래야 어깨를 짓누르는 우울한 기분에서 조금이라도 벗어날 수 있을 것만 같다.

아직 영순이 출근하지 않았기 때문에 설아는 직접 커피를 내렸다. 하재는 더 자라고 했지만 아무래도 잠이 올 것 같지가 않다.

딩동.

커피를 한 모금 마셨을 때, 경쾌한 초인종 소리가 들렸다.

"누구세요?"

인터폰 너머로 모자를 눌러쓴 남자가 보였다.

"사모님, 조경원에서 나왔습니다."

"조경원요?"

"네. 나무를 주문하셨는데…….."

"나무요? 어떤 나무를?"

"아……. 이팝나무인데."

이팝나무라는 말에 설아는 전에 하재와 했던 대화를 떠올렸다. 그때 하재가 나무들을 정원에 더 심자고 했던 말이 기억났다. 그렇기에 별다른 경계심 없이 인터폰 버튼을 눌렀다. 짧은 삑 소리가 들리면서 두꺼운 철제 대문이 열렸다. 남자 두 명이 나무 묘목을 들고 들어왔다. 나무를 어디에 심을지 상의하기 위해서 설아도 밖으로 나갔다.

"어서 오세요. 그런데 정원 어디에 나무를 심으라는 말은 들으셨어요?"

"네? 아아……. 저, 그게."

"사모님."

영순의 목소리가 들렸다. 막 대문을 들어선 영순은 설아에게 인사를 건넸다.

"어? 김 여사님. 일찍 오셨네요."

"아아……. 그게. 내가 어제 김치를 담그려고 배추를 절여

놓고 갔잖아요. 아무래도 제시간에 오면 숨이 너무 죽을 거 같아서 일찍 왔어요. 그런데 저분들은 누구세요?"

"이야기 못 들으셨어요? 정원에 새 나무를 심으러 오셨대요."

"나무? 그런 이야기는 못 들었는데. 이사님에게 연락을 해 봐야겠네."

그때였다. 영순이 연락을 해 봐야겠다는 말을 꺼내는 순간, 갑자기 남자 중 한 명이 영순에게 뛰어들었다. 꺅 하는 비명 소리와 함께 영순이 그대로 땅바닥으로 나뒹굴자 또 다른 손이 설아의 입을 틀어막았다.

뭐지? 지금 무슨 일이 벌어지고 있는 중이지?

의문을 가질 틈도 없이 뒤통수에 강한 충격이 느껴지고 동시에 어둠이 닥쳤다.

"지준표가 나를 기다리고 있다고?"

출근하자마자 접한 비서의 말에 하재는 눈썹을 찡그렸다. 준표의 접근은 기쁘지만 의도가 궁금했다. 게다가 오늘은 평소보다 훨씬 이른 시간에 출근했다. 그런데 준표가 벌써부터 사무실에서 기다리고 있다? 의아하다. 준표와 어울리지 않는 행동이다. 사무실에 들어가자 소파에 앉아 있던 준표가 일어났다.

"좋은 아침입니다, 민 이사님."

"그러게요. 서로 좋은 아침이 되어야 할 텐데요."

악수를 건네는 준표의 얼굴에는 웃음이 가득했다. 민제하로 만난 이후로 이토록 기분 좋아 보이는 준표의 모습은 처음이다.

"그런데 좋은 일이라도 있으십니까?"

"그렇게 보입니까?"

준표는 크게 입을 벌린 채 웃었다.

"네. 평상시보다 훨씬 더 기분이 좋아 보이십니다."

"아아……. 아버지에게 든든한 후원자가 생겨서 그런지, 지금 집안 분위기가 아주 좋습니다."

"후원자요?"

"네. 아주 유명한 화가죠. 박예성이라고 요절한 서준수 화백의 부인입니다."

순간 손끝이 흔들렸다. 그러나 하재는 이내 평정을 되찾았다.

"아, 박 여사님. 조 이사님 따님이신 조서혜 씨의 피아노 연주회에서 만났습니다. 그분께서 지 의원님을 후원하신다니, 좋은 소식이군요."

"좋은 소식이지요. 유명한 화가에다가 집안까지 부유하니까."

소식을 전하는 준표의 얼굴에는 웃음이 떠나지 않았다. 그런 준표의 모습이 거슬렸던 하재는 예성의 소문을 은근히 거론했다.

"그런데 그분은…… 조금 이상한 소문이 있으시던데……."

"이상한? 혹시 팜 파탈이라는 소문? 아니면 결혼하는 남자마다 죽는다는 소문을 말씀하시는 겁니까?"

"뭐, 대충?"

"아아……. 그거 다 헛소문입니다. 지금 세 번째 남편과 이혼 말이 오간다는 소문은 있는데. 어쨌든 세 번째 남편은 살아 있으니까 헛소문이지요. 모두 그분의 첫 번째 남편이었던 서준수 화백이 지나칠 정도로 집착했으니까 나온 말일 뿐입니다."

하재의 말에 준표는 아무것도 아니라는 듯이 손을 저었다.

"솔직히 박 화가님을 보고 있으면 사랑에 미쳐서 자살했다는 그 화가의 심정도 이해되지 않는 건 아니죠. 아름다우니까요. 그러니까 남자들이 줄줄 따라다니죠. 조만간 네 번째 결혼식을 하실 것 같던데."

"그렇던가요?"

"네. 그런데 민 이사님은 박 화백이 별로 마음에 안 드나 봅니다. 그토록 아름다운데. 민 이사는 예쁘면 다 좋은 거 아니었습니까? 예쁘다는 이유로 고등학교 때부터 문란한 생활을 했던 여자와 결혼했으니까. 어? 설마 모르셨습니까? 유설아 씨가 고등학교 때 남자와 동거 생활을 했다는 거."

준표의 입에서 설아의 이름이 나오자 하재는 주먹을 꽉 쥐었다. 그러나 이내 평정을 되찾았다. 준표가 저런 말을 할 수 있는 날도 그리 길지 않았다. 예성이 지 의원을 후원한다는 사실이 마음에 걸렸지만 깊은 유대 관계는 아닐 것이다. 그동안 예성에게 사람을 붙여서 감시해 왔었다. 지금까지 예성과 지 의원과 연결점은 없었다. 고개를 살짝 좌우로 돌리던 하재는 준표를 보면서 피식 웃었다.

"하긴 문란이든 뭐든, 예쁘면 다 용서되는 거죠. 남자란 그런 거 아닙니까? 예를 들어서 박예성 씨. 그분의 작품이 실력으로 평가받고 있다고 하긴 힘들죠. 죽은 남편의 이름에 양념을 뿌려서 평단의 눈을 가리고 있는 중이지만 외모가 출중하니까 다들 떠받들고 있는 거잖습니까."

"박 화백이 들으면 꽤나 기분 나빠 할 말씀을 하십니다."

"글쎄요. 그분의 기분은 제 영역 밖의 일인지라. 그런데 그 이야기를 하러 오신 겁니까? 남자를 유혹하는 세이렌보다 더 매력적이라는 박예성 씨 이야기를 하러?"

"뭐, 꼭 그런 건 아닙니다만……."

준표는 빙그레 웃으면서 자리에서 일어났다.

"사실은 이쯤에서 그만하는 게 어떻냐는 아버지의 말을 전하러 온 겁니다."

"이쯤이라……."

"네. 지금 여기서 멈추면 모두 별다른 일 없이 가족으로 지낼 수 있을 겁니다. 민 이사도 진심으로 유성을 노리는 건 아니잖습니까. 하나 코퍼레이션을 등에 업고 설쳐도 안 되는 건 안 되는 거죠. 아, 물론 하나 코퍼레이션이 민 이사의 편을 들어줄 것이라는 가정을 두고 한 이야기입니다."

"안 되는 건 안 되는 거다. 그건 온실 속에서 곱게 자란 지준표 씨나 금과옥조로 삼아야 할 단어고. 나는 거칠게 자라서인지 그런 말이 가슴 깊게 다가오지를 않습니다."

"욕심이 지나치면 화를 부르는 법입니다."

"동감입니다."

하재는 웃으면서 준표에게 말했다.

"확실히 욕심이 지나치면 화를 부르지요. 예를 들어서 아직 유성과는 아무런 연관도 없는 지 의원님 측에서 자꾸 유성의 일에 끼어드는 것도 화를 부를 욕심이지요."

평소라면 이쯤 이야기했을 때 발끈했을 준표다. 그러나 이상하게도 오늘의 준표는 여유로워 보였다. 히죽거리며 웃는 준표의 태도에서 불안함이 싹텄다.

"뭐, 그게 민 이사의 의사라면 어쩔 수 없지요. 이제 가족이라는 생각은 그만하는 수밖에. 그동안 즐거웠습니다."

확실히 이상하다. 준표와 악수를 하는 순간조차 떨떠름한 기분을 감출 수가 없었다.

준표가 사무실을 나가자마자 하재는 비서실로 연락했다.

"최지수 비서는 어디에 있지?"

"최 비서는 지금쯤 이사님 집에 도착했을 겁니다. 연락을 해 볼까요?"

"그래요. 즉시 나에게 연락을 해 달라고 전해 줘요."

대화를 마친 하재는 설아에게 전화를 걸었다. 전화를 받지 않는다. 느낌이 좋지 않다. 집전화로 걸어 봤지만 역시 받는 사람이 없다.

초조하게 손가락으로 탁자를 두드리던 하재는 자리에서 일어났다. 설마 한 시간도 안 되는 시간 동안 무슨 일이 벌어질까 싶지만 항상 나쁜 일은 소리 소문 없이 닥쳐 오기 마련이다. 집으로 돌아가야겠다.

그때였다. 휴대전화가 요란하게 울렸다. 전화를 받자마자 영순의 비명 같은 소리가 들렸다.

— 이사님! 사모님이! 끌려가셨어요!

여기는 어딜까? 서서히 정신이 들었다. 그러나 몸을 자유로이 움직일 수 없었다. 눈을 뜨려고 했지만 까끌까끌한 감촉만 느껴졌다. 뭔가가 얼굴의 반을 가리고 있었다. 손도 움직일 수 없었다. 몸을 일으키려 하자 지독한 통증이 왔다.

아얏, 이라는 신음 소리가 절로 흘러나왔으나 입에 뭔가 가득 들어가 있어서 혀를 움직일 수 없었다.

누가 사주했는지는 몰라도 어떤 일이 벌어지고 있는지는 명백하다. 지금 자신은 납치를 당하고 있는 중이다. 하재가 그토록 걱정했던 일이 벌어졌다. 조금 더 조심해야 했었는데. 설마 집까지 쳐들어와서 이런 대담한 짓을 저지를 줄 몰랐다.

눈이 가려지고 입안 가득 천이 들어와 있는 덕분에 숨 쉬기가 힘들다.

점점 숨이 막혀 간다. 답답한 가슴을 두드리고 싶지만 뒤로 돌려진 손을 움직일 수 없었다.

앞쪽에서는 계속 욕설이 들려왔다. 금방이라도 숨이 막혀서 죽을 것 같지만 있는 힘을 다해서 꾹 참았다. 저들은 아직 자신이 깨어났다는 사실을 모른다. 그러니 깨어났다는 사실을 들켜서는 안 된다. 가슴이 터질 것 같아서 숨 쉬기가 힘들었지만 설아는 모든 신경을 손에 뒀다. 다행히 손을 그리 꽁꽁 묶지 않았는지 힘을 주니까 조금 느슨해졌다.

손만 풀 수 있다면 빠져나갈 수 있을 것이다. 설아는 실낱같은 기대를 가지고 손을 푸는 일에만 집중했다. 그러나 차가 너무 거칠게 움직였다. 급정거와 액셀러레이터를 밟는 일이 반복적으로 이어졌다. 그때마다 뒤쪽 좌석의 바닥에 있던 설아는 여기저기를 부딪쳤다. 방금도 좌석 어딘가의 딱딱한 부분과 강하게 부딪쳤다. 뒤쪽으로 돌려진 팔이 부러진 게 아닌가 싶을 정도로 아팠지만 아픔을 꾹 참고 있는 힘을 다해서 끈을 풀었다.

얼마나 시간이 지났을까? 마침내 손목을 묶었던 끈이 풀렸다. 손목에 상처가 나고 피부도 벗겨졌지만 아픔보다 자유를 얻은 기쁨이 더 컸다. 손이 자유로워진 설아는 입안에 들어가 있는 천을 꺼냈다. 침으로 끈적거리는 천을 꺼내자 숨 쉬기가 한결 쉬워졌다. 조심스럽게 숨을 몰아쉰 설아는 눈을 가리고 있는 천을 풀었다. 그러나 얼굴의 반을 꽁꽁 묶고 있는 천을 푸는 것은 손을 묶은 끈을 푸는 것보다 훨씬 더 힘들었다.

"야! 뒤에 확인해 봐!"

운전만 하던 남자들 중 한 명이 짜증스러운 말투로 툭 하니 내뱉었다.

"······!"

남자의 말을 듣자마자 재빨리 원래대로 손을 뒤로 돌렸다. 그러나 재빨리는 혼자만의 생각이었다.

"야! 이게 끈을 풀었어!"

"뭐?"

눈앞에서 뭔가가 휙 하고 지나갔다. 남자의 손이었다. 앞쪽의 남자가 몸을 뒤로 돌려서 설아의 머리채를 휘어 감았다. 악하는 비명이 터져 나오는 순간 갑자기 끼이이익 하는 소리가 들리더니 쾅 하는 충격음이 밀어닥쳤다.

뒤쪽 좌석의 딱딱한 부분에 머리가 부딪쳤다. 정신을 잃어버릴 정도의 지독한 통증이었다. 또다시 쾅 하는 소리가 들렸다. 엄청나게 큰 소리였지만 명확하게 들리지 않았다. 마치 필터로 소리의 대부분을 거른 듯한 느낌이다. 소리는 아득했지만 충격은 거칠었다. 두 번째로 머리를 부딪친 설아는 순간적으로 정신을 잃었다.

"야! 이 새끼! 뭐 하는 거야!"

"죽고 싶어?"

혼미한 가운데 남자들의 거친 목소리가 들렸다. 입에서 피맛이 느껴졌다. 차가 멈췄다. 머리는 빙글빙글 돌고 정신이 하나도 없지만 일어나야 한다. 하재! 하재에게 돌아가야 한다. 하재를 떠올린 설아는 차의 바닥을 긁으면서 몸을 일으키려 했다.

"죄소리하니다."

"죄소리? 야. 뭔 소리야!"

"보허므 부르 테르니까."

"이 새끼가 뭐라고 하는 거야?"

"야! 대충해! 어차피 이년만 데리고 가면 돼!"

남자들의 거친 목소리에 설아는 더욱 몸에 힘을 줬다. 도망쳐야 한다! 그러나 발이 어디에 걸렸는지 꼼짝도 하지 않았다.

"악!"

누군가의 비명 소리가 들렸다.

움직여라! 움직여! 제발 좀 움직여!

마침내 손가락 끝이 차 문에 닿았다. 조금만 더! 조금만!

그때 누군가가 머리채를 확 움켜쥐었다.

"잡았어!"

"다시 묶어!"

"그런데 그…… 조그분은?"

"이보슈. 괜히 험한 꼴 당하지 말고 그만 비켜!"

"웬만흐라면 비키고 싶긴 한데."

어눌하던 발음이 점점 똑똑해졌다.

"아무래도 내가 저기 저 여자분을 아는 거 같아서. 그나저나 한국은 구급차가 오기 전에 이렇게 무식한 방법으로 사람을 구조해야 하나? 어머니 말씀하고는 많이 다른 것 같은데."

"꺼지라니까!"

어디선가 들어 봤던 목소리가 점점 더 가깝게 다가왔다.

"믿어 줘. 진심으로 나도 꺼지고 싶으니까. 다만 아는 사람을 두고 떠나지 못하는 친절하고 사려 깊은 매너 남의 본분을 지키는 중이라서 어쩔 수 없어. 아, 맞네. 유설아 씨, 오래간만입니다."

준이다. 잘난 척하는 저 목소리의 주인공은 틀림없이 스즈키 준이다! 준의 목소리가 다가오자 남자들의 고함 소리는 더욱 커졌다.

"게다가."

이제 준의 목소리가 바로 앞까지 다가왔다.

"어머님께서 말씀하시길 항상 여자에게는 친절하라고 하셨지. 아버지는 특히 미인에게는 더욱이라는 말을 덧붙였고."

"뭐라는 거야? 이 자식이!"

"여기서 그만 사라지는 게 어때?"

"뭐?"

"너희가 누구 여자를 건드렸는지 알기라도 하는지 모르겠다."

퍽! 둔탁한 타격음이 들렸다. 악 하는 신음 소리와 함께 준의 여유로운 목소리가 들렸다.

"참고로 방금 네가 치려고 했던 내 이름은 스즈키 준. 정확한 풀 네임을 말하면 스즈키 준이치로."

"이…… 이 자식! 이거 놔!"

"그리고 한 가지 더 말하자면 네가 놓으라고 윽박지른다고 해서 팔을 놓아 줄 사람이 아냐. 믿어도 돼."

쾅!

병실 문이 거칠게 열렸다. 새파랗게 질린 얼굴로 하재가 뛰어 들어왔다.

"선생님!"

간호사가 붙잡았으나 하재는 설아 옆으로 뛰어왔다.

"선생님! 이러시면!"

"보호자입니다!"

하재의 입에서 다급한 목소리가 나갔다. 그리 크지 않은 목소리지만 그 안에 담겨 있는 다급함을 인지한 간호사는 뒤로 한 발 물러났다.

"이사님!"

설아의 침대 옆에 있던 지수가 자리에서 벌떡 일어났다.

"최 비서!"

지수를 발견한 하재의 목소리는 분노로 인해서 부들부들 떨렸다. 하재의 진노에 지수는 어깨를 움츠렸다.

"내가 눈을 떼지 말고 살펴야 한다고 했잖아!"

"죄…… 죄송합니다."

"더 큰 문제가 생겼으면!"

하재는 말 그대로 지수에게 으르렁거렸다. 하재가 지수를 집어삼키기 전에 설아가 끼어들었다.

"그……만해요. 난, 괜찮아."

침대에 누워 있던 설아가 말하자 하재는 서둘러서 침대 옆의 의자에 앉았다. 그 모습을 뒤에서 지켜보던 준은 어깨를 으쓱거리면서 지수에게 손짓을 했다.

"자, 최 비서. 이제 그만 우리는 나가죠. 오늘 가장 큰 활약을 한 나도 고맙다는 말 한마디 듣지 못하고 쫓겨나는 판국에, 최 비서라고 감사 인사를 들을 것 같지 않은데. 어때요? 지수 씨, 우리 같이 차라도 한잔할까요? 지금은 다행히 한 비서가 없어서 내가 시간이 있는데."

준은 주저하는 지수의 손을 잡아당겼다.

"그럼 제하와 설아 씨, 좋은 시간 되……. 아, 좋은 시간이라고 말하기는 좀 그런가?"

중얼거리던 준과 지수가 나가자 하재는 설아의 침대에 머리를 파묻었다.

미칠 것 같다. 온몸이 분노로 끓어오른다. 혈관을 타고 흐르는 분노를 잠재울 길이 없다. 지수에게 화가 난 것보다 스스로에게 더 화가 났다. 적들을 자극했으니 이 정도의 반응이 올 거라는 예측을 해야 했다. 예전에도 그자는 목적을 위해서라면 수단과 방법을 가리지 않았다. 당연히 집으로 쳐들어올 수도 있다고 생각해야 했다. 더 세심하게, 더 주의 깊게 생각하고 움직여야 했다.

어머니 때문이다. 어머니 때문에 주의가 흐트러졌기 때문이다. 언제나, 언제나 그랬다. 어머니는 항상 가장 중요한 시기에 등장해서 모든 것을 망쳤다. 아니다. 사실은 어머니가 문제가 아니다. 모두 다 극복했다고 믿었는데, 지금까지도 어머니를 보면 흔들리는 자신이 가장 큰 문제다.

설아는 침대에 머리를 묻고 있는 하재에게 손을 뻗었다.

"난…… 괜찮아."

"……."

"그냥 좀…… 아플 뿐이야."

"의사는?"

고개를 든 하재는 꾹꾹 누른 목소리로 물었다.

"타박상이래."

"타박상? 내가 의사를……."

"하재야!"

설아는 일어나려는 하재의 소매 깃을 잡았다.

"지금은…… 내 옆에 있어 줘."

설아의 한마디에 하재는 자리에 다시 앉았다. 둘만 있는 병실에서 설아는 하재의 손을 조심스레 어루만졌다.

"네가…… 의사들을 엄청 괴롭힐 거 같아서…… 도저히 보낼 수가 없어."

"내가?"

"응. 네가 의사들을 닦달할 걸…… 상상하니까…… 갑자기 더 아파져."

하재는 힘없는 목소리로 농담하는 설아의 손을 꼭 쥐었다. 입술만 달싹이던 하재는 나지막한 목소리로 말했다.

"미안해."

"네가 왜?"

"조금 더 경계했어야 했어. 그놈들이 더러운 술수를 쓸 거라는 걸 알고 있었는데……. 잘 알고 있었는데……."

"바보야……."

설아는 웃음을 지었다. 조금 더 명랑하고 밝게 이야기하고 싶지만 통증 때문에 쉽지 않았다.

"사람이…… 아무리 대비를 해도…… 사건은 벌어지게 되어 있는 거야."

"……."

"걱정하지 마. 그냥…… 타박상이야."

"미안해."

"이제 미안해라는 말은…… 하지 마. 그리고 최 비서에게…… 소리치지도 마. 아까…… 준과 최 비서가 와서……."

"알았어. 그만 말해."

하재는 조심스러운 손길로 설아의 뺨을 쓰다듬었다.

"쉬어."

"그래……. 사실 아까부터 잠이…… 왔어."

"자. 푹 자. 그동안 곁에 있을 테니까."

"그런데 하재야."

서서히 설아의 목소리가 부정확해지기 시작했다.

"응?"

"아직도…… 나에게 화났어?"

설아의 질문에 하재는 움찔거렸다. 아무 대답도 하지 못한 채 하재는 설아의 눈만 가만히 바라봤다. 길고 풍부한 검은 속눈썹이 움직였다. 천천히, 위아래로 속눈썹이 깜박거리고 검은 눈동자가 다시 물었다.

"아버지 때문에…… 지금도 내가…… 미워?"

"아니."

하재는 어색하지만 슬픈 미소를 지었다.

"내가…… 어떻게……."

감히 너를 미워할 수 있겠어? 처음부터 불가능한 일이야. 물론 너를 증오한 적도 있었어. 너무 미워서 너를 떠올리는 일이 고통스러웠던 때도 많았지. 그러나 그런 순간에서조차 내 마음속 가장 깊은 곳의 은밀한 욕망은, 너를 다시 만나고 싶다는 거였어. 과거처럼 너의 곁에 있고 싶다는 바람. 그 꿈을 이루고 싶었던 건데…….

하재는 어느새 눈을 감고 가는 숨을 쉬고 있는 설아의 손을 꼭 잡았다.

미안해, 설아야. 너를 내 곁에 붙잡아 두고 싶다는 욕망 때문에 다치게 해서 미안해. 정말 미안해.

"하……재야."

잠에 빠졌다고 생각했던 설아가 중얼거렸다.

"네가 말해…… 난 구식이라서……."

"응? 뭘?"

뭐가 구식이냐고 물어도 답이 없다. 점점 깊은 잠에 빠져들어 가는 설아는 웅얼거렸다.

"먼저 말하기…… 싫어."

그 말만을 중얼거린 채, 설아는 완전히 잠에 빠졌다.

얼마의 시간이 흘렀을까? 병실 문이 열리고 준이 들어섰다.

"설아 씨는 좀 어때?"

"잘 자고 있어."

"이제 너도 나와서 쉬어."

"……."

하재가 움직이려 하지 않자 준은 한마디 덧붙였다.

"내 말 들어. 지금은 혼자만의 감정에 빠져 있을 때가 아냐. 머리가 깨끗해야 제대로 갚아 줄 수 있는 법이야. 알잖아."

준의 말이 옳다. 지금은 그 어느 때보다도 날카로운 이성이 필요하다. 설아의 손을 조심스레 내려놓은 하재는 병실 밖으로 나갔다. 하재가 나가자 지수는 서둘러서 병실 안으로 들어갔다. 하재는 그와 눈도 제대로 맞추지 못하는 지수를 보면서 한숨을 쉬었다.

"왜? 이제야 지나쳤다는 생각이 들어? 사실 최 비서는 잘못한 게 없어. 잘했으면 잘했지."

"알아."

"알면 제대로 행동해."

"……."

"지금 네가 처한 상황이 그리 좋은 건 아냐. 민 회장이 아무리 너를 아낀다고 하더라도 제민을 완벽하게 포기하지 못할 거야. 너도 알잖아. 결국 네 어깨 위에 짐만 더 올리게 될 거야. 그리고 자세히 알아봐야겠지만 네 쪽 사람들 중에서 누군가가 다른 생각을 하고 있어. 그렇지 않고서야 네가 이팝나무를 주문했다는 걸 알 리가 없지."

"다른 사람도 아닌 스즈키 준에게서 이런 충고를 들으니까 신선하군."

"상을 받고 싶다는 뜻이지."

하재와 시선을 마주한 준은 씩 웃으면서 어깨를 으쓱거렸다.

"상?"

"뭘 그렇게 놀라고 그래? 당연히 상을 받아야지."

준은 상이라는 단어에 힘을 줬다.

"오늘따라 최 비서가 일찍 출근한 건 잘한 일이야. 너희 집 김 여사가 쓰러진 걸 보고 곧장 뛰어나와서 설아 씨가 끌려간 차를 추적한 일도 잘한 일이지. 아, 아니다. 이건 김 여사가 똑똑했다고 해야 하나? 봉고 차체에 적혀 있던 조경원 이름을 기억했다가 최 비서에게 말해 줬으니까. 아니지. 결론은 최근 민제하의 집 주변을 산책 코스로 잡았던 내가 가장 위대해. 내가 아니었다면 최 비서 혼자 힘으로 그놈들을 잡기는 힘들었을 거야."

"그래서 하고 싶은 말이 뭐야?"

"평소라면 조금 더 놀리면서 즐겨야겠지만 오늘은 네가 많이 피곤해 보이니까 단도직입적으로 말할게. 아버지가 결론을 내렸어."

준의 말에 하재는 숨을 크게 들이켰다. 드디어 하나 코퍼레이션이 움직이려는 건가?

"하나 코퍼레이션은 민제민과 손잡을 생각 없어."

"……."

"물론 제민과 일하면 편하겠지. 하지만 아버지와 나의 목표는 유성을 갈취하는 게 아니라 협력해서 아시아 전역으로 뻗어 나가는 거야. 물론 유성을 갈취하는 방향도 생각해 봤어. 얼마 동안은 달콤할 거야. 하지만 유성은 내가 혼자서 먹기에 덩치가 지나치게 크고 지저분해. 민제민, 그 멍청이는 우리가 뭘 하는지도 몰라. 장기적으로 봤을 때 너와 손잡고 계속 뻗어 나가는 게 가장 좋은 해법이야. 그런 점에서 무슨 일이 있어도 네가 유성물산을 차지해야 해."

"만일 내가 거절하면?"

하재의 말에 준은 씩 하니 웃었다. 스즈키 가문 특유의 매력적인 웃음인 동시에 그만큼 위협적인 웃음이기도 했다.

"너는 거절 못 해. 내 아버지나 너나, 둘 다 인생에 있어서 가장 중요한 건 자기 자신이 아니거든. 두 사람 모두 자신의 여자들이 훨씬 더 중요한 사람들이니까."

"뭘 원하는 거야?"

"지금처럼 대충대충 일하지 마. 이제부터는 무슨 일이 있더라도 물산을 차지하겠다는 각오로 임해 주길 바라. 뭐, 유성 전체를 먹어 주면 더 좋겠지만 그건 민 회장에게 미안해서 절대로 하지 않겠지. 솔직한 마음으로 너에게 한 비서를 붙여 주고 싶어. 그럼 한 비서가 너 대신 모두 다 먹어 치울 건데."

"한 비서는 사양할게."

"사양할 줄 알았어. 어쨌든 결론을 다시 말하자면 하나 코퍼레이션은 유성물산과 거래를 하고 싶다는 뜻이야. 민제민을 제외하고."

준의 제안에 하재의 눈이 깊이 가라앉았다. 잠시 후 하재는 고개를 끄덕였다.

"좋아."

지금까지는 제민에게 양보하고 떠날 생각이었다. 그러나 상대방이 이렇게 나온 이상 참고 당할 수만은 없다.

"대신 지 의원을 치는 데 네 힘을 모두 다 빌려줘."

"지 의원?"

"그래. 단순히 유성에서 떨궈 내는 게 아니라, 제대로 밟아 줄 예정이야."

"지진태 의원이라……. 뭐, 아무것도 준비되지 않은 채 이런 말을 할 것 같지는 않고. 틀림없이 뭔가를 손에 넣었으니까 패를 꺼내는 거겠지. 좋아. 그게 협력의 조건이라면 알았어. 내가 할 수 있는 거 다 해 줄게. 다만 확실히 해야 돼. 지 의원, 그 인간은 꽤 끈질긴 성향이니까. 아예 숨도 못 쉬게 완전히 박살 내야 해."

"그건 걱정하지 마. 두 번 다시 재기할 꿈도 꿀 수 없을 정도로 밟아 줄 생각이니까. 그만한 정보도 손에 쥐고 있고."

"유성의 민제하가 그렇다고 하면 그런 거겠지. 오케이. 이번 일이 정리되는 대로 계약서를 작성하자. 그런데 말이야, 제하. 이 문제와 상관없이……, 내가 궁금해서 그런 건데."

지금까지 줄곧 장난스럽게 말하던 준의 눈빛이 진지해졌다.

"진지하게 답해 줬으면 좋겠어. 차마 아버지에게 물어볼 수가 없어서 너에게 묻는 거니까. 자식 된 입장에서 아버지에게 어머니를 왜 그렇게 사랑하냐고 물어볼 수는 없는 거잖아. 지금까지 나도 여자를 꽤 많이 만나 봤고 연애도 해 봤지만, 여전히 이해가 안 가서."

"……."

"너는 타인에게 왜 그렇게 많은 가치를 두는 거야? 타인은 타인일 뿐이잖아. 인생을 걸 만한 여자라는 게 존재한다고 생각해? 그걸 어떻게 알지? 왜 사랑하는 거야?"

준의 질문에 곧장 떠오른 대답은 각인이었다.

과거의 서하재는 오피스텔이라는 커다란 알에서 살고 있었다. 알은 안락했지만 외로웠고 슬픈 곳이었다. 그러던 중 설아가 다가왔다. 자아가 형성된 이후로, 처음으로 마주한 알 밖의 존재. 처음으로 바깥세상을 알려 준 존재. 자신에게도 외로움이라는 감정 이외에 많은 감정이 있다는 사실을 알려 준 사람. 알에서 갓 깨어난 어린 새들이 처음 보는 상대를 어미 새로 각인하듯이, 서하재에게 있어서 유설아는 삶의 기준으로 각인되었다.

그러나 이런 감각을 준에게 설명할 수 없었다. 타인에게 이토록 깊은 감정을 느껴 본 적이 없는 준으로서는 아무리 설명해도 이해하지 못할 것이다. 하재가 아무 말도 하지 않자 준은 가볍게 한숨을 내쉬었다.

"역시 내가 이해하지 못할 거라고 생각하는구나. 그래. 이해하지 못할지도 모르지. 나는 여자에게 인생을 걸면서까지 사랑에 빠질 예정이 없으니까. 어쨌든 여자 문제와는 상관없이 우리 거래는 제대로 잘 이뤄져야 할 거야."

"그건 걱정할 필요 없어."

"당연히 걱정할 필요가 없어야지. 그나저나 민제하의 여자를 납치하려던 그 두 얼치기 놈들의 미래가 궁금해지는군. 지금쯤 경찰의 조사를 받고 있을 텐데. 그놈들은 경찰이 자신들의 방패막이라는 사실을 알고 있는지나 모르겠어. 사법 기관의 힘이 미치지 않는 곳에서 앞으로 그놈들은 어떤 일을 겪게 될까?"

"그리 나쁜 일은 당하지 않을 거야. 남에게 한 만큼 받겠지."

"하긴 성경에도 그런 말이 나오더라. 내가 원하는 대접을 타인에게 해라였던가? 다시 읽어 봐야겠어. 벌써 가물가물하다니. 그럼 나는 간다. 몸 조심해."

준은 웃으면서 사라졌다. 뒤에 남은 하재는 숨을 깊이 들이마셨다. 준과 사업 이야기를 나눴기 때문인지 머리가 맑아졌다. 범인들은 경찰 조사에서 진실을 밝히지 않을 것이다. 어쩌면 그들도, 자신들에게 돈을 주면서 납치를 사주했던 사람이 누군지 정확하게 모를 가능성도 있다. 하지만 모두 합당한 대가를 받게 될 것이다.

그리고 누가 이 일을 사주했는지에 대해서는 굳이 알아볼 필요도 없다.

지준표다. 그놈이 확실하다. 하재는 숨을 들이마셨다.

그날도 준표가 설아를 죽이려 했다. 그리고 오늘은…….

주먹을 꽉 쥔 하재는 어금니를 깨물었다.

지준표. 너만은 절대로 용서하지 못한다. 죽는 날까지 그날과 오늘의 선택을 후회하게 만들어 주마!

일을 완전히 망쳤다! 사무실로 돌아온 준표는 짜증스러운 마음에 양복 재킷을 거칠게 내동댕이쳤다. 멍청이들! 그거 하나 제대로 못 하다니! 민제하가 조경원에 나무를 부탁했다는 사실을 겨우겨우 알아내서 꾸민 일인데! 완벽했는데!

바보 같은 놈들! 준표는 책상을 발로 걷어찼다. 쾅쾅거리는 소리와 함께 발에 묵직한 통증이 느껴졌지만 중단할 수 없었다. 갑자기 스즈키 놈이 끼어들어서 모두 망쳐 버렸다! 짜증 나는 쪽발이 새끼! 그나저나 이제 어떻게 해야 하지? 틀림없이 민제하는 지금보다 열 배 정도 더 경비를 강화할 것이다.

아니, 그게 문제가 아니다. 자신이 한 짓이라는 걸 알게 되면 어쩌지? 계속 책상을 차던 준표는 씩씩거리면서 책상 위의 서류들까지 죄다 던졌다. 제하가 알게 되면? 그러면 지금 이곳도 위험하다. 두려움으로 인해 손끝이 떨리자 준표는 서둘러서 어수선한 책상 서랍의 안쪽 깊숙한 곳에 손을 집어넣었다. 약을 꺼낸 준표는 급히 들이마셨다.

잠시 후 약기운이 돌기 시작하자 여유가 생겼다.

아무리 생각해도 제하가 이번 일의 배후자로 자신을 지목할 가능성은 낮다. 연결시킬 이유가 없으니까. 게다가 지금까지 자신과 제하는 그나마 관계가 좋은 편이었다고 볼 수 있다. 다만 오늘 아침에 사무실로 갔던 일이 마음에 걸렸다.

머릿속이 제하가 자신을 의심할 리 없다는 긍정적인 생각과 동시에 의심할지도 모른다는 부정적인 생각으로 가득 찼다. 일단 지켜보자. 지금은 차분히 진정한 채, 상황을 살펴야 할 때다. 약이 가져다준 힘으로 평정을 유지한 준표는 흐트러진 책상을 정리했다.

이번에는 실패했다. 그러나 다음번에도 또 실패하지는 않을 것이다.

그래. 다음번에는…….

제주도 출장을 다녀오느라 뒤늦게 설아의 소식을 접한 제민은 격한 분노를 드러냈다.

"미친놈! 도대체 왜 민제하 여자를 납치하려고 한 거야?"

"모르겠습니다. 단순히 울컥하는 마음에 일을 저지른 건 아닌 것 같은데……. 도대체 무슨 생각으로 일을 저질렀는지 모르겠습니다."

"지준표. 진짜 미친 새끼야!"

제민은 짜증을 내면서 소파에 몸을 완전히 기댔다. 처음부터 준표가 싫었다. 똑똑하고 능력 있다는 세간의 평과 달리 어딘지 모르게 음습하면서 기웃거리는 준표의 눈빛이 싫었다. 게다가

강효상의 정보를 한 번의 납치에 이용하다니! 이런 일에 쓰려고 힘들게 효상을 제하의 비서실에 박아 놓은 게 아니다. 씩씩거리던 제민이 몸을 일으켰다.

"그나저나 강 비서는 어떻게 되었어?"

"지금까지는 별다른 일이 없는 것으로 알고 있습니다."

"혹시 강 비서 쪽에서 이야기가 흘러 나간 걸 제하 측에서 알게 된 건 아니지?"

"그건 아닐 듯합니다. 그리고 강 비서가 한 말이라고는 좋은 이팝나무가 있는 조경원을 구하고 있다는 것뿐이었으니까. 실수라고 돌릴 수 있을 겁니다."

얼마나 힘들게 효상을 제하 측의 비서실에 넣었던가. 효상이 쫓겨난다면 제하의 내부 소식을 알게 될 길이 없다.

"다행이군."

효상이 무사할 것이라는 의견에 제민은 안도의 한숨을 내쉬었다.

"그런데 왜 민제하의 여자였던 거야? 단순히 울컥한 마음에 납치를 시도한 건 아닌 것 같다고 했잖아. 다른 의도가 있었던 거야? 민제하가 자기 여자 좀 다쳤다고 휘청거릴 놈이 아닐 텐데, 굳이 왜 그런 짓을 한 거야?"

"확실하지 않지만 강 비서가 하는 말이……. 유난히 지준표 씨가 유설아 씨에 대해서 관심을 기울였던 것 같다고 했습니다."

"그러니까 왜?"

"조사를 해 보니까 민제하 이사님의 부인인 유설아 씨와 지준표 씨가 같은 학교를 다녔습니다."

"그건 나도 알아."

제민은 짜증스럽게 툭 하고 내뱉었다.

"전에 집에 와서 말했었어. 하지만 한때 동창이었다는 이유만으로 그런 짓을 할 리 없잖아. 다른 이유가 있겠지."

"그게 말입니다. 이번에 자세히 조사해 보니까 유설아 씨의 사고에서 지준표 씨의 이름이 거론된 적이 있었습니다."

"사고?"

"네. 유설아 씨가 1학년 말에 학교에서 성폭행을 당한 뒤에 3층에서 추락하는 사고를 겪었는데, 그때 범인으로 지목된 학생이, 자신이 아니라 지준표가 진범이라고 주장했었습니다."

"뭐?"

비서의 말에 안색이 싹 변한 제민은 몸을 앞으로 일으켰다.

"그런데 조사 결과, 당시 학교에 있었던 사람은 범인과 유설아 씨밖에 없었기 때문에 허위 증언으로 밝혀졌죠."

"그게 전부야?"

"네. 지준표 씨와 유설아 씨 간에 있었던 일은 그게 전부였습니다."

비서의 말에 제민은 다시 소파에 몸을 기댔다. 제하의 발목을 붙잡을 만한 정보라도 나올 줄 알았는데……. 제민은 시큰둥한 목소리로 물었다.

"별것도 아니잖아. 혹시라도 진범이 지준표일 가능성은 없어?"

"없습니다. 나중에 유설아 씨도 용의자로 지목된 학생이 범인이라는 증언을 했었습니다."

실망스럽다. 이 정도면 거의 아무 사이도 아니라고 봐야 한다. 제민은 앞으로 숙였던 몸을 뒤로 젖혔다.

"강효상이 의심받지 않을 건 확실하지?"

"네."

"그럼 됐어. 지금 가장 중요한 건 그거니까. 이사회를 앞에 두고 괜한 일을 벌일 필요 없지."

준표가 미친 짓을 저지르긴 했지만 자신들과는 상관없는 일이다. 만일 제하가 이 일을 두고 자신을 공격한다면 준표를 상대방에게 넘겨주면 된다. 생각을 정리한 제민은 다른 질문을 던졌다.

"그나저나 박예성이 왜 지 의원 쪽에 붙은 거야? 애초에 깊은 교류가 있었던 것 같지는 않던데."

"그 점에 대해서는 저도 궁금하게 생각합니다만……. 어쨌든 좋은 일 아니겠습니까? 박 화백의 친정은 부동산 재벌급이니 이사님에게 큰 도움이 될 겁니다."

"과연…… 그럴까?"

최근 아영의 행동을 보고 있노라면 당장이라도 관계를 끊고 싶은 생각이 굴뚝같다. 아영을 떠올린 제민은 이마를 더욱 깊게 찌푸렸다. 지 의원이 강해진다고 해서 그게 자신의 힘이 될 것이라는 순진한 생각은 하지 않는다. 아영은 언제라도 자신을 버릴 수 있는 여자다. 그러나 제하를 상대하려면 지 의원은 반드시 필요한 힘이다.

둘 다 끔찍할 정도로 싫지만 그중 제하가 더 큰 골칫거리다.

"어쨌든 좋은 쪽으로 해석해야겠군. 참, 그런데 그 범인이라는 놈은 나중에 어떻게 되었어?"

"당연히 감옥에 갔죠. 재미있는 건 회장님과 같은 교도소에서 수감 생활을 했더군요."

"뭐?"

비서의 말에 제민의 얼굴색이 싹 변했다.

"할아버지와…… 같은 곳이었다고?"

"네. 시기도 거의 비슷했습니다."

"그……놈…… 이름이 뭐야?"

"네?"

"그 범인 놈 이름이 뭐냐고!"

비서는 방금 전과는 사뭇 다른 제민의 태도에 당황했지만 더듬지 않고 이름을 말했다.

"아, 그게……. 서하재라고 합니다."

"서하재?"

이제는 얼굴색이 변한 정도가 아니다. 하재의 이름을 들은 제민의 두 손이 바들바들 떨리고 있었다. 손만이 아니다. 몸까지 와들와들 떨었다.

"다…… 다시……. 아니…… 똑똑히 말해 봐……. 누구라고?"

"서하재입니다."

서하재! 지금도 똑똑히 기억한다. 할아버지가 그놈을 데리고 와서 소개를 시켰을 때, 서하재라고 했었다. 금방 민제하라

는 새 이름을 지어 주긴 했지만 그놈의 본명은 틀림없이 서하
재다. 제민은 덜덜 떨리는 손으로 머리카락을 쓸어 넘겼다.

"아…… 아까…… 그 사건……에 대해서 다시 말해 봐."

"네?"

"상세히! 정확히 사건이 어떻게 벌어졌고! 누가 관련되어서
어떤 일이 벌어졌는지! 그리고 서하재가 왜 지준표를 범인이라
고 주장한 건지! 다 알아서 와! 하나도 빠트리지 말고 모조리!"

9. 백설 공주

몸은 다 나았지만 하재는 퇴원을 거부했다. 설아가 괜찮다고 말했지만 하재는 병원에 더 머물러야 한다고 주장했다. 결국 영순이 하재에게 잔소리를 퍼붓고 나서야 겨우 퇴원을 할 수 있었다.

"병원에 오래 있으면 병밖에 더 얻냐구요! 이 검사를 해야 한다, 저 검사를 해야 한다. 그런 거 다 병원에서 하는 술수예요, 술수!"

영순은 하재를 똑바로 노려본 채 말했다. 영순의 시선을 피해서 고개를 살짝 돌린 하재는 손으로 입을 막고 헛기침을 했다.

"혹시 이상이 있을지 모르니까……. 조심하자는 의미에서……."

"그래서 내가 그 검사를 두 번까지 하는 건 이해한다니까요!

배울 만큼 배운 의사 선생님들도 괜찮다고 하는데, 아득바득 우겨가면서 다섯 번까지 받자고 하는 건 정신 나간 짓이에요! 정신 나간 짓!"

설아를 지원 사격하기 위해서 온 영순이 단 한마디도 지지 않자, 하재는 머쓱한 얼굴로 시선을 이리저리 돌렸다.

"하여튼 사모님은 오늘 퇴원하시는 겁니다. 자, 그럼 짐 챙겨서 먼저 가 볼 테니까. 두 분은 천천히 따라오세요."

쉴 새 없이 잔소리를 늘어놓던 영순이 나가자 병실 안이 고요해졌다.

둘만 남은 설아와 하재는 서로의 얼굴을 보면서 피식 웃었다.

"김 여사님은 참 대단해."

"그러게. 저분을 고용한 네가 대단해."

"내가 고용한 게 아냐. 처음부터 저분이 '얘야, 네가 나의 고용주가 되어야 할 것 같다'라는 시선으로 노려봤었어. 나는 그 기세에 눌려서 고용한 거고."

하재의 말에 설아는 피식 웃었다. 하긴 영순이라면 충분히 그랬을 듯싶다.

"어쨌든 김 여사님 말이 맞아. 이번에는 네가 너무 지나쳤어. 아무리 납치당했다고 해도……. 그리고 검사를 당하는 사람은 네가 아니라 나야. 피곤하고 힘들어."

"알았어, 알았어. 내가 포기할 테니까, 이제 둘 다 그만해."

하재가 두 손을 들면서 포기 선언을 했다. 그 모습을 보던 설아도 환하게 웃었다. 하재와 농담을 주고받고 있노라니 안도감이 들었다. 동시에 일상의 하나하나가 소중하게 다가왔다. 만일 그때 최 비서가 늦게 왔다면? 준이 오지 않았다면? 상상만 해도 끔찍하다. 하재를 보지 못하는 상황도 무섭지만, 자신 때문에 하재가 모든 것을 포기하게 될지도 모른다는 게 더 두려웠다. 정말이지 그것만은 막고 싶다.

"나가자."

하재가 나가자고 할 때 휴대전화가 울렸다. 휴대전화 화면을 확인한 하재의 표정이 살짝 변했다. 그런 하재의 모습에 설아가 조심스레 물었다.

"일이야?"

"아니. 일은 아닌데 잠시만 기다려 줄 수 있어?"

"괜찮아. 일이 바쁘면 나 혼자……."

설아가 혼자 가겠다는 말을 하는 순간 하재의 목소리가 달라졌다.

"아니!"

다급하면서도 엄격한 하재의 목소리에 설아가 주춤거렸다. 순간 침묵이 흘렀다. 하재는 두려워하고 있다. 자신을 홀로 남겨 두는 상황을. 또다시 그런 일이 벌어질까 봐.

가볍게 숨을 들이마신 설아는 하재의 손을 붙잡았다.

"전화 받고 와."

하재의 불안과 염려를 이해했기에 설아는 다시 한번 더 말했다. 최대한 차분하게, 환하게 웃으면서.

"걱정할 거 없어. 여기서 기다리고 있을 테니까 밖에서 전화하고 와."

"그래. 금방 통화하고 올 테니까. 잠시만 기다려."

설아는 병실을 나가는 하재를 바라봤다.

과거 하재를 잃어버리고 눈을 뜬 곳은 병원이었다. 제하가 된 하재를 만난 곳도 병원이었다. 그때의 하재는 완벽한 타인이 었는데 어느새 가장 소중한 사람이 되었다. 어릴 때도 하재는 소중한 사람이었다. 물론 지금은 다른 의미로 소중한 사람이 되 었지만.

설아는 두 눈을 감았다.

결코 몇 마디 말로는 표현 할 수 없는, 그런 소중한 사람.

어쩌면 처음부터 그들의 관계는 우정, 그 이상이었을 것이다.

"말해 봐."

— 말하고 있잖아. 좋은 소식과 나쁜 소식 중에서 뭘 먼저 듣고 싶어?

발랄한 준의 목소리에 하재는 두 눈을 질끈 감았다. 그러곤 짜증을 억누른 채 다시 한번 더 차근차근 말했다.

"말해 보라니까."

— 지금 지나칠 정도로 조급한 것 같지 않아? 음모의 끝은 유 머와 함께해야 더욱 즐겁다는 걸 모르는 거야? 여유를 가져. 어 차피 골인 지점은 정해져 있어.

"알고 있으니까 지금 당장 말해."

— 우리 한 비서가 말하기를.

"네 녀석의 한 비서에 대해서는 전혀 궁금하지 않으니까 지금 당장 말해."

당장 말하라는 하재의 목소리가 거의 짐승처럼 으르렁거리자 준은 한 걸음 뒤로 물러났다.

— 알았어, 알았어. 지금까지 알아낸 걸 말해 줄게. 우리 한 비서가 아니었다면 아직까지 고생하고 있겠지만.

"준!"

— 말하고 있는 중이잖아. 성급하게 굴지 좀 마. 지진태를 잡아넣을 건수는 확실히 잡았으니까 진정해.

"확실히 잡았다고?"

— 이쪽이라면 몰라도 그쪽 대한민국에서는 절대로 재기 불가능한 일이야. 일본 대부업체로부터 뇌물을 받았거든.

준의 말에 하재는 주먹을 꽉 움켜쥐었다. 심장이 뛴다. 두근두근. 심장 박동 소리가 몸 전체로 울려 퍼졌다.

— 그것도 1년 전에 한국에서 자살 사건이 벌어졌었던 두두 금융 알지? 그 금융의 본사가 일본 대부업체라는 것도 알고 있을 거고.

기억난다. 급히 어린 딸의 수술비가 필요해서 두두 금융에서 돈을 빌린 부부가 있었다. 몇 달 지나지 않아서 법정 금리를 넘어선 이자가 기하급수적으로 늘어났고 빚에 몰린 부부는 결국 자살 시도를 했다. 그러나 그 와중에도 두두 금융에서는 부부에게서 빚을 받아내기 위해서 안간힘을 썼었다.

결국 사회적으로 큰 공분이 벌어지고 법정 금리를 초과하는 금리를 받는 금융권에 대해서 대대적인 수사가 들어갔다. 하지만 아직 아무런 결과도 나오지 않은 상황이다.

─ 그 두두하고 연결된 일본 대부업체에서 지진태에게 살뜰하게 많이도 챙겨 줬더라고. 지 의원이 두두 금융의 법적 문제에 대해서 지나치게 미온적이었다는 사실까지 공론화시킬 수 있을 거야.

"확실한 거지?"

─ 내가 누구야? 확실한 거 아니면 너에게 말도 하지 않지. 그런데 문제가 있어.

"문제?"

─ 내가 아까 좋은 소식과 나쁜 소식. 둘 중 무엇을 먼저 듣겠냐고 했었잖아. 이제는 나쁜 소식을 전해 줄 차례라는 거지.

하재는 침을 꿀꺽 삼켰다.

─ 지진태는 잡을 수 있지만 지준표에 대해서는…….

"전에는 지준표의 꼬리를 잡은 것 같다고 말했었잖아."

─ 꼬리를 잡기는 잡았었지. 다만 그놈이 너무 잘 빠져나가. 또 알잖아. 지준표 곁에 누가 있는지.

준의 말에 제민이 떠올랐다.

"제민이 방해를 한 거야?"

─ 민제민. 그 얼뜨기는 자신이 무슨 짓을 하는 줄도 몰라. 그저 우리가 움직이는 것 같으면 훼방 놓고 싶어서 안달복달하지. 짜증 나게 이번에도 그 짓거리가 적중했고. 덕분에 지준표는 자유를 얻게 되었어. 그동안 알아낸 것으로 미뤄 봐서 준표

에게 돈 문제가 있는 것 같은데, 워낙 민제민 쪽에서 손을 쓰는 바람에 더 이상 자세한 것은 알아낼 수 없었어. 물론 나 정도 되니까 이 정도라도 알아낼 수 있었던 건 알지?

준이 자신의 자랑을 시작했지만 하재의 귀에는 들리지 않았다.

진태가 몰락하면 준표도 덩달아서 휘청거릴 것이다. 하지만 그가 원하는 것은 그 이상의 무엇이다. 단번에 준표의 인생을 박살 내 버릴 수 있는 강력한 무기.

— 끝까지 준표가 거슬린다면 제민 쪽을 공략해야 할 거야. 과연 제민이 준표의 약점을 내줄지 모르겠지만.

"알겠어."

— 그럼 내가 줄 것은 다 준 것 같은데. 네가 줄 것이 뭔지 똑똑히 기억해야 할 거야.

"기억하고 있으니까 걱정하지 마."

준과의 전화를 끊은 하재는 병원 복도 천장을 바라봤다.

어떻게 해야 할까? 일단 진태만 먼저 붙잡을까? 하지만 준표를 자유롭게 두는 것은 위험하다. 아영 혼자라면 아무런 위협도 되지 않겠지만 준표는 다르다.

되도록 준표와 진태를 한꺼번에 처리해야 한다. 또 어머니도…….

예성을 떠올린 하재는 입술을 꽉 깨물었다. 피가 나올 정도로 강하게 깨물었지만 통증은 느껴지지 않았다.

진정해. 신경 쓰지 마.

마음을 가다듬은 하재는 가볍게 고개를 흔들었다. 지금 상황에서 예성이 할 수 있는 일은 많지 않다. 게다가 예성은 자신이 누구인지 모른다. 서하재로는 힘들지 모르지만 민제하로는 이길 수 있다.

크게 숨을 몇 번 들이마신 하재는 병실 문의 손잡이를 잡았다.

걱정하지 말자. 걱정할 것은 아무것도 없다.

이제 그는 혼자가 아니다. 설아와 함께 있다. 그러니 모든 일들을 헤쳐 나갈 수 있을 것이다.

드르륵.

문이 열리는 소리에 설아는 고개를 들었다. 그를 향해서 웃는 설아를 보자 마음이 편해졌다.

"전화는 다 했어?"

"응. 별거 아니었어. 그냥 준의 투정이었어."

"투정?"

"늘 똑같은 투정. 일하기 싫다. 그냥 지금 가진 돈으로 평생 놀면서 살고 싶다. 뭐, 대충 그런 투정. 즐기면서 살고 싶다고 말하면서도 그 누구보다 더 열심히 일하는 사람이 바로 준이거든."

"준의 투정을 네가 들어주는 건 알겠어. 그럼 네 투정은 누가 들어줘?"

"누군가는 들어주겠지."

설아의 머리카락을 귀 뒤로 넘겨 주면서 하재는 의미심장한 미소를 지었다.

"누군가?"

"그래. 누군가. 세상 어딘가에는 내 투정을 들어주는 사람이 있겠지. 그런데 설아야."

설아 쪽으로 몸을 숙인 하재는 천천히 말을 이었다.

"너…… 그때 무슨 말을 하려고 했는지 기억나?"

"말?"

"나보고 하라고 했던 말. 너는 말하기 싫으니까, 날더러 하라고 했잖아. 기억나?"

처음에는 고개를 갸웃거리던 설아의 얼굴이 갑자기 확 달아올랐다. 세상에! 그게 꿈이 아니었단 말인가?! 도대체 자기가 무슨 말을 어디까지 한 거지?

"글쎄?"

시선을 돌린 설아는 웅얼거렸다.

"내가…… 무슨 말을 했었나?"

"그래? 그럼 나에게 듣고 싶은 말은 없어?"

하재의 질문에 설아는 고개를 들었다. 하재가 한 발 다가왔다. 웃으면서. 착각일까? 하재가 자신의 속마음을 정확히 꿰뚫어 보고 있는 것 같다.

"음……. 글쎄."

"정말 없어? 구식이라서 말하기 싫은 거. 내가 먼저 말해 줬으면 하는 거."

"그런 게 있었나?"

"있었으니까 내가 물어보는 거겠지."

설아의 앞까지 바싹 다가온 하재가 웃었다. 고개를 살짝 내리깐 채로 몸을 밀착시킨 하재가 귀에 대고 속삭였다.

"지금 생각해 봐."

간질거리는 입김이 귀를 스칠 때마다 들뜬 뜨거움이 허리를 스쳤다.

"네가 듣고 싶으면 무슨 말이라도 해 줄 테니까."

"무슨 말을 해 줄 수 있는데?"

"네가 원하는 말."

하재에게 듣고 싶은 말은 명확하다.

너를 사랑한다는 말. 그 말이 듣고 싶다. 하지만 이런 상황에서, 이런 장소에서 말하고 싶지 않았기에 설아는 계속 모르는 척했다. 그런 설아를 보는 하재의 얼굴에는 웃음이 피어 올랐다.

"왜? 왜 웃어?"

이제 하재의 입술은 목을 스치고 있었다. 허리를 잡은 손에 점점 힘이 강하게 들어왔다. 동시에 목을 더듬는 입맞춤도 깊어지고 있었다. 몸을 뒤로 꺾은 설아는 짧은 신음 소리를 냈다.

"정말 할 말 없어?"

"있어."

"뭔데?"

"여기서는 안 돼."

"……안 돼?"

"응."

하재에게서 몸을 뗀 설아는 고개를 흔들었다.

"절대로 안 돼."

"가자. 빨리."

하재가 손을 잡아 이끌자 설아는 조금 어리둥절한 눈으로 물었다.

"어딜?"

"집에. 빨리 가고 싶어졌어."

"너, 지금 굉장히 야한 거 알아?"

"몰랐구나?"

설아의 허리에 손을 감으면서 하재가 말했다.

"난 원래부터 야한 놈이었어. 너만 몰랐던 거야."

"뭐야……."

하재와 투닥거리면서 엘리베이터로 향했다. 잠시 후 엘리베이터가 도착했다. 북적거리는 사람들이 내리고 설아와 하재는 엘리베이터에 올라탔다. 막 문이 닫히려는 순간, 누군가가 잠시만요, 하면서 끼어들었다.

뒤로 머리카락을 틀어 올린 여자를 보기 전까지, 그런 생각을 했었다.

어쩌면 계속 이대로 살 수 있을지도 모른다는 안이한 생각. 하재와 함께 행복하게 살 수 있을 것이라는 순진한 생각. 발치까지 다가온 심연을 목격했음에도 불구하고 어리석게도 그리 생각했다.

예성이었다.

잠시만요, 라고 말하면서 엘리베이터에 올라탄 사람은 바로 예성이었다. 우아하게 머리카락을 틀어 올린 예성과 마주한 하재와 설아는 딱딱하게 굳어 갔다.

어디선가 냉정한 목소리가 들렸다.

정신 차려. 네 인생에서 행복은 언제나 짧을 뿐이야. 인생은 그리 녹록지 않아.

설아와 하재를 본 예성은 잠깐 놀란 티를 내더니, 가볍게 눈인사를 했다.

"어머, 이런 곳에서 다 보네요. 누가 아팠나 보죠?"

설아의 허리를 잡고 있던 하재의 손이 떨렸다. 그러나 답하는 하재의 목소리에서는 조금의 흔들림도 찾을 수 없었다.

"네."

"그렇구나. 만나서 반갑기는 한데. 병원 같은 곳에서 보는 건, 좀 아니다. 그죠?"

하재의 손이 계속 떨렸다. 가볍게 숨을 들이마신 설아는 하재에게 조금 더 기댔다. 자신의 온기로 하재가 냉정을 되찾길 바라면서.

괜찮아, 하재야. 저 사람은 우리를 몰라. 처음에는 나도 너를 알아보지 못했는걸. 그러니까 저 사람도 너를 알아볼 리 없어. 안심해.

설아의 온기 때문인지, 서서히 하재의 떨림이 사라져 갔다. 목소리도, 몸도 모두 평정을 되찾은 하재는 민제하처럼 웃으면서 말했다.

"확실히 만남의 장소로 병원은 나쁜 선택지죠. 그런데 박 여사님은 왜 병원에 오셨습니까?”

“아아……. 아는 사람이 다쳤다고 해서 왔어요. 그런데.”

고개를 옆으로 슬쩍 돌린 예성은 설아를 보면서 웃었다. 먹이를 노리는 뱀의 웃음. 왜 자신을 저런 눈으로 바라보는 걸까? 그러나 의문을 밖으로 드러내는 대신 설아는 예의 바른 미소로 답했다. 지금 자신들의 설정은 예성과는 아무 상관도 없는 타인들이다. 그러니 상대방이 이상하게 굴어도 미소를 잃어서는 안 된다.

웃는 설아를 머리에서 발끝까지 샅샅이 훑어보던 예성이 피식거렸다.

“없네. 벌써 퇴원했나 봐.”

오늘따라 예성의 시선이 미치도록 불길하다. 자신들의 정체를 알 리가 없는데, 오늘 예성이 병원에 온 이유는 자신들 때문이라는 생각을 떨칠 수가 없다.

“그런 사람 있지 않아요? 아주 오랫동안 병실에서 두고두고 고통받았으면 좋겠다고 생각되는 사람.”

“죄송합니다, 박 여사님. 저는 아직 그런 감정을 품은 사람을 만난 적이 없어서요.”

“그래요? 세상 참 말랑말랑하니, 즐겁게 살았나 보다.”

지금 예성은 시비를 걸고 있는 중이다. 왜인지 모르지만 확실히 시비 걸고 있는 중이다. 설마 민제하가 누구인지 알아차린 걸까? 설아의 허리를 감싸고 있던 하재의 손이 슬쩍 밑으로 미끄러졌다. 설아는 얼른 하재의 손을 꼭 쥐었다.

"그 누구도."

다행히 하재의 목소리에서는 어떠한 흔들림도 없었다.

"저에게 세상 참 말랑말랑하게 즐겁게 살았다는 말을 할 수는 없을 듯합니다만."

"그래요? 못 하는구나. 몰랐네."

예성은 환하게 웃었다. 뜻 모를 예성의 웃음이 불안했지만 하재가 누구인지 알아차린 기미는 전혀 없었다.

"미안해요."

예성은 우아한 손짓으로 살짝 흘러나온 머리카락을 귀 뒤쪽으로 넘겼다.

"오늘 내가 조금 과민했네요. 병원이라는 곳이 사람을 예민하게 만드네. 내가 원래 병원을 아주 싫어하거든요."

"아니요. 괜찮습니다."

"그런 식으로 괜찮다고 말하지 말아요. 내가 실수했다는 것쯤은 잘 알고 있으니까. 그런데 두 사람은 이제 집으로 가는 건가요? 점심은 먹었어요?"

"아니요."

하재는 태연한 목소리로 말했다. 설아와 맞잡고 있는 손에서도 떨림은 없었다.

"그럼 같이 점심이라도 하자는 말을 하고 싶은데. 어때요? 시간 돼요?"

"죄송합니다. 오늘은 선약이 있어서."

"선약이라……."

선약이라는 말을 되뇌는 예성의 눈이 불길하게 반짝거렸다.

딩동. 엘리베이터의 LED등에 1이라는 숫자가 떴다. 마침내 1층에 도착했다. 이제 예성과 같이 있는 시간은 끝났다.

"그럼 다음에 또 뵙겠습니다. 연락드리겠습니다."

"다음에?"

"네. 언젠가 또 뵐 날이 있겠죠."

하재는 예성에게 정중하게 인사한 뒤 엘리베이터에서 내렸다. 그 순간 뒤에서 밝은 웃음소리가 들렸다.

"정말 재미있네."

"……?"

"재미있긴 한데, 이 놀이를 언제까지 해야 하는 거니, 하재야?"

쿵! 심장이 떨어지는 소리가 들린다. 땅바닥이 무너져 내린다. 간신히 쌓아 올린 낙원에 또다시 금이 가고 있다. 뒤돌아보니 예성은 환하게 웃고 있었다.

처음부터 모든 것을 다 알고 있었다는, 차갑고 잔혹한 웃음. 그림 속의 백설 공주가 현실의 공간으로 불쑥 모습을 드러냈다. 째깍째깍. 시간이 흘러가는 소리가 들린다. 예성에게 자신들이 동요하고 있다는 사실을 들키고 싶지 않은데 무슨 말을 꺼내야 할지 모르겠다.

"오랜만이에요, 어머니."

하재가 먼저 입을 열었다. 민제하의 가면을 벗어던진 하재는 그 어느 때보다도 담담했다.

예성은 하재의 어깨를 살짝 어루만졌다. 그러고는 야릇한 느낌을 주는 손길로 하재의 양복 깃을 쓸어내렸다.

"그렇네. 정말 오랜만이다. 이게 몇 년 만이지? 15년? 13년? 그동안 왜 연락 한번 하지 않았니? 엄마는 너 출소하는 날 찾아갔었는데."

"가석방 받은 걸 모르셨군요."

"가석방?"

"네. 가석방. 그런 게 있습니다."

하재가 몸을 뒤로 살짝 비틀어서 옷깃을 만지는 예성의 손길을 떨쳐 냈다. 그런 하재의 움직임을 보던 예성이 아아, 하며 고개를 끄덕였다.

"아, 맞다. 그런 게 있었지. 나는 그것도 모르고 전시회도 취소하고 한국으로 달려왔는데, 네가 없더라. 조금 슬펐어."

"저를 보고 싶어 하시는 줄은 몰랐습니다."

"하재야. 나는 네 어머니야. 부모가 자식을 보고 싶어 하는 건 당연한 일이란다."

"그랬던가요?"

"그래. 그렇단다."

예성은 사랑스럽다는 손길로, 하재의 뺨을 쓰다듬었다. 손길이 닿자마자 하재는 눈썹을 찡그렸지만 예성은 손을 떼지 않았다. 자신을 혐오하는 하재를 바라보면서 예성은 그 어느 때보다 환하게 웃었다.

"언제나 그랬어. 물론 너는 엄마의 마음 같은 건 잘 모르겠지만."

"내가 어머니의 사랑을 알도록 행동하지 않으셨죠."

"알게 행동했어도 너는 버릇없고 짜증 나게 굴었을 거야. 네 아버지 자식이니까. 그 피가 어디를 가겠어?"

사람의 마음을 아프게 만드는 재능에 대해서 말하자면, 예성은 그 재능을 타고난 사람이었다. 말 한마디로, 손짓 한 번, 눈빛 한 번으로 예성은 하재의 가장 약한 부분을 잔혹하게 공격했다.

"그나저나 얘야, 민제하 놀이는 꽤 재미있었어. 사람들이 너를 보고 유성의 민제하라고 했을 때 얼마나 놀랐는지 아니? 어떻게 된 일인지 어리둥절해하는데, 너도 자신을 민제하라고 소개하더구나. 어찌나 재미있던지. 악수를 하면서도 이게 어떻게 된 일이냐면서 묻고 싶었지만 간신히 참아 냈단다. 원래 애들하고는 같이 놀아 주는 거니까."

예성의 얼굴에는 재미있어서 참을 수 없다는 웃음이 서렸다.

"내 아들의 이름은 서하재인데. 언제부터 민제하가 되었을까?"

"어머니가 내 보호자이길 포기했을 때부터겠죠."

"어머, 얘."

예성은 하재의 어깨를 가볍게 툭 쳤다.

"나는 네 보호자이길 포기한 적이 한 번도 없단다. 보려무나. 다른 사람 앞에서 너를 하재라고 부를 수 있었지만 모르는 척해 줬잖니. 나에게 고마워해야 할 거 같은데?"

하재와 말하는 동안 예성은 한 번도 설아 쪽을 바라보지 않았다. 마치 하재의 옆에 있는 설아는 애초에 존재하지 않는 것처럼 행동하고 있었다. 그런 예성을 바라보면서 드는 생각은 한 가지였다.

예성은 미쳤다. 말이 통하지 않는, 미친 마녀다.

어릴 때는 매몰찬 어머니라고 생각했었다. 이부동생들에게만 친절하고 하재에게는 못되게 구는 나쁜 어머니라고. 그러나 나이가 들고 세상 물정을 조금 알게 된 지금의 시선으로 본 예성은 단순히 나쁜 사람이 아니다.

어디서부터 어떻게 일그러졌는지 모르지만 예성은 잔뜩 비틀어진 사람이다.

희뿌연 먼지가 잔뜩 끼어서 어디를 봐도 이상한 모습만 비치는 거울 같은 존재다.

"그나저나 유성 민 회장도 참 나쁜 사람이구나. 멀쩡히 부모가 살아 있는데, 남의 자식을 데려다가 자기 자식으로 만들다니. 나중에 만나면 한소리 해 줘야겠어. 그런데 계속 여기 서서 이야기를 할 거니?"

"이야기를 계속할 필요가 있습니까?"

"계속할 필요가 있냐니? 당연히 있지. 할 이야기가 산더미처럼 쌓여 있는데."

"저는 없습니다."

"있을 거야, 하재야."

"없습니다. 가자, 설아야."

설아의 손을 잡은 채로 하재는 몸을 돌렸다. 예성은 자신에게서 멀어져 가는 아들을 향해 냉랭하게 말했다.

"그래? 그럼 결국 변호사를 만나서 이야기해야겠구나. 내가 이런 때를 위해서 변호사 남편을 얻으려나 봐, 이제……."

"변호사?"

"하재야. 들을 필요 없어."

설아는 빈정거리는 예성의 말을 잘랐다. 하재 혼자서 예성의 광기를 상대하기는 부담스럽다. 게다가 지금 예성은 끝까지 하재를 물고 늘어질 기세다.

"그냥 무시하고 가자."

예성은 설아가 끼어들자 입술을 씰룩거렸다. 두 눈을 가늘게 뜬 채, 설아를 노려보던 예성이 짜증스러운 어조로 툭 내뱉었다.

"너, 누구야?"

날카로운 목소리가 설아를 공격하기 시작했다.

"누군데, 내가 하재와 이야기를 하는데 끼어드니?"

"내 아내입니다."

"아내? 허!"

예성은 짜증스러운 헛웃음을 터트렸다. 아내라는 말을 들은 예성은 만난 이후로 처음으로 진실 된 감정을 드러냈다. 화가 난 예성의 눈과 마주한 설아의 머릿속으로 순간적인 깨달음이 스쳐 지나갔다. 그러나 그게 뭔지 제대로 파악하기도 전에 예성의 싸늘한 조롱과 마주했다.

"요즘은 부모에게 말도 없이 결혼을 하고 그러나 보다. 이런 걸 두고 못 배운 티를 낸다고 하는 거니? 아니면 문제 많은 아버지의 피를 이어받아서 그렇다고 해야 하니?"

"그보다는 결혼을 세 번이나 하고 중간 중간에 수많은 연애

사고를 친 어머니 쪽의 피를 받았다고 해야겠죠."

"얘, 하재야. 나는 사랑을 한 거야. 그건 전혀 다른 거란다."

"여기서 우릴 붙잡고 과거 연애사를 늘어놓고 싶어 하시는 줄 몰랐습니다."

"내 연애사를 너에게 말할 생각은 없어. 너는 들을 자격도 없으니까. 나는 저 애가 싫다고 말하는 중이야. 내가 TV에 나오는 시어머니 행세를 할 줄은 몰랐지만 못 할 것도 없지. 가진 것 없는 집안에다가 못 배운 여자를 내 며느리로 둘 생각 없어."

"상관없습니다. 내가 사랑하니까요."

"사랑?"

예성은 격한 비웃음을 터트렸다.

"이게 웬 개소리야. 사랑이라니."

"부모가 자식에게 할 말은 아니죠. 사랑을 개소리라고 하는 건."

"아니. 네가 틀렸어. 하재야, 마땅히 부모니까 해야 할 말이란다. 부모는 자식에게 세상의 말랑말랑한 면만 가르쳐서는 안 되는 거야. 강하고 굳세게 키워야지. 그래서 내가 지 의원을 후원하기로 한 거잖아. 다들 재미있어 할 거야. 대단하신 유성의 민제하 이사가 지 의원 아들이 다녔던 학교에서 살인 미수와 성폭행 사건을 일으켰던 서하재라는 걸 알면 말이지. 아, 맞다. 그때 성폭행당했던 여자가 지금 아내라는 걸 알면 더 재미있어 할 거야."

"……."

"저쪽에서는 그 사실을 모르는 것 같던데. 꼭 숨겨야 할 이유가 있는 게 아니라면 이번 기회에 다 같이 동창회를 여는 것도 좋지 않겠니?"

한 발 다가온 예성은 하재의 뺨을 부드럽게 쓸어내렸다.

"그만두시죠."

"그만두긴 뭘 그만둬야 하니? 하재야, 응? 아들."

하재의 뺨을 지나서 턱에 도착한 예성의 손은 날카롭게 세워졌다. 손톱을 세운 예성은 하재를 보면서 거친 숨을 내쉬었다.

"아들. 살이 빠졌구나. 엄마가 말했잖니. 네가 통통한 게 좋다고. 그나저나, 또 저 계집일 줄은 몰랐다. 하긴 어릴 때부터 너는 장난감을 지나치게 아끼곤 했지."

"그만두라고 했습니다."

"아들. 내가 그만둬야 할 게 없다니까. 게다가 이번에는 네가 장난을 너무 심하게 쳤어. 결혼이라니. 이런 결혼 허락한 적 없어."

"상관없다고 했잖습니까."

"꼬박꼬박 말대꾸를 잘도 하는구나. 버릇이 너무 없어졌어. 하긴 뭐, 됐어. 이제 와서 예의범절을 따지려고 하는 건 아니니까. 곧 너에게 서류가 한 장 갈 거야. 〈백설 공주를 위하여〉의 소유권 문제에 대해서."

"그건 내 겁니다. 박예성 씨는 그 그림에 대해서는 어떤 소유권도 주장할 수 없다는 거 모릅니까?"

"모르는 건 네가 아닐까?"

"아니요. 모르는 건 박예성 씨죠. 그 그림은 온전히 내 것입니다. 유언장에 아들에게 물려준다고 되어 있으니까요."

"하재야, 확실히 하자. 유언장에 적혀 있는 문구는 아들에게 물려준다고 적혀 있지 않아. 친혈육에게 물려주겠다고 쓰여 있지. 2촌 이내의 친혈육. 다시 말해서 남매나 형제, 또는 친자식."

예성이 친자식을 거론하자 하재의 몸이 꿈틀거렸다.

"그래. 이제야 제대로 알아들었구나. 너는 네가 정말 그 인간 아들이라고 생각하니?"

득의만만한 예성의 얼굴을 마주한 순간 깨달았다.

그들은 또다시 질 것이다. 10년이 넘는 시간 동안 하재는 예성을 몰락시킬 준비를 해 왔다. 그러나 예성은 하재가 태어나는 그 순간부터, 하재의 몰락을 준비해 왔다.

"그 인간도 너를 친자식으로 그렇게 생각했었다면 네 이름을 썼겠지. 왜 굳이 2촌 이내 혈육이라고 했겠어? 결국 그 인간도 의심했다는 소리야."

"법정까지 가자는 거로군요."

"못 갈 것도 없지 않니? 유전자 검사를 하려고 해도 서준수의 친인척은 이미 다 죽었어. 그러니 네가 친자라는 사실을 증명할 수 없어. 네가 아무리 서준수의 친자식이라고 우겨 봤자, 내가 아니라고 주장하면 그만이야. 네가 서준수의 친자식이 아니라면 그 그림은 아내였던 내가 가지는 게 당연해."

"그리 쉽게 될까요?"

"될 거야. 내가 되게 만들 테니까. 그 그림을 가질 수만 있다면 바람을 피워서 가진 다른 사람의 아이를 서준수의 아들이라고 거짓말을 한 년으로 낙인찍혀도 상관없어. 진흙탕 싸움이 되더라도 좋아."

"그럼 제대로 붙어 보죠. 나도 진흙탕 싸움은 좋아하니까."

"어머. 애, 말은 바로 해야지."

예성은 달콤한 미소를 지었다.

"우리는 붙는 게 아냐. 네가 내 걸 훔쳐가서 내놓으라고 하는 거야. 경고했었잖아. 그 그림은 내 거라고. 지금까지 네가 귀담아 듣지 않았던 것뿐이야."

10. 회상 6

하재는 무작정 어두운 복도를 뛰어갔다. 정신을 차려 보니 과학실 앞이었다. 왜 그런 짓을 했을까. 왜 설아에게 키스를 한 걸까. 과학실 앞에서 하재는 두 손으로 얼굴을 감싼 채 두 발을 동동 굴렀다. 왜 그런 짓을 한 거지? 정말 왜 그런 짓을 한 걸까. 자리에 주저앉은 하재는 오른손으로 자기 머리를 툭툭 쳤다.

바보 같은 놈! 정말 바보다! 거기서 왜 입을 맞춘 거지?

왜 그 순간 죽을힘을 다해서 키스를 하는 용기를 냈던 거야?!

혹시라도 설아가 화를 내면 어쩌지? 두 번 다시 보지 않는다고 하면 어쩌지? 온갖 무서운 상상이 머리를 스쳤다. 설아와 멀어진다는 상상만으로 눈물이 왈칵 쏟아질 것 같다.

이제야 설아에 대한 감정이 명확해진다.

사랑하고 있다. 설아를.

가슴 깊이, 너무나 소중해서 감히 함부로 말할 수 없을 정도로.

이런 자신의 감정을 설아에게 말할 수 있는 날이 올까? 사랑한다고 말할 수 있을까?

설아에게 고백하는 광경을 상상하던 하재는 조소를 지었다.

뚱뚱하고 못생기고 말까지 더듬는 자신이, 부모에게조차 사랑받지 못한 아이가 타인에게서 사랑받기를 바란다? 가당치도 않은 이야기다. 설아에게 자신은 어울리지 않는다. 설아처럼 아름다운 아이는 그만큼 멋진 남자를 만나야 한다.

설아와 가장 친한 친구. 그게 죽을 때까지 자신의 위치다.

그때였다! 어디선가 비명 소리가 들렸다. 처음에는 잘못 들은 줄 알았다. 그래도 혹시나 하는 마음에 창문으로 다가선 하재의 두 눈이 화등잔처럼 커다래졌다. 화단과 콘크리트 사이에 누군가가 떨어져 있었다. 입고 있는 옷을 확인한 하재의 얼굴이 새파랗게 질렸다.

서…… 설아? 틀림없이 설아다! 설아가 왜 콘크리트 바닥에 누워 있는 거지? 설아의 머리 뒤쪽에서 검은 그림자가 보였다. 점점 커져 가고 있는 검은 그림자. 뭐지? 왜 그림자가 점점 커져 가는 거지? 창문 쪽으로 얼굴을 바싹 밀어붙인 하재의 온몸이 와들와들 떨렸다.

피다!

점점…… 커지고 있는 검은 그림자는 피였다!

피를 인식한 하재는 3층 교실 쪽으로 고개를 돌렸다. 흐릿한 달빛 속에서 창문 너머로 드러난 얼굴은 같은 반인 준표였다. 그러나 준표가 맞는지 확인하러 갈 여유 따위는 없었다. 하재는 곧장 1층을 향해서 달렸다. 미술실 창문을 통해서 밖으로 나간 하재는 콘크리트를 적시는 붉은 피와 마주했다.

"설아야!"

있는 힘껏 외쳐 불렀으나 답이 없다. 코에 손을 대 보니 입김이 느껴진다. 그러나 아무런 반응도 없다. 어떻게 하지? 어떻게 해야 하지? 패닉 상태에 빠진 하재는 덜덜 떨리는 손으로 입을 가로막았다. 경찰! 아니! 구급차! 자리에서 벌떡 일어난 하재는 편의점을 향해서 뛰었다. 이 주위에는 공중전화가 없다! 그러니 편의점에 가서 119를 불러야 한다!

정신없이 뛰어가서 구급차를 불렀다. 얼마 후 구급차가 왔고 설아는 구급대원에게 실려 갔다. 시간이 지난 뒤 경찰이 병원으로 찾아왔다. 경찰들은 무슨 일이 있었냐고, 어떻게 된 거냐면서 계속 물었지만 하재도 아는 것이 없었다.

"그러니까 학생은 아무것도 못 봤다는 거지?"

"네? 아……."

순간적으로 준표의 얼굴이 떠올랐다. 그러나 확실치 않다. 그 얼굴은 정말 준표였을까? 짙은 어둠과 흐릿한 빛 때문에 착각한 건 아닐까? 잠시 고민하던 하재는 솔직히 말하기로 했다.

"주…… 준표를 보긴 했어요."

"준표?"

"네. 지…… 지준표라고…… 같은 반…… 학생이에요."

"그래? 지준표라……."

우락부락하게 생긴 형사가 수첩에 준표라는 이름을 썼다.

"그리고 다른 건 더 못 봤어?"

"네……. 주…… 준표만 봤어요. 그…… 그런데 설아는요? 설아는 괜찮아요?"

"잠시만……. 여기서 좀 기다려 봐."

아무도 없는 병실 복도에서 하재는 두 손을 얼굴을 파묻은 채로 경찰들을 기다렸다. 그러나 아무리 기다려도 답이 없다. 범인을 잡았다는 말도 없고 설아에 대한 소식도 들을 수 없었다. 두 시간쯤 흐른 뒤에 형사가 다시 왔다.

"학생. 사건에 대해서 자세히 조사해야 하니까 일단 경찰서로 좀 가지."

"겨…… 경찰서요?"

"그래. 별거 아냐. 조서도 써야 하고……. 학생이 여기에 있다고 해서 다친 학생이 낫는 것도 아니고."

"하…… 하지만 설아가…… 깨어나서……."

"그 여학생이 깨어나면 금방 연락해 주기로 했으니까 걱정하지 말고. 같이 가."

형사는 다정다감하게 말했지만, 뭔지 모르게 느낌이 좋지 않았다. 그러나 싫다는 말을 할 수 없었다. 좌우를 둘러싼 형사들의 기세에 눌린 하재는 순순히 경찰서로 향했다.

경찰서에 도착한 이후 상황은 더욱 나빠졌다.

"그러니까 학생 말은, 학생은 1층 과학실 쪽에 있었는데 갑자기 비명 소리가 들렸다는 거지? 올려다보니까 그 준표라는 학생이 보였고."

"네."

"그런데 거기서 뭐 하고 있었어?"

형사의 질문에 말문이 막혔다. 당황한 하재는 입술에 침을 살짝 축였다. 어디서부터 어디까지 이야기를 해야 하는지 모르겠다.

"저…… 그…… 그게……."

"왜? 1층으로 내려오기 전에는 3층 교실에 있었다면서. 뭐 했던 거야? 학교에서."

"아……. 저……. 그…… 그게……."

"흐음……."

하재가 머뭇거리자 형사는 알았다는 듯이 고개를 끄덕였다.

"그러니까 뭘 하고 있었는지는 말할 수가 없는 거네? 그렇지?"

"이…… 있을 곳이 없어서……."

"있을 곳이 없다고 밤에 학교를 찾아가? 그리고 학교에 경비 장치가 되어 있을 텐데. 어떻게 들어간 거야?"

"미…… 미술실…… 창문으로."

"미술실 창문? 거기가 열려 있는 건 어떻게 안 거야?"

"……."

"미리 조사해 뒀던 거야?"

"아…… 아뇨! 그…… 그런 게 아니라……."

질문이 이상해지고 있다. 땀을 흘리면서 형사의 질문에 답하던 하재는 설아의 상태를 다시 물었다. 사실 설아가 걱정되어서 형사의 질문이 제대로 들리지 않았다.

"서…… 설아는 어…… 어떻게 되…… 되었어요? 의…… 의식은 찾았어요?"

"그런데 학생. 왜 그렇게 그 여학생이 의식을 찾았는지를 계속 물어? 조금 지나칠 정도로 묻고 있는 것 같지 않아? 혹시 그 학생이 깨어나면 안 좋은 거라도 있어?"

"네?"

놀란 하재가 두 눈을 동그랗게 떴다.

"그…… 그게 무슨 마…… 말씀이세요?"

"아냐. 일단 다시 이야기를 하는 게 좋겠어. 그러니까 학생하고 그 여학생하고…… 만나서 학교로 갔다는 거지?"

지루한 시간들이 이어졌다. 듣고 싶은 대답은 설아에 대한 이야기인데, 형사들은 다른 것만 물어봤다. 몇 시간 동안 계속되는 똑같은 질문과 대답에 지쳐 가던 하재는 마침내 일이 이상하게 돌아가고 있다는 사실을 깨달았다. 불안하고 초조한 마음에 하재는 큰 소리를 냈다.

"설아가 어떻게 되…… 되었냐니까요! 그…… 그것부터

말…… 말해 주세요!"

"어허. 학생……. 일단 조사부터 하고……."

지금도 피를 흘리던 설아를 생각하면 정신이 아득하고 온몸이 바들바들 떨리는데, 경찰들은 너무나도 태연자약했다. 어떤 질문을 던져도 돌아오는 대답은 하나였다. 학교에서 설아와 무엇을 했느냐. 서로 이야기를 나눴다고 대답하자 어떤 이야기를 나눴는지에 대한 질문이 던져졌다. 방금 전에 했던 이야기들과 지금의 말이 다르다면서 계속 지적하는 형사들의 눈빛은 점점 날카로워졌다.

하재가 경찰들의 질문에서 풀려난 것은 여섯 시간이 지난 뒤였다.

제대로 쉬지도 못한 채 좁은 방에서 계속 이어지는 질문에 대답하던 하재는 극도로 예민해졌다. 좁은 방 안에서 두 손을 꽉 쥔 채 부들부들 떨던 하재는 문이 열리는 소리에 고개를 들었다. 문 앞에 모습을 드러낸 사람은 예성이었다. 경찰서에서 예성을 보게 될 줄 몰랐던 하재는 자리에서 벌떡 일어났다.

"어머니!"

예성의 뒤에는 예성의 오랜 친구인 이우택이 서 있었다. 어젯밤 우택의 감시를 피해서 설아와 함께 집 밖으로 도망쳤던 하재는 고개를 푹 숙였다. 그런 하재를 본 우택이 한 발 다가섰다.

"하재야! 너, 어젯밤에!"

"됐어, 우택 씨."

피곤한 표정으로 들어온 예성은 뒷목을 어루만졌다.

"이제 와서 어제 있었던 일을 따져 봤자 어쩌겠어. 이미 일은 벌어졌는데. 그보다 피곤해서 죽겠어. 아침부터 이게 무슨 난리야."

"어…… 어머니……. 설아, 설아가 어떤 상태인지 들으셨어요? 괘…… 괜찮대요?"

"하재야."

다급하고 겁에 질린 하재의 목소리와 달리, 예성의 목소리는 차분했다.

"그 아이는 병원에 있잖아. 의사들이 잘 치료하고 있겠지."

"의…… 의사들이 뭐…… 뭐래요? 수…… 숨만 쉬고…… 의…… 의식이 없던데."

"뭐, 그리 좋은 상태는 아니겠지."

냉담한 목소리. 지나칠 정도로 차분한 예성의 태도에 방금 전까지 잔뜩 달아올라 있던 무엇인가가 피시식 식어 갔다. 그와 동시에 머리 뒤쪽이 차가워졌다. 이런 상황에서도 완벽하게 외모를 세팅하고 나온 어머니에 대한 위화감이 커져 가고 있다.

"일단 하재야, 앉으렴."

얼굴 가득 웃음을 머금은 예성은 사근사근한 목소리로 말했다.

"여기 이 서류에 사인부터 하자."

"서…… 서류요?"

"그래. 중요한 거야."

예성이 손짓하자 우택이 가방에서 서류를 내밀었다.

"무…… 무슨 서류인데요?"

"알 필요 없어. 자, 여기 볼펜. 여기와 여기. 빈곳에 네 이름을 써 넣으면 돼."

예성이 말할수록, 머리 뒤쪽에서 시작된 냉기가 목 아래로 서서히 내려왔다. 심장이 싸늘하게 식어져 간다. 하재는 떨리는 손으로 예성이 내미는 서류를 받았다. 그러나 서류를 읽기도 전에 예성이 만류했다.

"읽어 볼 필요까지는 없다고 했잖아."

"……."

"자, 여기. 어서 사인해."

예성이 검은 볼펜을 내밀었다. 하재는 그에게 뻗어진 검은 볼펜을 가만히 바라봤다. 아니, 바라보려고 노력했다. 그런데 검은 볼펜이 자꾸만 꿈틀거려서 바라보고 있기가 힘들었다. 볼펜이 뱀처럼 꿈틀거렸다. 공기를 가르는 샤샥 소리가 들린다. 검은 뱀은 천천히 예성의 손목을 감아 올라갔다.

환각이라는 사실을 알고 있다. 볼펜이 뱀이 될 리가 없으니까. 설아의 사고로 야기된 극도의 스트레스로 인해 환각을 보는 중이다. 환각이다. 안다, 알고 있다. 그러나 예성의 손에서 뻗어져 나오는 환각의 뱀은 실제로 존재하는 뱀보다 더 사악하고 위협적이었다.

뚝뚝. 쉭쉭거리는 뱀의 독니에서 흘러내리는 초록빛 독이 책상 위로 뚝뚝 떨어졌다.

"자, 어서 사인하렴."

"어머니…… 설아는…….""

"치료받고 있을 거라니까. 일단 사인부터 해."

"시…… 싫어요."

싫다는 말이, 자신의 입에서 나온 말 같지가 않다. 목소리도 자신의 목소리 같지 않다.

자신의 입에서, 어머니를 향해서, 이토록 짙은 불신을 두르고 있는 목소리가 나올 수 있다는 것이 믿기지 않았다.

"뭐?"

하재의 말에 예성은 눈썹을 살짝 치켜 올렸다. 그런 예성의 모습에 하재의 심장은 미친 듯이 두근거리며 뛰었다.

"제…… 제대로 읽어 보고 사인할게요."

"하재야."

하재의 거부에 예성은 입술을 살짝 깨물었지만 이내 달콤한 미소를 지었다. 평소라면 좋아했을 어머니의 미소다. 그러나 지금 이 순간만큼은 예성의 아름다운 미소가 소름 끼칠 정도로 무서웠다. 웃으면서 다가온 예성은 맞은편 의자에 앉았다.

"하재야. 엄마는 좀 당황스럽구나."

"어…… 어머니. 이런 건…… 읽…… 읽어 보고…….""

"엄마가 주는 거잖니. 그런데 왜 읽어 보고 사인해야 해?"

"그…… 그래도."

"엄마가 너에게 나쁜 거 할 리 없잖아. 어서 사인해."

하재는 예성의 하얀 손이 내미는 서류와 볼펜을 바라봤다. 온몸이 와들와들 떨린다. 예성의 말들이 머릿속에서 울려 퍼졌다. 이쪽에서 한마디가 떠오르면 곧이어 저쪽에서 한마디가 떠오른다.

'엄마는 너를 사랑해, 하재야. 엄마가 너를 사랑해서 하는 거야. 혼자가 편하잖니. 원래 남자애들은 혼자서 지내야 하는 거야. 그래야 강하게 자랄 수 있으니까. 엄마가 너를 사랑해서 옷을 사 주고 싶은 거란다. 엄마가 사랑해서 사 주는 옷들을 왜 입지 않니? 엄마는 너를 사랑해.'

아니. 어머니는 나를 사랑하지 않는다.

알고 있다. 잘 알고 있다. 그런데 막연히 알고 있다고 생각만 했을 뿐이다.

눈앞에 드리워져 있던 얇은 막이 마침내 완전히 걷힌 기분이다. 지금까지 알면서도 애써 외면했던 진실. 물론 몇 번이나 입 밖으로 꺼낸 적은 있다. 설아에게도 어머니는 자신을 증오한다고 말했었다. 그러나 그건 어디까지나 말에 불과했다.

지금처럼 온몸으로, 피부로 느끼는, 지독하리만큼 냉혹한 현실이 아니었다.

"어…… 어머니."

"그래. 이제 사인할래?"

"아…… 아뇨."

"하재야. 엄마가 몇 번 말해야 알겠니?"

"너…… 너를 위해서…… 너를 사랑해서."

"……."

"또 그…… 그렇게 말씀하시려구요?"

"……."

"왜 마…… 말씀을 안 하세요? 당황스러우세요?"

당황스럽냐는 하재의 말에 예성을 팔짱을 꼈다. 그러곤 차가운 눈빛으로 하재를 노려봤다.

"우택 씨. 좀 나가 있어 줘."

우택은 걱정스러운 눈으로 하재와 예성을 번갈아 바라봤다.

"그…… 그래도."

"괜찮아. 나가 있어요. 하재와 할 이야기가 있어서 그래."

"그래. 그럼 나가 있을게. 무슨 일 있으면 불러. 하재야."

우택은 사람 좋은 얼굴로 하재를 향해서 어색하게 웃었다.

"어머니를 너무 피곤하게 하지 말고 그냥 사인해 드려. 그 그림은 어머니에게 중요한 거니까. 알잖아."

우택이 나가는 동안 하재는 예성에게서 시선을 떼지 않았다. 태어나서 처음으로 타인의 객관적인 눈으로 예성을 바라보고 있는 중이다. 자신을 증오하는, 자신을 낳아 준 어머니를 관찰하고 있다. 우택이 문을 닫자 하재는 예성에게 서류에 대해서 물었다.

"이 서류는 뭐예요?"

"알 거 없다고 했잖니. 사인이나 해."

"뭔지 말해 주지 않으시면 사인하지 않을 거예요."

"않아? 네가? 감히?"

더 이상 말을 더듬지 않는 하재의 변화를 알아차린 예성의 한쪽 눈썹이 치켜 올라갔다. 예성의 시선을 피하지 않은 하재는 똑똑히 말했다.

"네. 사인 안 할 거예요."

"하재야. 네가 어릴 때, 나에게 말했던 거 기억나니? 네 고모가 죽는 즉시 나에게 그 그림을 주겠다고 말했었잖아."

"어릴 때였으니까요."

"……."

"뭘 몰라도 한참 몰랐던 어릴 때였으니까요. 그때는…….

하재는 어금니를 꽉 깨물었다. 천천히 두 눈을 감았다가 다시 뜬 하재는 전과는 다른 냉정한 목소리로 말했다.

"어머니에게 사랑받을 수 있을 줄 알았거든요. 그 그림을 잘 간직했다가 돌려주면 칭찬받을 수 있을 줄 알았으니까요."

"네가 무슨 말을 하고 싶은지 모르겠구나."

하재는 깊이 숨을 들이마셨다.

"그 그림은 내 것이에요. 절대로 어머니 것은 안 될 거예요."

"재미있구나. 아무래도 그 애는 이대로 죽는 게 좋겠다."

"네?"

하재의 안색이 싹 변했다.

"설아가…… 설아가…… 지금 위…… 위급한 거예요?"

"그 애 이야기를 하니까 다시 말을 더듬는구나."

"……말해요! 지금 설아가! 어떤 상황이에요!"

"정말 그 애는 죽어야겠다."

"어머니!"

"그래야 네가 다시 내 품으로 돌아오지."

입술을 꼭 깨문 예성의 두 눈이 기괴하게 빛났다. 처음으로 봤다. 광기 어리고 일그러진 예성의 모습을. 동시에 알아차렸다. 설아를 걱정하는 자신의 모습도 예성과 크게 다르지 않을 것을.

"그렇잖니. 지금 네가 내 말을 듣지 않는 이유는 모두 그 애 때문이잖아. 그 애 때문에 네가 네 아버지처럼 나를 무시하는 거야."

"설아는……."

"입 닥쳐!"

드디어 예성의 입에서 큰 소리가 튀어나왔다.

"설아, 설아, 설아! 계속 그 애 이야기만 하고 있어! 내가 앞에 있는데! 내가 네 어머니인데! 도대체 걔가 너에게 뭘 해 줬다는 거야?"

"설아가 어떻게 되었냐니까요!"

"뭘 어떻게 돼! 죽기밖에 더 하겠어?"

"어머니!"

"누가 네 어머니야! 누가!"

설아에 대해서 말하는 예성의 입술이 흉측하게 일그러졌다. 감히 입에 담을 수 없을 정도로 더럽고 추접스러운 존재에 대해서 억지로 참고 말하는 것 같은 모습이었다.

"도대체 그 애가 너에게 뭘 해 줬어? 지금 네가 누리는 건 모두! 내가 준 거야! 내가! 그 애는 너에게 아무것도 해 준 게 없어! 너는 정말……. 어떻게! 이렇게까지 네 아버지와 똑같을 수 있어?! 빨리 사인이나 해!"

예성은 짜증을 내면서 서류를 던졌다.

"역시 네 아버지 아들이야! 그 핏줄이 어디를 가겠어! 여태까지 내가 잘해 준 건! 그냥 아주 깡그리 무시하고는!"

"설아는 어떻게 됐냐니까요!"

더 이상 참지 못한 하재가 고함을 버럭 질렀다. 그러자 예성은 더욱 발끈했다.

"지금 나에게 소리를 질렀니? 어머니에게?"

"어머니가 언제부터 내 어머니셨어요?"

따져 묻는 하재의 모습에 예성의 얼굴은 붉게 물들었다. 주먹을 꽉 쥔 채 이를 악물고 바들바들 떠는 예성을 보자, 알 것 같았다. 지금 예성은 그를 보는 게 아니다. 그의 모습 어딘가에 존재하고 있을 아버지를 보고 있다. 숨도 제대로 쉬지 못한 채 부들부들 떠는 예성의 눈에 분노의 눈물이 맺혔다.

"서류에 사인해. 그리고 미국으로 가! 그 애는 신경 쓰지 말고!"

"싫어요!"

"너, 지금 어떤 상황인지 알고 싫다고 하는 거야?"

"설아 없이는 안 가요!"

"뭐? ……그년 없이는 안 가? 지금…… 말 다 했어?"

"네!"

하재가 네, 라고 단호하게 말하자 예성의 얼굴은 붉다 못해 새하얗게 질렸다. 얼마나 시간이 지났을까? 흥분으로 격하게 몸을 떨던 예성이 서서히 이성을 되찾았다. 천천히 숨을 가다듬은 예성이 고개를 돌렸다.

방금 전과는 사뭇 다른, 차갑고 매정한 예성이 모습을 드러냈다.

"아무래도 네가 상황을 제대로 이해하지 못하는 것 같은데, 확실히 말해 주마. 네가 창문에서 떠밀었다는 애는 지금 중환자실에 있어. 아까 이야기를 들어 보니 일주일 내로 깨어나지 못하면 죽는대. 떨어지면서 머리도 크게 다쳤고 또 화단의 철제 울타리에 등을 찔려서 피를 많이 흘렸다고 하니까 깨어날 가망성은 희박하겠지."

쿵! 심장이 무거운 추가 되어서 바닥으로 쿵 하고 떨어져 내렸다. 예성의 말 한마디 한마디가 차가운 송곳으로 변해서 몸을 찔렀다. 그 모든 이야기 중에서 가장 충격적이고 무서운 말은 설아가 죽는다는 이야기였다.

설아가 죽는다? 설아가? 갑자기 코끝에서 설아가 흘렸던 피 냄새가 다시 떠올랐다. 쇠 냄새가 섞인 역한 냄새! 설아가 흘리던 피 냄새! 욕지기가 치밀어 올랐다. 하재는 두 손으로 입을 틀어막았다. 욱욱거리는 소리와 함께 위에서 신 액체가 올라왔지만 손으로 꾹 누른 덕분에 간신히 참아 낼 수 있었다.

"서…… 설아가……."

"그래. 네가 3층에서 떠민 애."

"······네?"

예성의 말에 하재의 두 눈이 커졌다. 지금 무슨 말을 들은 거지? 정신을 차릴 틈도 없이 예성이 말을 이었다.

"그래. 네가 성폭행을 한 뒤에 3층에서 밀었잖아."

"지······ 지금 무슨 말을 하는 거예요?"

"내가 무슨 말을 하는 것 같니?"

탁자에 올린 왼손에 턱을 괸 예성은 피식거리며 웃었다.

"너는 지금까지 이상하다는 생각도 못 했니? 왜 너를 이곳에 붙들어 두고 있는 걸까? 지금 몇 시간이나 지났어? 그래, 벌써 여섯 시간이나 지났는데, 그동안 무슨 일이 벌어졌냐는 질문만 하고 있잖아. 정말 아무것도 못 봤니? 다른 사람은 없었냐는 질문. 왜 형사들은 너에게 그런 질문을 하는 걸까?"

머리가 하얗게 타들어 간다는 말이 이런 뜻일 것이다. 예성의 말이 길어질수록 하재의 얼굴과 머리는 하얗게 타들어 갔다.

"아무리 CCTV를 돌려 봐도 너와 그 끔찍한 계집애. 둘 이외에는 학교에 들어간 사람을 찾을 수가 없대. 남자애와 함께 학교로 들어갔던 여자애가 떨어졌어. 그럼 누가 밀었을까? 같이 있던 남자애라고 생각하는 게 당연하잖아?"

"준표가!"

하재는 있는 힘껏 외쳤다.

"아까부터 말했어요! 준표가 있었다고!"

"준표가 누구인지는 모르겠지만 CCTV에 찍힌 사람은 너와 그 사악한 년밖에 없었어. 거짓말 좀 작작 해! 너와 네 아버지는! 똑같아! 늘 다른 곳에 정신이 팔려서! 너도 똑같아! 매번 거짓말! 거짓말!"

"거짓말이 아니에요!"

너무 억울하고 화가 나서 눈물이 뚝뚝 떨어져 내렸다.

"내가!"

오랫동안 홀로 마음에만 담아 뒀던 질문이, 기어이 터져 나왔다.

"내가…… 그렇게 미워요? 내가 그렇게까지 싫어요?"

"……."

"말해 봐요! 내가 아버지 아들이라서 싫은 거예요?! 하지만 어머니 자식이기도 하잖아요! 그런데 왜! 늘! 나를 미워해요? 왜 나를 괴롭히지 못해서 안달복달을 하냐구요!"

하재의 울분에 예성은 두 눈을 가늘게 떴다.

"그래."

하재 쪽으로 몸을 기울인 예성의 붉은 입술이 움직였다. 마녀의 붉은 사과보다 더 붉은 입술에서 잔혹한 말들이 흘러나왔다.

"네가 싫어. 네가 나를 어머니라고 부르는 것도 싫어. 끔찍하게 싫어. 내가 네 어머니라는 사실이 소름 끼치도록 싫어. 이번에는 내가 물어보자. 내가 왜 너 같은 애를 사랑해야 해? 왜 사람들은 어머니가 무조건적으로 자식을 사랑해야 한다고 믿는 걸까?"

"……."

"어머니가 자식을 왜 사랑하는 줄 알아? 갓 태어난 애가 천재가 될 것 같아서? 아니면 꼬물거리면서 우는 존재가 훗날 늙고 병든 나를 보살펴 줄 것 같아서? 아니. 그냥이야. 그냥 사랑하게 되는 거야. 내 배 속에서 나왔으니까, 내 자식이니까, 사랑하게 되는 거야. 보는 순간 알 수 있어. 아, 나는 이 아이를 무조건적으로 사랑하겠구나라는 확신이 들거든."

"……."

"알겠니? 그게 부모고 그게 모성애야! 그런데 무조건적으로 사랑할 수 있다면 무조건적으로 미워할 수도 있는 거잖아. 배 속에서 나왔다고 다 사랑해야 한다고 정해져 있는 거 아니니까. 그래서 나는 네가 밉고 싫어. 끔찍할 정도로!"

약간은 주저하면서 말할 줄 알았다. 사실은 하재야, 이런저런 일이 있어서 그런 거야. 또 사실 네 아버지 때문에 껄끄러운 것도 있어서……. 그래서 그런 거야. 하지만 자식을 증오하는 부모가 어디 있겠지. 그냥 정이 조금 덜 갈 뿐이란다, 같은 말을 기대했었다.

그러나 돌아오는 것은 냉정한 진실이다.

"너를 임신하는 순간부터 알았어. 너는! 내 몸에 기생하는 끔찍한 존재라는 걸. 그래도 책임감이 있었기 때문에 너를 낳았던 거야. 그 점에 대해서 너는 나에게 평생 고마워해도 부족해!"

"이…… 이게 고마워해야…… 할 일인가요?"

"당연하지! 지금 네가 처한 상황이 어떤 건지 모르나 본데.

그 애가 죽으면 넌 과실치사야. 손을 조금 더 쓰면 과실은 빼고 그냥 살인이겠지. 살인이 몇 년 형이더라?"

"……!"

"상황 파악이 되니까 입을 다무는구나. 정말이지, 너는 어쩜 그렇게 네 아버지와 똑같니. 불리한 상황이 되면 항상 징징거렸지. 아니면 입을 꼭 다물고 자신은 결백하다고 우겨 댔고. 지긋지긋해. 물론 과실에 의한 사고로 감형될 수도 있겠지. 좋은 변호사들만 붙이면 불가능한 일도 아냐. 그러니까 사인해."

예성은 짜증스러운 손길로 서류를 집어 던졌다. 하재는 덜덜 떨리는 손으로 서류를 넘겼다.

패닉 상태로 인해서 글자가 제대로 보이지 않았지만 몇몇 글자는 확실히 보였다. 〈백설 공주를 위하여〉라는 글자였다.

"〈백설 공주를 위하여〉를…… 양도하라는 서류군요."

"그래. 네 고모가 죽었다는 연락이 왔어. 그러니까 자동적으로 그 그림은 네 소유가 되는 거지. 네가 사인한 서류가 없이는 네 고모의 허접한 금고에서 그 그림을 줄 수 없다고 변호사가 난리를 쳐서 만들어 온 거야."

"……."

"읽어 봐서 뭐하니? 어차피 네가 정할 수 있는 길은 두 개밖에 없어. 사인하느냐, 아니면 감옥에 가느냐. 어차피 선택은 정해졌잖니."

"아뇨. 설아가 깨어나면."

하재는 예성을 똑바로 바라봤다. 지금의 선택이 어떤 결과를 불러올지 모르겠지만 한 가지는 확실하다. 평온했던 삶은 오늘로 끝이다.

"설아가 깨어나면 내가 무죄라는 사실을 밝혀 줄 거예요. 나는 그림을 가진 채로 여기를 나갈 거고 미국에도 가지 않을 거예요."

"그래?"

예성은 피식 웃었다.

"그 애가 너를 위해서 증언을 할 거란 말이지. 깨어나면."

"네. 설아는 내 친구니까요."

예성은 서류를 돌려주는 하재를 가만히 노려봤다.

"네가 그 애를 친구로 믿는다면 말리지는 않겠지만 후회하지 않을 자신 있어?"

"있습니다."

"그런데 그 애가 깨어나지 않으면 어떻게 할 거야?"

하재는 입술을 꽉 깨물었다. 그러고는 떨리는 목소리로 말했다.

"그런 일은 없어요. 깨어날 거예요, 반드시."

그리고 만일 설아가 깨어나지 않는다면. 그런 일은 벌어지지 않겠지만……. 만일 깨어나지 않는다면 상대방이 간절히 원하는 것을 손에 움켜쥔 채 사라질 것이다. 아무런 무기도 없이 지옥으로 떨어질 수는 없다.

"친구를 믿는 네 마음이 갸륵하다만, 세상은 그리 만만한 곳이 아니란다. 결국 너는 그 애에게도 버림받을 거야."

"아뇨. 그럴 일 없어요."

"없다라……. 누구나 그럴 일은 없다고 생각하지만 늘 벌어지기 마련이지. 조만간 너는 모두에게서 버림받게 되겠구나. 그때가 되면 후회할 테지."

"아뇨. 후회하지 않아요."

"아니."

예성은 그 어느 때보다 환하게 웃었다.

"너는 후회할 게다. 내가 나가는 즉시 후회할 거야. 눈물을 흘리면서 후회하겠지. 지금 이 순간의 호기를 평생 후회하게 될 거야. 어쩌면 감옥 안에서 죽고 싶어질지도 모르겠구나. 뭐, 괜찮을 것도 같아. 네가 죽으면 그 그림은 자동적으로 내 거니까."

"……."

"지금은 견딜 수 있을 것 같지? 나에게 반항을 하는 너 자신이 대단한 거 같지? 하지만 지금 느끼는 네 감정은 얼마 가지 않을 거야. 내기를 해도 좋아. 다시 말하지만 너는 아무런 도움도 받지 못할 거야. 그 설아라는 계집년이 깨어나든, 아니든."

서류를 든 채 자리에서 일어난 예성은 우아하게 웃었다.

"이제부터 너는 내 아들이 아냐. 그러니 잘 가렴."

우아한 웃음과 함께 예성은 밖으로 나갔다. 쿵 하고 닫히는 소리가 들리자 하재는 자신이 있는 곳이 어디인지 알아차렸다. 지금 자신은 지옥으로 떨어지고 있는 중이다. 뺨을 타고 눈물이 흘러나온다. 앞으로 닥칠 미래 때문인지, 아니면 예성의 이

별 선언 때문인지 모르겠다.

　그것도 아니면 설아가 걱정되어서 흘리는 눈물일지도 모르 겠다.

　다만 한 가지 확실한 것은 이제 박예성의 아들로 살아왔던 인생은 끝났다는 사실이었다.

11. 복수의 서막

　오늘 열리는 이사회 때문에 회사 내부는 팽팽한 긴장감으로 가득했다. 제민과 제하 파로 갈린 이사들은 삼삼오오 모여서 오늘 회의에서 어떤 결과를 얻을 것인지에 대해 분주하게 의견을 주고받았다. 설아 역시 하재의 사무실에서 이사회의 결과를 초조하게 기다렸다.

　"안 됩니다!"

　문이 조금 열리더니 최 비서의 다급한 목소리가 들렸다. 곧이어 아영의 앙칼진 목소리도 들렸다.

　"어머. 회사에 찾아온다는 말은 들었는데, 이사회 날 사무실에 떡하니 모습을 드러낼 줄은 몰랐네."

　아영은 특유의 빈정거리는 미소를 지으며 하재의 사무실 안으로 들어섰다. 지수가 그런 아영을 말리려고 했지만 역부족으로 보였다.

"됐어요, 최 비서. 그냥 두세요."

"⋯⋯그래도⋯⋯."

설아가 괜찮다고 했지만 얼마 전 큰 사건을 겪은 지수는 그 자리에 머무른 채 움직이지 않았다. 아영은 그런 지수와 설아를 돌아보면서 피식 웃었다.

"최근 바쁘게 여기저기 돌아다니시는 것 같던데. 그런다고 판이 뒤집어지겠어?"

설아는 비꼬기 시작하는 아영을 무시한 채 고개를 돌렸다. 왜 하재의 사무실로 왔냐고 따지기도 귀찮다. 설아가 외면하자 아영은 문 쪽에 서 있는 지수에게 손짓을 했다.

"물 가져다줘. 이사회가 꽤 걸릴 거 같으니까."

"⋯⋯."

"여긴 귀가 안 들리는 사람들이 많나 봐. 물 가져오라니까!"

아영이 바락 소리를 지르자 설아는 지수를 돌아봤다.

"최 비서, 지아영 씨에게 물 가져다드리세요. 술을 달라는 것도 아니잖아요. 얼마나 이사회가 걱정되면 제하 씨의 사무실까지 쳐들어왔겠어요."

"네."

지수가 몸을 움직이자 아영은 이죽거렸다.

"너는 다 별로인데, 그 건방진 말본새가 제일 짜증 나."

"나와는 반대네. 나는 지아영 씨의 천박한 말본새가 제일 재미있는데."

"그래. 많이 지껄여 봐. 이사회가 끝날 때까지는 참아 줄 테니까."

이사회라서 마음의 준비를 단단히 하고 왔는지, 평소와 달리 아영은 쉽사리 흥분하지 않았다. 아영만이 아니다. 설아 역시 바짝 긴장하고 있다. 초조한 마음을 감출 길이 없었다. 어떻게 될까? 이사회가 반반으로 갈린 상황이니만큼 민 회장의 마음이 가장 중요하다. 만일 민 회장이 친손자인 제민을 택한다면? 예성까지 등장한 상황에서 민 회장이 제민을 택한다면? 그럼 하재는 홀로 저 막강한 적들을 상대해야 할 것이다.

지금쯤 이사회가 열리는 대회의실에서 제민과 제하가 눈에 보이지 않는 격렬한 전투를 벌이고 있을 것이다. 설아는 유리창 너머로 보이는 하늘을 바라봤다. 잔뜩 흐린 하늘이 불길하게만 느껴졌다.

이사회도 이사회지만 다른 문제가 마음을 괴롭히고 있는 중이다.

예성. 본격적으로 싸워 보자던 예성의 말은 사실이었다. 예성은 그녀의 집안과 친한 변호사인 우택을 통해서 〈백설 공주를 위하여〉에 대한 소유권 재판을 시작하겠다는 말을 전했다. 아직 서류가 도착하지는 않았지만 조만간 재판이 시작될 것이다. 그림을 차지하기 위해서라면 한 발자국도 뒤로 물러나지 않겠다는 예성의 집착이 두렵다. 하재는 싸워서 이길 수 있다고 했지만 설아에게는 그 끔찍한 마녀를 이길 방법이 보이지 않았다.

도대체 왜 예성은 그토록 그 그림에 집착하는 걸까? 서준수의 핏줄이라는 이유로 하재를 증오하는 예성이 서준수의 그림을 가지려고 하는 것은 앞뒤가 맞지 않는다. 사람들이 모르는 뭔가가 더 있는 걸까? 생각을 하던 설아는 숨을 깊이 들이마셨다.

그 그림에 관해서 예성은 거의 광기에 가까운 모습을 보여주고 있다. 남녀의 차이를 들먹이기는 싫지만 계속 그런 생각이 들었다. 남자는 이해하지 못할, 아주 미묘한, 여자들만이 이해할 수 있는 그런 미묘함이 예성의 광기를 감싸고 있다.

질투.

예성은 하재를 둘러싼 모든 것을 질투하고 있다. 하재가 조금이라도 그녀의 통제를 벗어나기만 해도 길길이 날뛰는 예성의 감정은 질투가 분명하다. 하재가 잘생겨지는 것도 싫고 하재가 다른 사람들과 친하게 지내는 것도 싫어하는 예성. 아마도 예성이 가장 질투하고 싫어하는 사람은 하재의 아내인 자신일 것이다.

과연 예성의 그런 감정이 그녀에게 집착했던 남편의 아들에게 가질 수 있는 것일까?

어쩌면 모든 이야기는 정반대가 아닐까?

생각을 하던 설아는 천천히 고개를 들었다. 일단 이사회가 먼저다. 예성의 일은 이사회에서 이기고 난 다음에 생각하자. 깍지를 낀 설아는 두 눈을 감았다.

제발 하재가 이길 수 있기를.

삶이 하재에게 더 이상 잔혹하지 않기를.

대회의실에 자리를 잡은 제민은 주위를 둘러봤다. 모두들 호기심 어린 눈으로 자신을 살피고 있다. 누가 유성의 차기 주인이 될지 궁금해하는 얼굴들. 제민의 입가에 비릿한 웃음이 떠올랐다. 주위를 둘러보면서 사람들을 비웃던 제민의 눈에 민제하, 아니 서하재가 들어왔다. 자격도 없는 주제에 뒤로 많은 이를 이끌고 들어오는 하재를 보는 순간 제민은 승리의 미소를 지었다. 민제하가 누구인지 알게 되면 다들 어떤 얼굴이 될까?

"이사님."

제민의 옆에서 진태의 보좌관인 김일주가 다가왔다.

"오늘은 지 의원님께서 조금 늦게 오실 것 같습니다. 최근 선거가 다가와서……."

"아, 괜찮아요."

제민은 개의치 않는 얼굴로 손을 저었다. 제하가 서하재라는 걸 알게 된 이상, 진태는 중요하지 않다. 제민은 하재를 보면서 피식피식 웃었다. 지금까지 제하가 아영을 어떻게 참아냈는지 궁금했었는데, 알고 보니 복수를 위해서였다. 하긴 그런 이유라면 아영을 참기는 쉬웠을 것이다. 드디어 자신도 아영을 버릴 수 있게 된 건가? 삶에서 아영을 도려낸다는 생각을 하자마자 기분이 좋아졌다.

다른 사람들과 인사를 하던 하재가 고개를 돌렸다. 웃고 있는 제민과 시선이 마주친 하재가 뚜벅거리며 다가왔다.

"오늘따라 우리 조카의 기분이 꽤 좋아 보이는데."

그래. 당연히 기분이 좋지. 네가 서하재라는 사실을 지 의원 측에 언제 어떻게 팔아넘겨야 할지 고민 중이거든. 그리고 입을 다물어 주는 대가로 너에게서 뭘 받아야 할지 고민 중이기도 하고.

속마음을 숨긴 채로 제민은 빈정거리며 웃었다.

"뭐, 이제 길고 길었던 일들이 끝날 때가 되니까 홀가분해서 그런가 봅니다."

"그래?"

제민은 하재의 얼굴을 보면서 계속 웃었다. 그런 제민을 물끄러미 바라보던 하재가 천천히 입을 열었다.

"하긴 나도 홀가분하군. 더 이상 짜증 나는 일들을 하지 않아도 된다고 생각하니까."

"할 필요가 없게 될지도 모르죠. 원래대로, 평온한 삶을 산다고 생각하면 아쉬울 것도 없잖습니까."

"평온한 삶이라……."

하재는 빙그레 웃었다.

"하긴 조카는 그런 삶은 싫겠지. 유성을 더욱더 키워서 재계 1위, 아니 세계 1위까지 가고 싶은 게 조카의 야망이겠지. 조카를 따르는 이사들도 모두 비슷한 생각일 거고."

"경영자라면 당연히 가지는 꿈, 아니겠습니까? 민제하 이사 주위에는 있는 사람들과는 전혀 다른 생각이죠. 민 이사 주변 사람들은 대부분 유성은 재계 30위권 정도가 최선이니까 다른 쪽으로 길을 찾아야 한다고 믿고 있죠. 그런 사람들은 결코 가지지 못할 야망이지요."

"그런가?"

"네. 그렇습니다. 현상 유지가 최선이라는 믿음은, 어떻게 해도 출신 성분을 바꿀 수 없다고 믿는 루저들이나 가질 법한 생각이지요. 아, 뭐. 그렇다고 삼촌이 루저라는 건 아니니까. 화내지 마시죠."

"이미 루저라고 단정을 내려 놓고도 아니니까 화내지 말아라……. 이게 네가 선택한 화법이라면 잘못 선택했다고 하고 싶은데."

"동갑인데, 늘 그렇게 가르치려 드는 버릇. 그 버릇을 좀 없애죠."

하재는 턱을 치켜든 채 딱딱하게 말하는 제민을 보고 피식 웃었다.

"오늘따라 네가 좀 달라 보이는데."

"조금 달라 보이긴 할 겁니다. 실제로 좀 달라졌으니까."

말을 하면서도 언제 어떻게 상대방의 정체를 이용할까만 생각하던 제민에게 하재가 뜻밖의 말을 꺼냈다.

"물산. 물산 하나만 넘겨줘."

"네?"

"이사회를 열 필요 없이 내가 물러나겠다는 뜻이야. 물산만 내놓으면."

하재의 말에 제민의 눈동자가 동그래졌다. 자신이 무슨 말을 들었는지 단번에 이해하지 못한 제민은 입을 반쯤 벌린 채 중얼 거렸다.

"지금……."

"지금 내 뜻을 알아듣지 못하겠다는 말을 하려는 거라면. 다 음부터 뒷조사를 할 때 조금 더 신중하게 하라고 충고해 주고 싶군. 그래도 알아듣지 못하겠다면 강효상이라는 이름을 말해 줄까?"

하재의 말에 제민의 표정이 싹 변했다. 금방 평정을 되찾기 는 했으나 이미 속내를 모두 보여 준 뒤였다.

"네 아내!"

제민은 서둘러서 변명을 했다.

"그 일은 내가 모르는 일이었어! 어디까지나…… 지준표가!"

"알고 있어."

하재는 조금 나른한 표정으로 제민을 바라봤다.

"만일 네가 그 일에 관련되어 있었다면 지금쯤 이 자리에 있 지 못했을 거야. 하지만 강효상이 지준표에게 정보를 전해 준 덕분에 설아가 다쳤어. 다시 말해서 너는 나에게 빚을 졌다는 뜻이야. 의부님에 대한 예의 때문에 넘어가 주는 거야. 명심해."

"……."

"그러니 빨리 선택해."

"도대체 뭘 선택하라는 거야!"

"나와 전쟁을 할 것인지 아니면 평화를 택할 건지."

"너와 계속 전쟁을 해도 어차피 내가 이겨."

"이긴다는 확신이 있었다면 지 의원에게 내가 누구인지 말했겠지. 결국 나와 지 의원 사이에서 정하지 못했으니까 가만히 있었던 거잖아."

"……."

"지 의원에게 내가 누구인지 말하지 않은 건 현명한 선택이었어. 그러니 계속 현명한 선택을 하도록 해. 내가 원하는 것은 유성물산, 그것뿐이야. 대신 네가 얻게 되는 것은, 이사회에서 벌어질 싸움으로 인해 서로를 비난하는 내분투성이의 유성이 아니라 통합된 유성."

통합된 유성. 하재의 말에 제민은 혀로 입술을 살짝 축였다. 현재 이사회는 양쪽으로 격렬하게 갈라져 있다. 자신이 후계자가 된다고 할지라도 이사회를 통해서 서로 감정이 상하게 될 가능성이 높다. 심지어 제하 쪽 사람들은 자신을 지지하는 사람들에 비해서 거칠고 다혈질이다. 이런 상황에서 제하가 스스로 물러나고 자신이 후계자가 되면 일은 간단해진다.

하재는 제민을 다그쳤다.

"빨리 결정해. 이사회 시간까지 겨우 15분 남았어."

"할아버지는 아시는 거야? 그러니까…… 네가……."

"내가 서하재인 걸 아시냐고? 당연하지."

"역시 그랬군. 좋아."

제민은 고개를 끄덕였다.

"한 가지 조건이 더 있어. 물산을 주는 대신 우리 집안에서 나가. 물산이 유성에서 어떤 위치인지 안다면 순순히 나가겠다고 말할 수 있을 거야."

"앞으로 민제하라는 이름을 쓰지 말라는 거로군."

"당연하지! 애초에 민씨 가문은 너와 상관없어! 아무 연고도 없이 남의 집에 들어와서 물산을 가지고 가는 건데. 이 정도는 해야지."

"그럼 이제 내 조건을 말해야 할 차례인가?"

"조건?"

"설마 내가 서하재라는 사실을 네가 지 의원 측에 말하지 않는 것만으로 그 많은 것을 얻으려고 한 거야? 와, 이건 거의 도둑놈 심보인데."

"……."

"조건을 말할까?"

"말해. 들어줄 수 있는 거라면 들어줄 테니."

"정보. 네가 아는 지 의원과 지준표에 대한 정보를 내놔. 그들을 몰락시킬 만한 정보."

침을 꿀꺽 삼킨 제민은 조금 어색한 미소를 지었다.

"뭔가 도움이 될 만한 걸 알려 주고 싶지만 나도 아는 게 없어서……."

"거짓말하지 말고 내놔."

"……."

"너는 곳곳에 모이를 뿌려 놓고 다니는 타입이잖아. 그리고 지금 네가 확실히 알아 둬야 할 게 있는데. 원래 예정대로였다면 네 도움은 필요 없었어. 시간이 없어서 제안하는 것뿐이야. 그러니 빨리 선택해. 정보를 내놓지 않으면 나는 물러나지 않을 거야. 의부님께서 너를 선택하실까, 아니면 나를 택하실까? 어때? 의부님의 본심을 알아보고 싶어?"

하재의 협박에 제민의 얼굴이 조금 창백해졌다. 주위를 둘러보면서 잠시 고민하던 제민이 조심스레 입을 열었다.

"……영상이 있어."

"영상?"

"지준표가 약 하는 영상. 그 자식, 약 해."

제민의 말에 하재는 즉각적인 반응을 보였다.

"확실해? 얼굴과 시간이 다 나온 영상이야?"

"당연하지! 내가 그 정도도 확인하지 않고 영상이 있다고 말할 것 같아?"

자신만만해하는 제민의 태도에서 영상의 존재가 얼마나 강력한지 알 수 있었다. 하재는 침을 꿀꺽 삼켰다. 제민이 지 의원이나 준표에 대한 약점을 가지고 있을 줄 알았지만 이토록 강력한 패를 거머쥐고 있을 줄은 몰랐다. 겉으로는 평정을 유지하고 있지만 심장은 흥분으로 인해 거칠게 뛰었다.

"언제…… 줄 수 있어?"

흔들리지 않으려 했으나 쉽지 않다. 13년에 걸친 복수가 이제야 끝이 보이고 있다.

하재의 동요를 알아차리지 못한 제민은 계속 영상에 대해서 말했다.

"지금이라도 당장 줄 수 있어. 그리고 준표의 얼굴이 정면으로 확실히 찍힌 영상이니까, 지 의원도 손쓸 수 없어."

"좋아."

"대신!"

제민이 큰 소리를 냈다.

"너도 약속을 제대로 지켜야 할 거야."

"물론. 지금 당장 법무 팀 불러. 일 시작하자."

갑자기 이사회가 중단되었다는 소식이 회사 안에 빠른 속도로 퍼져 갔다. 모두가 무슨 일이 벌어진 거냐며 술렁이는 가운데 아영은 제민을 찾으러 이리저리 돌아다녔다.

"제민 씨! 자기야!"

축하 인사를 하는 사람들에게 둘러싸여 있는 제민을 발견한 아영이 손을 흔들었다. 그러나 제민은 아영을 돌아보지 않았다. 몇 번이나 불렀는데도 제민이 고개조차 돌리지 않자 짜증이 난 아영은 입술을 꽉 깨물었다. 하지만 사람이 많은 곳에서 함부로 성질을 부릴 수는 없다. 얼마 전 출판 기념회에서 설아의 뺨을 때린 일로 아버지에게 큰 꾸지람을 들은 아영은 치솟는 화를 억눌렀다.

"제민 씨!"

아영은 모여 있는 사람들 사이를 거칠게 지나갔다. 마침내 제민 곁으로 다가간 아영은 제민의 팔을 잡아당겼다.

"제민 씨. 무슨 일이야? 왜 이사회가 중단된 거야?"

"알 필요 없어."

제민은 아영의 손을 싸늘하게 뿌리쳤다.

"알 필요 없어? 지금 그게 무슨 말이야?"

제민의 말투에 기분이 상한 아영은 사람들이 보고 있다는 것을 잊어버린 채, 발끈했다.

"말 뜻 그대로야. 너는 알 거 없어."

"제민 씨!"

아영의 입에서 큰 소리가 나오자, 제민은 다른 사람들에게 양해를 구하고는 자리를 옮겼다. 뒤를 졸졸 따라가던 아영은 조용한 곳으로 가자 제민의 팔을 거칠게 잡아당겼다.

"무슨 일이냐니까! 왜 이사회가 중단된 거야!"

"신경 쓸 거 없다고 했잖아!"

"왜 신경 쓸 게 없다는 거야! 내가 아까 누구와 함께 있었는 줄 알아? 유설아! 그 여자와 함께 있었다구! 얼마나 짜증이 났는지 알아?"

"네 짜증은 네가 알아서 해."

"왜 이래? 제민 씨. 계속 이러면 아빠에게 말할 거야!"

아영이 아빠라는 말을 하자마자 제민은 짜증스러운 목소리로 욕설을 뱉었다. 제민의 거친 욕에 아영은 두 눈을 동그랗게 떴다.

"지금…… 나에게 욕한 거야?"

"그래."

"자기, 지금 제……제정신이야?"

"지아영. 부탁이 있는데 제발 자기라고 부르지 좀 마. 네가 자기, 자기라고 말할 때마다 소름 끼쳐. 제하가 물산 받고 물러나기로 했어. 다시 말해서 네 아버지가 필요 없어졌다는 뜻이야."

"뭐?"

입으로는 뭐냐고 반문했지만 재빨리 상황을 이해한 아영의 얼굴은 시시각각으로 변했다.

"너와의 약혼도 이제 끝이야."

"지금…… 자기가 무슨 말을 하고 있는지 알아?"

"알고 있으니까 확인할 필요 없어."

"이봐요, 민제민 씨. 민제하가 물러나기로 했으니까 내가 필요 없다고 말하면 안 되지!"

아영은 제민의 어깨를 강하게 밀었다.

"민제민. 현명하게 행동해. 우리 아빠가 누군지 몰라서 이래?"

"아아……. 그래. 대통령이 될지도 모른다는 네 아버지?"

"될지도 모르는 게 아니라 우리 아빠는 대통령이 될 거야! 겁 없이 까불다가 세상이 뒤집히는 수가 있어."

"겁 없이 까불지 말라는 말은 내가 너에게 해 주고 싶은데. 정신 차려, 지아영. 네 아버지는 이제 끝났어. 네 오빠부터 시작해서."

제민의 말에 아영은 코웃음을 쳤다.

"민제하가 순순히 물러났다고 우리 아빠가 끝날 리가 없어! 그리고 은혜도 모르는 너 같은 놈은 내 쪽에서 사양이야. 그동안 우리 아빠가 얼마나 너를 아꼈는데!"

"나를 아낀 게 아니라 유성의 돈을 아낀 거겠지."

"말이면 단 줄 알아?"

"야! 지아영. 제발 눈치 좀 가져라, 눈치! 아무리 제하가 나에게 회사를 넘겼다고 해도, 내가 너에게 이런 식으로 대할 거 같아? 잘난 네 아버지 때문에 내가 속마음을 드러내는 건 힘들 거라는 생각은 안 해? 그런데도 지금 나는 너를 마구 대하고 있어. 이유가 뭘까?"

제민의 말이 길어질수록 아영의 얼굴빛이 조금씩 어두워졌다.

"네 아버지는 끝났어."

"그…… 그게 무슨 개소리야?"

"개소리인지 아닌지, 네가 직접 확인해 봐."

제민의 말이 괜한 협박이 아니라는 사실을 알아차린 아영은 서둘러서 전화를 걸었다. 그러나 아무리 기다려도 진태가 전화를 받지 않자 곧바로 보좌관에게 전화를 걸었다. 그러나 보좌관 역시 전화를 받지 않았다. 표정을 굳힌 아영은 제민에게 아무 말도 하지 않은 채, 그대로 회사를 빠져나갔다.

조금 떨어진 곳에서 아영과 제민의 모습을 지켜보던 준은 어깨를 으쓱거렸다.

"제민은 너무 매몰차. 보통 저런 관계에서는 사랑했지만 세상이 우리를 허락하지 않는다. 슬프다. 그렇지만 행복하게 잘 살아라. 뭐, 대충 그런 대사로 상대방을 얼버무려야 하는 거 아닌가?"

"너라면 아영에게 그런 말을 하고 싶어?"

"아니!"

준은 웃으면서 고개를 저었다.

"절대로 지아영에게만은 그런 말을 하고 싶지 않아. 저 여자는 잠시라도 방심하면 그 틈을 타서 사람을 피 말려서 죽일 인간이야. 그나저나 이사회를 취소한 여파 때문에 당분간 회사 전체가 꽤 술렁거리겠어."

"그렇겠지. 하지만 제민과 격렬하게 싸우는 대신 이렇게 마무리하는 게 가장 좋은 방법이야. 애초에 유성을 가질 마음도 없었으니까. 분열보다는 봉합이 좋아."

"제민을 따라서 회사에 남을 사람들이 조금 불쌍해지네. 물산이 빠지면 앞으로 유성은 여기저기에서 말썽이 생길 건데. 그 대신 물산 쪽 사람들의 인생은 탄탄대로겠어."

"꼭 물산만 잘되라는 법은 없지. 너는 제민을 너무 저평가하는 경향이 있어."

"저평가가 아니라 객관적으로 제대로 평가하는 거야. 제민은 꿈과 이상밖에 없어. 본질을 볼 줄 몰라. 민 회장에게는 미안하지만 우린 제민과는 어떤 협력도 맺을 생각 없어. 물산이 유성에서 어떤 의미인지도 모르는 멍청이잖아. 네가 물산을 가져갔다는 것을 민 회장이 알면 길길이 날뛸지도 모르는데……. 괜찮아?"

"그럴 분이 아니셔."

"민제하. 혈육에 대한 애착을 과소평가하지 마. 누구나 자기 자식이 가장 예쁜 법이야. 그렇지 않다면 아버지가 어떻게 나 같은 놈을 참고 견뎠겠어. 어쨌든 너는 민 회장에게 할 만큼 했어. 그나마 물산으로 민 회장이 평생을 가꿔 온 유성의 이름을 지켜 줄 수는 있잖아. 뭐, 정 그렇게 민 회장이 마음에 걸리면 물산을 키워서 다시 유성을 하나하나 사들여. 그것까지 반대하지는 않을 테니까."

"……."

"뭐, 대충 네 일이 해결된 거 같은데. 이제부터 뭘 할 거야?"

"뭘 하긴? 지준표가 감옥 가는 길에 박수 치러 가야지. 그럼 이쯤에서 헤어지지."

사무실 앞에 도착한 하재가 헤어지자고 했지만 준은 머뭇거렸다.

"나도 서라 씨가 보고 시프는데."

"됐고. 어설픈 발음은 그만둬. 너도 본사로 돌아가서 할 일이 많잖아. 지 의원을 완전히 해치우는 데는 하나 코퍼레이션의 힘이 절대적으로 필요해."

"나도 할 일이 많은 것쯤은 잘 알고 있지. 그런 점에서 너도 내가 설아 씨와 만나고 싶어 하는 거 알고 있을 줄 알았는데."

"몰랐어."

하재는 단호하게 말을 끊었다.

"그리고 앞으로도 모르고 싶으니까, 이제 그만 꺼져."

"꺼지라니! 그런 나쁜 말은 우리처럼 친근한 사이에서는 하면 안 되는 말로 알고 있는데. 아……. 이런."

농담을 하던 준은 앞에서 걸어오는 자신의 비서들을 보고 입을 다물었다. 비서들의 선두에는 얇은 금테 안경을 끼고 있는 차가운 인상의 한 비서가 서 있었다. 탁월한 일 처리 능력으로 비서진들 사이에서도 두각을 나타내고 있는 한재영 비서가 나타나자 준은 어색한 웃음을 지으며 하재에게서 멀어졌다.

"그럼 하재, 나도 이만 가 봐야겠다. 일할 시간이야."

"어서 가."

하재는 비서들에게 질질 끌려가는 준을 보면서 손을 흔들었다.

준이 떠난 뒤 하재는 사무실 안으로 들어갔다. 초조하게 사무실 안을 맴돌고 있던 설아는 하재를 보자마자 다가왔다.

"제하. 이사회가……."

"알아."

사무실 문을 닫은 하재는 설아를 껴안았다. 품 안으로 들어온 설아를 강하게 끌어안은 하재는 고개를 숙였다. 이제 길고 어둡던 터널의 끝이 보이려고 하고 있다. 유성의 일을 끝냈으니 다음은 지 의원이다. 지진태. 지준표. 그들 모두에게 죗값을 제대로 치르게 해 줄 것이다.

"하재야."

설아의 목소리에 하재는 천천히 고개를 내렸다. 눈이 말갛게 된 설아는 하재의 뺨을 쓰다듬었다.

"어떻게 된 거야? 이사회가…… 왜 중단된 거야? 설마……. 일이 잘못된 거야?"

"아니."

"그럼? 그럼 왜 중단된 거야?"

"제민과⋯⋯."

말을 하면서 하재는 숨을 깊이 들이마셨다.

"이사회는 중단된 게 아니라 시작도 하지 않았어. 대신 제민과 이야기가 잘 끝났어. 준표를 제거할 수 있는 정보도 쥐었고. 내가 후계자 자리를 포기하는 대신 물산을 받기로 했어."

준표의 이름이 나오자 설아는 저도 모르게 움찔거렸다.

지준표. 13년 전 자신을 죽이려고 했던 인간. 그리고 얼마 전 납치를 사주했던 사람도 준표라는 말을 들었다. 준표의 이름을 듣는 순간, 힘들었던 입원 생활과 통증이 떠올랐다.

"걱정하지 마."

설아를 꼭 안은 채로 하재가 말했다.

"이제 그놈은 아무 짓도 할 수 없게 될 테니까. 곧 수감될 것이고 출소하고 난 이후의 삶도 그리 평온하지 못할 거야."

그래. 지준표. 이제는 네 차례다.

뭔가 잘못된 거다. 그렇지 않고서야 이런 일이 벌어질 리가 없다. 좁은 구치소 안에서 준표는 손을 부들부들 떨었다. 약을 하지 못한 지 꽤 많은 시간이 지나서 정신이 하나도 없지만 확실한 것은 한 가지! 뭔가가 잘못되었다는 사실이다.

게다가 지금까지 아버지로부터 아무런 연락도 없다. 이해되지 않는다. 도대체 아버지는 지금 뭘 하고 있는 걸까. 변호사들이 달려와도 열두 번은 더 달려왔어야 할 시간인데 아무 소식도 없다.

"403번. 면회."

면회라는 말에 준표는 자리에서 벌떡 일어났다.

그러면 그렇지! 아버지가 자신을 이런 곳에 둘 리 없다. 틀림없이 무슨 손을 썼을 것이다. 그러나 접견실에서 기다리고 있는 사람은 진태의 보좌관이 아니라 밉살스러운 민제하였다. 제하를 보는 순간 다시 되돌아갈까 했지만 구치소의 방은 너무 비좁고 불편했다. 잠시나마 넓은 공간을 즐기고 싶었던 준표는 주저하다가 의자에 앉았다.

"무슨 일입니까?"

"그냥. 어떻게 지내시는지 봐 둬야 할 것 같아서."

"그게 다입니까? 내가 어떻게 지내는지 보러 왔다고?"

"네. 그게 다입니다."

하재는 얼굴 가득 웃음을 띤 채 준표를 바라봤다.

"아무래도 내가 집어넣었으니 어떻게 지내는지도 봐 둬야 할 것 같아서."

"……뭐?"

하재의 말뜻을 단번에 알아차리지 못한 준표는 어눌한 표정으로 되물었다.

"그동안 좁은 구치소에 너무 오래 계셨나 봅니다. 지금 지준표 씨가 약을 하는 영상을 경찰 쪽에 넘긴 사람이 바로 나라고 말하고 있는 중입니다만."

"뭐…… 뭐?! 야! 이 자식이!"

뒤늦게 하재의 말뜻을 알아들은 준표는 격분했다.

"네…… 네가 배신을!"

"배신?"

준표의 말에 하재는 웃음을 터트렸다.

"어릴 때부터 네가 이상한 놈이라는 것은 알고 있었지만 이런 상황에서 배신을 말할 줄은 몰랐는데. 정말 상상 이상이군."

"이 자식이!"

다시 자리에서 일어난 준표가 소리를 바락 질렀다. 그러나 하재의 얼굴은 평온했다.

"소란은 그만 피우시죠. 교도관들이 달려오면 피차 난처해질 텐데."

"아버지가 아시면!"

"네 아버지. 지진태가 알더라도 소용없어."

"뭐?!"

"생각해 봐. 지진태가 아직까지 너에게 변호사, 보좌관 하나 보내지 않을 사람일지. 네가 아니라 자신의 위치가 걱정되어서라도 변호사를 12명쯤 붙일 인간이잖아. 그런데 지금까지 소식이 없다는 게 이상하지 않아?"

"너…… 너……. 유성 때문에 아버지에게까지 손을 쓴 거야? 제민이 가만히 있을 거 같아?!"

"응. 그래. 제민은 가만히 있을 거야. 네 녀석이 약 하는 영상을, 내가 어디서 얻었을 거 같아?"

하재의 말을 이해한 준표는 철퍼덕 주저앉았다. 제민이 자신들을 버릴 줄 몰랐던 준표는 허탈한 얼굴로 설마라는 말만 되풀이했다. 어떤 경우가 오더라도 아버지와 제민의 돈만 있으면 빠져나갈 수 있을 거라고 생각했었는데. 갑자기 세상이 무너져 내린다.

"지준표. 내가 감옥에 있었던 건 알 거고. 그 감옥에서 하루도 빠지지 않고 생각한 게 있어."

"제민이 그럴 리가 없는데……. 왜…… 왜 그런 거지?"

"지준표. 중얼거리지 말고 내 이야기를 똑바로 들어."

하재는 단호하게 말했다.

"감옥에서 내내 궁금했었어. 틀림없이 CCTV에는 나와 설아밖에 없었거든. CCTV에 찍힌 사람이 나와 설아밖에 없다는 게, 가장 큰 문제였어. 내가 아무리 지준표가 3층에 있었다고 말해도 CCTV에 나온 사람은 나와 설아밖에 없었으니까. 내 증언은 거짓으로 치부될 수밖에 없었지. 그래서 형사들도 꿈쩍하지 않았던 거고. 말해 봐, 지준표. 어떻게 CCTV를 피해서 학교로 들어갈 수 있었던 거야?"

하재의 말이 길어질수록 준표의 눈이 커다래졌다. 새파래진 얼굴로 준표는…… 이를 따닥거리며 부딪쳤다. 거칠게 숨을 들이마시던 준표가 덜덜 떨면서 물었다.

"너…… 누…… 누구야?"

"그걸 가장 먼저 물었어야지. 네 아버지가 뇌물죄로 경찰 조사를 받기 전에. 제민이 아영과 파혼하기 전에."

"뇌…… 뇌물?"

"그래. 뇌물. 지금 밖은 아주 시끄러운 상황이야. 하필이면 한국의 국회의원이 일본 대부업체 쪽 돈을 받았다는 게 밝혀졌거든. 그래도 나는 너처럼 없는 죄를 뒤집어씌우진 않았어. 있는 죄를 공개적으로 밝힌 것뿐이지."

아직 상황 판단을 제대로 하지 못한 준표는 두 눈만 껌벅거렸다. 민제하가 어떻게 고등학교 때 일을 알고 있는 거지? 혼돈으로 가득 찬 준표의 머릿속은 복잡하게 돌아갔다. 그러나 도무지 집중이 되지 않았다. 계속 생각하려 했으나, 텅 빈 머릿속에서는 아무것도 떠오르지 않았다. 남아 있는 것은 아버지가 조사를 받고 있다는 사실이다. 멍한 눈으로 하재를 본 준표는 또다시 같은 말을 입 밖으로 내뱉었다.

"넌 누구야?"

"그러니까 그걸 진작 물었어야 했다니까."

"누구냐니까! 이 개자식아!"

"지준표. 내가 누구인지는 조금 있다가 말해 줄 테니까. 그전에 네가 먼저 말해 봐. 이미 공소 시효도 끝난 일이니까 부담 가질 필요도 없잖아."

"뭘 말하라는 거야!"

"감옥에서 출소하자마자 찾아봤어. 기록이 남아 있을지 걱정했는데 다행히 한국 학교들은 시험에 대해서라면 철저하잖아.

그래서 알아내기 쉬웠어. 지준표는 1학년 2학기 기말고사에서 모두 만점을 받았더군."

시험이라는 말을 하재가 꺼내는 순간 준표는 불에라도 덴 것처럼 펄쩍 뛰었다.

"무…… 무슨 말을 하는 거야?!"

"그런데 2학년 1학기 성적은 다시 원래대로 돌아갔었어. 2학년부터 3학년까지 내내 1등을 했지만 성적은 1학년 때와 비슷했지. 왜 1학년 2학기 때만 비정상적으로 성적이 올라갔던 걸까?"

"미…… 미친 소리 하지 마."

"나는 별로 미친 소리라고 생각하지 않으니까, 조금 더 해 볼까? 누군가는, 아마 여기서 그 누군가는 아버지에게 성적이 나오지 않는다는 이유로 매일 야단을 맞고 있었을 지준표라고 해 두지."

"나는 아냐!"

"늘 범인은 자신들은 아니라고 말하는 법이야. 어쨌든 지준표는 기회를 노리면서 숨어 있었어. 어딘지는 알 수 없지만 청소도구함? 화장실? 하여튼 그와 비슷한 어딘가에 숨어 있었겠지. 당시 교무실에는 경보 장치도 없었을 테니 들어가기는 쉬웠을 테니까. 물론 자물쇠가 있지만 미리 열쇠를 준비해 뒀을 테고. 그렇게 완벽하게 모든 일을 처리하고 밖으로 나왔는데 누군가가 나타난 거야. 그 사람은 네가 교무실에서 나온 걸 보고 3층으로 올라갔어. 그래서 그 뒤를 따라갔겠지."

"무슨 개소리야!"

발끈한 준표는 버럭 고함을 질렀다.

"개소리라니."

하재는 웃으면서 몸을 살짝 뒤로 젖혔다.

"나는 네가 저지른 죄 때문에 감옥까지 가야 했는데. 그날 일들을 모두 개소리라고 치부하다니. 섭섭하잖아."

"너는 누구야!"

"지준표. 정말 머리가 나쁘구나. 이 정도 말했으면 내가 누구인지는 눈치 차려야 하는 거 아닌가?"

"……!"

"지금 나는, 내가 서하재라고 말하고 있는 중이야."

마침내 하재의 정체를 알게 된 준표의 얼굴은 새파랗게 질렸다.

"그래서 설아를 민 거지? 네가 교무실에서 나온 걸 봤으니까. 네가 시험지를 훔치는 걸 목격했다고 생각한 거지?"

"아냐!"

준표는 있는 힘껏 고함을 질렀다.

"그런 일 없어! 그 시험은 내 실력으로 친 거야!"

준표에게는 지금 앞에 있는 사람이 서하재라는 사실보다, 고등학교 때 시험 점수가 스스로의 힘으로 얻어 낸 것을 증명하는 게 더 중요한 것처럼 보였다.

"네 힘? 그건 불가능해. 네 힘으로 전 과목 만점이라니. 넌 특히 수학을 못했잖아. 물리도 못했고."

"아니라니까!"

"너, 맞아. 내가 얼굴을 똑똑히 봤거든. 네가 창문 너머로 몸을 내밀었잖아."

"아냐! 나는 창문 밖으로 얼굴을 내민 적 없어!"

입에서 말을 뱉는 순간 준표는 알아차렸다. 실수다. 준비되어 있는 덫에 걸려버렸다.

"걱정하지 마."

하재는 비웃으면서 일어났다.

"그 죗값을 공식적으로 치르라고 할 생각은 없어. 법적으로 증명하기가 너무 힘들어서 시도하고 싶지 않아. 대신 너는 비공식적으로라도 값을 치러야 할 거야. 아주 톡톡히. 제대로 치르게 해 줄 테니까 걱정하지 마."

"나…… 나는…….."

"마음을 단단히 먹어. 이제 곧 네 인생이 어떤 식으로 망가져 가는지, 보게 될 테니까."

"서…… 서하재……. 난…….."

"변명하지 마. 들어줄 생각 따위는 없으니까. 참고로 너는 죽는 그날까지, 네가 했던 행동들을 후회하게 될 거야. 그것도 매 순간마다. 그럼 잘 가. 지준표."

12. 제주도

제주도의 하늘은 놀라울 정도로 맑았다. 서울과는 완전히 다른, 맑고 파란 제주도의 하늘. 강하게 내리쬐는 햇살을 피하기 위해서 선글라스를 쓴 설아와 하재는 기다리고 있던 차에 올라탔다. 육지의 바람과는 다른 느낌의 시원한 바람이 활짝 열린 창문으로 들어왔다.

"어때? 오길 잘했지?"

하재의 말에 설아는 고개를 끄덕였다.

"응."

사실 비행기를 타기 직전까지 고민했었다. 이사회는 끝났다지만 해야 할 일들이 잔뜩 밀려 있는 상황이다.

그나마 다행이라면 지씨 부자의 일이 해결되어 가고 있다는 점이다.

현재 지준표는 마약으로 구속 수사 중이며 지진태는 일본 대부업체로부터 뇌물 수수 의혹을 받고 있고 있다. 진태는 모함일 뿐이라고 주장하고 있지만 하나 코퍼레이션에서 제공한 증거가 워낙 강력해서 그리 쉽게 벗어날 수 없을 것이다. 자신과 하재의 인생을 엉망으로 만들었던 지씨 부자의 일은 그렇게 해결되어 가고 있다.

그러나…….

설아는 가볍게 숨을 들이마셨다.

그러나 예성에 대해서는 아무런 방법도 없다. 예성을 공격할 방법도, 심지어 그녀의 공격을 방어할 방법조차 없다. 예성을 떠올리자 온몸이 바싹 얼어붙는 기분이 들었다. 마침내 예성이 존재를 드러냈는데, 자신들은 한가로이 제주도라니.

제주도에 있는 협력 업체를 만나기 위해서 왔다지만 핑계에 불과하다.

"얼굴 펴."

커다란 하재의 손이 머리카락을 쓰다듬었다.

"그거 알아? 여자를 화나게 하려면 머리카락을 거꾸로 쓰다듬으면 된대."

"……뭐?"

"그리고 여자를 기분 좋게 하려면 머리카락을 부드럽게 쓰다듬어 주면 된대."

하재는 평소와 똑같은 미소를 짓고 있었다.

아무 일도 없었다는 듯. 예성의 악랄한 손톱이 그들의 삶에

전혀 끼어들지 않았다는 듯. 예성의 독니 따위는 그들의 행복에
전혀 영향을 주지 않는다는 듯.

"도대체 어디서 그런 걸 본 거야?"

"어디선가?"

실없는 하재의 농담에 설아는 피식 웃었다. 마냥 밝은 웃음
은 아니지만 웃으려고 노력했다. 사실 하재가 제주도로 오자고
한 진정한 이유를 알고 있기 때문에 웃으려 했다.

아이러니하게도 그 이유 역시 예성 때문이다.

잠시라도 예성이 있는 서울에서 벗어나고 싶기 때문이다.

"곧장 숙소로 가자. 비행기를 탔더니 피곤해."

"응."

하재가 미리 예약해 둔 숙소는 커다란 수영장과 자쿠지가
딸린 풀빌라였다.

짐을 대충 정리한 설아는 수영장으로 향했다. 태양빛으로
인해 공기는 뜨거웠지만 수영장 물은 깜짝 놀랄 정도로 차가웠
다. 신발을 벗은 설아는 차가운 물에 발을 담갔다.

시원하다. 차가운 물에 발끝을 담그자 제주도는 좋은 선택이
었다는 생각이 들었다. 확실히 좋은 생각이었다. 하재는 쉴 필
요가 있다. 그리고 자신도.

마음 편히 쉴 수 있을까라는 의문은 들지만 그래도 노력은
해 봐야겠지. 이왕 제주도에 왔으니 최대한 즐기고 가야겠다.

"뭐야? 벌써 수영할 거야?"

"아니. 발만 넣고 있는 중이야. 짐은 다 정리했어?"

"응. 대충. 그리고 나는 수영할 준비도 다 했어."

"수영?"

돌아보니 수영복과 가운을 입고 있는 하재가 보였다.

"벌써부터 수영하게? 아까는 비행기 때문에 피곤하다며?"

"이제 괜찮아졌어."

괜찮아졌다고 말하는 하재의 목소리에서 묘한 긴장감이 느껴졌다. 설아는 장난스레 웃으면서 다가오는 하재를 의미심장한 눈으로 바라봤다. 그러고는 경고의 의미로 검지를 흔들었다.

"안 돼."

"응? 뭐가?"

"혹시라도 지금 나를 물에 빠트리려는 거라면 절대로 안 돼."

"그럴 생각 없었는데."

다가온 하재가 몸을 숙였다. 그러고는 설아의 뒷목을 가볍게 움켜쥐고는 귓불을 깨물었다. 갑작스레 다가온 짜릿하면서도 격한 쾌감. 허리가 들뜨는 감각에 설아는 저도 모르게 하재의 팔을 잡아당겼다.

"어?"

어설프게 무릎을 꿇은 채, 설아의 목에 얼굴을 파묻고 있던 하재는 힘의 반동에 어, 거리더니 그대로 풀장에 빠졌다. 잠시 후 하재는 어푸 하는 소리를 내면서 몸을 일으켰다.

"유설아!"

"미안해."

입으로는 미안하다고 말했지만 설아는 웃느라 정신이 없었다. 머리에서 흘러내리는 물을 닦으면서 하재는 눈을 찡그렸다.

"미안하다는 사람치고는 너무 웃는데?"

"아냐, 아냐. 정말 미안해."

"미안하다고 말하면서 웃는 건 반칙이야."

"알았어."

여전히 웃음을 머금은 채로 설아는 고개를 끄덕였다. 하재는 물에 젖은 가운을 벗으면서 설아가 있는 수영장 가장자리 쪽으로 걸어왔다. 눈부실 정도로 밝은 태양 아래 하재의 상반신이 드러났다. 잘 다듬어진 탄탄한 근육이 보였다.

"그러니까 왜 갑자기 그런 짓을 해. 놀라서 몸을 비틀 수밖에 없잖아."

"어떤 짓?"

하재의 질문에 설아는 몸을 숙였다. 그리고 다가온 하재의 입술에 가벼운 키스를 했다.

"이런 짓."

"아닌데."

손을 뻗어 설아의 얼굴을 살짝 잡은 하재가 웃으면서 말했다.

"내가 한 짓은 이런 짓이야."

말과 함께 하재의 입술이 귓불에 닿았다.

하아…… . 또다시 하재가 귓불을 깨물자 입술에서 들뜬 신음소리가 흘러나왔다. 아무도 없는 공간. 둘만의 폐쇄적인 공간인 동시에 푸른 하늘이 보이는 야외라는 특이성이 가져다주는 신선함이 마음을 들뜨게 만들었다.

"그리고 이런 짓을 하려고 했었고."

말을 마친 하재는 문자 그대로 설아에게 덤벼들었다. 등 뒤에 차가운 바닥이 닿는다. 아니, 금방 일으켜졌다. 가슴에 하재의 가슴이 닿았다. 차가운 물기 때문에 오싹해졌으나 곧 냉기는 사라져갔다.

말캉한 혀가 입안을 더듬는 것이 느껴졌다. 가볍게 시작된 키스가 점점 더 깊어지고 농밀해진다. 하재의 손이 닿는 곳마다 뜨겁다. 육체는 그 어느 때보다 민감하게 들뜨기 시작했다. 눈부실 정도로 푸른 하늘이 두 눈 가득 들어왔다. 동시에 거칠면서도 달콤한 숨소리가 들린다.

모르겠다. 이곳이 어디인지 모르겠다. 입고 있던 쉬폰 원피스도, 머리에 걸치고 있던 선글라스도, 목에 걸고 있던 목걸이도. 모두 어디에 있는지 모르겠다.

그저 하재만이 느껴졌고 하재만이 존재했다.

몸과 몸이 엮이면서 마음과 마음이 하나가 되어 간다.

눈을 떠 보니 방 안 가득 저녁노을이 일렁거렸다. 마치 붉은 안개 속에 있는 듯한 기분. 눈을 깜박이면서 설아는 천천히 고개를 뒤로 젖혔다.

"일어났어?"

옆에서 약간 쉰 것 같은 하재의 목소리가 들렸다. 고개를 돌려 보니 오른손에 머리를 괸 채로 그녀를 바라보고 있는 하재가 보였다. 가볍게 숨을 들이마신 설아는 기지개를 쭉 폈다.

"몇 시야?"

"모르겠어."

"일어났으면 깨우지 그랬어."

"그러게."

그러게라고 말하면서 하재는 부드러운 손길로 설아의 머리카락을 귀 뒤쪽으로 넘겼다.

"밥은?"

설아의 질문에 하재는 피식 웃음을 터트렸다.

"너, 그거 알아?"

"뭐?"

"결혼한 여자가 남편에게 묻는 가장 많은 질문이 바로 '밥은?'이래."

"정말?"

"처음 들었을 때는 설마, 했는데. 너를 보니까 사실 같아. 너도 나를 볼 때마다 묻잖아. 밥은?이라고."

다정스러운 목소리가 귓가에서 간질거렸다.

"그런데 우리 둘 중에서 요리를 더 잘하는 사람은 누굴까? 서하재야. 우리 둘 중에서 실제로 요리를 하게 될 사람은 누굴까? 서하재. 우리 둘 중에서 아무것도 하지 않고 밥만 먹는 사람은 누구지? 유설아지. 상황이 이런데도 자꾸 밥은?이라고 묻고 싶어?"

"응."

설아는 웃으면서 고개를 끄덕였다.

"그래서 묻고 싶어."

"이해는 안 가지만."

벗고 있는 설아의 어깨 쪽에 살짝 입을 맞추면서 하재가 말했다.

"네가 그러고 싶으면 계속 물어봐도 돼. 그런데 배고파? 주문할까?"

"음……, 아냐. 고프긴 한데, 잠시만 이렇게 있자. 노을이 예쁘잖아."

방 안을 가득 메웠던 붉은빛 안개가 서서히 자줏빛으로 물들어 가고 있었다. 노을이 점점 더 찬란해져 가는 동안 설아와 하재는 아무 말 없이 풍경을 즐겼다. 드디어 노을이 완전히 사라지고 공기 중으로 코발트 빛의 어둠이 드리워졌다.

"역시 숙소를 풀빌라로 정하길 잘했어."

"그러게. 이런 시간도 같이 보낼 수 있고."

"다를 것 같은데."

설아를 뒤에서 꼭 껴안은 채 하재가 웃으면서 말했다. 하재가 말할 때마다 간질간질한 숨결이 머리카락을 스쳤다.

"응? 뭐가 달라?"

"내가 숙소를 풀빌라로 정하길 잘했다는 이유와 네 이유가 다를 것 같아서."

"어디가?"

"너는 이렇게 느긋하게 시간을 보낼 수 있어서 좋다는 거겠지만."

점점 밑으로 내려오는 하재의 숨결. 설아를 안고 있는 손에 힘이 들어간다.

"나는 다른 사람 눈치 보지 않고 너와 마음껏 시간을 보낼 수 있어서 좋다는 뜻이었어."

"그거 알아? 서하재, 너 점점 엉큼해지고 있어."

"틀렸어."

설아의 귀에 대고 하재가 속삭였다.

"나는 처음부터 엉큼한 놈이었어. 너만 몰랐을 뿐이야."

밝은 햇살에 눈을 떴다. 개운한 느낌. 어제 하재와 함께 침대로 돌아온 이후 계속해서 잤다. 장시간 푹 잤기 때문인지 머리까지 맑아지는 기분이다. 기지개를 쭉 편 설아는 천천히 자리에서 일어났다.

자고 있는 하재의 얼굴이 보였다.

이사회와 지씨 부자 문제를 처리하느라 푸석푸석하던 모습이 아니라 평온한 하재의 얼굴. 확실히 제주도로 오길 잘했다. 최소한 어제는 하재가 술을 마시지 않았으니까. 그것만으로 제주도 여행은 목적을 다 한 셈이다.

예성을 만난 이후로 하재는 잠을 제대로 자지 못한다. 밤새 뒤척이거나 아니면 술을 마신다. 잠을 잘 수 없어서 마시는 술. 설아는 조심스레 하재의 뺨을 손으로 쓸어내렸다. 하재가 술을 마시는 이유를 이해하지만 분노를 억누르기 위해서 술을 마시는 모습을 보고 싶지 않다.

"뭐 해?"

막 잠에서 깬, 잔뜩 쉰 목소리.

"왜 사람을 몰래 쳐다보고 있어?"

"몰래가 아니라 대놓고 쳐다보고 있었어."

설아의 대꾸에 하재는 피식 웃으면서 몸을 옆으로 돌렸다. 하재가 몸을 움직이자 이불이 젖혀지면서 탄탄한 가슴 근육이 드러났다. 그대로 하재는 손을 뻗어서 설아를 잡아당겼다. 휙 소리와 함께 설아는 하재의 가슴 위에 엎드리게 되었다. 자신의 가슴에 엎드린 설아를 꼭 안은 하재가 속삭였다.

"오늘은 이대로 있자."

"밥도 안 먹고?"

하재의 가슴에 턱을 올린 채로 설아는 말했다. 하재의 심장 소리가 들린다. 규칙적이면서도 따뜻한 심장 박동 소리.

"우리 어제 밥 이야기는 그만하기로 했던 거 아냐? 그리고 유설아. 너는 꼭 밥을 먹어야 사니?"

"밥을 먹어야 사냐니?"

몸을 일으킨 설아는 어이없다는 표정으로 말했다.

"그 대사는 서하재가 할 말이 아닌 것 같은데."

"옛날 서하재는."

하재는 말하면서 설아의 어깨를 붙잡았다. 빙글. 하재가 몸을 일으킨다 싶었는데 어느새 설아가 아래쪽에 깔리게 되었다.

설아의 위에 올라간 하재는 웃으면서 몸을 숙였다. 환한 아침 태양 아래 하재는 그 어느 때보다 아름다웠다.

매일 봐도 마음이 뛸 정도로.

남자답게 각이 선 턱선 아래로 잘 다듬어진 어깨 근육이 보였다. 자신의 몸을 구속하고 있는 남자의 허벅지 근육이 선명하게 느껴졌다.

"이제 그만 잊어 줘."

고개를 숙인 하재는 설아의 가슴에 입술을 가져다댔다. 알싸한 감각이 욱신거리며 다가온다.

"그렇다고 완전히 잊지는 말고. 누군가는 그 녀석을 기억해 줘야 하니까."

"알았어. 하지만."

설아는 점점 밑으로 내려가는 하재를 밀어냈다.

"오늘은 밖에 나가자."

"밖에?"

하재의 목소리에 불만이 가득했지만 설아는 깔끔하게 무시했다.

"응. 제주도잖아. 구경할 곳도 많고 먹을 것도 많을 거야."

"유설아."

몸을 돌려 침대에 털썩 드러누운 채로 하재는 투덜거렸다.

"너는 내가 왜 풀빌라를 빌렸다고 생각하는 거야? 하루 종일 여기서 뒹굴고 싶어서 빌렸다고 생각하지 않아?"

"그럼 너는 왜 내가 제주도까지 왔다고 생각하는 거야? 하루

346

종일 제주도의 하늘과 공기를 맛보고 싶어서였다고는 생각하지 않아?"

"못 해 봤는데?"

"그럼 이제부터 해 봐."

몸을 일으킨 설아는 침대 밖으로 나갔다.

"제대로 생각해야 할 거야. 나는 제주도 여행을 제대로 할 거니까."

"유설아!"

장난기 섞인 하재의 외침을 들으면서도 설아는 흔들리지 않았다. 욕실로 들어간 설아는 재빨리 씻고 화장을 시작했다. 어쩌면 하재의 말처럼 빌라 안에서 둘만의 시간을 보내는 것도 좋을지 모른다.

하지만 계속 둘만 있다 보면 과거의 그들이 보냈던 시간이 떠오를 것이다. 과거는 예성을 떠오르게 한다. 그건 싫기에 다른 방법을 택했다.

바쁘게 돌아다녀서 몸을 피곤하게 만들고 싶다. 예성을 생각할 겨를도 없게.

"난 준비 다 끝났어. 이제 옷만 입으면 돼."

말하면서 욕실 밖으로 나온 설아는 상반신은 벗은 채로 잠옷 바지만 입고 있는 하재와 마주쳤다. 팔짱을 낀 채 욕실과 마주한 기둥에 몸을 기대고 있는 하재는 못마땅한 얼굴이었다.

"왜?"

"……."

"할 말 있으면 해."

"정말 말해도 돼?"

"아니. 말하지 마."

"역시 말하지 말라고 할 줄 알았어."

"그만 투정 부리고 빨리 씻고 나와. 내 일정에 따르면 우리는 벌써 한라산 중턱에 올라가 있어야 해."

"내 일정에 따르면 우리는 지금 같이 풀장에서 수영을 하고 있어야 하는데. 심지어 오후에는 협력 업체에 가야 하는 거 알잖아. 그런데 굳이 오전 시간까지 밖에서 보내야 해?"

"오후에 협력 업체에 가야 하는 건, 협력 업체를 둘러봐야 한다는 이유로 제주도로 왔으니까 당연히 가야지. 그리고 오전 시간에 밖으로 나가야 하는 건, 내가 그렇게 하길 원하기 때문이야. 혹시 모르는 것 같아서 지금 확실히 말해 두겠는데."

하재에게 다가선 설아는 장난스러운 얼굴로 웃으며 말했다.

"나는 서하재 씨의 일정 따위는 전혀 관심 없어. 그리고 비서실에도 내가 일정을 모두 말해 뒀으니까 당장 씻고 나와."

비자림으로 향하는 내내 하재는 투덜거렸지만 막상 도착하자 입을 꾹 다물었다. 하재의 입을 다물게 할 만큼 비자림은 멋졌다. 푸른 하늘 아래 초록 숲은 평온함, 그 자체였다. 거대한 숲 속을 이리저리 수놓고 있는 오솔길을 따라 걷고 있자니 몸과 마음이 깨끗해지는 기분이다.

일요일이라서 그런지 울창한 숲의 오솔길을 걷는 사람들은 많았다. 가족 단위로 온 사람들 또는 친구들끼리 여행 온 사람들 사이로 설아와 하재는 손을 맞잡은 채 걸어갔다.

"어때? 풀장에서 수영하는 것보다 훨씬 좋지?"

"아니라고 말하고 싶지만 내 의견 따위는 전혀 신경 쓰지 않을 테니까, 좋다고 말할게."

"좋으면 좋다고 말해. 괜히 아닌 척하지 말고."

설아의 말에 하재는 미소를 지었다.

"그래. 좋아."

"이래서 내가 네 의견을 무시하는 거야. 어차피 내가 가장 좋은 걸 찾아낼 거니까. 아, 역시 편한 신발을 신고 오길 잘했다. 제주도에 있는 내내 계속 걷고 싶었거든."

"계속?"

"서울에서는 잘 걷지 않잖아. 밖에 자주 나가지도 못하는 상황이고."

설아의 말에 하재의 얼굴이 굳어졌다.

저번 납치 사건 이후 하재는 설아 홀로 밖에 나가는 것을 극도로 꺼려 했다. 물론 이사회도 끝났고 지 의원 문제도 대충 해결 되었지만 예성은 조금도 해결되지 않은 상황이다. 이 같은 시점에서 또 다른 납치나 해코지가 있을지 모른다는 걱정 때문에 하재는 안절부절못했다.

이번 제주도 여행만 해도 바로 옆에 사람들이 없을 뿐, 경호원들은 뒤쪽에서 은밀히 따라오고 있는 중이다.

설아는 미안해하는 하재의 손을 꼭 쥐었다.

"그런 얼굴 하지 마. 그냥 상황이 그렇다는 거니까. 대신 제주도에서 많이 걸으면 되는 거잖아. 경호원들은 싫어하려나? 그 사람들은 우리가 풀빌라에서 나오지 않는 게 제일 좋잖아."

"……미안해."

"그래. 너는 더 많이 미안해야 해."

하재의 사과에 설아는 농담으로 대꾸했다.

"지금 집보다 정원이 더 넓은 집을 샀어야지. 이게 다 민제하가 능력이 없어서 그런 거야."

"맞아."

설아의 농담에 하재도 웃으면서 받아쳤다.

"확실히 땅을 더 많이 사 뒀어야 했어."

"민제하가 능력이 있어서 제주도를 다 살 수 있으면 좋겠지만. 안타깝게도 그럴 수 없는 거니까, 고개 들고 제주도를 즐겨. 내가 제주도 맛집부터 시작해서 특이한 디저트를 파는 곳까지! 자세히 조사해 왔으니까, 나만 따라와. 경호원들은 우리가 이리저리 돌아다녀서 싫어하겠지만."

"알았어."

자신의 마음을 풀어 주기 위해서 노력하는 설아를 향해서 하재는 웃음을 지었다. 덧붙여서 한 가지 약속을 하는 것도 잊지 않았다.

"그리고 능력을 키워서 다음에는 더 큰 정원이 있는 집을 살게."

서로 농담을 주고받는 사이에 비자림의 오솔길은 끝났다.

풍성하던 초록의 세상에서 다시 파란 하늘 아래로 나온 느낌이다. 잠시 맑은 공기를 즐기던 설아는 앞으로 손을 쭉 뻗었다.

"좋아. 이제 회부터 먹으러 가자."

"회?"

"응. 내가 미리 조사해 뒀다고 했잖아. 근처에 아주 맛있는 횟집이 있대. 블로그를 찾아보니까 그 집 회를 먹지 않으면 제주도에 왔다고 할 수 없을 정도라네."

"알았어. 가자."

맛집 조사는 충분히 했지만 간과한 것이 하나 있었다. 그건 바로 자신들처럼 맛집을 검색해서 오는 또 다른 손님들이었다. 주차장에 잔뜩 늘어선 차들과 입구 쪽에 늘어선 줄을 본 설아는 한숨부터 내쉬었다.

"실수야. 생각을 잘못 했어. 내가 먹고 싶다면 다른 사람들도 먹고 싶은 게 당연한데."

"그러게."

하재는 줄지어 늘어선 사람들을 보면서 고개를 저었다.

"아무래도 점심으로 먹는 건 힘들겠어. 2시가 넘었는데도 사람들이 줄지어서 기다리고 있잖아. 어떻게 할래? 다른 곳으로 갈까? 아니면 끝까지 기다릴래?"

"휴."

설아는 다시 한번 한숨을 내쉬었다. 기다리려면 기다릴 수 있겠지만 그러기에는 지금까지 먹은 게 별로 없어서 배가 고프다. 잠시 고민한 설아는 고개를 살래살래 저었다.

"아무래도 오늘은 포기해야겠다."

"오늘은?"

"응. 여기서 계속 기다리고 있기에는 너무 배고파. 일단 오늘은 다른 걸 먹고 내일……."

내일 다시 오자고 말하려는데 식당에서 웬 남자가 급히 나왔다. 어디서 본 듯한 인상을 가진 남자는 뭐라고 중얼거리면서 빠르게 걸어왔다. 기다리는 사람들로 가득 찬 공간인데도 불구하고 남자는 다른 이들을 피할 생각 없이 무작정 앞으로만 걸었다.

"사람을 우습게 보고 있어!"

빽 소리를 지른 남자가 막 몸을 돌리려는 설아와 강하게 부딪쳤다.

"아야!"

설아의 입에서 소리가 나오자 하재의 표정이 싹 변했다. 그러나 남자는 하재와 설아를 돌아보지도 않는 채 뛰어갔다.

"이봐!"

하재가 남자를 부르자 설아가 만류했다.

"됐어. 괜찮아. 그냥 살짝 부딪친 거잖아."

"그래도……."

"아유. 죄송해요. 괜찮아요?"

사과를 한 사람은 이미 자리를 떠난 남자가 아니라, 남자를 급히 따라 나온 중년 여성 두 명이었다. 파마머리를 한 여자가 설아에게 대신 사과했다.

"우리 집에서 일하는 사람인데 지금 좀 바빠서. 죄송합니다. 어디 다치신 곳은 없으시죠?"

"네. 괜찮습니다."

하재의 대답에 안심한 여자는 입술을 내밀고 뒤따라 나온 사람에게 투덜거렸다.

"아, 진짜. 부탁해서 받아 줬더니. 이거, 뭐. 일을 제대로 하는 게 하나도 없어. 번호표 관리 하나도 못하고."

"됐어. 어쩌겠어. 옥분 언니 부탁이잖아. 그런데 손님들. 번호표 드릴까요?"

"아뇨. 괜찮아요."

설아가 손을 저었다.

"아무래도 여긴 내일 다시 오는 게 낫겠다. 미리 예약해 둘 수 있어요?"

"아……, 죄송해요. 아무래도 우리가 손님들이 밀리다 보니까 예약은 안 됩니다. 그래도 내일은 월요일이니까 한산할 거예요. 내일 다시 오세요."

"네."

식당 종업원과 이야기를 마친 설아는 하재의 손을 잡았다. 남자는 사라진 지 오래지만 하재의 시선은 여전히 설아의 어깨 쪽에 향해 있었다.

"그런 표정 짓지 마. 그냥 살짝 부딪친 거야."

"……."

"정말 괜찮아. 이제 우리 빌라로 돌아가자."

"드디어 돌아가는구나."

"드디어? 무슨 의미의 드디어야?"

"어떤 의미라고 생각해?"

"엉큼한 서하재와 어울리는, 드디어 같은데."

세워 둔 렌터카로 향하면서 하재가 답했다.

"엉큼하지는 않아. 내가 말한 드디어는, 이제야 드디어 빌라로 들어가서 오붓하게 둘만 있게 된 거냐는 뜻이니까."

"지금까지 계속 둘이 같이 있었잖아. 그보다 음식 재료를 좀 사 가자. 빌라에서도 간단한 요리를 할 수 있으니까. 하루 종일 굶을 순 없잖아."

"간단한 요리?"

"응. 빨리 먹을 수 있지만 배가 부른 맛있는 요리."

"그게 어떤 요리야?"

설아는 하재의 질문에 어깨를 으쓱거렸다.

"나야, 모르지. 어차피 요리를 할 사람은 내가 아니라 서하재인걸."

"알겠어."

하재는 웃으면서 고개를 끄덕였다.

오늘따라 하재가 많이 웃고 있다. 왜 하재가 웃는지 알기에 설아도 열심히 같이 웃었다. 조그마한 일에도 즐거운 것처럼 깔깔거리고 있다. 계속 즐거운 척하다 보면 잠시라도 그 마녀의 그림자를 잊을 수 있으니까.

오늘 비자림을 산책한 이유 중에는 경치 구경도 있지만 많이 움직이기 위한 이유도 있다. 육체를 움직이다 보면 예성의 존재를 잊을 수 있을 것 같아서였다. 설아가 육체를 혹사하는 방법을 택했다면 하재는 웃음으로 예성을 떨치려고 하는 중이다.

웃다 보면 정말 예성이 그들의 곁에서 사라지기라도 하는 것처럼.

빌라로 돌아가는 길은 멀지 않았다. 그러나 안으로 들어가는 길은 험난했다. 빌라 앞에 누군가가 서성거리고 있었다. 고개를 숙인 채, 이리저리 왔다 갔다 하는 사람은 바로 아영이었다. 아영의 얼굴을 확인한 하재의 표정이 싹 굳었다. 하재는 순식간에 딱딱하고 예의 바른 제하의 모습으로 변했다.

"먼저 들어가 있을래?"

"넌?"

"아직 포기하지 않고 있는 것 같으니, 돌아가는 상황을 제대로 알려 줘야지."

"……."

"너를 공격한 놈들은 지준표의 사주를 받았어. 과거 그놈이 너에게 무슨 짓을 했는지 잊지 마. 그러니까 저들을 동정할 필요 없어."

"잊지도 않았고 동정하지도 않아."

설아는 담담한 눈으로 하재를 바라봤다.

"그냥 네가 저 여자와 대화를 나누는 게 싫을 뿐이야."

질투 섞인 설아의 말에, 혹시라도 설아가 자신을 만류하려는 것은 아닐까라고 우려하던 하재의 얼굴이 부드럽게 펴졌다.

"걱정하지 마."

"알아. 내가 걱정할 일 같은 건 벌어지지 않을 거라는 거. 하지만 그래도 싫은 건 싫다고 말하고 싶었어."

차에서 내린 설아는 초조한 얼굴로 서성이는 아영을 스쳐 지나갔다. 그런 설아를 무시무시한 눈으로 노려보던 아영은 하재가 다가오자 표정을 싹 바꿨다.

"제하 씨!"

하재에게 쪼르르 뛰어간 아영은 눈물을 글썽거렸다.

"제하 씨. 이사회는 어떻게 된 거야. 왜 그런 식으로 제민에게 다 넘긴 거야? 유성그룹이 지금처럼 성장한 이유에 대해서 모르는 사람은 한 명도 없어! 모두 다 제하 씨가 고생해서 키운 거잖아. 그걸 왜 제민에게 넘겨? 민 회장의 친손자라서?"

아영은 하재의 팔을 붙잡았다.

"자기는 그깟 친손자보다 훨씬 더 능력 있고 뛰어난 사람이야! 그러니까 지금 당장 서울로 가서 민 회장 만나자."

"만나서? 회장님에게 그룹을 나에게 넘기라는 말이라도 하라는 거야? 이미 이사회는 끝났어."

"그럼 이대로 제민에게 다 뺏길 작정이야?"

"그보다 너, 여기를 어떻게 알고 왔어?"

하재의 질문에 아영은 머뭇거렸다. 그 모습을 지켜보던 하재의 눈이 날카로워졌다.

"내 비서진들이 입을 열지 않았을 테고. 그렇다면 사람을 붙였다는 건데. 네가 그 정도로 뛰어난 사람을 고용할 능력은 없을 테니. 틀림없이 다른 누군가가 붙었다는 거로군. 누구야, 그 사람?"

"……."

"말해. 누구야?"

"그게 중요해? 지금 우리 인생이 송두리째 흔들리게 생겼는데! 이곳을 알려 준 게 누구냐는 게 그렇게 중요해?"

"중요해. 그러니까 말해."

연이은 다그침에도 불구하고 아영은 말하지 않았다. 하재는 그런 아영에게 차가운 목소리로 읊조렸다.

"됐어. 네가 말하지 않아도 누군지 알 것 같으니까."

"……."

"박예성이겠지."

하재가 예성의 이름을 말하자 아영의 두 눈이 동그래졌다.

"어…… 어떻게 안 거야?"

역시 예성이다. 예성이 개입되었다는 것을 확인한 하재는 어금니를 꽉 깨물었다. 제주도로 왔다고 해서 예성을 떨칠 수 있을 거라고는 생각하지 않았다. 하지만 이런 식으로 자신들을 상처 입히기 위해서 노력하는 예성과 만날 때마다 가슴 한구석이 시커멓게 변색되는 것 같다.

"제하 씨."

기도하듯 두 손을 깍지 낀 아영은 호소력 짙은 목소리로 말했다.

"누가 알려 줬는지는 중요하지 않은 거잖아. 나는 다른 일에는 신경 쓰고 싶지 않아. 제하 씨도 그렇잖아. 우리 다시 시작하자. 응? 이번에는 정말 제대로 할 수 있을 거야. 제하 씨도 나를 사랑하잖아."

"하아. 지아영."

하재는 고개를 절레절레 저으면서 말했다.

"아무리 이기적이고 철없다고 할지라도 이 정도까지인 줄은 몰랐는데. 내 삶에서 예상을 뛰어넘는 유일한 인간이 있다면 바로 너일 거야."

"제하 씨!"

"그룹 일은 네가 관여할 사안이 아냐. 그러니까 입도 벙긋 하지 마. 또 너와 나는 이미 끝난 인연이야. 받아들이고 사라져. 나는 이만 들어갈게. 설아가 기다려."

하재가 설아의 이름을 꺼내자 아영의 얼굴이 분노로 인해서 붉어졌다. 그러나 아영은 평소와 달리 금방 발끈하지 않았다.

"기다려요! 제하 씨, 제발."

입술을 꼭꼭 깨물던 아영은 중대한 비밀을 말하는 것처럼 불안한 얼굴로 입을 열었다.

"제하 씨, 지금 아빠가…… 조금 상황이 안 좋아."

"……"

"그러니까 제하 씨가 조금만……, 응? 조금만 도와주면 아빠도 고마워할 거야. 그러면 아빠도 제하 씨를 반대하지 않을 거야. 나중에 아빠가 제하 씨를 밀어주면 다시 유성그룹을 가질 수 있게 되는 거잖아. 결국 우리 모두 행복해질 수 있어."

"내가 왜 그렇게 해야 해?"

"왜 그렇게 해야 하냐니? 무슨 말을 그렇게 해? 우리 관계를 떠올려 봐!"

"우리 관계? 어떤 관계?"

"제하 씨!"

아영의 목소리에 하재는 한숨을 쉬었다. 지금 이 순간만큼은 아영에 대한 짜증이 예성에 대한 증오를 뛰어넘었다.

"네가 지금 말하는 우리 관계. 처음부터 어긋난 사이였었고 그런 관계가 끝난 지도 꽤 오랜 시간이 지났어."

"시간이 지났다는 건 알아! 하지만 다시 시작할 수 있는 거잖아."

"다시 시작? 왜?"

하재의 반문에 아영은 주춤거렸다.

"너는 여전히 떼를 쓰면 모든 게 통할 거라고 생각하는구나. 그런 건 네 아버지에게나 해. 알겠어? 또 네가 인지하지 못하고 있는 것 같아서 똑똑히 말하는데. 나는 이미 결혼했어. 네가 아닌 다른 여자와."

"그 결혼! 나 때문에 마음이 상해서 한 거잖아!"

"너 때문에 내가?"

하재는 비웃음을 터트렸지만 아영은 뒤로 물러나지 않았다.

"정말 제하 씨까지 왜 이러는 거야?! 옛날을 떠올려 봐. 우리가 얼마나 행복했었는지 기억해! 다들 우리가 잘 어울리는 커

플이라고 말했었잖아. 그때 제하 씨가 나에게 얼마나 잘해줬었는지 기억해 봐!"

"내가 그걸 기억한다고 해서 달라지는 거 있어?"

"제하 씨!"

"너는 즐거웠을지 모르지만 나는 변덕스럽고 이기적이고 철없는 네 성질 맞춰 주느라 힘들었었어. 정말 역겨울 정도로 끔찍한 시간들이었지."

하재의 말에 아영은 진심으로 상처 입은 표정이 되었다. 그러나 아영은 포기하지 않았다.

"아버지는 다시 재기할 거야!"

"……."

"그때 후회하지 말고! 선택 잘해야 할 거야! 아버지가 가만히 있을 것 같아? 아니. 완전히 박살 내 버릴 거야! 제하 씨. 자기도 알잖아. 우리 아버지가 어떤 사람인지."

"그래. 알지. 잘 알지."

진태의 성격을 잘 안다는 하재의 말에 아영의 얼굴이 활짝 밝아졌다. 한 발 다가온 아영은 끈적이는 손길로 하재의 팔을 슬쩍 어루만졌다.

"아빠가 이번 난관만 잘 헤쳐 나가면 그다음은 어디인지 알지? 대통령이야. 제하 씨. 자기가 그렇게 원하던 대통령."

"방금 조금 놀랐어."

"뭘?"

"네가 난관이라는 단어를 알고 있다는 점에 대해서."

하재의 비웃음에 아영의 얼굴이 새빨갛게 달아올랐다. 결국 성질을 억누르지 못한 아영은 주먹을 꽉 쥔 채로 바들바들 떨었다.

아영의 인생에서 이런 경험은 처음이었다.

지금까지 누구나 그녀에게 친절했다. 그리고 그건 당연한 일이었다. 자신은 예쁘고 어리고 부자다. 무조건적인 사랑을 주는 국회의원 아버지까지 있다. 마땅히 모든 사람이 그녀에게는 친절하고 상냥해야만 했다.

그런데 갑자기 아버지는 모함을 당했고 오빠는 구속되었다. 동시에 지금까지 고개를 숙이면서 살랑거리던 사람들이 일제히 자신을 모르는 척하고 있다.

아니, 모르는 척이 아니라 대놓고 무시하고 있는 중이다.

지난 며칠간의 일을 떠올리던 아영의 뺨이 붉어졌다. 억울하고 분한 눈물이, 아영의 눈가에 맺혔다.

"적당히 해⋯⋯. 아빠가⋯⋯."

"사실 얼마 전까지는 너에게는 별 큰 악감정은 없었어. 필요에 의해서 만났던 시간이 끔찍할 정도로 싫었지만. 네가 딱히 나에게 큰 잘못을 한 적은 없었으니까. 하지만."

하재의 목소리가 싸늘해졌다. 아영으로서는 처음 보는 하재의 냉랭함이었다. 차갑다 못해 자신을 경멸하는 시선을 한 하재를 마주한 아영은 뒤로 한 발 물러났다.

"너도 관여되어 있지? 네 오빠가 한 짓."

"지, 지금⋯⋯ 무, 무슨 말 하는지 모르겠어."

"몰라? 정말?"

하재가 한 발 더 다가섰다. 침을 꿀꺽 삼킨 아영이 한 발 뒤로 물러났다. 그러고는 순수하고 결백한 얼굴로 말했다.

"저……정말 모, 모르는 일이야."

"상관없어."

한 발 더 아영 쪽으로 다가간 하재는 경멸 어린 시선으로 상대방을 노려봤다. 위압적인 하재의 태도에 아영은 어쩔 줄 몰라 했다.

"제, 제하 씨."

"네가 모르는 일이라고 해도 상관없고, 알고 있는 일이라고 해도 상관없어. 감히 설아를 건드린 일에 대한 대가를 치르게 될 테니까. 후회한다고 잘못했다고 빌어도 소용없어. 유성의 민제하가 어떤 사람인지, 제대로 보여 줄 테니까."

"도대체 왜 이러는 거야!"

아영의 입에서 억울한 울음이 터져 나왔다.

"내가 뭘 잘못했다고 이러는 거야?! 우리 사랑했었잖아! 그리고 지금도 사랑하고 있잖아."

"지아영. 왜 이렇게 이상하게 굴어? 나는 너를 사랑한 적 한 번도 없었어. 그리고 너도 나를 사랑한 적 없었고. 너에게 있어서 나는 그럴싸한 남자였고, 나에게 있어서 너는 도구였을 뿐이야."

"……."

"그리고 네가 나를 버리고 제민을 선택했을 때. 나는 너에 대해서 약간, 정말 아주 약간 남아 있던 죄책감도 떨쳐 버렸어. 그러니까 두 번 다시 사랑 운운하지 마. 아무리 개나 소나 사랑한다고 말해도, 네 입에서 나올 단어는 아니니까."

"우리 아빠가 다시……."

"몇 번 말해야 알아들어? 네 아버지. 절대로 재기 못 해. 내가 그동안 네 아버지를 꺾어 내기 위해서 얼마나 노력했는데."

"……뭐?"

아영의 두 눈이 동그래졌다.

"못 들었어? 다시 말해 줄게. 내가 민제하가 된 이후로 네 아버지를 제거하기 위해서 얼마나 노력했는지 똑똑히 말해 줄게. 네 아버지를 무너뜨릴 약점을 찾기 위해서 너와 사귀었다는 말까지 해야, 이해할 수 있겠어?"

"지, 지금 이게 다 무슨 소리야?"

"이기적이고 어리광이 심한 건 알고 있었지만 머리까지 나쁠 줄은 몰랐다. 네 아버지를 몰락시킨 사람은 나야. 알겠어? 너희 집안은 다시 일어나지 못해. 그러니 열심히 살아. 지금까지 사람들은 너에게 고개 숙인 게 아니라 네 집안에 고개를 숙였던 거니까. 모두 다 가졌기 때문에 세상 살기 편했던 거잖아. 다시 말해서 지금부터 세상 살기 힘들어질 거야."

아영의 입술이 달달 떨렸다.

"무, 무슨 말을 하는 거야? 지금?"

"네 아버지만이 아니라, 네 오빠의 마약에 대한 제보를 한 사람도 나야. 그 정보를 넘겨준 사람은 제민이고. 그래서 내가 이사회에서 제민에게 양보한 거야."

"아…… 아…… ."

"이제 너도 돌아가는 상황을 이해했을 테니까. 그럼 안녕. 잘 가."

하재는 거친 숨을 내쉬는 아영을 지나쳤다. 그러나 하재가 빌라 안으로 들어가기 전에 아영이 빽 고함을 질렀다.

"그럼 나는 어떻게 해?!"

"……?"

"제하 씨가 아빠하고 악감정이 있는 건……, 그래! 그럴 수 있어. 오빠 일도 문제가 있었겠지! 하지만 나는 그런 일은 몰라. 알고 싶지도 않고! 나와는 상관없는 일이잖아! 나는 이제부터 어떻게 해?!"

아영은 두 발을 동동거리면서 울부짖었다.

"아빠와 관계된 문제는 아빠하고 풀어! 나하고는 상관없는 일이잖아! 나는 이제 어떻게 해? 당장 내 빌라 월세부터 내줄 사람도 없잖아!"

"그 정도 나이가 되면."

하재는 분노를 억누른 채 말했다.

"네 일은 네가 알아서 해. 언제까지 다른 사람에게 징징거리기만 할 거야?"

"질투야? 지금 질투하는 거냐고! 내가 제민을 택했기 때문에 그런 짓까지 한 거야?! 그래서 우리 집안을 엉망으로 만든 거냐고!"

새파랗게 질린 얼굴로 파들거리며 떨던 아영의 입에서 나온 말은 질투였다.

"정말이지, 너는 끝을 봐야 포기할 타입이구나."

"……."

"지아영. 내 이름은 민제하가 아니라 서하재야. 그리고 다시 한 번 더 말하지만 나는 너를 사랑한 적 없어. 또 너하고 좋았던 적도 한 번도 없었고. 늘 다른 여자 생각했었어. 그래야 간신히……."

짝! 하재의 뺨이 오른쪽으로 돌아갔다. 있는 힘껏 하재의 뺨을 때린 아영이 분노에 가득 차서 말했다.

"나쁜 놈……."

"왜 내가 나쁘다는 말을 들어야 하는지 모르겠지만 이걸로 널 떼 버릴 수 있다면 가벼운 거겠지. 그래. 내가 나쁜 놈 하자."

"난!"

"입 다물어, 지아영!"

아영을 향해서 하재는 거의 으르렁거리는 것처럼 말했다.

"이제부터 네 인생은 전혀 다르게 흐를 테니까! 그리고 모르는 일이었다고 우기지 마. 나는 틀림없이 너도 개입되어 있을 거라고 확신해. 다시 한번 더 말하지만 너는 이제부터 죽을 때까지 후회하게 될 거야. 유성의 민제하. 어떤 놈인지 많이 들어봤잖아."

아영에게 경고를 한 하재는 발걸음을 옮겼다.

빌라 안으로 들어간 하재는 짜증스러운 한숨을 내쉬며 휴대전화를 꺼내 들었다.

피곤하다. 아영과의 시간은 늘 지긋지긋했고 피곤했다. 그나마 이번이 마지막이 될 수 있다는 것이 유일한 위안이다.

— 무슨 일이십니까, 이사님?

"서 비서. 지금 제민이나 다른 이사들은 뭘 하고 있어?"

— 그다지 큰 움직임은 없습니다. 이사님이 양보⋯⋯하신 걸로 일이 끝났다고 생각하고 있는 듯합니다.

"알겠어. 그럼 지 의원 쪽은?"

— 대충 마무리되어 가고 있는 중입니다. 기자들에게 계속해서 정보를 넘기고 있습니다. 검찰에서도 워낙 이슈가 되었던 사안과 연결되어 있는지라 빨리 움직이고 있는 중입니다.

"좋아. 그리고 지아영 측에서 유성에 관해서 말 나올 수 있는 건 죄다 차단시켜."

— 지아영요?

"그래. 아직까지 상황 판단을 못 하고 지아영에게 금전적인 도움을 주려는 유성 쪽 인간이 있으면 정신 차리게 해."

— 네.

"그리고⋯⋯."

그리고라는 말을 한 뒤 하재는 머뭇거렸다. 그러나 하재의 머뭇거림을 알아차리지 못한 상대방이 먼저 입을 열었다.

— 명하신 대로 박예성 씨에 대해서는 계속 사람을 붙여 놓고 있는 중입니다. 지금까지 별다른 움직임은 없었습니다. 지 의원이 수사받기 시작하자 박예성 씨는 그쪽 집안과는 아예 인연을 끊은 듯 보입니다.

"알겠어. 그런데 그쪽 변호사는 서류를 보냈나?"

— 아닙니다. 아직.

전에 만났던 예성의 기세로 봐서는 이미 서류가 도착하고도 남아야 할 시간이다. 왜 머뭇거리고 있는 거지?

— 이사님. 그쪽에서 어떤 공격을 하든지 모두 막을 수 있습니다. 몇 번이나 법리 검토를 했지만 승산은 우리에게 있습니다.

"알아. 나도 우리가 이길 거라는 걸. 하지만 조심해야 해."

법으로만 따진다면 지지 않는다. 반드시 이길 수 있다. 그러나 상대방은 박예성이다. 예성은 마지막의 마지막까지 포기하지 않을 것이다. 그림을 가질 수 없다면 상대방의 목숨 줄을 끊어 놓을 인간이다. 그리고 그 목숨 줄은 자신이 아니라 설아가 될 가능성이 높다.

— 알겠습니다.

전화를 끊은 하재는 하늘을 올려봤다. 며칠 뒤 서울로 돌아가게 되면 본격적으로 예성과 맞상대를 해야 한다. 그 끔찍한 여자가 자신을 아들이라고 부르면서 친근한 척하는 모습을 참아 내야 한다.

할 수 있을까? 오랜 세월 자신이 계획했던 복수는 민제하로 행하는 것이었다. 그런데 예성이 자신의 정체를 알아차렸으니 그 계획은 모두 수포로 돌아갔다. 민제하가 아니라, 서하재로 예성의 앞에 선다는 상상만으로 온몸이 발가벗겨진 기분이다.

과연 민제하가 아닌 서하재로서 예성을 이길 수 있을까?

자신이 가진 무기는 오직 하나 〈백설 공주를 위하여〉밖에 없다. 할 수 있을까? 설아를 지키면서 예성을 공격할 수 있을까?

하재는 주먹을 꽉 쥐었다.

"하재?"

안쪽에서 설아의 목소리가 들렸다. 설아의 조심스러운 목소리에 하재는 얼굴 표정을 부드럽게 바꿨다.

"하재야? 너야?"

설아의 목소리가 재차 들리자 하재는 웃는 얼굴로 성큼성큼 걸어 들어갔다.

"응. 나야."

빌라의 주방 쪽으로 걸어간 하재는 식탁과 싱크대 위를 둘러봤다.

"아, 배고프다. 쌀 씻었어?"

"대충 요리할 준비는 해 뒀어. 그런데 지아영은?"

사 온 재료를 다듬으면서 설아는 무심한 어조로 물었다. 그 안에 담겨 있는 감정들까지 무심하지는 않았지만 하재는 담담하게 답했다.

"갔어."

"정말? 정말 간 거야?"

"응. 뭐. 저 앞에 하루 종일 서 있을 여자는 아니잖아. 그리고 알아듣게 말했어."

하재는 알아듣게 말했다고 했으나 설아의 얼굴은 개운하지 않았다. 그런 설아를 보던 하재가 씩 하니 웃었다.

"진짜 제대로 말했으니까 걱정하지 마. 이 정도로 말했는데도 알아듣지 못하면 이후에 벌어질 일은 지아영이 감당해야겠지."

"그래도 지아영은 알아듣지 못할 것 같은데."

"나도 그럴 거라고는 생각해. 하지만 내가 할 수 있는 일은 여기까지야."

"알았어."

설아는 고개를 끄덕였다.

아마도 이제부터 아영의 삶은 가시밭길이 될 것이다. 딱히 그들이 훼방을 놓거나 방해하지 않아도 같은 결과일 것이다. 이기적이고 철없는 아영은, 처음으로 그녀에게 냉담한 세상과 마주하게 될 테니까.

그리고 그 세상은 생각보다 훨씬 더 잔혹하고 비정할 것이다.

"그런데 하재야. 뭘 만들 거야?"

"된장찌개와 애호박전? 그리고 햄하고 고등어도 굽고."

"좋아. 그렇게 먹자."

밥 먹고 잠시 쉰다는 게 그만 잠이 들었나 보다. 눈을 떠 보니 한밤중이다. 도대체 몇 시간이나 잔 거지? 여전히 눈꺼풀이 무겁다. 다시 잠을 자려고 몸을 옆으로 돌리던 설아는 비어 있는 옆자리를 발견했다.

없다. 하재가 없다.

요즘 눈을 떠 보면 하재가 옆에 없는 경우가 많다.

자리에서 일어난 설아는 시계부터 찾았다. 새벽 2시 50분.

이런 시간에 하재는 어디에 있는 거지? 가운을 걸친 설아는 하재를 찾아서 방을 나갔다.

하재는 풀장 옆에 마련되어 있는 의자에 앉아 있었다. 밤하늘을 보고 있나 싶었는데 탁자에 놓여 있는 술잔이 보였다. 하재가 술을 마시고 있는 사실을 알아차린 설아의 발걸음이 느려졌다.

아무리 아닌 척해도, 아무리 즐거운 척해도 예성의 존재를 외면할 수 없다.

예성을 피해서 도망쳐 온 이곳에서조차 그들은 그 마녀로부터 자유로울 수가 없다.

설아의 발소리를 들은 하재가 입을 열었다.

"일어났어?"

"응. 왜 혼자 있어? 나를 깨우지."

"깨우고 싶었는데 너무 곤하게 자더라."

설아는 하재의 옆에 앉았다.

검은 하늘에서는 별들이 빛나고 있었다. 장엄한 광경에 말없이 하늘을 올려다보던 설아가 천천히 입을 열었다.

"하재야. 나중에 사막에 별 보러 가자."

"별?"

"응. 사막에. 고비나 아라비아 사막 같은, 그런 곳."

사막이라는 설아의 말에 하재는 몸을 일으켰다.

"별을 보기 위해서 사막에 가자고? 그렇게 멀리?"

"응."

"시간도 오래 걸리고 피곤하고 힘들 텐데? 그런데도 겨우 별을 보자고 사막에 가자는 거야?"

"서하재. 인생에서는 말이야."

말하면서 설아는 몸을 일으켰다. 그러곤 의자에 앉아 있는 하재의 다리 위로 걸터앉았다.

"때로는 굉장히 무의미한 일을 엄청나게 많은 시간과 노력을 들여서 해 볼 필요도 있는 거야."

"……너, 정말 유설아 맞아?"

"맞아."

얼굴을 마주한 채로 설아는 하재를 꼭 껴안았다.

"하재야. 우리 꼭 사막에 가자. 일을 다 마치고."

"알았어."

알겠다고 말하면서 하재는 설아의 어깨를 부드럽게 쓰다듬었다. 고개를 살짝 옆으로 돌린 설아는 하재의 손등 위에 가볍게 입을 맞췄다.

"하재야. 술 많이 마시지 마."

차마 술을 마시지 말라는 말은 할 수 없었다. 예성의 존재가 하재에게 어떤 의미인지 알기에, 그저 많이 마시지만 말라는 말밖에 할 수 없다. 지금 하재는 술의 힘이라도 빌려야 견딜 수 있는 상황이다. 술을 많이 마시지 말라는 설아의 말에 하재는 조금 어색한 미소를 지었다.

"조금 마셨을 뿐이야."

"알아. 그래도 많이 마시지는 마."

설아는 부드럽게 하재의 뺨에 입을 맞췄다.

"이제 자러 가자. 그리고 내일은 오늘 못 먹은 회를 먹으러 가자. 거기 갈치회가 그렇게 맛있대."

명랑한 목소리로 설아는 하재를 침대로 이끌었다.

은밀하면서도 들뜬 밤의 시간이 하재에게 조금이나마 평온함을 주길 바라면서.

다행히 월요일인 데다가 점심시간보다 조금 이른 시간이라서 그런지 음식점에는 생각보다 사람들이 적었다. 덕분에 하재와 설아는 탁 트인 2층 창가에 자리 잡을 수 있었다.

"뭐 먹을래?"

하재가 메뉴판을 내미는데 2층으로 우르르 단체 손님들이 들어왔다. 각양각색의 분위기를 지닌 단체 손님들은 조금 떨어진 곳에 자리를 잡고 앉았다. 나이 대가 조금 있는 단체 손님들은 조용조용한 목소리로 이야기를 나누기 시작했다.

"음."

단체 손님들에게서 시선을 돌린 설아는 메뉴에 신경을 집중했다.

"무슨 회를 먹을까? 제주도니까 다금바리? 아니면 이 집이 갈치회가 유명하니까 갈치회를 시킬까? 고등어회도 있네. 여태까지 고등어회는 먹어 본 적이 없는데……."

"그럼 맛볼 수 있게 다 시킬까?"

다 시키자는 하재의 말에 설아는 눈을 찡그렸다.

"다 시킨다고? 낭비야, 그건."

"그래도 자주 올 수 있는 건 아니잖아."

"민제하 씨. 자주 올 수 없다고 다 시키는 건 낭비예요. 돈 많다고 마구잡이로 쓰면 패가망신해요. 겨우 밥 한 끼 먹는 걸로 리스크니 뭐니 같은 헛소리를 지껄이실 거면 입 다무세요. 아시겠어요?"

"아……."

설아가 민제하 씨라고 부르며 존댓말을 쓰자 하재는 주춤거렸다.

"겨우 두 명이서 무슨 갈치회에 고등어회까지 시켜요? 심지어 다금바리까지."

"알았어. 네가 시키고 싶은 대로 시켜. 그런데 이제 존댓말은 그만하는 걸로 하자."

"왜?"

"네가 민제하 씨라고 부르면서 존댓말을 할 때마다 커피가 타고 싶어져."

하재의 농담에 설아는 피식 웃었다.

"그럼 우리 뭐 시키는 거야? 다금바리? 갈치? 고등어?"

"다금바리."

설아는 깔끔한 목소리로 메뉴를 정했다.

"그리고 멍게도 추가. 나는 멍게가 좋아."

"알았어. 그럼 그렇게 시킬까?"

"너는? 너는 뭘 더 먹고 싶어?"

"나는 다 괜찮아."

설아는 다 괜찮다고 말하는 하재를 흘깃 쳐다봤다. 설아의 시선을 느낀 하재가 물었다.

"왜?"

"아니. 그냥 서하재. 너, 그거 알아?"

여전히 시선을 메뉴판에 고정한 채 설아가 담담히 말했다.

"너, 요즘 싫다는 말이 없어. 내가 먹자고 하면 알았어. 내가 이거 하자고 하면 알았어. 무조건 알겠다는 말밖에 안 해."

"아까 더 시키자고 했잖아. 그러니까 그건 낭비라며."

"그건 낭비가 맞으니까."

"그럼 내가 고분고분한 게 마음에 안 든다는 거야?"

"마음에 안 든다기보다는."

메뉴판을 내려놓은 설아는 장난스레 웃었다. 그러나 속마음은 조금 어두웠다. 최근 뭐든지 자신에게 맞춰 주려고 하는 하재가 불안하다. 하재에게 자신이 어떤 존재인지 알고 있기에 두려워진다.

혹시라도 자신의 존재가 하재에게 짐이 되면 어쩌나 하는 불안감.

"요컨대 남녀 사이에는 적당한 밀당이 조미료라는 걸 말하는 중이야. 그런 의미에서 반항 좀 해 봐."

"반항?"

뜬금없는 요구를 하는 설아를 보면서 하재는 웃기만 했다.

"응. 너무 심하게는 하지 말고. 적당하면서도 귀여운 반항. 아까처럼 과도한 낭비는 반항이 아니라, 돈 자랑이야."

"네가 원하는 귀여운 반항이 어떤 건데?"

"나는 다금바리가 싫어요! 나는 고등어회가 좋아요! 또는 나는 멍게가 싫어요! 나는 해삼이 좋아요. 뭐, 그런 반항?"

"꼭 반항을 해야 해?"

말하면서 하재는 메뉴판을 쥐고 있는 설아의 손을 꼭 잡았다.

"우리 사이에 그런 밀당이 필요했던 거야?"

탁.

그때였다. 직원이 거친 손길로 물 잔과 물병을 탁자 위에 내려놓았다.

"뭐 먹을 건데요?"

거친 손길만큼이나 퉁명스러운 말투. 절로 눈살이 찌푸려졌다. 하재 역시 마찬가지였는지 못마땅한 얼굴로 종업원을 바라봤다. 그러나 가벼워 보이는 종업원은 자신의 태도가 문제라는 것을 전혀 인지하지 못한 듯했다. 어딘지 모르게 익숙한 얼굴의 종업원은 짜증스러운 말투로 말했다.

"아, 주문 안 해요?"

"다금바리."

이런 곳에서 괜한 시비를 붙을 필요 없다는 판단을 내린 하재는 불쾌감을 억누른 채 말했다.

"중 자요? 대 자요?"

"소 자."

"거, 두 명이서 소 자를 먹으면 적을 텐데……. 이렇게 2층
에서 좋은 자리 차지하고 있는데, 소 자 하나를 시키면…….
거…… 참."

뭔가 잔뜩 심통이 난 듯한 종업원은 계속 중얼거렸다.

"여기는 뭐 땅 파서 장사하는 줄 아나. 괜히 일만 늘어나게."

"이봐요."

종업원의 무례함을 참지 못하고 입을 연 사람은 하재가 아
니라, 설아였다.

"이런 식으로 굴 거면, 처음부터 2층의 창가 자리에 앉으려면
회를 중 자 이상으로 시켜야 한다고 말해 줬어야죠. 원하는 곳에
앉으라고 해 놓고 이제 와서 무슨 말이에요?"

"설아야."

하재가 뾰족한 목소리로 말하는 설아를 만류했다. 그러나
설아는 참지 않았다.

"그리고 당신. 어제 우리하고 부딪치고도 사과 안 한 사람
맞죠?"

설아가 불만 사항을 말하는 동안 종업원은 눈썹을 찡그린 채
고개를 갸웃거리기만 했다. 잠시 후 종업원의 입에서 뜻밖의 말
이 흘러나왔다.

"설아? ……유설아? 혹시 성진 고?"

설아는 그녀의 이름을 말하는 종업원을 향해서 고개를 돌렸
다. 동시에 하재도 종업원 쪽으로 시선을 돌렸다.

"이야. 정말 세상 좁네."

설아의 얼굴을 확인한 종업원은 주문표를 내려놓았다.

"대한민국이 작긴 작은 나라구나. 이런 곳에서 다 만나고. 유설아. 기억 안 나? 나 성태야. 이성태."

성태? 기억의 너머에서 잊혀 가던 이름 하나가 반짝거렸다. 매우 불쾌한 기억과 함께.

"세상이 좁긴 좁네. 이런 곳에서 다 만나고. 참. 제원이 알지? 김제원. 우리 한 반 이었잖아. 제원이도 여기 제주도에 있는데. 모여서 동창회라도 할까?"

이성태는 좋게 말하면 제원의 친구였고 객관적으로 말하면 제원의 부하였다. 제원과 함께 하재를 괴롭혔던 사람이기도 하다.

"그런데 유설아, 너는."

말하면서 설아를 위아래로 훑어보던 성태가 비릿한 웃음을 지었다.

"요즘 잘나가는 모양이네. 여기는 네 애인?"

"…….."

"안녕하십니까. 여기 유설아 씨하고 같은 고등학교를 나온 이성태라고 합니다."

"민제하입니다."

하재가 천천히 손을 내밀었다. 성태는 히죽거리면서 하재의 손을 잡았다. 그동안 성태의 시선은 하재가 입고 있는 옷과 시계 그리고 설아의 옷차림을 훑느라 정신없었다.

"이야, 유설아. 성공했네. 이런 남자하고 같이 다니고."

"저기요! 여기 주문 안 받아요?"

근처에 있던 단체 손님들 쪽에서 누군가 말했다. 그러나 성태는 고개조차 돌리지 않았다.

"그런데 둘이 어떤 관계야? 사귀는 관계? 아니면……."

"부부야. 그런데 주문 안 받아?"

싸늘한 설아의 말투에 성태의 눈썹이 꿈틀거렸다.

"주문 받는 거는 내가 알아서 할 일이고……."

"다금바리 중 자로 주시죠."

하재가 끼어들었다. 괜히 중 자를 시킬 필요 없다고 말하려 했으나 하재가 손을 살짝 저었다. 그런 하재와 설아를 보던 성태가 피식거렸다.

"이왕이면 대 자로 하시죠. 보아하니 돈도 많은 것 같은데. 여기는 주문을 잘 받아야 월급도 많이 받는 구조라서. 그럼 대 자로 주문한다. 동창 좋다는 게 뭐야? 이럴 때 서로 도우면서 살아야지."

자기 멋대로 메뉴를 정한 뒤 성태가 몸을 돌렸다. 단체 손님들 주문을 받으러 간 성태와의 거리가 멀어지자 설아는 하재 쪽으로 몸을 숙였다.

"왜 그랬어?"

"겨우 돈이야. 저런 놈과 말을 더 이상 섞지 않는 대가로는 싼 편이지."

"알아. 네가 어떤 마음으로 주문했는지 잘 알아. 그런데 나

378

는 이성태 같은 인간에게 그 돈 몇 만 원도 쓰기 싫다고 말하는 중이야."

"아니! 이것 봐요!"

단체 손님들 쪽에서 큰 소리가 터져 나왔다.

"왜 멋대로 주문을 바꾸고 그래요? 우리가 언제 갈치회하고 다금바리를 시킨다고 했어요?"

"그럼 사람이 열두 명이나 와서 겨우 그것만 시키게요? 최소한 다금바리 대 자에 갈치회도 중 자를 몇 개쯤 시켜야죠."

"이봐요! 우리가 적게 시키는 것도 아니고. 우리가 먹고 싶은 걸로 시키겠다는데 왜 이래요?"

"아, 참……. 네네, 알겠습니다. 그럼 그렇게 시키세요."

성태는 짜증스러운 목소리로 주문을 받은 뒤 1층으로 내려 갔다.

맛있는 음식을 먹으러 왔다가 기분 나쁜 과거의 그림자와 마주하게 된 설아는 얼굴을 굳혔다. 그러나 하재는 태연했다.

"기분 풀어."

"……하아……."

"이왕 왔으니까 그냥 음식 맛만 즐겨."

"즐겨?"

"응. 여기 맛있다고 했잖아. 그러니까 맛있는 것만 즐겨. 아니면 여전히 제멋대로 살고 있는 저들을 구경하는 것도 괜찮고."

"알았어. 대신 아주 열심히 먹을 거야."

"열심히?"

"응. 야무지게. 바닥까지 싹싹 긁어서!"

잠시 후 테이블 위에 차려지기 시작한 음식은 확실히 맛있었다. 맛집이라는 타이틀이 붙을 만큼 맛있었지만 서빙을 올 때마다 히죽거리며 웃는 성태 때문에 식사에 집중하기가 힘들었다.

성태는 계속 주위를 알짱거렸다. 계속 설아에게 고등학교 이야기를 하면서 친근한 척했지만 성태의 시선이 향한 곳은 하재였다. 하재가 설아를 소중하게 대하는 모습, 하재가 입고 있는 옷과 시계 등을 계속 살피는 성태의 눈이 탐욕으로 번들거렸다.

그런 성태가 기분 나빴지만 하재는 계속 웃는 얼굴로 상대를 대했다. 마침내 거의 다 먹은 설아는 수저를 내려놓았다.

"다 먹은 거야?"

"응. 정말 더 이상은 못 먹겠다."

"알았어. 지금 출발하면 협력 업체 사람들하고 만날 시간하고 딱 맞을 것 같아."

"그럼 일어서자."

1층으로 내려가서 입구 쪽의 계산대로 간 설아는 굳은 얼굴로 카드를 꺼냈다. 그때 갑자기 뒤쪽에서 축축한 입김이 훅하니 들이닥쳤다.

"유후."

성태였다. 뒤에서 고개를 숙인 성태가 설아의 목 쪽으로 입김을 불었다. 성태의 짓거리에 화가 난 하재의 목소리가 곧장 들렸다.

"뭡니까!"

설아보다 조금 뒤쳐져서 내려오던 하재가 재빨리 성태와 설아 사이로 끼어들었다. 하재가 위협적으로 나오자 성태는 어색하게 웃으면서 뒤로 물러났다.

"아…… 뭐. 아무것도 아닌데. 그냥 장난을…… 좀."

"장난?"

성태의 말에 설아의 눈이 매섭게 변했다. 정말이지 장난이라는 말을 한 번만 더 들으면 폭발할 것 같다. 그러나 성태는 여전히 상황 파악을 못 한 상태였다. 끝까지 곁에 붙어서 말을 붙였다.

"벌써 다 먹었어? 오랜만에 만났는데 술이라도 한잔해야 하는 거 아냐?"

"……."

"내가 말했잖아. 제원이도 제주도에 있다고. 이렇게 만난 것도 인연인데 동창회라도 해야지."

말하다가 성태는 하재 쪽으로 돌아봤다.

"괜찮죠? 고등학교 동창들끼리 모여서 술 한잔하는 거. 그 정도도 이해 못 해 주실 남편은 아닌 것 같은데."

"……."

"아니면 신혼이라서 떨어지기 싫으신 건가? 뭐, 그러면 어쩔 수 없고. 그런데 남편분은 무슨 일을 하는지…… 물어봐도 되나? 시계는 아주 고급으로 차셨던데."

대답하는 이는 없었지만 성태는 계속 주절거렸다.

참을 만큼 참았다. 유치하고 조잡스러운 성태를 상대하기 싫어서 무시하려 했지만 더 이상은 참아 줄 수가 없다. 그러나 설아가 나서려고 하는 순간, 하재가 먼저 입을 열었다.

"유성그룹의 민제하 이사입니다."

"네?"

재계에 대해서 잘 모르지만 그룹과 이사라는 단어가 동시에 나오자 성태의 얼굴이 달라졌다.

"누, 누구시라고요?"

"유성그룹 민제하입니다. 받으시죠."

하재는 품에서 명함을 꺼내서 성태에게 줬다. 성태는 명함에 적혀 있는 글자 하나 하나를 눈에 집어넣을 듯이 뚫어져라 쳐다봤다.

"뭡니까? 이거……, 유성?"

"네. 혹시라도 일 있으시면 언제라도 연락 주십시오."

하재는 환한, 상대방이 그의 태도를 친절이라고 오해할 정도로 환한 미소를 지었다.

"설아 동창이면 내 동창이나 다름없죠. 따로 할 말이 있어도 전화 주시구요."

"아, 아이고. 이렇게 높으신 분인 줄 몰랐습니다. 감사합니다."

성태는 하재에게 고개를 굽실거리면서 명함을 챙겨 넣었다.

"뭘요. 필요하시면 연락 주십시오."

"네네!"

잠시 뒤 차에 올라탄 설아가 입을 열었다.

"명함은 왜 준 거야? 틀림없이 그거 가지고 온갖 친한 척을 다 할 건데."

"친한 척하라고 준 거야. 그보다 속은 괜찮아? 아까 너무 빨리 먹던데."

"괜찮아. 체할 정도는 아냐. 그보다 너무 순순히 회를 시켰어. 그놈이 우리 덕분에 돈을 더 받게 되잖아. 그 짜증 나는 얼굴을 발로 차 줬어야 했는데."

"어허, 그런 짓 하면 경찰 아저씨들이 와요."

"뭐? 서하재! 너, 지금 누구 편이야?"

"나는 항상 유설아 편."

"그런데 왜 이렇게 말이 삐딱해?"

"내 말이 삐딱했어? 오해야, 오해. 지금 도로가 조금 삐뚤어서 그렇게 느껴지는 거야. 정말이야."

하재는 웃으면서 차창 문을 내렸다. 활짝 열린 창문으로 열기를 머금은 바람이 들어왔다. 하재의 농담 때문인지 아니면 불어오는 바람 때문인지, 기분이 좋아지기 시작했다. 이런 곳에서 이성태 같은 놈을 볼 줄은 몰랐지만 이성태 때문에 계속 기분 나쁜 상태로 있고 싶지 않다.

"화 풀어."

운전하면서 하재는 설아의 뺨을 가볍게 어루만졌다.

"조만간 그 녀석은 미끼를 물 테니까."

"미끼?"

"그런 게 있어. 아, 이제 거의 다 온 것 같은데. 내비게이션한 번 봐 줄래?"

"내비게이션? 아아. 알았어. 잠깐만."

설아가 내비게이션을 보면서 알려 주는 대로 하재는 운전을
했다.

잠시 후 주차장에 도착한 하재는 설아 쪽으로 돌아봤다.

"협력체를 둘러보고 사장과 몇 가지만 상의하면 끝나는 일
이니까. 모두 다 합쳐도 30분 이상 걸리지 않을 거야."

"알았어."

그리 대단한 미팅이 아니라고 했지만, 하재가 도착하자마자
사람들이 우르르 나왔다. 뚱뚱하고 푸근한 인상의 사장이 하재
에게 반갑게 인사를 건넸다. 의례적인 인사말이 오가고 하재와
설아는 회사 안쪽으로 안내받았다.

하재가 회사 사람들과 이야기를 나누는 동안, 설아는 깨끗
한 사무실에서 기다렸다. 사실 먼저 빌라로 돌아가서 기다리
고 싶었지만 하재가 받아들이지 않았다. 지난번 납치 사건 이
후로 하재는 설아를 홀로 두는 일에 극도의 거부감을 드러냈
다. 덕분에 미팅 장소까지 따라오게 된 설아는 손으로 뒷목을
주물렀다.

똑똑. 노크 소리가 들리더니 귀엽게 생긴 직원이 들어왔다.

"사모님. 차는 무엇으로 드시겠습니까?"

"아, 차는 괜찮아요. 대신 얼음하고 생수를 주세요."

"네."

직원은 깍듯하게 인사를 하고 나갔다. 잠시 후 다시 노크 소리가 들렸다. 그러나 이번에 들어온 사람은 아까의 직원이 아니라 건들거리는 느낌이 드는 남자였다.

"이야, 정말이네."

들어온 남자는 다짜고짜 혼잣말을 늘어놓았다. 곧장 여직원이 뒤따라 들어왔지만 남자를 말리기에는 역부족이었다.

"김 대리님!"

"아, 괜찮아. 괜찮다니까!"

남자는 말리는 직원을 뿌리치면서 음흉하게 웃었다.

"나, 저 사모님하고 아는 사이야. 고등학교 동기야."

고등학교 동기? 남자가 하는 말을 이해하지 못한 설아는 두 눈을 깜박였다.

"오랜만이네, 유설아. 나, 김제원."

제원의 이름을 듣는 순간 아까 성태가 했던 말이 떠올랐다. 제주도에 제원도 있으니 동창회라도 열어 보자고 하던 말. 들을 때는 짜증 나는 말이었는데 서서히 과거의 악몽이 현실로 되살아나고 있는 중이다.

상대방이 누구인지 알아차린 설아의 얼굴빛이 싹 변했다. 설아의 변화를 알아차린 제원은 피식거리며 웃었다.

"어이, 이제 알아보겠어?"

"김 대리님."

"괜찮다니까."

제원은 불안한 얼굴로 두 사람을 돌아보는 직원에게 말했다.

"우리가 얼마나 친했는데. 이런 것쯤은 아무것도 아냐. 그렇지, 설아야?"

친해? 누가 누구와? 슬슬 이성태와 김제원은 자신에 대해서 어떤 기억을 가지고 있는 건지 궁금해지기 시작한다. 아무런 교류도 없었던 것 같은데, 상대방들은 애틋할 정도로 친근함을 표현하고 있다. 설마 보미처럼 대놓고 자신을 괴롭히지 않았으니, 친했다고 생각하는 걸까?

"그나저나 이제는 완전히 어른이 다 되었네. 이야, 그런데 너는 어릴 때보다 더 예뻐진 것 같다."

"고마워."

설아는 제원과 시선을 똑바로 마주한 채로 말했다.

제원에게 지금 당장 꺼지라고 하고 싶지만 이곳은 유성의 협력 업체다.

"봐봐. 나하고 아는 사이 맞잖아. 이제 그만 나가 봐."

제원이 나가라고 말했지만 직원은 머뭇거렸다. 설아가 괜찮다고 말한 뒤에야 직원은 밖으로 나갔다. 둘만 남게 되자 제원은 히죽거리며 웃었다.

"이게 몇 년 만이야? 어디 보자……, 15년? 아니 14년 만인가?"

"글쎄?"

"너, 그때 그렇게 급하게 전학하고. 맞지? 전학?"

제원이 전학이 맞냐고 물어본 이유를 알아차린 설아는 고개를 빳빳이 든 채로 답했다.

"그래, 맞아. 전학."

"······."

설아가 흔들리지 않자, 제원은 의외라는 얼굴이 되었다. 그의 어린 시절에 자리 잡고 있는 유설아는 연약한 소녀였다. 예쁜 얼굴을 가지고 있지만 그게 전부였던 소녀. 설아는 다른 여자애들처럼 약삭빠르지도 교활하지도 못했다.

엄청난 사고를 치기 이전까지 설아는 있는 듯 없는 듯 지내는 소녀였다. 결코 자신 앞에서 시큰둥한 얼굴로 고개를 빳빳하게 쳐들 수 있는 사람이 아니었다.

뭔가 알 수 없는 감정이 제원의 심기를 건드렸다.

설아는, 고등학교 때 자신이 너그러이 봐줬기 때문에 학교생활을 해 나갈 수 있었던 하찮은 존재에 불과했었다. 그런 존재가 이제 와서 고개를 든 채로 무심하게 말하고 있다. 감히!

"뭐 해?"

설아가 입을 열었다.

"거기 멀뚱히 서서 다른 사람들에게 내 고등학교 동창이었다는 걸 자랑하고 싶었던 거야?"

"······."

"나와 같은 고등학교를 다녔었다는 게 자랑거리가 될 줄은 몰랐는데."

"자랑거리까지는 아니고."

말하면서 제원은 자연스레 맞은편 소파에 앉았다. 그런 제원을 보고 있자니 속이 뒤틀리기 시작했다. 아까 성태를 만났을 때도 화났었다. 그러나 제원을 보게 되자, 그 화는 머리끝까지 치솟았다.

어떻게 저들은 고개를 빳빳이 쳐들 수 있는 거지? 뭘 잘했다고?

"어떻게 알았어? 내가 여기에 온 거?"

"아아. 성태가 전화했더라. 네가 유성그룹의 이사하고 결혼했다고 하더라고. 그런데 마침 오늘 오기로 했던 유성 쪽 이사 이름이, 네 신랑하고 똑같아서."

"……."

"출세한 거 축하한다."

"출세?"

"그럼 출세지. 재벌 집 사모님 되셨는데. 그런데 어떻게 결혼까지 했냐? 정식으로 결혼한 거 맞지?"

맞지?라고 묻는 제원의 목소리에는 많은 질문이 담겨 있었다. 설아는 그런 상대방의 의문을 깔끔하게 무시했다.

"궁금한 게 많은가 보다?"

"당연하잖아."

제원은 능글맞은 얼굴로 물었다.

"과거 동창이 내 상사의 상사쯤 되는 사람의 사모님이 되어서 나타난 셈이니까."

제원도 보미나 성태와 비슷하다. 과거 대단한 권력을 가지고 있었고 지금도 여전히 그 권력을 가지고 있다는 착각. 고등학교 시절 다른 아이들보다 조금 더 난폭하고 포악했다는 것 이외에 어떤 장점도 없는 주제에. 당시의 자신이 대단한 존재였던 것처럼 기억조차 왜곡시킨 채 살아가고 있다.

그러나 시간은 흐르기 마련이고 세월은 변하기 마련. 과거의 약자가 현재의 강자가 되었다.

"아, 그렇구나. 지금 너는 내 남편의 부하의 부하쯤 되는 거구나. 어머, 이런 말 하면 안 되는 거 아냐? 협력 업체인데 부하라고 말하면 안 되는 거지? 하지만 네가 먼저 상사라고 했으니, 상관없겠다. 그치?"

설아의 말에 제원의 입술이 씰룩거렸다. 하지만 제원은 금방 성질을 드러내지 않았다.

"부하의 부하라고 했는데, 그게 어디쯤이야? 아주 밑이야? 아니면 조금 밑이야?"

"야, 유설아. 너는 무슨 말을 그렇게 하냐? 부하의 부하라니. 이거 혹시 요즘 세상에 떠들썩한 갑질 하는 거냐?"

"재미있네."

설아는 생글거리며 웃었다.

"먼저 상사의 상사라고 한 건 너잖아. 그런데 내가 부하의 부하라고 하는 건 갑질이고 네가 상사의 상사라고 한 건, 객관적 진실이야?"

"무슨 일입니까?"

싸늘한 하재의 목소리가 입구 쪽에서 들렸다. 하재의 뒤에 걱정스러운 표정의 여직원이 보였다. 아마 제원의 존재가 불안했던 여직원이 재빨리 다른 사람들을 불러온 것 같았다.

"아아, 저……."

하재가 들어오자 제원은 자리에서 벌떡 일어났다.

"아, 아니! 이 사람. 김제원 대리! 김 대리가 왜 여기에 있어?"

통통한 인상을 가진 남자가 혼비백산한 얼굴로 들어왔다.

"아, 이 과장님. 괜찮아요."

제원은 승리자의 웃음을 지으며 이 과장에게 말했다.

"여기 민제하 이사님의 부인은 내 고등학교 동창입니다. 그러니 걱정하지 마세요."

"동창?"

"네. 아주 각별하게 친했었죠. 그렇지?"

제원은 설아를 향해서 히죽거리며 웃었다. 그러나 설아의 시선은 웃고 있는 제원이 아니라 하재에게 향해 있었다. 성태는 하재를 괴롭히기는 했지만 열성적이진 않았다. 그러나 제원은 달랐다. 제원은 기분이 나쁠 때마다 하재를 괴롭히거나 폭력을 휘둘렀었다. 과거 하재가 가졌던 나쁜 별명들, 뚱보, 돼지, 코끼리 부대 자루, 오덕. 그 모두는 제원이 붙인 것이었다.

"반갑습니다. 민 이사님. 김제원이고 아까 말했듯이 사모님 고등학교 동창입니다. 많이 친했었죠."

제원은 다시 한번 자신이 설아와 친했다는 사실을 강조했다.

"민제하입니다."

하재는 일말의 머뭇거림도 없이 민제하라는 이름을 말했다. 성태와 만났을 때와 마찬가지로 별다른 반응을 보이지 않았다.

"반갑습니다."

하재를 전혀 알아보지 못한 제원이 손을 내밀었다. 하재는 그런 제원을 가만히 바라봤다. 먹이를 바로 앞에 둔 표범과도 같은 눈빛이었지만 제원은 아무것도 느끼지 못하고 있었다. 설아는 멋모르고 날뛰고 있는 제원을 바라보는 하재에게 시선을 고정했다.

어떤 기분일까?

과거 자신을 끔찍하도록 괴롭혔던 상대방을 다시 만난다는 건. 그리고 그 상대방이 자신을 몰라보고 있다는 건. 그동안 하재는 저런 사람들을 얼마나 많이 만났을까.

"그렇군요. 저도 반갑습니다."

제원의 손을 잡으면서 하재는 빙그레 웃었다. 환한 웃음이었으나 결코 친절한 웃음이 아니었다. 그러나 제원은 유성의 민 이사가 그의 손을 잡았다는 사실에만 감격한 상황이었다. 제원이 하재의 손을 잡고 환하게 웃자 급히 사람을 불러왔던 여직원이나 아까 야단쳤던 이 과장은 떨떠름한 얼굴이 되었다.

"무, 무슨 일?"

뒤따라서 사장이 헐레벌떡 들어왔다.

"아무것도 아닙니다, 사장님. 그냥 여기 민 이사님의 부인이 제 고등학교 동창이라서 반가워서 들렀습니다."

"아이고. 그래요? 다 아는 사이였군요. 그럼 우리 다 같이 식사라도 하러 가는 게 어떻겠습니까? 조금 늦은 시간이지만……민 이사님. 점심 식사를 하셨습니까?"

"아니요. 아직 먹지 못했습니다."

하재의 거짓말에 설아는 눈썹을 살짝 찡그렸다. 억지로 먹긴 했지만 아까 회를 먹었다. 그런데 아직 점심을 하지 못했다니? 무슨 생각인 거지?

"잘됐네요!"

제원은 손뼉을 치면서 웃었다.

"이 근처에 제가 잘 아는 고깃집이 있는데. 고기가 아주 좋은 집입니다. 입에 넣으면 육질이 녹습니다, 녹아요. 타지 사람들은 블로그 같은 곳에서 유명하다고 하는 곳에 가는데 그런 곳보다 현지인들이 추천하는 곳에 가야죠."

"좋은 고기라. 기대되는군요."

하재는 설아 쪽을 돌아보며 웃었다.

"좋습니다. 먹으러 가죠. 자기도 괜찮지?"

"……응. 좋아."

설아는 순순히 고개를 끄덕였다. 거절하고 싶지만 흥미로운 눈으로 제원을 바라보는 하재 때문에 고개를 끄덕일 수밖에 없었다.

하재와 설아가 밥을 먹고 가겠다고 말하자 사장은 반색을 표했다. 잠시 회사를 둘러보고 갈 줄 알았던 하재가 밥까지 먹고 가겠다고 했다. 계약에는 문제가 없을 지라도, 인간적인 교류가 중요하다고 믿는 사장으로서는 좋아할 수밖에 없었다.

"그럼 다 같이 가죠."

우르르 밖으로 나가는 사람들을 뒤따라가면서 설아는 하재의 손을 쥐었다. 그러곤 다른 사람들은 듣지 못할 정도의 작은 목소리로 물었다.

"왜?"

"그냥."

그냥? 그냥 김제원과 함께 밥 먹으러 간다고? 하재는 의아해 하는 설아를 보면서 빙그레 웃었다.

"그냥 궁금해서."

"……?"

"지금의 김제원이 어떻게 살고 있는지, 궁금할 때가 많았 거든."

설아의 손을 꼭 쥐면서 하재는 한마디 덧붙였다.

"많이 궁금하지는 않았지만 가끔 생각났었어. 그런데 마침 내 궁금증을 풀 수 있는 기회가 왔잖아."

"알았어."

설아는 고개를 끄덕였다.

"궁금증은 풀어야지."

하재의 마음을 이해할 수 있기에 설아는 고개를 끄덕였다. 자신도 궁금할 때가 많았다. 그때 그 아이들이 어떻게 살고 있 는지. 하재도 같은 생각을 했을 것이다. 당시에는 아무런 힘도 없이 당해야 했던 가혹한 폭력들. 감히 반항할 생각조차 못했던 시절이기도 했다. 그때의 가해자들을 다시 만나게 되었고 지금 의 자신은 힘도 가지고 있다. 덧붙여서 상대방은 자신을 알아보 지 못하고 있다.

"꽤 많은 시간이 흘렀지만 김제원은 여전하네."

하재는 차가운 목소리로 말했다.

"여전히 생각 없고 자신이 세상에서 제일인 줄 알면서 살고 있구나. 그러고 보면 그 시절……."

하재는 말을 끝까지 잇지 않았다.

그러나 하재가 무슨 말을 하고 싶은 건지 대충 알 것 같았다.

그 시절 자신들은 약했고 저들은 강했다. 제원과 성태 패거리가 어른들과 세상의 규칙을 무시할 정도로 강하지는 않았지만 충분히 약자를 괴롭힐 정도로 강했고 악했다. 아이가 재미로 나비의 날개를 쥐어뜯듯이, 저들은 재미로 하재와 자신을 이리저리 휘둘렀다.

가끔 자신들은 왜 입을 다물고 시간이 흐르기만을 바랐을까 하는 의문이 들 때도 있다. 어른들에게 도움을 청하고 상대방이 저지른 잘못을 공개적으로 밝히는 일이 그리도 힘들었을까?

그러나 다시 생각해 보면 모든 것이 분명해진다.

그때는 할 수 있는 것이 없었다. 도움을 청하기에 어른들은 너무 멀리 있었고 또한 어른들은 불신, 그 자체였다. 그래서 그들은 입을 다문 채, 시간이 흐르기만을 묵묵히 기다려야 했다.

김제원. 당시에 제원은 학교라는 작은 사회를 지배하던 폭군이었다. 그러나 지금의 제원은 그저 그 과거에 머물러 있는 찌질이다. 설아는 앞쪽에서 의기양양하게 걸어가는 제원을 바라봤다. 이제 김제원의 운명은 어떻게 되는 걸까?

밖에서 음식점 직원에게 이것저것 부탁하던 이 과장은 옆에 있던 제원에게 말했다.

"큰일 했어, 김 대리."

이 과장의 말에 제원은 히죽거리며 웃었다.

"뭐……, 운이 좋았죠."

"운이 좋은 것만은 아니지. 다른 곳도 아니라 유성이야, 유성."

주위를 둘러본 이 과장은 목소리를 낮췄다. 바쁜 음식점에서 그들의 대화를 엿듣는 이는 없었지만 이 과장은 조심스러웠다.

"지금 회사 사정이 나쁜 거 잘 알고 있지? 유성에서 협력을 취소한다고 하면 모두 다 거지꼴로 쫓겨날 판이야. 그런데 민 이사 사모님하고 친하다니. 앞으로 일이 술술 풀리겠어."

"저, 그런데."

"응?"

"유성그룹 민 이사에 대한 이야기를 듣긴 들었는데. 생각보다 많이 젊네요."

"젊다고 마음 놓지 마. 지금까지 유성그룹 일은 대부분 민 이사가 처리했어. 아쉽게도 친손자에게 밀려서 후계자 자리는 놓친 것 같지만 굉장히 유능해. 일에 관해서 맺고 끊는 게 분명한 사람인데, 그래도 신혼은 신혼인가 보네. 아내의 고등학교 동창이 있다는 이유만으로 접대를 다 받아들이고."

"그런가요?"

"그래! 민 이사가 어떤 사람인데. 지금까지 민 이사에게 접대 성공했다는 사람을 본 적이 없어."

이 과장의 말에 제원의 얼굴에는 더욱 웃음꽃이 피었다.

이렇게 운이 찾아올 줄 누가 알았던가!

고등학교 졸업 이후 되는 일 하나 없이, 밀리고 밀려서 여기까지 왔다. 그런데 오늘 성태가 유설아를 봤다는 말을 전화로 했다. 처음 들었을 때만 해도 시큰둥했었다. 고등학교 때 사고를 치고 전학 간 여자애를 봤다는 게, 뭐가 그리 대단할까 싶었는데 그 유설아가 유성의 민 이사하고 결혼했을 줄이야.

참으려고 해도 웃음을 억누를 수가 없다.

이 과장은 민 이사를 높이 평가했지만 제원이 봤을 때 그놈은 얼굴만 멀쩡하게 생긴 멍청이다. 감싸고돌 사람이 없어서 그런 엄청난 사고를 친 유설아를 감싸고돌아? 여태까지 그 사건은 그와 상관없는 타인의 일에 불과했으나 지금부터 그 일은 엄청난 노다지 광산이 될 것이다.

앞으로 돈 뜯어낼 구석은 무궁무진하다. 그뿐인가? 자신이 함부로 굴어도 설아는 아무 소리도 못 할 것이다. 그 과거를 남편에게 말하는 것을 원치 않을 테니까. 다시 말해서 자신은 민 이사만이 아니라 설아에게서도 충분히 뜯어낼 수 있게 되었다.

제원은 흥겨움의 휘파람을 불었다.

일이 잘 풀리려니까 이런 식으로도 풀리는구나. 이런 구닥다리 회사에서 평생 썩어야 할 줄 알았는데. 역시 사람은 고등학교를 잘 나와야 하는 법이라니까.

"뭐 해? 이제 그만 가지."

이 과장이 등을 툭하고 쳤다. 순간 제원의 눈이 사납게 번뜩였다.

"이 과장님."

"응?"

"거, 사람 등 툭툭 치는 거. 그거 비매너라고 배운 적 없어요?"

"어? 응?"

갑자기 태도가 변한 제원을 향해서 이 과장은 두 눈만 끔벅였다.

"조심 좀 합시다. 조심!"

제원은 양복 재킷을 손으로 툭툭 털면서 룸으로 향했다.

고기는 부드럽고 밑반찬들은 맛있었지만 입에 들어가지 않았다. 억지로 먹은 회가 여전히 꽉 차 있다. 그래도 분위기를 깰 수 없기에 설아는 계속 젓가락질을 했다. 문이 드르륵 열리더니 제원이 들어왔다. 곧이어 이 과장도 들어왔다. 밖에서 무슨 이야기를 했는지 모르겠지만 웃고 있는 제원과 달리 이 과장의 얼굴은 딱딱하게 굳어 있었다.

"아, 이런. 고기는 구울 줄 아는 사람이 구워야 하는 건데. 제가 좀 늦었습니다."

제원은 굽실거리면서 자리에 앉았다.

그동안 세월이 하나도 흐르지 않았는 줄 알았는데 조금 흐르긴 흘렀나 보다. 여전히 세상 물정 모르고 자기가 최고라고 날 뛸 줄 알았던 제원이 사장 앞에서 고개를 숙이고 있다니.

아니, 어쩌면 그때도 저랬을지 모르겠다.

힘 있는 상대에게는 고개를 숙이고 자신보다 약한 상대에게는 가혹하게 대하고.

제원이 고기를 굽기 위해서 집게를 들자, 하재의 품에서 전화기가 울렸다.

"잠시만……."

전화가 오자 하재는 실례한다는 말과 함께 밖으로 나갔다. 하재가 나가자 제원은 웃음을 지으며 구운 고기를 설아 쪽으로 내밀었다.

"그런데 결혼은 언제 한 거야?"

친근한 척 반말을 쓰는 제원의 모습에 설아는 가볍게 숨을 들이마셨다. 협력 업체에게 못된 짓을 하고 싶은 마음은 없다. 더구나 지금 하재가 어떤 생각을 가지고 있는지 정확하게 알지 못하는 이상, 괜히 나서고 싶지 않다.

그러나 웃으면서 친근한 척하는 제원을 보고 있자니 욕지기가 치밀어 올랐다. 결국 참다 못한 설아가 입을 열었다.

"궁금해요?"

착한 짓도 상대를 봐 가면서 하는 것이다. 김제원 같은 인간에게는 친절히 대하는 건, 낭비다.

"당연히 궁금하지."

"그게 왜 궁금할까요? 나는 김제원 씨가 궁금해하지 말았으면 좋겠는데."

설아는 싸늘한 목소리로 말했다.

"남자 동창이 내 결혼에 대해서 궁금해하는 거, 내 남편이 좋아할 것 같아요? 김제원 씨는 눈치가 참 없다. 그런 눈치로 사회생활은 어떻게 하나 싶네."

"……."

"……!"

설아의 말에 이 과장과 사장은 흠칫한 표정이 되었다.

"그리고 아까부터 계속 반말 쓰던데, 이쯤 되면 우리가 반말 쓸 사이가 아니라는 걸 알아차릴 때도 되지 않았나요?"

"아니, 설아. 너, 왜 이리 빡빡하게 굴어."

"빡빡하게 구는 게 아니라, 예의를 갖추고 있는 건데요."

"야, 유설아. 고등학교 때 친구만 끝까지 친구라는 말도 있잖아. 고등학교 친구끼리 무슨 예의를 갖춰?"

"그런 말이 있어요? 몰랐네. 어쨌든 그런 말은 그런 말이고. 우리 관계는 예의를 지키는 게 좋을 것 같은데요."

보미나 제원은, 세상이 빠른 속도로 변해 가고 있다는 사실을 모르고 있다. 저들은 여전히 자신들이 중고등학교 때처럼 포식자라고 믿고 행동하고 있다. 자신들이 한 마디만 하면 다른 이들이 납작 엎드릴 것이라고 생각하고 있다.

아니, 그런 시절은 지났고, 이제는 너희가 먹이야.

설아는 제원을 똑바로 바라보면서 계속 말했다.

"사회적 위치에 따라서 단어를 잘 구사할 줄 아는 게 사회적인 예의죠. 아닌가요, 사장님?"

설아의 질문에 사장은 어색한 웃음을 지었다. 사실상 설아의 말이 한마디도 틀린 게 없었기에 사장도 할 말은 없었다. 사장은 연신 땀을 닦으면서 이 과장에게 어떻게든 이 상황을 헤쳐 나가 보라는 식으로 눈짓을 보냈다. 사장의 눈빛에 이 과장이 어쩔 수 없다는 듯 입을 열었다.

"그건 그렇죠. 예의 중요하죠. 이거, 이 사람. 김 대리, 이제 보니 실수했네."

"그러게. 아무리 동창이라도 이제는 예의를 지켜야 되는 관계인데."

"……."

모두가 자신을 비난하자 고기를 굽는 제원의 표정이 굳어졌다. 그 기세를 타고 설아가 한마디 쐐기를 박았다.

"심지어 이쪽에서는 별로 기억도 없는 동창인데, 너무 친한 척하면 당황스럽죠."

"기억에 없어?"

제원의 입술이 위쪽으로 사납게 말리기 시작했다. 열 받은 듯한 모습이었다.

"하긴 김 대리가 뭐 그리 인상에 남는 사람은 아니죠."

이 과장이 한마디 거들었다.

"하! 살다 보니…… 이런 말을 다 듣네. 내가 인상에 남지 않는다니. 성진고 김제원 하면 모르는 사람이 없었는데."

그때였다. 드르륵, 문이 열리더니 하재가 들어왔다. 휴대전화를 품에 갈무리한 하재는 웃으면서 물었다.

"죄송합니다. 전화 통화가 좀 길어져서. 그런데 다들 무슨 대화를 그렇게 열심히 하고 계셨습니까?"

"아, 아냐. 그냥 여기 이분이."

설아는 방긋거리며 웃었다.

"성진고 김제원이라면 모르는 사람이 없었다고 하길래, 정말 그랬나 싶어서. 나는 그냥 1학년 때 같은 반이었다는 것 외에는 딱히 기억나는 게 없거든."

"성진고 김제원?"

하재는 고개를 갸웃거리면서 앉았다.

"어디선가 들어 본 것 같기도……."

"들어 보셨습니까?"

하재가 들어본 것 같다는 말을 하자마자 제원은 천군만마를 얻은 표정이 되었다. 고기 굽던 집게를 내려놓은 제원은 어깨를 으쓱거렸다.

"제가 고등학교 때는 좀 유명했거든요. 물론 서울은 아니었지만 그래도 여기저기 아는 형님들도 있고 하니까, 서울이나 다른 지역에도 알려졌었어요. 성진고가 나름 그 지역에서는 괜찮은 학교였거든요. 근처 서창고도 좀 이름이 있긴 했지만 우리는 공부도 열심히 하는 학교였던지라, 레벨이 달랐죠."

하재가 말을 받아 주자 신이 난 제원은 과거 이야기를 줄줄이 늘어놓았다. 잠시 이야기를 듣던 하재가 불쑥 질문을 던졌다.

"그런데 보통 고등학교 때 유명했다고 하면 성적 아니면 주먹인데 어느 쪽이셨습니까?"

"네?"

하재의 질문에 제원이 머뭇거렸다.

"혹시 뉴스에서 자주 언급되는 일진, 뭐 그런 쪽이셨습니까?"

"아니요!"

제원은 고개를 절레절레 저었다.

"아닙니다. 일진이라니요!"

"그럼?"

"일진 같은 건 전혀 아니었습니다. 요즘 뉴스에 나오는 일진들이야 애들 돈 빼앗는 질 나쁜 놈들이지만, 우리 때는 달랐죠. 힘없는 애들 괴롭히는 그런 놈들은 일진 축에도 끼지 못했죠. 우리는 의리였죠. 친구들끼리 좋아서 뭉쳐 다니고, 약한 애들 괴롭히는 놈들에게 경고하고. 물론 공부는 좀 싫어했지만."

"아……."

제원의 말을 알아들었다는 듯, 하재는 고개를 끄덕였다.

"남자는 의리죠. 주먹 좀 쓴다고 힘없는 애들을 괴롭히는 건 남자가 할 일이 아니죠. 제가 고등학교 때는 그런 놈들 보면 인정사정없었습니다. 그 뭐지? 빵 셔틀? 저 때는 그런 거 있을 수도 없었어요. 그런데 요즘은…… 아, 진짜 엄마들이 애들을 뭐처럼 키워서. 다들 지 새끼들만 최고인 줄 알아요. 하여튼 이래서 자식 교육이 중요한 겁니다."

제원의 말을 들을수록 어이가 없어졌다. 의리? 약한 애들을 괴롭힌 적이 없어? 자식 교육이 중요해? 아무리 사람이 자신에게 유리한 기억만 남긴다고 해도, 이 정도면 기억 미화가 아니라 기억 조작에 가깝다.

새로운 과거를 창조하고 있는 제원의 말이 길어질수록, 제원과 성태가 과거 하재에게 어떤 행동을 했었는지, 세세히 떠올랐다. 13년이라는 시간이 흘렀는데도 불구하고 처음부터 끝까지 모조리 다 기억났다. 하재 역시 마찬가지일 것이다.

아니, 직접적인 피해자였던 하재는 더욱 뚜렷하게 과거를 떠올리고 있을 것이다.

"그래서 애들을 잘 키워야 하는 겁니다. 지금 애 엄마들을 죄다 끌어모아서 교육부터 시켜야 해요. 다들 지 자식만 끼고 도니까 세상이 이 모양인 거죠."

설아는 제원의 뻔뻔스러운 태도에 질린 얼굴이 되었다. 그러나 하재는 여전히 얼굴에 웃음을 머금은 채로 대화를 이어나갔다.

"하긴 교육은 힘든 문제죠."

"교육이 힘든 게 아니라, 한국 여자들이 문제예요. 문제. 일하나 제대로 할 줄 모르면서 맨날 자기들만 차별받는다고 들고 일어나고. 집에서 애나 볼 것이지. 그 애도 하나 못 봐서. 하여튼 죄다 싹 끌어모아서 군대에 보내야 해요. 군대에서 몇 년 빡세게 굴리면 정신 차리지. 그전까지는 여자들은 답이 없습니다."

"혹시 결혼하셨습니까?"

"아……."

하재의 질문에 제원은 머뭇거렸다.

"아, 네……. 결혼했습니다. 애도 하나 있고. 아, 그런데 요즘 살기가 워낙 팍팍해서. 남자나 여자나 다 벌어야 하는데……."

"하긴 경기가 좋진 않죠. 그래도 우리 유성과 협력은 잘되어가고 있는 것으로 아는데."

"당연하죠!"

끼어들 틈을 노리고 있던 사장이 입을 열었다.

"유성그룹과의 협력 관계는 이상적으로 진행되고 있습니다. 그렇지? 이 과장?"

"네! 당연하죠. 물론 유성그룹이 협력 업체들과 좋은 관계를 유지하고 있지만 우리도 좋은 파트너 관계를 유지하기 위해서 항상 노력하고 있습니다."

계속 제원이 쓸데없는 사담을 늘어놓는 것을 못마땅하게 바라보고 있던 이 과장이 끼어들었다.

"유성과의 협력은 앞으로도 계속 잘되어야지요."

유성은 놓칠 수 없는 합리적인 파트너다. 무리하게 요구하는 것도 없고 상식에 어긋나는 행동을 한 적도 없다. 그런 유성에서 실세 중의 실세라고 불리는 민제하 이사가 왔다. 원래대로라면 몇 가지 확인만 하고 떠났을 민 이사가 마음을 바꿔서 점심 접대를 받겠다고 한 이상, 최대한 기분을 맞춰 줘야 한다.

그런데 저 얼뜨기 김제원이 괜히 나서서 사모님의 기분을 상하게 했다. 제원은 고등학교 때 굉장히 친했던 것처럼 말하고 있지만 상대방의 낌새는 전혀 아니다. 오히려 제원을 꺼려 하는 듯한 분위기를 보이고 있다. 상대방의 기분을 더 이상 건드리지 않게, 얌전히 있으면 좋으련만. 제원은 한 술 더 떠서 고등학교 때 잘나갔다면서 자랑질이나 하고 있다.

애가 탄 이 과장이 입을 뻥긋거리기 전에 하재가 말을 꺼냈다.

"압니다. 사장님께서는 항상 일처리가 똑 부러지시죠. 그런데 김 대리, 김대원 씨라고 했던가요?"

"대원이 아니라 제원. 김제원입니다."

제원은 히죽거리며 말을 이었다.

"대원이라고 하니까 생각나네요. 학교에 대원이라는 놈이 있었는데 그놈 이름을 빠르게 말하면 제 이름하고 비슷한 데다가 혀도 짧아서, 이름을 제원으로 오해받은 적이 많았거든요. 심지어 다른 학교 애들하고 한번 붙을 일이 있었는데, 그놈이 나 대신 끌려가서 실컷 얻어맞았죠. 자기 이름만 제대로 말하면 끝날 일이었는데 혀가 짧아서. 김제원, 김대원. 그게 그렇게 발음하기가 힘들었는지."

제원은 킥킥거리며 웃었지만 다른 사람들의 표정은 전혀 달랐다. 과거를 떠올리면서 즐거워하는 제원을 흥미롭게 바라보고 있던 하재가 말을 건넸다.

"혹시 그때 폭행에 가담했던 다른 학교 학생들은 처벌받았습니까?"

"네?"

"그 학생들이 사람을 때렸다고 했잖습니까."

"에이. 그게 뭐, 대단한 일이라고요. 그냥 장난친 건데. 그걸로 무슨 처벌까지……."

제원의 말에 설아가 끼어들었다.

"요즘은 그런 말을 자주 듣네요. 장난이었다는 말. 사람을 때리고도 장난이었다. 사람을 괴롭히고도 장난이었다. 돈을 빼앗고도 장난이었다. 심지어 감옥에 가기 직전까지도 장난이었다고 하더라구요. 이러다가 사람을 죽이고도 장난이었다는 말이 나올 것 같아요. 자신이 타인에게 한 행동들은 장난이니까 용서받는 것이 당연하고, 타인이 자신에게 하는 행동들은 하나부터 열까지 까칠하게 따지면서 무례하다면서 떠들고. 진짜 뭘 보고 자라면 그렇게 되는 건지."

설아의 말이 자신을 향하고 있다는 것을 알아차린 제원의 얼굴이 변해 갔다. 그러나 설아는 멈추지 않았다.

"뉴스에 많이 나오잖아요. 장난으로 했을 뿐, 절대로 고의는 아니었다. 괴롭힘을 당한 애가 소심해서 장난을 심각하게 받아들인 것뿐이다. 딸 같아서 살짝 만졌을 뿐이지, 절대로 나쁜 의도를 가지고 있었던 것이 아니다. 어쩜 그리 다들 똑같은 말을 하는지. 어디 학원 같은 데 가서 배우나 봐요."

"양아치들이라서 그렇죠."

이 과장이 끼어들었다.

"우리 학교 다닐 때도 그런 놈이 있었거든요. 애들 돈 빼앗고 신발 빌려간다고 해 놓고 돌려주지도 않았던 놈이 있었는데, 나중에 큰일 터지고 나니까 장난이었다고 하더라구요. 거, 참."

"어느 학교에나 그런 사람들이 다 있나 봐요."

"그런데 그놈이 어떻게 된 줄 아십니까?"

"어떻게 되었는데요?"

"나중에 대학 졸업하고 만났는데 이도 저도 아닌 채로 살더라구요. 원래 그런 쓰레기 양아치 놈들의 말로라는 게 뻔하죠. 사실은 그놈들은 깡패에다가 쓰레기들이죠. 단어부터 고쳐야 해요. 일진이 아니라 깡패라고."

"뭐, 그렇게까지 말할 필요까지 있습니까? 깡패는 심한 것 같은데."

가만히 듣고 있던 제원이 중얼거렸다. 설아는 그 기회를 놓치지 않았다.

"깡패가 심하다뇨. 사실 굉장히 순화해서 말한 건데. 사실대로 말하면 깡.패. 쓰.레.기잖아요."

깡패 쓰레기라는 말을 하나하나 끊어 가면서 발음하는 설아를 노려보는 제원의 눈빛이 점점 사나워졌다.

"그래서 그런 말이 있는 거잖습니까."

사장이 끼어들었다.

"누구더라? 맞다. 빌 게이츠! 주변에 공부밖에 모르는 바보가 있다면 잘 보여라. 사회에 나와서 그 바보 밑에서 일할 수 있으니까. 이 말 아시죠?"

"정말 맞는 말씀이네요. 사실 저기 고기를 굽고 있는 김제원 씨하고는 고등학교를 1년 정도 같이 다녔는데, 그 뒤에는 제가 전학을 갔었어요. 그런데 학교에 아주 고약한 애가 있었거든요. 약한 애들을 때리고 돈 빼앗고. 뚱뚱한 애들에게는 돼지 오덕이라면서 놀리고. 그런데 그때는 잘난 척하면서 기세등등하던 애가 나중에는 고기를 굽고 있더라구요."

"사모님도 그런 경험이 있으시구나. 저도 아까 말했던 그놈을 다른 곳에서 만났는데, 얼마나 우습던지."

이 과장은 열심히 자기 경험담을 늘어놓았다. 제원은 얼굴을 굳힌 채, 고기를 굽던 집게를 상 위에 내려놓았다.

"왜 더 안 구우세요?"

설아는 해맑은 얼굴로 제원을 향해서 물었다.

"아, 아니, 그게 많이 드신 것 같아서."

"조금 더 먹고 싶은데. 더 구워 주세요. 여기 고기가 참 맛있네요. 김제원 씨의 추천 덕분에 맛있는 고기를 먹을 수 있어서 감사해요."

유치하다는 거 안다. 잘 알고 있다. 그러나 사람은 항상 이성적으로 옳고 그름을 따져 가면서 살아갈 수 있는 존재가 아니다. 제원이 그의 과거를 조금이라도 후회하거나 부끄러워했다면 이 정도까지 화나지 않았을 것이다.

하지만 제원은 아예 그런 일이 없었다는 듯 굴고 있다.

시시때때로 온갖 이유를 들먹이면서 하재를 괴롭혔던 사람이 바로 제원이다. 그랬던 과거를 싹 외면한 채 살고 있는 제원의 얼굴에 주먹이라도 날리고 싶다.

"하여튼 세상에 이상한 놈들 많습니다. 특히 성추행하고 몰랐다고 하는 놈들도 많고. 진짜 세상이 어떻게 되려는지."

이 과장과 설아의 이야기를 듣던 사장이 입을 열었다.

"그런데 우리 회사에서 다른 건 몰라도 절대로 성희롱은 없습니다. 워낙 내 와이프가 그런 점에 엄격해서. 그렇지, 이 과장?"

"네. 그렇죠. 절대로 없습니다."

"다행입니다."

대화를 듣고 있던 하재가 입을 열었다.

"함께 일하는 파트너 회사에서 그런 문제가 생기는 건, 곤란하죠. 그런데 김 대리는 장난 좋아하십니까?"

"……."

지금까지 하재의 질문에 잘도 답하던 제원이 입을 다물었다. 잠시 후 제원이 어색하게 웃으면서 답했다.

"뭐, 좋아하는 편입니다. 장난이라는 게 재미있는 거니까. 그런데 왜 그런 걸 물어보십니까?"

"나는 좋아하거든요. 특히 내 장난에 상대가 깜짝 놀라는 걸 좋아하죠. 원래 그런 맛에 장난치는 거니까."

뜻 모를 하재의 말에 제원은 고개를 갸웃거렸다.

"그죠, 그런 맛에 장난치는 거긴 하지만……."

"그런데 슬슬 불판을 갈아야 할 것 같은데, 잠시만요. 직원 부르겠습니다."

이 과장이 직원을 부르려고 하자 하재가 만류했다.

"아닙니다. 저희는 이제 그만 일어나야 해서."

"아니! 벌써요? 조금 더 드시지. 여기 김 대리가 고기를 잘 굽는데."

"아닙니다. 충분히 많이 먹었습니다. 그리고 다음 일정도 있어서."

"하지만……."

"사장님 마음은 충분히 알겠습니다. 하지만 저희가 시간이……."

사장은 몇 번이나 붙잡았지만 하재는 매끄럽게 자리를 벗어났다. 결국 하재를 붙잡을 수 없다는 걸 알아차린 사장은 계산대로 향했다. 그러나 하재가 미리 계산을 마친 상황이었다. 뒤늦게 그 사실을 알게 된 사장은 어쩔 줄 몰라 했다.

"아니, 민 이사님. 어, 어떻게."

"제가 접대를 할 때도 있어야죠. 이렇게 좋은 음식점을 소개해 주셨는데."

"아니, 그래도. 이거…… 참 죄송해서."

"아닙니다."

하재와 사장이 서로 괜찮다며 말하는 동안 제원은 설아의 옆으로 슬그머니 다가왔다.

"야, 유설아. 적당히 해라."

"무슨 말인지 모르겠네요. 김제원 씨."

"너, 자꾸 예전 이야기 꺼내면서 사람 우습게 만드는데. 조심해."

제원이 이를 갈면서 말했다.

"그 뚱보 새끼 이야기 나오면 너도 좋을 거 없잖아."

순간 설아는 주먹을 꽉 쥐었다. 뚱보 새끼 이야기? 감히 하재에 대해서 그렇게 말해? 일말의 죄책감이나 후회도 없이.

화가 나서 눈앞이 새하얗게 변해 가는 것 같다.

"왜? 이제 와서 쫄리냐?"

"쫄려? 내가 왜?"

"잘난 네 남편이 알아서 좋을 거 없는 이야기잖아."

"그러니까 왜?"

"이야, 유설아. 남편 잘 만났다고 눈에 뵈는 거 없네. 야. 지금은 네 남편이 눈멀어서 뭐든지 다 해 줄 거 같지? 그런데 네과거 이야기를 다 듣고도 지금처럼 해 줄 것 같아?"

"기대된다."

설아는 제원을 보면서 빈정거렸다.

"네가 과연 무슨 이야기를 어떻게 할지."

"김제원 대리."

사장과 이야기를 마친 하재가 제원을 불렀다. 하재가 부르자 제원은 몸을 바로 세웠다.

"넵! 민 이사님!"

하재 쪽으로 쪼르르 달려간 제원은 고개를 숙였다. 그런 제원을 본 하재는 씩 웃으면서 품에서 명함을 꺼냈다.

"제 명함입니다."

"네? 이사님 며, 명함을 왜?"

"혹시라도 생각 있으시면 연락 주십시오."

"생각이라니요?"

하재는 제원을 향해서 그 어느 때보다 매혹적인 미소를 지었다.

"회사를 옮기고 싶으시다거나……, 아니면 제 도움이 필요하시면."

하재의 말이 이어질수록 제원의 얼굴에 웃음꽃이 피었다. 설아는 명함을 받고 좋아하는 제원을 무시무시한 눈으로 노려봤다.

"저, 정말이십니까? 정말 연락 드려도 됩니까?"

"네. 부담 갖지 말고 꼭 연락 주십시오."

그 누구도 쉽게 거절하지 못할 유혹을 던진 뒤 하재는 설아 쪽으로 몸을 돌렸다.

"자, 이제 가자."

"기분이 나빠 보여."

"좋을 리가 없잖아."

수영복으로 갈아입은 설아는 선글라스를 쓴 채 투덜거렸다.

"제원에게 너무 쉽게 넘어가 줬어. 게다가 너는 명함은 왜 준 거야?"

"그냥."

하재는 흘겨보는 설아를 향해서 해맑게 웃었다.

"그런데 물 차갑지 않아?"

"아니, 적당히 따뜻해."

설아의 말에 하재는 수영장으로 들어갔다.

"정말이네. 딱 적당히 차갑고 좋아."

하재의 목소리는 평온했지만 설아는 여전히 툴툴거렸다. 거기서 제원과 끝장낼 생각은 없었다. 물론 마음 같아서는 자신들이 겪었던 비참함과 무력감을 똑같이 느끼게 해 주고 싶었지만. 그럴 수 없었기에 많이 양보해서 사람들 앞에서 톡톡히 망신을 주고 싶었을 뿐이다. 과거 그들이 당했던 시간에 비하면 복수라고 할 수도 없는, 그런 미약한 앙갚음.

"이제 그만 화내. 협력 업체와 소란이 일어나서 좋을 것 없 잖아."

"알아. 아는데, 그냥……. 아냐. 아무것도."

김제원을 생각하면 짜증 나지만 하재와 함께 있는 시간 내내 투덜거리고 싶지 않았기에 설아는 마음을 가라앉혔다.

시선을 올려다보니 푸른 하늘이 보였다. 비정상적일 만큼 맑은 하늘을 보고 있자니 김제원에 대한 적의가 조금씩 옅어져 갔다. 일단 지금은 제주도의 푸른 하늘을 즐기자.

푸른 하늘이 펼쳐져 있는 가운데 수영장의 물은 시원했다. 몸을 물에 둥둥 띄운 채로 설아는 하늘을 올려다봤다. 제주도의 하늘은 서울과는 너무나 다른 남국의 하늘이었다. 새파란 하늘을 떠다니는 하얀 구름이 평화롭다. 제주도의 시간은 서울과는 다르게 흘러간다는 기분마저 들었다. 이곳에서는 세상이 따뜻하고 청량하다.

"하재야. 우리 내년에도 또 제주도에 오자. 여기 있으니까 마음이 깨끗해지는 것 같아."

"알았어. 내년에도 또 오자."

"안 돼, 안 돼. 서하재."

몸을 일으킨 설아는 고개를 돌렸다.

"이런 식으로 매사에, '응. 좋아. 그렇게 하자.' 말하는 거. 하지 말라고 했잖아. 아주 약간의 반항이 중요한 거라니까."

"알았어. 그럼 이제 자쿠지로 가자고 말해도 되는 거야?"

"좋아. 그건 괜찮아."

살짝 추워지고 있기 때문에 설아는 순순히 자쿠지로 이동했다. 함께 자쿠지로 들어온 하재는 뒤에서 설아를 꼭 껴안았다.

"그런데 네가 말하는 약간의 반항이 어느 정도야?"

"적당히. 내가 딱 좋다고 생각할 정도만."

"어렵네."

하재의 말에 설아는 말갛게 웃었다. 등 뒤에 닿아 있는 하재의 가슴에서 느껴지는 온기가 좋다. 자신을 소중히 대해 주는 하재의 손길이 좋다. 그래서 하재에게 어리광을 부리고 있는 중이다. 앞날에 대한 불안 때문에 자꾸만 어리광을 부리게 된다.

"그런데 하재야."

"응?"

"혹시 김제원은 네가 하재라는 걸 알면 사과할까?"

"아니."

하재의 목소리가 차가워졌다.

"김제원 같은 인간은 절대로 사과하지도 자신이 저지른 잘못을 후회하지도 않아. 개과천선이라는 말은 그만한 능력과 재능이 있는 사람들에게나 통하는 단어야. 그동안 김제원 같은 인간을 수도 없이 봐 왔어. 그들이 하는 말은 언제나 똑같아. 운이 좋지 않았다. 내 잘못이 아니다. 상황이 나빴다. 다음번에는 더 잘할 수 있다. 다른 놈이 일을 망쳤다. 늘 그런 식이야."

"그런데 왜 성태와 제원에게 명함을 줬어?"

"연락할 것 같아서."

하재의 말에 설아는 눈썹을 살짝 찡그렸다. 연락할 것 같아서 명함을 줬다니, 왜?

"틀림없이 그들은 연락할 거야. 너에 대해서 아주 진지하게 할 말이 있는 것처럼 연막을 피우면서. 마치 이보미처럼."

이보미?!

보미의 이름을 들은 설아의 두 눈이 커졌다. 왜 지금까지 보미의 존재를 까맣게 잊고 있었을까. 그날 밤 하재에게 보미에 대해서 물어본 이후로 단 한 번도 생각하지 않았다.

"하재야!"

하재에게 안긴 채로 몸을 돌린 설아는 빠르게 말했다.

"하재야. 나 지금까지 너무 정신없어서 그냥 넘어갔었는데. 너, 그 호텔에서 보미가 일했던 거 알아? 우리가 웨딩 준비 했었던 그 호텔!"

"너."

품에 안겨 있던 설아가 급하게 움직이자 하재는 눈썹을 살짝 찡그리며 미묘한 표정이 되었다. 그런 하재의 표정 변화를 깡그리 무시한 설아는 보미의 이야기를 늘어놓았다.

"전에 내가 보미를 아냐고 물어봤었잖아. 너는 모른다고 했었고. 우리가 갔었던 웨딩 숍. 거기서 보미가 일하고 있었는데……, 뭐야. 너, 알고 있었어?"

흥분해서 말하는 자신과 달리 차분한 하재를 보면서 설아는 의아한 얼굴이 되었다.

"전에 내가 물었을 때는 모른다고 했었잖아."

"몰랐어. 전화를 받기 전까지는."

"전화?"

"사실……, 이보미. 회사로 연락 왔었어."

하재의 말에 설아의 얼굴이 딱딱하게 굳어졌다. 하재는 손가락으로 찌푸리고 있는 설아의 이마 주름을 쭈욱 밀었다.

"얼굴 펴. 그리 대단한 일도 아니었으니까."

"……왜 보미가 연락했었다는 걸 말하지 않았어?"

"이야기 할 틈이 없었어. 그런 기분 나쁜 이야기를 하는 것보다 달리 해야 할 즐거운 일도 많았고. 또 그 뒤로는 이사회니, 지 의원 문제로 정신없이 바빴으니까."

"하긴 우리 둘 다 정신이 없긴 없었지."

설아는 하재의 말에 고개를 끄덕였다. 이사회만이 아니라 아버지의 등장. 그리고 예성의 문제까지 겹쳐서 보미에게 쏟을 신경이 없었다.

"그런데 왜 보미는 회사로 연락한 거야? 무슨 말을 했어?"

"음……."

하재는 잠시 뜸을 들였다.

"너에 대해서 할 말이 있다고 하더라."

알 것 같다. 하재가 더 이상 말하지 않아도 보미가 무슨 말을 하려고 했는지 알 수 있었다. 설아는 싸늘한 목소리로 말했다.

"알겠다. 틀림없이 고등학교 때의 소문을 들먹이면서 돈을 뜯어내려고 했었겠구나. 네가 하재인지 모르고."

"뭐, 대충 그래."

"그래서 보미는 어떻게 되었어?"

"어떻게 되었을 것 같아?"

"좋은 결말은 아닐 것 같아."

"맞아. 네 생각처럼 그리 좋은 결말은 아니야. 협박죄로 고소당했으니까."

하재의 말에 설아는 숨을 깊이 들이마셨다.

"그걸로 끝?"

"아니. 절도죄도 추가 되었어. 웨딩 숍에서 일하면서 고객들 지갑이나 물건에 꽤 손을 많이 댔더라고. 호텔 측에서도 범인을 찾고 있던 와중에 협박죄하고 겹친 거지. 알아보니 전과도 꽤 있었어. 협박, 절도, 폭행, 사기, 그런 자잘한 범죄들. 물론 형기를 치르고 나온 뒤의 삶도 그리 평온하지 않을 거야. 내가 손쓰지 않아도, 그런 인간들의 결말은 언제나 동일해."

"흐음."

설아는 차분하게 고개를 끄덕였다.

"보미는."

시선을 살짝 떨어뜨린 설아는 차분한 목소리로 말했다.

"보미는 아직도 자신이 대단한 사람인 줄 알고 있더라. 그래 봤자 겨우 고등학교 시절에 다른 애들을 괴롭힐 수 있을 정도로 인성이 쓰레기였다는 게 전부인데. 어릴 때는 그런 인간들이 왜 무서웠는지 몰라."

"어렸으니까."

"……."

"지금 우리가 봤을 때는 쉽게 해결할 수 있는 일도, 당시에는 하루하루 살아가는 게 힘들 만큼 괴로운 문제였잖아. 약한 사람들에게 자신의 힘을 과시하는 것밖에 못하는 양아치들에 불과한 인간들이었지만……, 그 당시 우리에게는 너무 큰 벽이었어."

하재의 말에 설아는 고개를 숙인 채 가만히 있었다. 잠시 뒤에 고개를 든 설아는 하재에게 물었다.

"만일 제원이 연락하면, 어떻게 할 거야?"

"너는 어떻게 했으면 좋겠어?"

"잘 모르겠어. 하지만 본때를 보여 줬으면 좋겠어. 자신이 한 일을 후회하도록."

"제원은 후회하지 않을 거라고 말했잖아. 그런 인간들에게 자기 잘못이란 존재하지 않는 단어야."

"그래도 후회했으면 좋겠어. 오랜 시간이 지났지만…… 그 시절 힘들었던 나와 너를 위해서 뭔가를 하고 싶어."

십 수 년이 지난 지금도 그때의 일을 떠올리면 숨이 턱턱 막힌다. 자신이 이럴진데, 하재는 어느 정도일까? 설아의 말을 들은 하재는 차가운 미소를 지으면서 말했다.

"알았어. 그럼 뭐 할까? 떠도는 말처럼 새우잡이 배라도 태울까? 아니면 김제원보다 악랄한 자들이 득실거리는 사업장으로 보낼까? 방법은 많아."

"그중에서 뭘 택할 건데?"

"그건 내가 결정할 게 아냐."

"그럼?"

"김제원이 결정해야지. 나에게 전화를 걸어서 너에 대해서 할 말이 있다는 식으로 말한다면."

하재의 목소리가 싸늘해졌다.

"그때는 새우잡이 배로는 끝나지 않을 거야."

틀림없이 전화는 올 것이다. 그리고 김제원은 은근한 목소리로 이사님의 부인에 대해서 할 말이 있다는 식으로 말할 것이다. 뜬소문이라고 치부하고 싶지만 차마 그럴 수 없는 일이다. 안타깝지만 이사님에게는 말해야 할 것 같다고. 그런 식으로 온갖 양념을 섞어서 과거의 일을 말할 것이다. 보미가 그랬듯이.

하재는 얼굴이 어두워진 설아의 머리카락을 뒤로 넘겼다.

"신경 쓰여?"

"아니."

설아는 단호히 고개를 저었다.

"사람은 누구나 저지른 일에 대한 대가를 치러야지. 우리가 그들을 찾아 나선 것도 아니잖아. 가만히 있었다면 그냥 넘어갔을 텐데. 굳이 나서서 화를 불러일으켰으니, 그 어리석음에 대한 값은 치러야지. 인과응보라는 말, 이럴 때보면 맞는 것 같아."

"그래서 남의 눈에 눈물을 흐르게 하면 자기 눈에는 피눈물이 흐른다는 말이 있는 거겠지."

"……."

"보미나 제원이나. 모두 자기 인생을 스스로 망치는 타입들이야. 함부로 남을 대하는 사람들에게는 언젠가 그게 다 되돌아오기 마련이니까."

하재의 말을 가만히 듣고 있자니, 문득 궁금해졌다.

지금까지 하재는 복수하기 위해서 오랜 시간 동안 노력해 왔다. 심지어 지진태와 지준표를 잡을 약점을 찾기 위해서 아영과 사귀기까지 했었다.

서하재를 지우고 민제하로 살아온 시간들.

그 길고 긴 시간 속에서 하재는 어떤 복수를 꿈꿨을까? 자신에게는 어떤 계획이 준비되어 있었을까?

"무슨 생각을 그렇게 해?"

"그냥."

"그냥?"

"생각해 보니까…… 너, 클럽에서 나에게 다른 사람 이름이 적혀 있는 계좌번호를 줬었잖아. 그때 네가 하재라는 것을 알리고 싶지 않아서 그랬던 거지?"

설아의 질문에 하재의 얼굴이 살짝 굳어졌다. 설아는 점점 짙어지는 하재의 검은 눈동자를 가만히 바라봤다.

"회장님……. 그러니까 아버님이 네가 민제하로 살아갈 수 있게 도와줬던 건, 네 과거를 모두 알고 있기 때문이야?"

"그래. 맞아."

"그럼……, 준은?"

하재는 준을 소개할 때 친구 비슷한 존재라고 했었다. 친구 비슷한 존재인 준은, 하재의 과거에 대해서 얼마나 많이 알고 있을까?

"처음 만났을 때, 준이 그랬어. 민제하는 과거 여자에게서 혹독한 경험을 했기 때문에, 두 번 다시 여자를 쳐다보지 않을 줄 알았다고. 그때는 그 여자가 아영인 줄 알았는데 아냐. 이제 와서 생각해 보면 그 여자는 나야."

말하다 말고 설아는 입술을 꼭 깨물었다.

"준은 어디까지 알고 있는 거야? 나에 대해서 준도 다 알고 있었던 거야?"

"아니. 준은 내가 나쁜 경험을 했다는 정도만 알고 있었어. 그 여자가 너인 줄은 몰랐을 거야. 하지만 만나는 순간 알아차렸겠지. 그 여자가 너라는 걸."

"어떻게?"

"준은 똑똑하거든. 감도 좋고. 그러니까 의도적으로 그런 말을 한 거겠지."

"그래도 어떻게 보자마자 나인 줄 알 수 있어?"

준이라면 당연히 알아차렸을 거야. 그날 내 흔들림과 위태로운 감정을 알아차리지 못한 사람은 오직 한 명, 너밖에 없었을 거야. 내 시선은 너에게서 벗어날 수가 없었어. 내 품에 있는 네 육체를 느끼면서 미칠 것 같은 마음을 억눌러야 했지. 행복했던 과거가 떠오르고 네가 믿고 내 손에 닿아 있는 네 몸을 어루만질 때마다…… 당장이라도 쾌락에 모든 욕구를 맡기고 싫어졌으니까.

"그럼……, 하재야."

설아는 조심스럽게 입을 열었다. 그러나 곧장 말을 꺼낼 수 없었다.

주저하는 가운데 마음 한구석에서 누군가가 소리쳤다. 물어보지 말라고. 하재에게 더 이상 그때 일에 대해서 묻지 말라고. 이대로 모르는 척 살아가도 괜찮을 거라는 목소리가 들렸지만 설아는 하재에게 질문을 던졌다.

"네가 말했었지. 오현종이나 나경의 일에는 관여한 적 없지만 가끔 나를 보러 왔었다고. 그때…… 무슨 생각했었어?"

"……."

"나에 대해서도…… 따로 계획이 있었던 거야?"

설아의 질문에 하재는 아무 말도 하지 못했다. 그런 하재를 바라보던 설아의 뺨이 점점 차가워졌다. 자쿠지의 물은 따뜻한데, 세상이 차갑게 식어 가는 기분이다.

한참 동안 말 없던 하재가 손을 뻗었다. 그러고는 창백해진 설아의 뺨을 부드럽게 어루만졌다.

"없었어."

"……."

"너에 대한 계획 같은 건 하나도 없었어."

"왜?"

"……그냥. 없었어."

너에게는 아무것도 할 수 없었어. 초췌하고 파리한 얼굴로 세상과 벽을 쌓은 채로 살아가는 너를 훔쳐보는 것 이외에는 아무것도 할 수 없었어. 그리고 너를 보고 온 날이면 잠을 이루지 못했지. 왜 너는 슬퍼 보일까. 혹시 어떤 인간이 너를 괴롭힌 건 아닐까. 어쩌면 나에게 미안해서 후회하고 있는 걸까? 그래서 다른 친구를 사귀지도 연애도 하지 않고 있는 걸까?

아무것도 할 수 없는 것만큼이나 궁금했었어.

왜 너는 나를 버렸을까. 왜 나는 너를 숨어서 지켜보는 걸까. 너는 지금도 나를 그리워할까? 나는 왜 너를 내 마음속에서 버릴 수 없을까?

너를 미워하는 마음과 비례해서 너를 변명하는 수백만 가지의 이유들.

만일 그들이 그런 짓을 저지르지 않았다면 나는 지금도 여전히 네 주위만 맴돌고 있겠지. 계속 자연스레 네 곁으로 다가갈 수 있는 기회를 기다리면서. 그날의 우연은 돌파구를 만들어 준 셈이야. 아영에게 대항할 여자가 필요하다는 이유를 들먹였지만 그건 처음부터 끝까지 거짓말이었어.

"그런데 한 가지 궁금하긴 했었어."

"뭐가?"

"왜 너는……. 그렇게 항상 우울한 얼굴인 걸까. 왜 다른 사람의 시선을 신경 쓰고 잔뜩 움츠린 채로 입술을 꼭 다물고 살아가는 걸까라는 의문. 그냥 기가 죽어서, 파리하게, 마치 회색 인간처럼."

하재는 물에 젖은 설아의 머리카락들을 뒤쪽으로 넘기면서 속삭였다.

"왜 그랬어? 한 번쯤은 웃을 수도 있었잖아."

"……."

"사실 그때도 마음이 조금 아팠었어. 네가 클럽으로 나를 찾아와서, 자신은 그리 똑똑하지도 야무진 사람도 아니란 말을 했을 때. 여전히 고등학교 때처럼 스스로를 비하하는 너를 보는 게 유쾌하진 않았어."

"……."

"그렇게 많은 시간이 지나고 좋은 대학교에 갔는데도, 너는 여전히 같은 말을 하고 있었으니까."

하재의 말에 설아는 시선을 내리깔았다. 차분히 말하고 싶은데 아랫입술이 파르르 떨린다. 굵은 눈물방울이 뺨을 타고 뚝 떨어져 내렸다.

"너 때문이야."

"……?"

"네가, ……없었잖아. 서하재."

네가 내 옆에 없었잖아. 사람은 세상에 딱 한 명만 자기편이 있어도 살아갈 수 있는 존재야. 그런데 네가 없었으니까 세상에 내 편은 한 명도 없었던 거야.

내 편이 한 명도 없는 세상은 너무 무섭고 삭막해서, 두렵고 외로웠어.

네가 없어서 나는 여전히 멍청한 유설아였어. 공부를 잘하게 되고 좋은 대학을 가서 장학금을 받아도, 나는 스스로를 비하하는 그런 사람으로 살 수밖에 없었던 거야.

"더…… 빨리 왔어야지. 네 잘못이야."

네가 없어서 외로웠어. 하재야. 네가 없어서 무섭고 힘들었어.

"미안해."

귓가를 맴도는 목소리. 미안해. 내가 잘못했어.

하재가 조심스러운 손짓으로 뺨을 타고 흘러내리는 눈물을
닦았다. 그러고는 천천히 턱을 치켜 올렸다.

부드러운 입술에 입술이 닿는다. 말캉한 혀의 감각이 느껴지
고 키스가 이어졌다. 울지 마, 라는 목소리와 함께 하재의 입술
이 목선을 타고 내려왔다. 점점 온몸의 신경이 빳빳하게 날이
선다. 들뜬 뜨거움이 허리를 따라 흐르기 시작했다.

언제 잠이 들었는지 모르겠다. 일어나려고 했지만 몸이 나른
하다. 몇 번이나 힘겹게 눈을 깜박인 후에야 조금이나마 잠을
떨칠 수 있었다. 가벼운 소리를 내면서 몸을 뒤척이던 설아는
텅 비어 있는 침대를 발견했다.

또다. 또 하재가 없다.

침대에 하재가 없다는 사실을 인지하자마자 잠이 싹 달아났
다. 몸을 일으킨 설아는 하재를 찾아 나섰다. 조심스러운 발걸
음으로 수영장 쪽으로 다가간 설아가 술을 마시고 있는 하재를
발견했다. 그러나 하재에게 말을 거는 대신 설아는 뒤쪽에서 가

만히 서 있었다.

조금씩, 조금씩 술이 줄어들어 간다.

또르륵. 다시 술잔에 술이 가득 채워졌다.

어제는 웃으면서 하재에게 술을 줄이라고 말할 수 있었지만 오늘은 아무 말도 할 수 없다. 행복한 척하면서 웃고 있지만 발치 앞에 드리워진 검은 늪을 완전히 외면하기는 힘들었다.

결국 박예성이라는 근본적인 문제를 해결하지 않은 이상, 하재는 매일 술을 마시게 될 것이다. 어떻게 해야 할까? 어떻게 해야 예성을 자신들에게서 떼어 낼 수 있을까. 언제까지 그 그림을 사이에 두고 그 여자와 전쟁을 벌여야 하는 걸까.

내일이면 서울로 돌아가야 하는데 자신들에게는 예성을 공격할 수 있는 무기가 없다. 있는 거라고는 〈백설 공주를 위하여〉뿐이다. 그러나 〈백설 공주를 위하여〉는 무기가 아니라, 인질이나 보상에 가깝다.

살금살금. 하재에게 들키지 않게 조심스러운 움직임으로 침실로 돌아온 설아는 답답한 가슴을 손으로 눌렀다. 얼음과 물을 마시고 싶지만 꾹 참았다. 몇 번이나 가쁜 숨을 들이켠 뒤에야 설아는 휴대전화를 쥐었다.

최 비서에게 많은 기대를 하고 있는 것은 아니다. 약간이나마 알아 올 수 있다면, 아주 약간이나마 하재에게 도움이 될 수 있다면 그것만으로 만족한다. 막 휴대전화를 켜려는 순간 뒤에서 하재의 목소리가 들렸다.

"깼어?"

깜짝 놀란 설아는 휴대전화를 떨어뜨렸다.

"뭘 그렇게 놀라. 전화라도 왔던 거야?"

"아, 아니. 그냥 시간을 보려고 했는데."

평정을 되찾은 설아는 떨어진 휴대전화를 슬그머니 탁자 위에 올렸다.

"네가 놀라게 했잖아. 이거 바꾼 지 얼마 되지 않았는데."

"또 내가 잘못했네."

"응."

설아는 장난스레 웃으면서 하재에게 손을 내밀었다.

"이리 와, 서하재."

손이 뻗어진 쪽에 서 있는 하재가 보였다. 하재는 그에게 손을 내민 설아를 보면서 의미심장한 미소를 지은 채 한쪽 입술을 치켜 올렸다.

"와서 나를 즐겁게 해 줘."

설아의 말이 떨어지자 하재는 천천히 침대 위로 올라왔다. 하재가 다가올 때마다 침대의 스프링이 이리저리 움직인다. 마치 흑표범이 어슬렁거리듯이 다가온 하재는 느릿느릿한 손짓으로 이불을 걷고 입을 맞췄다. 오싹오싹한 감각이 허리를 스쳤다. 뜨거운 숨결이 붉은 입술을 지나간다.

목덜미에 딱딱한 감촉이 닿았다. 하재는 그대로 설아의 연약하고 부드러운 목에 이를 박아 넣었다. 조금 아프다 싶은 감각이 이내 짜릿함으로 변했다. 들뜬 숨소리가 흐른다. 오싹거리는 감각과 함께 남자의 육체가 가하는 중압감이 파도처럼 다가왔다.

밤의 시간이 지나고 난 뒤 하재는 잠에 빠졌다. 그러나 설아는 잠을 이룰 수 없었다. 고른 하재의 숨소리를 들으면서 설아는 살며시 손을 뻗었다. 잠자고 있는 하재의 손을 조심스레 쥔 설아는 맹세했다.

걱정하지 마, 하재야.

이번에는 내가 너를 지켜 줄 거야. 어리석고 연약했던 유설아는 이제 없어. 그때는 내가 너를 지켜 주지 못했지만 이제는 달라. 이번에는.

속으로 맹세하던 설아의 눈동자가 깊게 가라앉았다.

이번에는 내가 그 여자를 죽여서라도 너를 지켜 줄 거야. 그래, 필요하다면 그렇게까지 할 수 있어.

13. 박예성

　방 안에는 우아한 가구들이 세련되게 배치되어 있었다. 코 끝을 감도는 커피 향과 함께 예성은 느긋이 시간을 즐기고 있었다. 그러나 바로 앞에 앉아 있는 아영의 얼굴에는 비장미가 서려 있었다.

　"시키신 대로 다 했잖아요! 제발 아버지를 도와주세요."

　잔뜩 흐트러진 모습으로 아영은 예성에게 매달렸다. 그러나 예성의 시선은 아영이 아니라, 손톱에 향해 있었다.

　"아무래도 이번 네일 컬러가 별로야. 너무 화려해서 튀는 것 같아. 그렇지 않니?"

　"제발 부탁이에요. 제주도도 갔다 왔잖아요."

　"그래. 갔다 오기는 했지. 그런데 얻은 게 없잖아."

　"……그, 그건."

예성의 힐난에 아영은 입술을 꼭 깨물었다.

"그래도 제하 씨와 이야기는 했어요. 그러면 된 거잖아요. 그보다 아버지를 도와주시면 보답을 얻게 되실 수 있어요! 우리 아버지가 다음에 어디를 향할지 아시잖아요."

"설마 지금 대통령을 말하는 거니?"

말하면서 예성은 피식 웃었다.

"얘, 너는 네 아버지가 대통령이 될 거라는, 그 말도 안 되는 신념을 언제부터 가진 거니? 네 아버지는 이번 일이 없어도 절대로 대통령이 될 수 없어. 너라는 엄청난 결점이 있는데 어떻게 대통령이 될 수 있겠어?"

"제하도!"

"아, 그랬구나."

한숨을 쉬면서 예성은 머리를 절레절레 저었다.

"네 눈치가 바닥이라는 것쯤은 진작 알고 있었지만 이 정도로 엉망인 줄은 몰랐는데. 민제하는 네 아버지가 대통령이 될 거라고 생각했던 게 아냐. 너도 알잖아. 네 아버지를 무너뜨리기 위해서 너와 사귀었던 거지."

"……그, 그런 거 아니에요."

"아냐? 그럼 뭐니? 설마 아직까지 상황 판단 못 하고 있는 거야? 네 아버지와 오빠를 감옥에 넣은 사람은 바로 민제하라는 걸 아직 모르는 거야?"

"그래도……."

"그래도?"

아영의 말을 따라하던 예성은 화사하게 웃었다.

"너 알고 있었구나? 하재가 네 집안을 무너뜨렸다는 걸. 그런데 왜 아직까지 하재가 너를 사귄 이유에 대해서 모르는 척하니? 계속 눈앞의 진실을 외면하면 달라지는 거라도 있어?"

"……."

"내 아들이 너와 사귄 이유는 단 한 가지야. 네 아버지와 오빠를 꺾어 낼 약점. 그거 하나만 원했던 거지. 이제는 너도 민제하가 너를 마음에 둔 적이 한 번도 없었다는 걸 알 때도 되지 않았니? 그렇다고 해서 네가 상처 입을 것도 아니잖아. 그냥 민제하가 겉보기에 좋아서 같이 있었던 걸 테니까."

"아니!"

계속 조롱하는 예성을 참지 못한 아영이 발끈했다.

"나는 사랑했어요!"

"뭐?"

처음으로 예성이 아영 쪽으로 시선을 돌렸다. 아영은 두 주먹을 불끈 쥔 채 분연히 외쳤다.

"나는 진심으로 제하를 사랑했어요!"

"닥쳐."

지금까지는 조롱조였다면, 닥쳐, 라고 말하는 예성의 목소리에서는 살기가 느껴졌다. 붉은 입술을 살짝 깨문 예성의 두 눈에서 파르스름한 불꽃이 흘렀다. 자리에서 일어난 예성은 무시무시한 눈으로 아영을 노려봤다.

"사랑이라는 건, 감히 너 따위가 입에 올려도 되는 그런 하찮은 단어가 아냐. 그 사람을 생각하면 하루가 행복하고 세상이 달리 보이는 감정. 그러다가 배신당하면 심장이 도려내지는 같은, 끔찍한 고통에 시달려야 하는 게 사랑이야. 세상을 용서할 수 없어서 평생 불행하게 살아가는, 그런 지독한 경험이 바로 사랑이라는 거야. 알겠어?"

"……."

"너 같은 인간은 그저 침대에서 나뒹구는 게 전부야. 그런 네가 감히 사랑 운운하는 꼴은 보고 싶지도 듣고 싶지도 않으니까, 꺼져."

"도와주겠다고 했잖아요!"

"그래. 도와주겠다고 했었지. 그건 어디까지나 네가 민제하에게서 그 여자를 떼어 낼 수 있을 때 이야기였어. 하지만 넌 떼어 내지 못했잖아. 그럼 계약도 끝인 거야."

"제발 박 여사님! 여사님 돈이면 아버지를 도울 수 있어요!"

"너는 정말 내 돈이면 사방에서 두들겨 맞는 네 아버지를 구할 수 있을 것 같아? 정신 차려. 일본 대부업체에서 뇌물받은 한국 정치인은 절대로 재기할 수 없어. 게다가 네 오빠는 약쟁이야. 지금 인터넷 포털 사이트는 너희 집안 이야기로 시끌벅적, 난리가 따로 없어. 그런데 생판 남인 내가 왜 그 난리통으로 함께 가야 해?"

"박 여사님!"

아영은 예성에게 두 손을 모은 채 사정했다.

"저는 이제 갈 곳이 없어요. 무릎을 꿇으라면 꿇을게요."

"너, 미쳤니?"

예성은 나른한 목소리로 말했다.

"네 무릎 따위가 뭐가 소중해서, 내가 네 무릎 따위에 네 집안을 도와줘야 해? 이제 그만 좀 해. 지겹다. 정말 이럴 때 보면 내 아들이지만 하재가 보살 같아. 너 같은 애를 어떻게 참아 냈을까? 아니, 보살이 아니지."

머리카락을 쓸어 올린 예성의 입가에 차디찬 미소가 어렸다.

"뱀보다 더 사악하니까 참아 냈겠지. 어쩜 그렇게 제 아버지와 똑같은지."

"아냐!"

아영은 악을 써 댔다. 예성에게서 도움받을 수 없다고 판단한 아영은 있는 성질을 그대로 다 드러냈다.

"우리 아빠는 재기할 거야! 그때 다들 지금을 후회하면서 울게 될 거야! 두고 봐!"

"그래, 뭐."

예성은 아영을 비웃으면서 자리에서 일어났다.

"그런 꿈이라도 꾸면서 살아야겠지. 이제 시간이 다 되어서 가봐야겠다. 이제 곧 하재가 탄 비행기가 도착할 거야. 나는 갈 테니까 너는 여기서 울고 있든지, 아니면 집에 가서 남아 있는 재산이라도 긁어모아서 도망치든지. 마음대로 하렴."

더 이상 말해 봤자 소용없다는 것을 알게 된 아영은 입술을 질끈 깨물었다. 그러더니 분노에 가득 찬 목소리로 저주를 내뱉었다.

"당신, 나에게 이러고도 무사할 줄 알아? 내가, 내가……."

"네가 뭘 할 수 있는데?"

예성은 아영의 감정을 비웃었다.

"너는 가진 것이 아무것도 없어. 가진 것 없는 너를 도와줄 사람은 한 명도 없어. 몇 번이나 말해야 알아듣니? 아, 아니다."

"……."

"네 몸뚱이. 그거 하나는 있네."

예성의 말뜻을 알아들은 아영의 얼굴이 새파랗게 질렸다.

"어, 어떻게 감히!"

"감히? 그건 내가 너에게 해야 할 말 같지 않니? 감히 너 따위가 내 시간을 이렇게 빼앗는 것에 대해서, 내가 화내야 할 것 같지 않아?"

"야!"

아영은 쉽게 물러가지 않았다. 결국 사람까지 동원해서 아영을 끌어내야 했다.

아영이 사라진 뒤, 예성은 집에 있는 갤러리로 향했다. 습도와 태양빛까지, 웬만한 미술관보다 더 잘 관리되고 있는 갤러리에 걸려 있는 그림은 모두 예성을 모델로 한 초상화였다.

입구 쪽에 걸려 있는 단발머리의 초상화는 준수를 처음 만났을 시기였다. 세상이 온통 밝았던 때였다. 초상화의 예성 역시 한없이 싱그럽고 해맑았다. 자신의 초상화를 뚫어져라 바라보던 예성의 입술이 씰룩거렸다.

철없던 시절, 사랑의 행복이 계속되리라고 믿었던 시절. 그때의 자신은 왜 그리 아둔하고 희망 찼을까. 사랑만으로 인생이 충만할 수 있다고 믿었다니. 어쩜 그리도 어리석었을까. 예성은 쓰디쓴 웃음을 지으며 갤러리 안쪽으로 걸어갔다.

한가운데 걸려 있는 그림은 〈백설 공주를 위하여〉의 모작이었다. 하재가 진품을 가지게 된 이후, 모작은 그녀의 소유가 되었다. 예성은 그림을 향해서 천천히 손을 뻗었다. 그림을 감싸고 있는 액자를 어루만진 예성의 눈빛이 조금씩 이채를 발했다.

가질 것이다. 반드시 이 그림을 다시 가지고 말 것이다.

이런 가짜 따위로 만족할 수 없다. 진짜와 똑같이 모사했다지만 이것은 가짜. 이 그림에서 느낄 수 있는 감정 역시 가짜에 불과하다.

이따위 가짜를 얻기 위해서 지난 세월 동안 그토록 노력했던 것이 아니다.

예성은 붉은 입술을 살짝 깨물었다.

무슨 짓을 해서라도 진품을 가질 것이다. 그 그림에 담겨 있는 격렬하고 끔찍한 감정이야말로, 준수의 진심이니까. 절대로 다른 사람에게 빼앗길 수 없다.

"어머니."

준희는 조금 거리를 둔 채, 예성을 불렀다.

〈백설 공주를 위하여〉에 대한 예성의 집착을 알기에 준희는 가까이 다가서지 않았다. 어린 시절 멋모르고 저 그림에 대해 나쁜 말을 했다가 얼마나 많이 야단맞았던가. 그 이후 준희는

〈백설 공주를 위하여〉에 접근할 때면 더욱 조심하게 되었다.

13년 전 갤러리에 모작을 걸게 된 이후 예성은 더욱 외골수가 되었다. 어떨 때 보면 예성의 인생은 〈백설 공주를 위하여〉를 손에 넣기 위한 여정에 불과하다는 생각이 들 정도였다. 동시에 그토록 예성을 사랑했던 서준수가 왜 그 그림만은 예성의 손에 들어가지 못하게 여러 가지 장치를 해 뒀는지 의문이 들었다.

"어머니."

예성이 답이 없자 준희는 한 번 더 불렀다.

"어머니!"

"왜?"

나른하면서도 뾰족한 감정이 느껴지는 예성의 목소리.

"제주도에서 출발했대요. 그러니까, 그……."

"네 큰오빠 말이니?"

"네."

준희는 단 한 번도 서하재를 큰오빠라고 생각해 본 적 없었다. 어릴 때부터 하재는 어딘가에 존재하는 사람에 불과했고 그건 성장한 이후로도 마찬가지였다. 어머니가 그토록 가지고 싶어 하는 그림을 가지고 사라진 사람. 덕분에 어머니는 오랜 세월 동안 고통받아 왔었다.

"슬슬 마중 나가야 할 때구나."

"어머니."

예성이 몸을 돌려 입구 쪽으로 다가서자 준희가 입을 열었다.

"굳이 어머니가 나서실 필요가 있을까요? 어차피 법적으로……."

"이길 수 있다면 나도 나서지 않아."

예성은 차분히 말했다.

"질 게 분명하니까 나서는 거지. 본격적으로 나서기 전에 독한 말 좀 하고 겁 좀 주고. 그래야 하지 않겠니?"

"어머니……."

"걱정하지 마렴."

예성은 준희의 손을 꼭 쥐었다. 그러고는 딸을 사랑하는 어머니의 눈빛으로 준희를 바라봤다.

"그 그림만 가지면 끝나. 내 인생에 있어서 그 그림이 꼭 필요하다는 걸, 너는 알잖아."

"……."

안다. 예성이 그 그림에 대해서 얼마나 깊은 애정을 가지고 있는지 잘 안다. 너무나 깊고 깊은 애정이라서 어떤 때에는 증오처럼 보이기도 하는 감정.

예성은 생각에 빠진 준희를 바라봤다.

말을 잘 듣는 착한 딸. 그녀의 인생에 있어서 가장 애정을 쏟은 자식이 있다면 그건 바로 준희다. 어떤 상황에도 자신을 배신하지 않을 착한 딸. 임신했을 때부터 준희는 예성을 힘들게 하지 않았다. 그에 비해서 하재의 임신 기간은 진절머리가 날 정도로 자잘한 통증이 계속되었다. 뱀처럼 사악하고 나쁜 아들. 그게 바로 하재다. 그래도 꼭 참고 낳아 줬으니 그것만으로 자신은 하재에게 할 만큼 한 셈이다.

크게 숨을 들이마신 예성은 다시 시선을 〈백설 공주를 위하여〉를 바라봤다. 준희나 다른 사람들은 잘 모르고 있지만 지금 예성에게 하재를 공격할 수 있는 무기는 없다. 그건 하재 역시 마찬가지.

대신 하재에게는 지켜야 하는 상대가 있다. 그러나 예성에게 지켜야 할 사람 따위는 없다. 그 그림을 위해서라면 모든 것을 다 내놓을 수 있다. 사랑하는 딸인 준희라고 할지라도 〈백설 공주를 위하여〉보다 소중하지 않다.

지킬 것이 없기에 자신은 강하며, 지킬 것이 있는 하재는 약하다. 끝까지 그 계집을 물고 늘어지면 언젠가 하재도 두 손을 들게 될 것이다.

허세에 불과한 독설일지 몰라도, 하재에게는 그 모든 것이 두려움으로 다가갈 수밖에 없다. 왜냐하면 그녀가 하재의 어머니니까. 겉으로는 아닌 척해도 하재의 내면에는 아직 그녀의 사랑을 바라면서 그녀를 두려워하는 어린아이가 숨어 있다. 그 점을 이용해서 상대방을 죽일 것이다.

무슨 짓을 해서라도!

하늘이 다르다. 공항에서 내리자마자 제주도의 푸른 하늘이 그리워졌다. 김포의 하늘은 어딘지 모르게 약간 날이 서 있는 것 같았다. 기다리고 있는 비서진들을 보자 돌아왔다는 사실이 실감 났다.

최 비서는 하재의 비서진들 사이에 서 있었다. 설아와 눈이 마주친 최 비서는 살그머니 시선을 돌렸다. 자연스레 자신의 시선을 피하는 최 비서를 보자, 가슴 한구석이 턱하고 막히는 기분이다.

아무것도 알아내지 못한 걸까? 설아가 최 비서의 안색을 살피는 동안 하재는 비서진과 대화를 나누었다. 잠시 후 비서진들과 이야기를 마친 하재가 다가왔다.

"미안해. 지금 회사로 들어가 봐야 할 것 같아. 최 비서와 경호원들이 함께 집으로 갈 거야."

최 비서가 함께 간다? 듣던 중 반가운 소리다. 그런 감정을 겉으로 내색하지 않은 채, 답했다.

"나는 상관없어. 그런데 곧장 회사로 가서 일하는 건 피곤할 텐데."

"괜찮아. 3일 내내 푹 쉬었잖아. 그리고 김제원을 어디로 보내야 할지도 결정해야 하고."

하재는 장난스러운 미소를 지으며 휴대전화를 흔들었다.

"며칠 정도는 참을 줄 알았는데."

아니나 다를까 오늘 아침 제원에게서 연락이 왔다. 그것도 은근히 말을 늘어놓는 것도 아니라, 대놓고 당신 아내의 고등학교 시절 추문에 대해서 알고 있느냐, 그 사실을 사람들이 알게 되면 당신의 체면에도 문제가 생길 것이다, 라는 협박이었다.

"마음이 급했겠지. 그나저나 참 바보야. 네가 아니라 나에게 연락했으면 돈을 더 뜯어낼 수 있었을 텐데."

"유설아."

웃던 하재가 진지한 목소리로 말했다.

"그런 지저분한 놈 전화를 네가 직접 받을 필요 없어."

"너는 괜찮고?"

"나야 비서들이 많잖아. 회사에서 처리할 일이 그리 많지는 않아. 서너 시간 뒤에는 집으로 돌아갈게. 가자. 배웅해 줄 테니까."

"괜찮아."

설아는 팔짱을 끼려는 하재를 가볍게 쳤다.

"집에 가는 건데, 배웅은 무슨. 그냥 회사로 가."

"아니. 내가 배웅해야 마음이 편해. 부탁이야. 배웅하게 해 줘. 가자."

"왜 이래. 괜찮다니까."

"제발 배웅하게 해 줘. 지금 반항하고 있는 중이잖아. 네가 원했던 것처럼 상큼하면서도 귀여운 반항."

"……."

"왜? 왜 그런 얼굴이야?"

주차장으로 향하면서 하재는 질린 얼굴이 된 설아를 향해서 짓궂게 물었다.

"아니, 아냐."

"아니라고 하기에 얼굴에 환멸이 가득한데."

"이제 밖에서는……."

밖에서 이런 장난을 그만하자고 말하려는 순간, 뒤쪽에서 부아아앙 하는 거친 엔진 소리가 들렸다. 평일이라서 한산하다고 해도 여전히 많은 사람이 오가는 공항이다. 그런데도 검은 스포츠 차 한 대가 복잡한 주차장을 빠른 속도로 헤집어 놓고 있었다. 사고가 나는 게 아닐까 싶을 정도로 거칠게 운전하던 차는 바로 앞에서 멈췄다.

끼이이익, 귀를 따갑게 만드는 소리를 남긴 채.

"아들."

차에서 내린 사람은 예성이었다.

예성이 나타나자 공기가 싸늘하게 식어 가는 소리가 들렸다. 세상 모두가 흐릿해져 가는 가운데 예성의 붉은 입술이 찬란한 빛을 발했다.

"내가 마중 나왔단다."

"다들."

모두가 말없이 가만히 서 있는 가운데, 하재가 입을 열었다.

"자리 좀 비켜 주지."

하재의 말이 떨어지기 무섭게 비서진들은 재빨리 사라졌다. 그러나 설아는 하재 쪽으로 한 발 더 다가섰다. 설아가 하재 옆으로 다가가자, 예성의 눈에서 차가운 빛이 빛났다.

"왜 저건 그대로 두니?"

예성은 설아를 향해서 턱짓을 했다.

"전에 말했을 텐데요. 저게 아니라 내 아내라고."

"픕."

과장된 자세로 웃음을 터트린 예성은 고개를 절레절레 저었다.

"그래, 뭐. 네가 아내라고 말하고 싶으면 아내라고 하자. 나는 아이들의 희망을 짓밟을 생각까지는 없거든."

"무슨 일로 오셨습니까?"

"그냥 궁금해서 와 봤단다."

"궁금해서 직접 보러 오셨다니, 이제 나이가 드신 모양입니다. 하긴."

하재는 피식 웃었다.

"더 이상 젊고 아름다운 외모는 아니시죠."

하재의 독설에 예성은 화사한 미소로 답했다.

"자신을 낳아 준 어머니에게 이리도 못된 말을 하다니, 너는 정말 뱀처럼 사악하구나. 어떻게 너 같은 게 내 배에서 나왔는지 이해를 못 하겠어."

"왜 이해를 못 하십니까? 어머니가 바로 뱀, 그 자체인데."

"지금 무슨 소리를 하고 싶은 거니? 설마 네가 나를 닮았다는 말을 하고 싶은 거야?"

예성은 단호하게 부정했다.

"어디 가서 그런 소리 하지 마라. 너는, 네 아버지와 판박이야. 정말 똑같아. 그 재수 없고 짜증 나던 모습을 이렇게까지 닮다니. 볼 때마다 깜짝깜짝 놀라. 이래서 사람은 핏줄은 속이지 못한다고 하나 봐."

"이런 식으로 제 성질 긁으러 오신 거라면, 실패했다는 말을 드리고 싶군요. 옛날처럼 내가 어머니 말 한마디에 눈물 흘리는 어린애가 아니라는 것쯤은 아셔야 할 텐데."

"그래. 어린애는 아니지."

어른이 된, 그래서 함부로 이리저리 휘두를 수 없는 하재를 위아래로 훑어보는 예성의 눈빛이 점점 차가워졌다.

"내가 뭐 하러 왔을 것 같니?"

"모르겠습니다. 알고 싶지도 않습니다. 앞으로는 이런 곳에서 자꾸 부딪치지 말고 재판에서 봤으면 좋겠습니다."

"재판 이길 거라는 거니?"

"당연하죠."

하재는 천천히 팔짱을 꼈다.

"당신 말대로 유전자 검사를 할 수 없으니, 내가 아버지의 친자식이라는 것을 증명하기는 힘들 테죠. 하지만 유언장 어디에도 친자식이 없을 경우에 아내에게 양도한다는 문장은 없어요. 또 내가 친자식이 아님을 증명해야 할 사람은 내가 아니라, 어머니죠. 그러니 재판에서는 반드시 내가 이길 거랍니다."

"나도 알아."

예성은 웃으면서 어깨를 으쓱거렸다.

"나도, 내가 재판에서 질 거라는 것쯤은 잘 알아. 유전자 검사 따위를 하지 않아도 너는 네 아버지를 너무 많이 닮았어. 사진 한 장이면 판사들은 네 손을 들어줄 거야."

"그런데 왜 자꾸 이러는 겁니까?"

"그냥 경고? 아니면 애정 어린 보살핌?"

"경고나 보살핌 같은 건 뱀 같은 어머니에게 어울리지 않으니까 그만 두시죠."

"하재야. 상처라는 건, 그렇게 주는 게 아냐. 상대방을 비난하기만 해서는 아무것도 얻을 수 없어. 상처라는 건 말이다."

예성은 환하게 웃으면서 한 발 다가왔다.

자신의 아이를 증오하는 어머니가 다가오고 있다. 불리한 상황에서도 여전히 아름다운 예성이 두렵다. 흑요석처럼 새까만 눈동자가 반질거린다. 일체의 감정이 느껴지지 않는 눈동자가 향한 곳은 하재였다.

저도 모르게 입술을 깨문 설아는 하재의 곁으로 바싹 붙었다. 예성의 광기 어린 증오로부터 하재를 지켜 주기라도 할 것처럼.

그런 설아의 움직임에 예성의 눈동자는 더욱 검어졌다.

"겨우 몇 마디의 독설. 그게 뭐 그리 대단하겠어. 정말 상처를 주려면 상대방이 소중히 여기는 것을 갈기갈기 찢어야 하는 거야."

말하면서 예성은 설아를 바라봤다.

"내가 재판하려는 이유는 한 가지야. 쟤."

예성이 설아를 가리키자 하재의 평정이 깨졌다. 감정을 드러낸 하재는 예성을 향해서 으르렁거렸다.

"설아는!"

"건드리지 말라고? 왜? 내가 뭐 때문에 네 부탁을 들어줘야 하니? 저 애는 너를 망가뜨리기에 가장 좋은 도구인데."

"설아에게는 손 못 댑니다."

"하재야. 너, 요즘 농담 학원이라도 다니니? 네가 손대지 말라고 하면 내가 그래, 라고 말할 줄 알았어? 나는 너를 박살 내고 저 여자가 죽을 때까지 괴롭힐 거야. 내가 못할 것 같니? 아니. 나는 할 수 있어."

"……."

"아들, 내 목표는 명확해. 나는 네가 계속 불행하기를 바라. 화가 나서, 나에 대한 분노를 억누르지 못하고 파르르 떠는, 네 모습을 보는 게 좋아. 나만 불행한 게 아니라 그 남자의 아들인 너도 불행하다는 걸 확인할 때마다 너무 기뻐서 눈물이 날 것 같아. 알겠니?"

서늘한 광기가 예성의 몸에서 뿜어져 나왔다.

"그러니까 나는 절대로 포기하지 않아. 그 그림이 내 손에 들어오는 그날까지, 너와 저 여자를 괴롭혀 줄 거야. 전에는 민제하로 도망칠 수 있었다지만 이번에는 도망칠 곳도 없잖아."

"걱정하지 마, 하재야."

지금까지 가만히 있던 설아가 나섰다.

"모두 허세야. 저 여자는 나를 못 괴롭혀."

"뭐?"

예성의 눈썹이 기괴하게 치켜 올라갔다. 그러나 설아는 물러나지 않았다.

"무슨 수로 당신이 나를 괴롭힐 수 있어요?"

"무슨 수로 괴롭힐 수 있냐고? 글쎄. 방법은 많겠지. 네 아버지를 끄집어내도 되고, 너와 하재와의 일을 퍼트려도 되겠지. 원래 세상 사람들은 그런 막장 이야기를 좋아하거든. 성폭행으로 감옥에 갔던 사람과 결혼한 여자라……. 원래 타인의 일에 관해서는, 사람들은 잔혹해. 다른 사람의 일이라고 함부로 입을 놀리겠지. 그 와중에 네가 굳건하게 버틸 수 있을 것 같니? 누구나 처음에는 자신을 과대평가하기 마련이란다. 잘 지켜보렴. 내가 어떻게 너를 괴롭힐 수 있는지. 나중에는 눈물을 흘리면서 잘못했다고 빌게 될 테니까."

"그런 일 없을 거예요."

"아니, 생길 게다. 그때 네가 후회하는 모습을 톡톡히 즐겨 주마."

할 말을 다한 예성은 몸을 빙글 돌려서 차에 올라탔다.

멀리서 겨울이 다가오는 소리가 들린다. 차가운 눈보라가 휘몰아치고 온몸을 꽁꽁 얼려 버리는 겨울. 뜨거운 태양빛이 내리쬐고 있지만 하재를 둘러싸고 있는 겨울은 시작되려 하고 있다.

과연 자신들은 이 혹독한 겨울을 이겨낼 수 있을까?

거친 엔진 소리가 들렸다. 예성은 금방이라도 사고를 낼 것처럼 아슬아슬하게 운전하면서 주위를 한 바퀴 돌았다. 지독한 악의로 똘똘 뭉친 검은 차가 다시 하재 쪽으로 다가왔다. 끼잉하는 부드러운 소리와 함께 창문이 내렸다.

"그럼 잘해 보렴. 아들, 네가 얼마나 저 애를 지키는지 한번 보자꾸나."

"……."

"나는 네가 못 지킨다에, 내 그림을 걸게. 너는 뭘 걸 거니?"

예성의 눈동자에서 광기 어린 빛이 어렸다.

"나는 저년을 붙잡고 지옥으로 뛰어들 거야. 나같이 악랄한 어머니는 살아남겠지만 네 여자도 그럴까? 만신창이가 된 네 여자를 보고 싶다면 한번 겨뤄 보자꾸나. 그럼 아들, 재판 때까지 잘 있어."

예성이 위험한 이유는 그녀가 타인에 대해서 무차별적인 악의와 증오를 가지고 있기 때문이다. 장난이나 무지가 아닌, 철저하게 누군가를 괴롭히려 하는 악의. 심지어 그 악의를 실행으로 옮길 수 있는 부와 명성도 가지고 있다. 그렇기에 하재는 회사로 가지 않고 설아와 함께 곧장 집으로 향했다. 집에 도착한 뒤로도 하재는 설아의 곁을 떠나지 못했다.

설아는 벌써 몇 시간째 주변을 맴돌고 있는 하재에게 한마디 했다.

"집이야, 하재야."

"알아."

입은 안다고 말하고 있지만 하재의 육체적 언어는 전혀 다른 말을 했다. 시종일관 자신의 곁을 주시하는 하재를 향해서 설아는 다시 한번 말했다.

"네 어머니는."

"그 여자는."

설아가 예성을 어머니로 말하자 하재는 그 여자로 말을 바꿨다. 그런 하재를 보면서 설아는 짧은 한숨을 내쉬었다.

"알았어. 그래, 그 여자가 아무리 대단해도 집 안에 있는 우리를 해칠 수 없어."

"알아."

"안다고 말하면서 왜 곁에서 떠나지를 않아?"

설아의 질문에 하재는 곧장 대답하지 못하고 머뭇거렸다. 잠시 후 하재는 씩 미소를 지었다.

"네 곁에 있고 싶어서라고는 생각하지 않아?"

"응. 그런 생각이 전혀 들지 않아. 그래서 문제야."

설아의 단호한 말에 하재는 가볍게 숨을 들이마셨다. 소파에 몸을 기댄 채 목을 뒤로 젖힌 하재는 가라앉은 목소리로 말했다.

"미안해. 불안해서 그래. 그 여자가 그리 쉽게 손쓸 수 없다는 것쯤은 잘 알아. 이제는 나도 어리지 않고 여자를 상대할 수 있을 만큼 힘을 키웠으니까. 그래도…… 불안해."

"안심해, 하재야. 그 사람은 더 이상 우리를 어떻게 할 수 없어."

설아의 말에 하재는 가벼운 미소를 지었다. 그러나 하재의 머릿속은 전혀 다른 생각을 하고 있었다.

그래. 우리를 어떻게 할 수는 없겠지. 그러나 너를 괴롭힐 수는 있어. 내가 정말 두려운 건, 그 여자가 너를 괴롭히는 거야.

"일단 뭘 좀 먹자. 김 여사님이 아까 김치전을 만들어 뒀대."

"됐어. 입맛이 없어."

"하재야, 먹자."

"미안해. 진짜 입맛이 없어. 지금은 쉬고 싶어."

설아가 재차 먹으러 가자고 했으나 하재는 끝내 거절했다.

"알았어. 그럼 나 혼자만 먹고 올게."

하재를 거실에 남겨 둔 채 주방으로 향하던 설아는 깊은 한숨을 쉬었다. 속이 답답해서 터질 것 같다.

어떻게 해야 할까. 지금 자신이 무엇을 해야 하는 걸까?

아무리 조심한다고 할지라도 그들은 언젠가 예성의 발톱에 다치게 될 것이다. 예성은 어둡고 안전한 곳에 숨은 채, 그들이 방심할 때를 노릴 것이고 그때가 오면 인정사정없이 발톱을 휘두르겠지.

그림을 넘겨주기 전까지, 예성은 절대로 포기하지 않을 것이다. 또한 하재 역시 그 그림을 쉽게 포기하지 못할 것이고.

설아는 깊은 한숨을 내쉬었다. 살얼음 위를 걷는다는 말뜻이 뭔지 확실히 알 것 같다. 잠시라도 방심하면 귓가에서 마녀가 저주의 베틀을 짜는 소리가 들리는 것 같다. 조금씩 완성되어 가는 검은 천은 하재의 목을 죄기 위한 교수형의 밧줄이다.

예성은 입에 독을 가지고 있는 사람. 타인의 연약한 상처에 그 독을 들이붓고는 웃는 사람이 바로 예성이다. 하지만 평생 이렇게 예성을 두려워하면서 살 수 없다.

하재의 시선을 피해서 휴대전화를 찾은 설아는 조심스레 서재로 향했다. 문을 잠근 뒤에 최 비서에게 전화를 걸었다.

"최 비서? 나예요."

— 네. 사모님.

"알아낸 건 있나요? 있다면 지금 메일로 보내 줄 수 있어요?"

— 그게……, 사모님, 죄송합니다.

사과하는 최 비서의 목소리가 낮아졌다.

— 열심히 조사했지만 서준수 화백에 대해서 알려진 정보가 많지 않은 데다가. 또 사모님이 찾으시는 것이 명확히 무엇인지 알지 못해서…… 별로 알아낸 게 없습니다.

애초에 그리 큰 기대를 했던 건 아니다. 그저 한 줄기 빛이라도 얻을 수 있을까 해서 시켰던 일이다. 그러나 얻은 게 없다니. 쓰라린 실망감이 입안을 가득 채웠다.

— 최대한 과거를 파고들었지만 학창 시절에 사귀었던 여자들에 대해서 어렴풋이 알아낸 게 전부입니다. 결혼한 이후로는 외부와의 접촉을 끊으셨던지라…….

"그래도 다 말해 주세요."

설아는 갑갑한 가슴을 쓸어내리면서 물었다.

— 학창 시절 서준수 화백은 사귀던 여자들의 초상화를 즐겨 그렸다고 하는데 그 그림들은 미숙한 습작물이 많아서 큰 가치가 없다고 합니다.

"초상화요?"

— 네. 당시에는 돈이 없어서 주로 단색으로 초상화를 그렸다고 하는데 사귀었던 여자들마다 초상화를 그렸기 때문에 남

아 있는 그림 개수도 많은 데다가, 미숙하고 어설퍼서 수집가들 사이에서도 그리 큰 가치가 없다고 합니다.

"그리고요?"

— 죄송합니다. 방금 전에도 보고 드렸지만 사모님. 학창 시절 이후의 삶에 대해서는 자세히 알아내지 못했습니다. 지금이라도 더 알아볼 수는 있지만 그렇게 되면 제가 조사하고 있다는 것을…….

"괜찮아요!"

차라리 지금처럼 얻는 게 없을 지라도, 예성이 자신들의 조사를 알게 되는 것만은 피해야 한다.

"수고하셨어요."

— 네……. 그런데 사모님, 정말 이것으로 괜찮을까요?

"괜찮아요. 그러니 더 이상 조사하지 말아 주세요."

— 알겠습니다.

괜찮다. 더 이상 조사하지 말라는 설아의 말에 최 비서의 목소리는 조금 밝아졌다. 그러나 설아의 마음은 더욱 어두워졌다. 전화를 끊은 설아는 답답한 가슴을 손으로 누르면서 서재 밖으로 나왔다.

"알았어. 그 일은 성 변호사에게 맡겨. 그리고 회장님은?"

2층에서 하재가 누군가와 통화하는 소리가 들렸다. 이사회가 끝났다지만 할 일은 산적해 있는 상황이다. 제주도에서 쉬었던 시간만큼 일은 더 밀리고 있지만 하재는 회사로 가지 못하고 있다.

언제까지?

누군가가 귓가에서 속삭였다.

언제까지 이렇게 살아야 하지? 예성이 죽을 때까지? 아니면 불안이 그들의 삶을 모두 갉아먹을 때까지?

백마를 탄 왕자는 유리관 안에 잠들어 있는 백설 공주를 키스로 깨웠다. 그러고 나서 백설 공주를 죽이려 했던 왕비를 죽였다.

자신은 어디까지 할 수 있을까?

차가운 창문에 이마를 댄 채, 설아는 중얼거렸다.

어디까지 해야 하는 걸까?

고뇌하던 설아의 시선 끝에 사로잡힌 것은 갤러리였다. 하얀 벽을 지나면 세상 그 누구보다 아름답고 사랑스러운 백설 공주가 사는 곳.

그리고 백설 공주가 아닌 여인들의 초상화들이 있는 곳.

"그래. 그 여자에게서 절대로 시선 떼지 말고. 필요하면 준에게 사람 요청해. 그래, 스즈키 준. 아무리 그 녀석이 맺고 끊는 게 분명하다고 해도 이런 상황에서 나 몰라라 하지는 않을 테니까."

몇 가지 주의 사항을 더 말한 뒤에 전화 통화를 마친 하재는 창문 너머 굳게 닫혀 있는 대문 쪽을 바라봤다. 전화 통화를 하는 내내 대문에서 시선을 뗄 수 없었다. 예성이 집으로 쳐들어올 리도 없는데, 불안해서 견딜 수가 없다. 그 여자가 이번에는 어떤 독니를 드러낼지 몰라서 온몸의 피가 바싹바싹 말라 가고 있다.

그 여자 때문에 또 설아를 잃어버린다?

또다시 그런 일이 벌어질 리 없다. 자신이 그런 일이 벌어지게 하지 않을 테니까. 그러나 불안하고 초조하다. 이성은 차분하라고 명하고 있지만 평정을 유지하는 것이 쉽지 않다.

설아가 사라진다는 상상만으로도 미칠 것 같다. 온몸의 피가 거꾸로 솟구친다.

몇 번이나 주먹을 쥐었다가 펴면서 차분하게 숨을 가다듬은 하재는 설아의 방으로 향했다.

그러나 방은 텅 비어 있었다.

설아?!

주방에도 없다. 거실에도 없고. 서재에도 없다. 설아를 찾느라 새파랗게 질린 하재의 온몸이 바들바들 떨렸다. 두려움과 공포에 질려서 주위를 두리번거리던 하재의 시선에 들어온 것은 불이 켜져 있는 갤러리였다.

"유설아!"

갤러리에서 설아를 발견한 하재는 큰 소리를 냈다. 그러나 설아는 1층에 걸려 있는 단발머리 여인의 초상화에서 시선을 떼지 않았다. 싱그러운 웃음을 짓고 있는 여인의 초상화에게서는 청춘의 향이 강하게 풍기고 있었다.

설아는 천천히 하재 쪽으로 몸을 틀었다.

"왜?"

"……어디 가면 간다고 말을……."

짧은 시간이었지만 설아를 찾느라고 땀으로 범벅이 된 하재는 숨을 들이켰다. 그런 하재의 숨소리를 듣고 있던 설아는 차분하게 말했다.

"설마 그 사람이 총이라도 들고 대문을 뚫고 들어올까 봐 걱정되었던 거야? 아니면 내가 생각 없이 밖으로 나갔을까 봐?"

"……."

"걱정하지 마. 그런 일은 벌어지지 않아. 그냥 그림 구경을 하고 싶었을 뿐이야."

"그래도."

다가오면서 하재는 단호히 말했다.

"나에게 말하고 움직여."

"언제까지? 그 사람이 죽을 때까지? 아니면 그 사람이 너에게서 〈백설 공주를 위하여〉를 빼앗을 때까지?"

"……."

"미안해. 내가 조금 예민하게 말했어."

설아의 사과에 하재는 깊게 숨을 들이마셨다.

"그리 오래 걸리지는 않을 거야."

아니. 하재야. 네 어머니와의 싸움은 아주 오랫동안 계속될 거야. 우리의 삶을 피폐하게 만드는 게 그 여자의 목적 중 하나일 거니까.

시선을 단발머리 여인의 초상화로 돌린 설아가 물었다.

"그런데 하재야. 이 그림들은 언제 그려진 거야?"

"그림?"

"응. 여기 이 초상화들. 각기 모델이 다르잖아. 언제 작품들이야? 초창기 작품들이야?"

이런 상황에서 그림에 대해서 묻는 하는 설아의 행동이 이상했지만 하재는 순순히 질문에 답했다.

"아니. 여기에는 초기 작품들은 없어. 네가 보고 있는 그 작품은…… 아마 〈백설 공주를 위하여〉와 비슷한 시기일 거야. 여기 있는 초상화들이 모두 같은 시기에 그려진 건 아니지만 몇몇 개는 그 시기야."

"그렇구나."

설아의 목소리가 깊게 가라앉았다. 설아는 고개를 끄덕이면서 다른 초상화들을 면밀하게 살펴봤다.

"갑자기 이 초상화들이 보고 싶어서, 이러는 거야?"

"응, 그래. 갑자기 보고 싶었어. 그리고 하재야, 내일부터 회사에 가."

설아의 말에 하재의 얼굴이 굳었다.

"그 여자가 협박한다고 해서 평생 내 집 안에 숨어 있을 수는 없잖아. 우리는 우리대로 계속 살아가야지."

"……."

"제발 걱정하지 마. 최 비서도 있고 경호원들도 다 있을 건데, 뭘 그렇게 걱정해."

시간이 조금 흐른 뒤에야 하재는 고개를 끄덕였다.

“알았어. 확실히 내가 지나칠 정도로 이상하게 굴었어. 미안해.”

“미안하면.”

설아는 웃으면서 하재의 손을 꼭 잡았다.

“야근까지 하고 와.”

“야근까지?”

“응. 야근까지. 제대로 일하고 와.”

“알았어.”

목소리에는 여전히 불안함이 가득했지만 하재는 고개를 끄덕였다. 그런 하재를 바라보던 설아는 각기 다른 모델들을 그린 초상화 쪽으로 시선을 돌렸다.

설아는 깊게 가라앉은 시선으로 초상화들을 하나하나씩 훑었다.

14. 반격

"짜증 나. 그나마 지 의원이 괜찮은 패가 될 줄 알았는데 이런 식으로 완전히 몰락하다니."

예성은 짜증스러운 손짓으로 태블릿 PC의 전원을 껐다.

"그 집 딸은 생각이 다른 것 같던데?"

"그 집 딸? 아아……, 그 철딱서니 없는 애?"

우택의 말에 예성은 잠시 기억을 더듬은 뒤에야 아영을 거론했다.

"지 의원 아들만큼이나 형편없고 멍청했어. 집안이 끝장났는데 자기 살길을 찾아 달라고 징징거리는 것밖에 못 하는 애. 젊다는 것 이외에는 어떤 재능도 없는 인간이었어. 그나저나 우택 씨, 재판을 조금 더 빨리 시작할 수 없어?"

재판이라는 말에 우택은 어깨를 움찔했으나 예성은 알아차리지 못했다.

"져도 괜찮아. 어차피 재판은 하재를 압박할 수단에 불과해. 재판하면서 하재의 여자를 공격하는 게 중요하니까. 하재는…… 그 여자를 포기 못 해. 아주 약간만 공격해도 파르르 떨거야. 물론 언젠가는 하재도 그 여자를 버리겠지만. 사랑이라는 게, 감정이라는 게 대단한 것처럼 보여도 시간이 지나면 모두 쓰레기통으로 들어가기 마련이지. 그래도 그전까지는 유효하니까 하재를 최대한 압박해야지."

"……예성아."

예성이 어떻게 하면 하재와 설아를 괴롭힐지에 대해서 말하는 동안, 검지로 이마를 어루만지면서 고민하던 우택이 조심스레 입을 열었다.

"왜?"

"그 재판……, 사실 아직 서류 작성도 하지 않았어."

하재와의 재판 서류조차 작성하지 않았다는 우택의 말에 예성은 깜짝 놀랐다. 두 눈을 동그랗게 뜬 예성은 우택을 향해서 따져 묻기 시작했다.

"뭐? 지금까지 도대체 뭘 한 거야? 내가 언제부터 재판 이야기를 했었는데, 왜 아직까지 아무런 준비도 안 한 거야?"

"예성아, 이 재판 하지 말자."

"미쳤어, 우택 씨? 재판하지 않으면! 그림은 어떻게 해? 하재가 갑자기 효심이라도 뻗쳐서 나에게 그 그림을 줄 거 같아?"

"그런 문제가 아냐!"

"그럼?"

"이 재판을 진행하면 너는 영원히 하재와 화해 못 해!"

"화해?"

우택의 말에 예성은 깔깔거리며 웃었다.

"우택 씨는 내가 지금 그 아이와 화해하려는 것처럼 보여? 난 그 애와 화해하고 말고 할 것도 없어! 우택 씨도 알잖아!"

"알아. 잘 알고 있어. 그동안 네가 어떤 삶을 살았는지 잘 알고 있어. 서준수! 그놈이 개자식인 것도 잘 알고. 하지만 이건 아니야! 하재도 네 아들이야!"

"그 애는 내 자식이 아냐! 내 아이는 준희와 준성이뿐이야!"

예성은 거의 악을 쓰면서 외쳤다.

"어디 감히! 서준수의 자식을 내 아이라고 말하는 거야!"

예성의 태도에 우택은 한숨을 내쉬었다. 분노를 참지 못한 예성은 주먹을 쥔 채, 온몸을 바들바들 떨었다.

"그 애는 서준수하고 판박이야. 지 애비와 똑같은 얼굴을 하고 나타나서는 내가 알아차리지 못할 거라고 생각하는 게 우스워서! 처음에는 그냥 넘어갔지만 두 번은 안 돼! 그리고 말은 정확하게 해야지! 나는 그 애를 위해서 마지막까지 노력했어. 그런데 걔가 나를 배신한 거야! 자신을 길러 주고 낳아 준 나를 버리고! 정체도 모르는 여자를 선택한 건 그 애야. 그날 그 애는 감옥에 들어가도 상관없다고 말한 거나 다름없어! 원하는 대로 해 줬는데 뭐가 문제야?"

"예성아. 그때 하재는……."

"그때 이야기는 하지도 마! 당신은 중간에 나갔었잖아! 하재가 나에게 연을 끊자고 했던 말을 못 들어서 그러는 거야!"

"예성아. 하재는 연을 끊자는 말을 했던 게 아니잖아."

예성은 우택을 향해서 소리를 질렀다.

"그게 그 말이야! 당신은 그때 하재를 못 봐서 화해니 뭐니 하는 거야! 그 애가 딱 잘라서 말했어! 나 대신 그 여자애를 택하겠다고! 제 아비처럼! 모든 것을 다 해 준 나를 버리고! 다른 여자를 택하겠다고 말했었다고!"

"하재는 준수가 아냐!"

"그놈의 핏줄인데, 어떻게 준수가 아냐? 그렇게 똑같이 생겼는데!"

"예성아! 억지 좀 쓰지 마!"

우택도 큰 소리를 냈다.

"너는 하재에 대해서는 늘 억지 쓰고 있어!"

"내가 언제? 누누이 말하지만 그때 도와주겠다는 내 손을 뿌리치고 그 여자애를 택한 것도 하재고! 제 아버지와 똑같은 모습으로 내 앞에 나타나서 민제하라는 거짓말을 한 것도 하재야! 내가 그 애에게 못 해 준 게 뭐가 있어? 뭐든지 최고급으로 해 줬었잖아!"

"사랑하지는 않았잖아."

"허……."

우택의 말에 예성은 헛웃음을 터트렸다.

"우택 씨, 말 같은 소리를 해. 내가 그 애를 어떻게 사랑할 수 있어? 걔는 내 몸에 기생하는 벌레 같은 거였어! 알잖아! 내가 걔를 임신했을 때 서준수가 어떻게 굴었는지! 자기 아내가 임신했는데! 내 침대에서 다른 여자와 놀아나던 놈이었어! 그런 놈 아들이야!"

"네 아들이기도 해!"

"그만하라니까!"

주먹을 꽉 쥔 채로 예성은 비명을 질렀다.

지금도 또렷이 기억한다. 살랑거리는 봄바람이 불던 그날, 임신을 알았다. 세상을 다 가진 기쁜 마음으로 집으로 돌아왔다. 활짝 열린 창문에는 하얀 레이스 커튼이 걸려 있었다. 뺨을 스치는 기분 좋은 바람에 따라서 흔들리던 커튼 레이스의 문양까지 모두 기억이 난다. 그리고 침대 위에서 여자와 뒹굴고 있는 남편과 마주했다.

그날을 다시 떠올리던 예성은 입술을 꽉 깨물었다. 아무리 오랜 시간이 지날지라도 영원히 잊을 수 없는 기억.

"당신이 끼어들 일이 아냐!"

우택에게 예성이 본격적으로 화를 터트리려는 순간, 밖에서 노크 소리가 들렸다. 준희였다. 안에서 예성과 우택이 싸우는 것을 모르는 준희는 발랄한 얼굴로 들어왔다.

"어머니, 손님이 찾아왔어요."

"손님?"

"네. 유성그룹의 민제하 씨 부인이라고. 그러면 알 거라고 하는데."

"제하?"

찾아온 사람이 설아인 것을 알아차린 예성의 얼굴이 차갑게
굳어 갔다. 침묵하는 예성을 대신해서 우택이 말했다.

"들어오시라고 해요."

"뭐?"

전화를 받는 하재의 목소리가 떨렸다. 처음에는 미약하게
시작했으나 이내 흔들림은 하재의 몸을 집어 삼켰다.

"지금…… 뭐라고 했어?"

검고 싸늘한 냉기가 온몸을 휘감는다. 결코 일어나지 않으
리라 믿었던 일이 현실로 벌어졌다.

― 늦게 연락해서 죄송합니다.

"죄송? 이게 지금…… 죄송하단 말로 끝날 일이라고 생각하
나?"

죄송하다고 말하는 최 비서의 말을 들은 하재의 몸에서 살
기가 치솟았다. 어쩌다가 이렇게 된 거지? 틀림없이 오늘 아침
까지만 해도 설아는 집에서 자신을 기다리겠다고 했었다. 그런
데 왜?! 왜 그 여자를 만나러 간 거지?

― 하, 하지만 사모님께서 절대로 이사님에게는 알리지 말
라고 하셔서. 저도 몇 번이나 말렸지만 사모님이 워낙 완강하
셔서 어쩔 수 없었습니다.

최 비서의 목소리에 하재의 온몸에서 저릿저릿할 정도의 분노가 치솟았다. 지금의 분노는 최 비서가 아니라 예성에 향한 것이다.

"……그래서, ……지금."

하재는 거의 으르렁거리며 단어 하나하나를 뱉어냈다.

"설아는 아직…… 거기 있는 건가?"

— 네.

"알았어! 지금 출발하면 두 시간 후쯤 도착할 거야. 계속 설아의 위치를 보고해. 설아가 뭐라고 하든 상관없이! 내 명령이 우선이라는 걸 기억해야 할 거야!"

— 아, 알겠습니다.

떨리는 최 비서의 말을 마지막으로 하재는 전화를 끊었다.

"지금 당장 차 불러!"

"안녕하세요."

설아는 자신을 노려보는 예성을 향해서 정중하게 인사했다. 그러나 설아가 인사한 뒤로도 예성은 꽤 긴 시간을 말없이 가만히 있었다. 결국 보다 못한 우택이 나섰다.

"안녕하십니까. 이우택입니다."

"네. 반갑습니다. 곧 박 여사님과 결혼하실 거라는 이야기는 들었어요. 지금 세 번째 남편분과의 소송을 맡고 계신다면서요?"

"앙큼하네."

그림처럼 가만히 앉아 있던 예성이 피식 비웃었다.

"아무 상관없는 사람의 입에서 내 이야기가 나오니까 불쾌해. 우택 씨, 잠시 밖에서 기다려 줄래?"

"……."

"괜찮아. 비켜 줘. 설마 쟤가 나를 죽이기라도 하겠어? 그래도 명색이 내가 시어머니인데."

나가 있어 달라는 말에 우택은 설아와 예성을 돌아봤다.

"보아하니 가족 간의 화해를 위해서 온 것 같은데. TV에도 많이 나오잖아. 사이가 나쁜 시집 식구들의 화합을 위해서 며느리가 온갖 애교를 떠는 거. 그렇게 자기가 노력하다 보면 가족들 사이가 좋아질 거라고 믿는 천사병 며느리."

"……."

"애들이 읽는 동화에서 가장 나쁜 점이 뭔 줄 알아? 착하면 행복해질 거라는 신념이야. 드라마에서도 나오잖아. 착하면 주위의 누군가가 알아봐주고 사랑해주는 스토리. 착하게 살기 위한 노력만 하다 보면 행복해질 거라는, 지긋지긋한 믿음."

"예성아."

우택이 이름을 부르면서 주의를 줬지만 예성은 비웃기만 했다. 그런 예성을 보며 우택은 한숨을 쉬었다.

"어서 나가, 우택 씨. 자기가 여기에 있으니까 저 애가 말을 못 하고 있잖아."

"알겠어. 그럼 일 있으면 불러."

주저하던 우택이 밖으로 나가자 예성은 본격적으로 빈정거리기 시작했다.

"천사병에 걸린 며느리님. 그런데 오늘 여기에 온 거 하재는 알고 있어?"

"아뇨, 하재는 내가 여기에 온 사실을 몰라요. 하지만 걱정하지 마세요. 갈기갈기 찢어진 시집 가족들을 하나로 묶어 놓을 착하고 사랑스러운 며느리가 되겠다는 헛된 야망을 가지고 온 거 아니니까요. 제가 오늘 이곳에 온 이유는 서준수 씨의 전시회 때문이에요."

"전시회? 지금 누구 전시회를 말한 거니?"

"못 들으셨어요? 서준수. 하재의 아버지 전시회요."

"하아……. 진짜, 어이가 없어서. 설마 그림 한 점으로 전시회를 열려는 거야? 하재는 지 아버지가 무슨 고흐쯤 되는 줄 아나 봐. 일찍 죽었다는 것 이외에 별다른 장점도 없는 사람인데."

"그림은 한 점만 있는 게 아니에요. 하재가 고모에게 받은 유산은 모두 스물세 점이에요."

"……스물세 점?"

그림이 스물세 점에 달한다는 말을 들은 예성은 설아와 마주한 이래 처음으로 감정을 드러냈다.

"네, 스물세 점. 그중 하나가 〈백설 공주를 위하여〉고. 다른 그림들은 모두 다른 여인들을 모델로 그린 그림이에요."

모델들이 다르다는 말에 예성의 표정이 살짝 변했다. 조금씩 변화하는 예성을 보고 있자니 기분이 묘해졌다. 지금까지 하재와 자신에게 예성은 절대 불가침의 존재였다. 그 어떤 무기로도 깨트릴 수 없는 난공불락의 성. 그런데 그 존재가 그림의 모델들이 모두 다르다는 한마디 말에 흔들리고 있다.

"좋은 전시회가 될 거예요."

"하고 싶으면 하렴. 서준수의 이름을 팔아서 살고 싶다면 말리지 않으마."

"네. 열심히 할 생각이에요. 서준수 화백의 이름을 팔아서 사는 게, 꼭 누군가의 전유물만은 아닐 테니까요."

"말대꾸하는 걸 보니 역시 하재가 고른 애답구나. 하아, 어쩜 골라도 딱 자기 같은 사람을 고르는 건지. 이제 보니까 너희들은 잘 어울리는 한 쌍의 바퀴벌레 같아. 너 같은 애에게 홀딱 반한 걸 보면 하재도 그리 똑똑하지도 않은 것 같은데, 용케도 지 의원을 잡았구나."

"바퀴벌레라는 말씀은 칭찬으로 생각할게요. 그런데 알고 계셨죠?"

"뭘?"

"그때 그 일 하재가 아니라 지준표가 했다는 거."

"내가……."

잘못 들은 걸까? 예성의 목소리에서 흔들림이 느껴졌다. 그러나 예성의 눈빛과 태도는 변함없었다.

"내가 알고 있었다는 게 중요하니?"

"아뇨. 여사님에게는 별로 중요하지 않을 것 같다고 생각했어요. 여사님에게는 하재의 곁에 내가 있다는 게 더 중요했을 것 같으니까요."

"여사라."

예성은 비릿한 웃음을 지었다.

"내 호칭을 어떻게 할지에 대해서 꽤나 고민했나 보다. 나를 어머님이라고 부르지 않아 줘서 고맙다고 해야 하나?"

"네, 많이 고민했었어요. 일단 여사님이 가장 좋을 거 같아서요. 집안일을 도와주시는 분도 여사님이라고 부르는데, 박예성 씨를 여사님이라고 부르지 못할 이유가 없잖아요."

예성의 눈썹이 살짝 올라갔다. 예성은 우아한 손짓으로 머리카락을 쓸어 올렸다.

"지금까지 이런 식의 도발이 잘 먹혔었니?"

"도발이라고 생각하세요?"

"당연히 도발이지. 그것도 저급한 도발. 그런데 지 의원은 아들인 준표의 횡령과 뇌물로 물리쳤다지만 나는 어떻게 할 거지? 하재에게는 나를 공격할 무기가 없을 텐데. 그러니 그림을 내놓고 끝내는 게 어때? 혹시라도 하재에게 그 그림은 아버지의 유품이라는 말을 할 거라면 그만둬. 유품은 무슨. 그것도 정이 있어야 소중한 거지."

"그 그림을 돌려드리면 두 번 다시 우리를 괴롭히지 않을 건가요?"

설아가 그림을 주고 일을 마무리하려는 듯한 낌새를 보이자, 예성은 미소를 지었다.

"그럴 수도 있지. 나도 그 아이를 만나는 건 유쾌하지 않거든."

"하지만 확답은 하지 않을 거로군요."

"애야, 어차피 너희들이 무슨 짓을 해 봤자 그 그림은 내 거야. 조만간 하재는 준수의 친아들이 아니게 될 테니까."

"네, 그럴 수도 있겠죠. 예를 들어서 박예성 여사님이 서준수의 유일무이한 뮤즈가 아니었던 것처럼 말이죠."

"……뭐?"

설아는 자신의 말에 반응을 보이는 예성을 뚫어져라 바라봤다.

역시 자신의 예상이 맞았다. 그동안 느껴 왔던 위화감이 오늘에서야 제자리를 찾아가는 기분이다.

"아까 말했잖아요. 서로 다른 모델로 그려진 그림이 스물두 점이나 더 있다고."

"무슨 말을 하고 싶은 거니?"

예성은 태연한 태도로 말하고 있지만 알 수 있었다. 어떻게 알 수 있냐고 묻는다면 대답할 수 없다. 그러나 확실히 알 수 있었다. 지금 예성은 동요하고 있다.

"〈백설 공주를 위하여〉는 처음에 보면 사랑스럽고 아름답지만 오랫동안 바라보면 기분이 이상해지는 느낌이 들죠. 어쩌면 그 그림은 박예성 씨에 대한 서준수 화백이 가지고 있는 사랑의 역사가 아닐까 해요. 처음에는 미친 듯이 사랑했지만 시간이 지나면서 증오로 변해 버린 감정."

"대단한 평론가 납셨구나."

"그 정도는 평론가가 아니라도 알 수 있어요. 당신이 하재에게 했던 이야기나 행동들을 떠올리면 충분히 짐작할 수 있는 일이죠. 일부러 하재에게 현금을 주지 않고 모든 행동을 통제하려 했잖아요."

"하재를 위해서였어. 그리고 부모도 아닌 사람에게 내 교육관을 지적받고 싶은 생각은 없어."

"하재를 서준수 씨로 생각했던 거죠? 그래서 두 번 다시 다른 여자들에게 빼앗기지 않으려고 그 난리를 쳤던 거죠? 맞죠?"

"……재미있구나, 아주."

서서히 예성을 둘러싸고 있는 세계가 무너져 내리고 있다. 설아의 눈에는 똑똑히 보였다. 무서웠던 존재가 동요하고 있다. 말 몇 마디에 흔들리는 저 사람을, 자신들은 그토록 두려워하고 있었다. 어린아이에게 부모가 세상의 전부이듯이, 어린 그들에게 있어서 박예성은 절대적인 존재였다.

그러나 오늘의 박예성은 조금씩 흔들리며 가라앉고 있는 거대한 석상이다.

"유치한 네 이야기 따위를 계속 들어줄 마음은 없어. 그림이나 내놔."

설아는 조금씩 표정이 변하는 예성을 똑바로 바라봤다. 단 한 번도 시선을 떼지 않은 채.

서서히 예성과 그들의 위치가 바뀌고 있는 중이다.

오랫동안 예성은 거짓을 해 왔고 사람들은 그런 예성에게 휩쓸렸다. 왜 사람들은 예성의 거짓을 알아차리지 못했을까. 한 발 떨어져 있는 자신에게 보였던 일들이 당사자들에게는 보이지 않았다. 어쩌면 예성의 광기가 사람들로 하여금 어떤 의문도 가지지 못하게 했던 건 아닐까?

자신을 바라보는 설아의 시선이 무엇을 의미하는지 알아차리지 못한 예성은 미소를 지었다.

"너희들이 끝까지 하겠다면 나도 제대로 맞서 줄 테니까."

"맞서요?"

설아는 피식 웃었다.

"지금까지 우리와 맞선 적이 있기나 해요? 높은 위치에 올라선 채 늘 우리를 괴롭혔잖아요. 하재는 당신이 현금을 주지 않는 이유에 대해서 자신을 미워해서 괴롭히려고 그런다고 했지만 내 생각은 조금 달라요. 하재를 당신의 지배하에 두려고 했던 거죠? 그건 목에 줄만 묶어 두지 않았을 뿐이지, 개를 사육하는 것과 똑같아요."

"사육? 요즘은 VVIP 카드를 쥐여 주고 초호화 오피스텔에서 살게 하는 걸 사육이라고 하나 보지?"

"네, 사육이에요. 그렇게 서준수 씨가 미웠어요? 그토록 결혼 생활이 끔찍했다면 이혼하면 됐잖아요. 불행을 짊어질 결심을 한 건 박 여사님인데, 왜 하재가 대가를 치러야 했죠?"

"네가 무슨 소리를 하는지 하나도 모르겠다."

"아셔야 할 텐데요."

몸을 바로 세운 설아는 예성을 똑바로 바라봤다.

예성은 일그러진 사람이다. 그것도 아주 많이 일그러졌다. 감당할 수 없는 자신의 분노를 모조리 하재에게 퍼부은 뒤에도, 여전히 불행하기 때문에 세상 모두가 불행해져야 한다는 악의를 가진 사람이기도 하다.

예성은 악의, 그 자체다.

"궁금했어요. 왜 박 여사님은 그렇게까지 그 그림을 가지고 싶어 할까. 남편의 마지막 유작이라서? 처음에는 그렇다고 생각했어요. 그림에서 묘사된 백설 공주는 너무나 사랑스럽고 아름다웠으니까요. 하지만 그게 전부였을까요?"

"너 따위의!"

예성의 목소리가 커졌다.

"감상은 듣고 싶지 않아!"

"박예성 씨는 아무것도 가지지 못한, 배운 것도 없고 가진 것도 없는 서준수와 결혼했죠. 집안사람들 모두가 반대했지만 꿋꿋하게 결혼을 밀어붙였죠. 처음에는 조금 힘들었지만 얼마 지나지 않아서 서준수 씨가 화가로 인정받기 시작했죠. 아내는 세상의 밑바닥에 있던 양아치를 세계적인 화가로 만든 여인. 남편은 아내를 너무나 사랑해서 오직 아내의 그림만 그렸다죠. 그러다가 아내에 대한 자격지심이 점점 커져서 광기에 휩싸였죠. 아내에 대한 격렬한 사랑을 감당하지 못해서 스스로를 갉아먹으면서도 그림은 나날이 뛰어났고. 죽기 전 마지막 남긴 걸작이 바로 〈백설 공주를 위하여〉. 다들 입을 모아서 〈백설 공주를 위하여〉는 서준수의 정서가 담긴 작품이라고들 했지만……. 사실은 전부 반대였죠? 서준수 씨가 당신을 사랑한 게 아니라, 당신이 서준수 씨를 사랑했던 거죠?"

"무슨 이야기를 하고 싶은 거니?"

"동화 이야기를 하고 있는 중이에요. 팜 파탈이자 세이렌과도 같다는 여자의 동화 이야기. 지금 박예성 씨가 화가로 인정받는 가장 큰 이유는 죽은 서준수 화가와의 연작 때문이잖아요. 그런데 그 모든 게 거짓인 게 밝혀지면 어떻게 될 것 같아요?"

"지금 협박하니?"

"협박으로 들리셨으면 협박이 맞겠죠. 바람을 피웠던 거죠? 서준수 씨."

"아냐, 그런 적 없어."

"한 번이 아니라 수도 없이 피웠겠죠. 당신의 간택을 받아서 사람처럼 살게 되었는데도 감사하는 마음 하나 없이 바람을 피웠던 거죠. 하찮은 여자들과. 심지어 당신보다 훨씬 못생긴 여자들과. 참을 수 없었을 거예요. 너 따위가 감히! 나를 두고 다른 여자와 놀아나?라고 생각했겠죠. 그런데 박예성 씨가 화를 내면 낼수록 서준수는 점점 더 밖으로 나돌았어요. 사람들이 피카소 이후로 가장 뛰어난 천재라면서 칭송하자, 더더욱 은혜도 모른 채 제멋대로 굴었겠죠. 심지어 화가로서 큰돈을 벌게 되자 박예성 씨를 대놓고 무시했겠죠."

"아냐!"

완전히 일그러진 예성은 악을 쓰면서 소리쳤다.

"준수는 나를 사랑했어!"

설아는 바락바락 고함을 지르는 예성을 노려봤다.

"아까 말했잖아요. 모두 다른 여자를 그린 초상화가 스무 점이나 넘게 있다고. 서준수 씨는 자신하고 사귀었던 여자들의 초상화를 그리는 습관이 있었다고 하더군요."

"……."

"소송하세요. 우리도 가만히 앉아서 당하지는 않을 테니까. 당신의 삶이 불행했다는 걸 알겠어요. 서준수 씨가 끔찍할 정도로 나쁜 인간이었다는 것도 모두 다 알겠어요. 하지만 그건 당신의 삶이었잖아요. 백번 양보해서 자식에게 화풀이를 하는 것까지는 이해할 수 있다고 쳐도, 하재를 학대했던 건 용서할 수 없어요. 당신의 불행과 하재가 무슨 상관이 있어요?"

설아의 질문에 예성은 아무 말도 하지 못했다. 그러나 이게 끝이 아니라는 것쯤은 설아도, 예성도 잘 알고 있다. 이제 곧 그들은 전쟁을 치를 것이고 그 전쟁에서 질 마음은 아무도 없다.

"결국 너희들은 하재가 어떤 죄목으로 감옥에 갔는지 세상에 밝히겠다는 거로구나. 재미있겠네. 지켜보는 재미가 쏠쏠하겠어."

"네. 쏠쏠하실 거예요. 하재의 범죄 죄목에 신경 쓰는 사람들도 있겠지만 그 이후에 제 아버지가 증언을 하게 되면 다들 깜짝 놀라겠죠. 아들에게서 아버지의 유작을 빼앗기 위해서 어머니라는 사람이 어떤 짓을 저질렀는지 알게 될 테니까요. 과연 그 이후로도 박예성 씨는 화가로서의 삶을 계속할 수 있을까요? 또 지금까지는 별로 파헤친 사람이 없지만 재판이 본격적이 되면 아내밖에 몰랐다는 서준수 씨와 사랑했다는 여자들이 세상 밖으로 나오겠죠. 그러니 우리 끝까지 가 봐요."

"넌……, 내가…… 겨우 서준수의 과거 따위가 까발려지는 걸 무서워한다고 생각하니? 알고 보니 서준수가 나를 두고 바람을 피웠다? 내 돈을 가지고 자기 멋대로 살았다? 뭐, 이 정도가 나올 수 있는 전부야. 겨우 이런 것들로 나를 막을 수 있을 거 같아?"

"네. 있다고 생각해요."

설아는 그 어느 때보다 당당한 태도로 말했다.

"사람은 매우 이상한 존재니까요. 모든 것을 다 가지고 있는데도 불구하고 마지막 한 가지 퍼즐이 부족하다는 이유로 자기 자신을 지옥으로 던져 버리죠. 박 여사님처럼요. 겨우 그깟 그림 한 점이, 자신의 삶이 불행하지 않았다고 주장하는 게 그렇게 중요했나요? 자기가 낳은 아이를 지옥으로 떠밀 만큼?"

"……."

"그런데 박 여사님에게는 중요했어요. 세상 사람들에게서 자신은 사랑받았다고 말하는 게 가장 중요했어요. 그러니까 똑같은 방법으로 되갚아 드릴게요. 당신에게서 모든 것을 다 빼앗아서 빈털터리로 만들어 드리죠. 그때가 되면 당신의 잘못을 조금이나마 인정할까요? 하지만 그때가 되어도 우리는 당신을 용서하지 않을 거예요. 평생 죽을 때까지 죗값을 치르면서 괴로워해요. 그게 당신이 택한 삶이니까."

먼저 시선을 돌린 사람은 예성이었다. 설아는 그런 예성의 모습을 하나도 빠짐없이 바라봤다.

"그럼 이만 실례하겠습니다."

고요하다. 내일도 오늘처럼 아무 일도 벌어지지 않을 듯한 정적.

갤러리에서 〈백설 공주를 위하여〉를 바라보던 설아는 천천히 고개를 내렸다. 아름다운 그림이다. 포근하고 따뜻한 그림. 이 그림을 그릴 때만 해도 준수는 예성을 사랑했을 것이다. 그런데 준수는 다른 여자에게 눈을 돌리게 되었고 홀로 남게 된 예성은 괴물이 되었다.

왜 그렇게 되었을까? 생각을 하던 설아는 고개를 흔들었다.

앞으로 예성과 치를 전쟁에서 왜냐는 질문은 의미가 없다. 예성이 변한 이유는 알지만 이해할 수 없을 테니까. 아마도 세상에서 예성의 복잡하고 일그러진 마음을 이해할 수 있는 사람은 단 한 명도 없을 것이다.

창문 너머로 자동차 불빛이 보였다. 하재다. 하재가 집으로 돌아왔다.

설아는 빠른 걸음으로 정원으로 나갔다. 하재는 그보다 더 빠른 속도로 차에서 내리더니 황급히 뛰어왔다. 정원 가로등 불빛에 뛰어오는 하재의 얼굴이 비치자, 숨 쉬기 버거울 정도로 마음이 벅차올랐다.

어린 날의 하재, 제하였을 때의 하재, 그리고 자신과 함께 있는 하재가 하나로 겹쳐졌다.

그 순간 갑자기 예성의 마음이 조금이나마 이해 갔다.

예성에게 있어서 하재는 아들이 아니라, 돌아온 남편인 준수다. 예성은 그녀에게 되돌아온 준수를 놓치지 않기 위해서 일부러 하재를 훼손했다. 그 누구도 준수를 탐내지 않도록, 그녀만의 준수를 꽁꽁 숨겨 뒀다.

그녀 외에는 사랑하는 사람도, 의지할 사람도 없도록 만들어 놓았다.

그토록 엄청나게 공을 들여서 꽁꽁 묶어 놓았음에도 불구하고 하재가 떠나려 하자 예성의 분노는 상상을 초월할 정도로 엄청났다.

그래서 벌을 내렸다.

엄마를, 이토록이나 너를 사랑하고 아껴 주는 엄마를 떠나려고 하는 죄를 용서할 수 없다는 마음으로.

나만이 너를 사랑하고 나만이 옳다는 마음으로.

사랑은, 일그러진 사랑은, 나 혼자만이 옳다는 사랑은 얼마나 두려운 존재인가.

"무슨 일이야! 왜 그런 짓을 했어?"

설아에게 다가온 하재는 떨리는 목소리로 물었다. 목소리만이 아니다. 하재의 몸이 바들바들 떨리고 있었다.

미안해, 하재야. 많이 걱정했었겠지. 그렇지만 해야 했어.

하재야. 네가 걱정할 것을 알지만 나는 꼭 해야 했어.

"그…… 여자가 무슨 짓 했어? 한 거야?"

성큼성큼 다가온 하재가 뺨을 어루만졌다. 그제야 설아는 자신이 울고 있다는 사실을 깨달았다.

"아니. 아무것도."

조그마한 목소리로 말한 설아는 하재의 품을 파고들었다.

어쩌면 백설 공주의 계모는 백설 공주를 사랑했을지도 모르겠다. 지나칠 정도로 끔찍하게 사랑해서 용서할 수 없었던 것이다. 백설 공주의 계모는 그녀만의 어린 딸이 어른이 되어서 다른 남자의 품으로 떠나게 될 미래를 참을 수 없었다. 어제까지 나의 사랑스럽던 딸이 세상에서 가장 아름다운 여인이 되어서 다른 이에게 사랑한다는 말을 한다는 것 자체를 용서할 수 없었던 것이다.

예성은 그렇게 일그러졌고 그 대가는 모조리 하재가 다 받았다.

"그럼 왜 울어?"

"그냥."

남자의 듬직하면서도 따뜻한 품에 안긴 채, 설아는 하재의 허리에 감은 두 손에 힘을 줬다. 밖은 온갖 위험한 것들로 가득 차 있지만 이곳은 안락하고 평온하다.

하재가 있고 자신이 있다. 그렇기에 간절히 바라게 된다. 보잘것없는 자신이, 하재의 전쟁에 조금이나마 든든한 버팀목이 되기를 바라게 된다.

"갑자기 눈물이 났어. 전에 말했잖아. 요즘은 바람만 불어도 눈물이 난다고."

어쩌면 자신들이 바란 것은 이 정도의 소박한 평화와 행복일 것이다.

"왜 그랬던 거야. 그 여자는 위험해."

"알아. 위험하다는 거 잘 알아. 하지만 알아야 했어. 그 사람의 약점. 내가 계속 느꼈던 위화감. 그런 걸 확실히 알아야 한다고 생각했어. 그래야……."

말하다 말고 설아는 잠시 머뭇거렸다. 그러나 이내 환한 미소를 지으며 하재를 바라봤다.

"그래야 우리가 행복하게 살 수 있을 테니까."

"걱정하지 마. 재판은 우리가 이겨. 그리고 그 여자는 절대로 그 그림에 손 못 대."

"재판을 말하는 거 아냐. 나는 우리 행복에 대해서 말하는 거야."

"……."

"하재야, 우리는 행복해져야 해. 아니, 너는 행복해져야 해."

너는 반드시 행복해져야 해. 그 많은 일을 겪은 네가 행복해질 수 없다면 이 세상은 잘못된 거야. 그러니까 내가 반드시 너를 행복하게 만들어 줄게.

또다시 뺨을 타고 눈물이 흘러내렸다. 웃고 싶은데, 환하게 웃고 싶은데 자꾸 아랫입술이 파르르 떨린다.

"울지 마."

"……나도 울고 싶지 않아. 그런데 자꾸 눈물이 나."

"미안해. 내가 잘못했어."

"뭘? 뭘 잘못했는데?"

"……모르겠어. 그런데 모두 다 내가 잘못한 것 같아."

"맞아. 네가 잘못한 거야."

그때였다.

"이사님!"

휴대전화를 손에 든 채로 비서가 급히 다가왔다. 다급히 온 비서는 빠른 속도로 말했다.

"무슨 일이야?"

"사, 사고가 났습니다."

"사고?"

사고라는 말에 하재의 얼굴이 싹 변했다. 설아 역시 당혹스러운 표정으로 사고가 났을 사람들을 떠올렸다. 민수호? 제민? 준? 그러나 비서는 뜻밖의 사람을 말했다.

"그게……, 박예성 씨가……."

"뭐? 누구?"

예성의 이름을 들은 하재가 눈썹을 찡그리며 되물었다.

"한 시간 전에 교통사고를 당하셨다고 합니다."

"재미있군. 이런 순간에 사고라……."

예성에게 사고가 났다는 말을 곧이곧대로 믿기는 힘들었다. 하늘에서 별이 떨어졌다는 것과 다를 바 없는 소리다. 그러나 비서의 얼굴은 진지했다.

"성정 병원에 입원하셨다는데……. 같이 사고를 당한 사람이 바로……."

비서는 말하길 머뭇거렸다.

"왜? 같이 있었던 사람이 누구야?"

"그게 같이 있었던 것이 아니라, 같은 사고를 당한 사람입니다. 아직 누구의 과실인지 명확하지 않아서……."

같이 있었던 게 아니라, 같은 사고를 당했다는 비서의 말뜻을 알아들은 하재의 얼굴이 싹 굳었다.

"누구야? 누가 그 사고를 낸 거지?"

"지아영 씨입니다."

지아영. 사고를 낸 사람이 따로 있다는 말에 아영의 얼굴이 떠오르긴 했으나 정말 아영이 사고를 일으켰을 줄은 몰랐다.

아영이 사고를 냈다는 말에 설아의 얼굴도 굳었다.

"설마……."

"그 설마가 맞을 거야. 그 여자는 자신이 아영 정도는 충분히 가지고 놀 수 있다고 생각했겠지만 궁지에 몰린 쥐는 고양이를 물기 마련이지."

"누가 과실이 있는지 알아볼까요?"

"그래. 자세히 알아봐. 그리고 병실을 알려 줘."

"네."

비서가 떠나고 둘만 남게 되자 하재는 한숨을 내쉬었다.

"그 사람은 끝까지 내 인생을 방해할 생각인가 보군. 잠시도 쉬지 않고 계속 등장해."

"사고가 났는데……, 가 봐야 하지 않을까?"

설아의 말에 대답이 없다. 하재는 어두운 밤하늘만 바라봤다.

"가야 할까?"

"네가 선택해. 네가 어떤 결정을 하든지, 나는 존중할게."

"……."

"마음 가는 대로 해. 그전에 네 아버지에 대해서 할 이야기가 있어."

"어떻게 하죠, 아저씨?"

우택에게 매달린 준희는 울기만 했다. 의사들이 계속 왔다가고 긴급 수술도 했지만 예후가 나쁘다는 말이 들렸다. 중환자실에서 VVIP실로 옮겨졌지만 예성의 상태는 크게 좋아지지 않고 있다.

"일단……."

이마의 땀을 닦으면서 우택이 말했다.

"네 오빠와 아버지에게 연락을 하자."

"둘 다 안 올 거예요."

준희는 눈물을 닦으며 고개를 흔들었다.

"아버지하고 어머니 사이 아시잖아요."

"하지만 지금 같은 상황에서…… 연락도 안 하면 안 되지. 그리고 하재……에게도……."

우택이 하재를 거론하자 준희의 얼굴이 달라졌다.

"아저씨, 전 그분 잘 몰라요."

"그래도 연락은 해야지! 지금 한국에 있는 가족이라고는 너와 하재뿐인데!"

준희를 야단치면서 몸을 돌리던 우택은 복도 맞은편에서 다가오는 하재를 발견했다.

"하재야!"

우택은 반가우면서도 미안한 얼굴로 하재에게 다가갔다.

"우택 아저씨, 그동안 잘 지내셨어요?"

"나…… 나야, 잘 지냈지. 너는? 그때 이후로 못 봤는데……."

"뭐, 잘 지냈어요."

하재는 우택을 가만히 바라봤다. 과거 감옥에 갔을 때 영치금을 넣어 주면서 자신을 계속 보살펴 줬던 사람은 다름 아닌 우택이었다. 그때보다 훨씬 늙은 모습으로 우택은 예성의 사고에 슬퍼하고 있었다.

"하재야……, 예성이가…… 네 어머니가……."

"압니다. 소식을 들었으니까 왔죠. 병실은 어딥니까?"

"아저씨!"

하재가 예성의 병실을 묻자 준희가 끼어들었다.

"저는 이분 잘 모른다고 말했잖아요."

하재는 우택과의 대화에 끼어든 준희를 내려다봤다. 밝고 화사한 얼굴. 한 번도 본 적은 없지만 예성이 종종 입에 올렸던 이부동생. 어릴 때는 이부동생들을 만나고 싶었다. 만나기만 하면 좋은 관계가 될 거라고 믿었다. 같이 놀이공원에도 가고 웃으면서 지낼 수 있는 그런 관계. 하지만 현실은 서로가 서로를 모르는 타인이다. 그리고 앞으로도 계속 타인일 것이다.

"나도 너, 잘 몰라. 알 생각도 없고. 그냥 어머니를 보러 온 거야."

"그래, 가자. 지금쯤 깨어 있을지도 몰라."

"아저씨!"

준희가 말렸지만 우택은 하재를 병실로 안내했다. 병실 앞에서 준희는 다시 한번 더 거부 의사를 밝혔다.

"어머니가 깨어나셔도 지금은 면회가 곤란해요!"

"압니다. 수술 회복기라서 매사에 조심해야 하는 거. 그런데 나도 지금 아니면 시간이 없습니다. 들어가 봐도 되죠? 우택 아저씨."

주저하던 우택은 고개를 끄덕였다.

"그래, 들어가 봐."

"아저씨!"

준희는 끝까지 싫어했지만 하재는 병실 문을 열었다. 커다란 1인 병실에 누워 있는 예성이 보였다. 가쁜 숨소리조차 들리지 않는 고요함만이 병실을 감돌고 있었다. 문을 닫은 하재는 천천히 예성에게 한 발 한 발 다가갔다.

하재가 병실로 들어갔지만 예성은 여전히 잠에 빠진 상태였다. 여기저기 하얀 붕대를 감고 있는 예성의 모습에서 사고가 얼마나 심했는지 잘 알 수 있었다. 하긴 상대방이 작정을 하고 사고를 냈으니까, 이만한 것도 다행이라고 해야 하나?

예성은 아영을 이용할 생각이었을 것이다. 적당히 먹이를 던져 주고 적당한 때에 치워 버릴 수 있다고 생각했을 것이다. 하지만 아영은 아영이었다. 기어이 사고를 일으켜서 예성에게 이토록 큰 상처를 입혔으니까. 하재는 잠자고 있는 예성을 내려다봤다. 설아는 자신과 예성의 외모가 닮았다고 했었다.

그런가? 닮았나?

가만히 바라보고 있자니 은근히 닮은 것 같기도 하다.

"으음......."

수면제가 주는 잠의 기운이 끝나는 건지, 예성의 입에서 옅은 신음 소리가 흘렀다. 잠시 후 흐릿한 시선으로 주위를 둘러보던 예성은 옆에 서 있는 하재를 발견했다. 몇 번이나 두 눈을 깜박이고 난 뒤에야, 침대 옆에 서 있는 사람이 하재라는 사실을 알아차린 예성의 표정이 싹 변했다.

무표정하던 얼굴 가득 증오심이 끓어올랐다.

반대쪽으로 고개를 획 돌린 예성의 입에서 힘없지만 매정한 목소리가 들렸다.

"나가."

"병문안도 싫으신 겁니까?"

"너라면 좋겠니?"

"하긴."

하재는 어깨를 으쓱거렸다.

"나라도 싫을 것 같군요."

"그러니 나가."

나가라는 말과 함께 예성은 사람을 부르기 위해서 버튼을 눌렀다. 그러나 하재가 더 빨랐다. 예성이 버튼을 누르지 못하게 막은 하재는 웃으면서 말을 꺼냈다.

"잠시만요, 어머니. 사람을 이런 식으로 박대하시면 안 되죠. 게다가 큰 사고였다는데, 이렇게 급히 움직이시면 후유증이 남을 겁니다."

"후유증?"

고개를 돌린 예성의 두 눈에 빈정거림이 가득했다.

"왜? 나에게 후유증이 생길 것 같아서…… 기쁘니? 그렇다고 달라지는 건 없어."

"제가 왜 기뻐할 거라고 생각하십니까?"

"너는 그런 애니까."

예성의 말에 하재는 피식 웃었다.

"그런 애라……. 그런 애였던 적은 한 번도 없었던 것 같은데. 그래도 뭐, 어머니가 그렇다니까 맞는 말이겠지요. 그나저나 섭섭하네요. 나는 항상 어머니를 좋아했었는데."

"……네가 나를 좋아했다고?"

예성의 입술이 기괴하게 일그러졌다. 사람을 얼릴 듯이 차가운 시선을 내뿜던 예성의 붉은 입술이 움직였다.

"거짓말."

예성의 입에서 나오는 목소리에는 뿌리 깊은 증오가 담겨 있었다. 억누를 수 없는, 몇 십 년 동안이나 응축되어 온 분노와 증오.

"너는 언제나 거짓말만 하지."

누굴까. 지금 예성이 비난하고 있는 사람은? 자신일까? 아니면 아버지인 서준수인 걸까? 아마도 자신인 동시에 아버지일 것이다. 예성에게 있어서 자신과 아버지는 분리되지 않은, 하나의 개체니까.

"네. 그렇군요. 생각해 보니까 어머니에게 꽤 많은 거짓말을 했어요. 예를 들어서 어머니가 사주는 옷들. 끔찍하게 싫었습니다. 나에게 잘 어울릴 거라면서 주는 옷들을 볼 때마다 가위로 싹둑싹둑 자르고 싶었지만 꾹 참으면서 말했었죠. 감사합니다, 라고. 또 준희와 준성은 먹고 싶어서 안달인데, 너는 왜 싫어하냐면서 정크 푸드를 내밀었을 때. 그렇게 그 애들이 먹고 싶어 하면 그 애들이나 먹이라고 말하고 싶었지만 고개를 숙인 채 감사합니다, 라고 했었죠."

"……무슨 말을 하고 싶은 거야?"

"글쎄요. 내가 왜 그런 거짓말을 했는가에 대한 설명?"

하재는 그를 바라보는 예성의 시선을 피하지 않은 채, 똑바로 바라봤다. 지금까지는 마음의 결심을 하고 난 뒤에야 예성과 마주할 수 있었다. 그러나 이제는 아무렇지도 않다. 예성의 차가운 시선에 상처 입지도, 그리고 예성의 잔혹함에 분노하지도 않는다.

점점 예성과 그가 타인이 되어 가고 있다는 사실만이 실감 날 뿐이다.

예성을 어머니라고 부르는 대신 그 여자로 말하려고 노력했었다. 예성을 어머니라고 말할 때마다 마음 한구석 어딘가가 무너져 내리는 것 같았기 때문이다. 그러나 이제는 예성을 향해서 어머니라고 마음껏 불러도 아무렇지도 않다. 오히려 예성을 약 올리기 위해서 더욱 어머니라고 부르고 싶다는 생각마저 들었다.

"나는 어머니를 사랑했습니다. 때로는 어머니에 대한 사랑 때문에 광기에 빠졌다는 아버지를 이해할 수 있을 정도로. 감히 나로서는 쳐다볼 수 없을 정도로 아름답고 우아한 어머니에게서 사랑받고 싶었기 때문에 무조건적으로 좋다고 거짓말을 했었죠."

"고백이라면…… 다른 데서 해."

"다른 데서 할 수 없는 고백이잖아요, 어머니."

하재는 웃으면서 침대 옆 의자에 앉았다.

"어머니에게 하는 고백인데 밖에서 기다리고 있는 우택 아저씨에게 할 수 없는 노릇이죠."

"정말…… 너는 네 아버지와 똑같구나. 싫다고 해도 제멋대로 행동하는 게 똑……같아."

"예전에는 말이에요, 어머니가 그 말을 할 때마다 굉장히 가슴이 아팠어요. 아, 나는 왜 아버지를 닮아서 어머니를 괴롭히는 걸까. 할 수만 있다면 얼굴을 모조리 뜯어고치고 싶었죠. 그런데 내 얼굴이 바뀌어도 그 말씀을 하시는 걸 보니, 아무래도 핏줄은 어쩔 수 없나 봅니다."

하재와의 시간이 길어질수록 예성의 눈이 조금씩 흔들려갔다.

불과 며칠 전까지만 해도 하재는 그녀를 꺼려 하고 두려워하는 기색을 보였었다. 앞에서는 당당한 척했지만 내면의 감정까지 완전히 숨길 수는 없었다. 그러나 지금의 하재는 전혀 다르다.

예성을, 복수해야 하는 상대방이 아니라 완벽하게 타인으로 대하고 있는 중이다. 하재의 변모를 알아차린 예성의 표정이 서서히 달라지기 시작했다.

"무슨 일이 있어도."

마치 스스로에게 다짐하듯이 예성은 이를 악문 채로 한마디 한마디를 내뱉었다.

"재판은 할 거다. 끝을…… 볼 거야."

"재판을 하고 싶으면 하세요. 그리고 끝이라……. 어머니가 원하는 끝이 어디일지 궁금하군요. 나에게서 그림을 빼앗는 게 끝입니까? 아니면 나를 어머니처럼 불행하게 만드는 게 끝입니까? 어차피 어머니에게 있어서 그 둘은 같은 걸 테니까, 물어봤자 소용없겠군요."

하재는 어깨를 으쓱거렸다.

"그보다, 참 이상한 일이죠? 나는 또래보다 똑똑한 게 자랑이었는데, 왜 당신이라는 사람을 버리지 못했던 걸까. 당신에게서 인정받고 사랑받고 싶다는 생각을 버렸으면 훨씬 행복했을 텐데."

하재는 침대에 누워 있는 예성 쪽으로 몸을 숙였다. 약의 도움을 받고 있다지만 통증이 상당할 텐데도 예성은 시선을 피하지 않았다. 하재의 시선을 고스란히 받은 예성이 말했다.

"……나가."

"재판. 꼭 끝까지 하세요. 이제는 그깟 그림, 중요하지도 않으니까. 다만 당신이 그 그림을 가지는 게 싫어서 끝까지 재판을 할 겁니다."

"너는……."

"아. 잠시만요, 어머니. 내가 먼저 말을 다 하고 난 뒤에 말씀하세요. 어머니하고 오래 있고 싶지 않아서 빨리 말하고 갈 예정이거든요. 재판 문제라면 변호사를 선임했으니까, 그 사람하고 이야기해요. 참고로 나도 어머니에게 곧 소송을 걸 겁니다. 아버지 유산 문제를 확실히 해야죠. 아버지가 어머니에게 모든 재산을 물려준다는 유언을 남긴 것도 아닌데, 왜 어머니가 아버지 다른 그림을 가지고 있어야 하죠?"

"그건 내 거야!"

예성이 발끈했지만 하재는 신경조차 쓰지 않았다.

"어머니가 모델이라서, 그 그림들이 모두 어머니 것이라는 주장을 할 거라면 그만두세요. 그 주장은 어머니에게만 먹힐 이야기니까. 조만간 서류가 갈 겁니다. 그리고 이기면 내 소유가 된 그림들은 다 불태워 버릴 겁니다. 아버지가 당신을 사랑했던 추억들을 모조리 없애야 직성이 풀릴 것 같거든요."

"절대로 그런 일은 벌어지지 않아!"

"벌어질 겁니다."

하재는 만족스러운 미소를 지었다.

"어머니가 포기하지 않으면 세상 사람들은 서준수가 어떤 인간인지 모두 알게 될 테니까요."

"뭐?"

"아버지가 어머니에게 매달린 게 아니라, 사실은 그 반대였다는 거. 그건 그리 대단한 일이 아니에요. 그렇지만 사람들은 고귀한 박예성을 동정하면서 입방아를 찧어 대겠죠. 서준수. 보잘것없고 배운 것 없는 고아 출신의 화가. 한국에서 내로라하는 집안에서 들어온 혼담들을 모두 뿌리치고 박예성이 선택한 남자. 그런데 알고 보니 뒤에서 아내 몰래 무수히 많은 여자와 바람피운 남자. 아니지, 아예 대놓고 바람을 피웠을 수도 있겠군요. 사람들이 그런 서준수의 실체를 알게 되면 어떻게 할까요?"

하재의 말을 듣고 있던 예성의 표정이 싹 달라졌다. 입술을 깨물던 예성은 이내 평정을 되찾았다.

"상관없어."

"아니요. 상관있을 텐데요."

며칠 전까지만 해도 예성은 세상 그 누구보다도 더 강인한 존재였다. 그러나 지금 눈앞의 예성은 모든 것을 다 잃어버린 여인이었다. 그림에 국한된 이야기가 아니다. 그토록 자신만만하게 행동했던 예성의 모습이 거짓임을 하재가 알았기 때문이다.

"그토록 헌신했는데 남자는 단물만 빼먹고 다른 여자들과 놀아났다니. 심지어 바람 피운 여자들의 초상화까지 그렸다는 말들도 퍼지겠죠. 그리고 다들 말하겠죠. 그래서 결혼을 반대한 거였는데. 똑똑하고 이지적이라던 박예성이 남자에게 미쳐서 아무것도 보지 않았다고. 사람들이 어머니의 삶을 얼마나 조롱할지, 상상해 보세요."

"나는!"

주먹을 움켜쥔 예성이 바락 소리를 질렀다.

"아무 잘못도 없어!"

"네, 어머니는 잘못 없으세요. 사랑한 죄밖에. 어머니의 사랑을 받을 가치가 없는 쓰레기를 사랑한 죄밖에 없죠."

쓰레기를 사랑했다는 하재의 말을 들은 예성의 두 눈에서 피눈물이 흘러내렸다. 아니, 흐릿한 빛의 음영 때문에 피눈물처럼 보였을 뿐이다. 백지장처럼 새하얘진 예성은 바들바들 떨었다.

"……지금 협박하는 거니?"

파르르 떨리는 예성의 입술을 보면서 하재는 빙그레 웃었다.

"네. 협박하는 중입니다. 저는 양아치 아버지를 닮아서 이런 것만 잘하거든요. 세상이 서준수의 여자들에 대해서 시끌벅적하게 떠들다 보면 어디선가 증인들이 하나둘씩 나오겠죠. 초상화의 주인공들. 그 여자들이 어머니를 동정해서 입을 다물까요? 아니면 자신의 과거 연애 경력에 대해서 늘어놓을까요? 어떠세요? 어머니, 그 여자들이 아버지와 어떤 밤을 보냈는지 궁금하지 않으세요?"

"닥쳐!"

사람이 분노로 변할 수 있다면, 그건 바로 지금의 예성일 것이다. 그러나 하재는 여전히 환하게 웃으면서 말을 이었다.

"그 여자들이 떠들기 시작하면 세상 사람들은 모든 것을 다 걸고 사랑했지만 결국 남자에게 버림받은 박예성의 삶을 알게 되겠죠."

"준수는 나를 사랑했어!"

"한때는 사랑했겠죠, 한때. 그래서 어머니가 그 한때의 증거인 〈백설 공주를 위하여〉에 집착하시는 거 아닙니까?"

"……난!"

"됐습니다, 어머니. 더 이상 듣고 싶지도, 알고 싶지도 않습니다. 어쨌든 어머니가 재판을 시작하면 나는 서준수가 어떤 인간이었는지 세상에 밝힐 겁니다. 어머니의 실패한 삶과 사랑에 대한 사람들의 동정과 비웃음이 듣고 싶다면 재판하세요."

"……."

"못 하시겠죠? 사랑이 결국 쓰레기통으로 들어갔다는 걸, 스스로 인정할 수 있었다면 어머니의 인생도 지금과 달랐을 테니까. 그리고 어머니, 이 말만은 꼭 하고 싶습니다. 어머니가 나를 낳아 준 점. 그거 하나는 고마워요. 덕분에 설아를 만날 수 있었으니까."

"네가 감히! 내 앞에서!"

"나는!"

예성의 말을 끊은 하재는 단호히 말했다.

"행복해질 겁니다. 지금까지 당신을 이길 생각만 했었죠. 그러나 이제부터는 다를 겁니다. 당신에 대한 적의를 불태우는 대신, 행복해질 겁니다. 나에게는 설아가 있으니까요."

"그깟 계집."

예성이 설아를 욕했지만 하재는 흔들리지 않았다. 드디어 그는 예성의 저주를 이겨 내고 행복해질 수 있게 되었다.

"아이도 가질 겁니다. 결혼했지만 아이를 가지고 싶다는 생각을 해 본 적 없어요. 오히려 절대로 가지지 않겠다고 맹세했었죠. 사랑받지 못한 내가 누군가를 사랑할 수 있을지 확신이 없었으니까. 학대받고 자란 아이가 학대를 대물림한다는 기사를 접할 때마다 내 이야기인 것 같아서, 아이를 가지고 싶지 않았어요. 부모에게도 사랑받지 못한 내가 행복하게 사는 게, 어색해서. 미치도록 어색했거든요. 그런데 이제 생각이 바뀌었습니다. 당신은 불행했고 앞으로도 계속 불행하겠지만 나는……당신과 달리 행복하게 살 겁니다."

"너는……."

얼굴을 일그러뜨린 예성이 마지막 저주를 퍼붓기 위해서 입술을 움직였다. 그러나 하재는 웃음으로 상대방의 저주를 무시했다.

"상관없어요. 이제 어머니는 나와는 무관해요. 어머니의 불행, 어머니의 고통. 그 모든 것은 나와 상관없는 일입니다. 어머니가 나에게 원했던 건, 내가 불행과 괴로움에 익숙해지는 거였죠. 내가 죽을 때까지 누군가를 미워하길 바랐겠죠. 당신의 삶이 그러했듯이."

하재는 천천히 자리에서 일어났다.

"네, 나는 당신을 미워할 겁니다. 그래서 당신 손에서 소중한 그림들을 빼앗을 겁니다. 아버지가 당신을 아름답게 그린 그림들을 모두 빼앗아서 갈기갈기 찢어 버릴 겁니다."

"네…… 네가…… 감히…….”

"그래요. 감히, 내가 행복해지려고 하고 있어요. 사실 그동안 고민 많이 했습니다. 어떻게 해야 당신을 괴롭힐 수 있을까? 그런데 아무리 생각해도 알 수가 없더군요. 당연한 일이죠. 당신은 계속 불행했으니까. 세상에서 가장 불행한 사람을 더욱 외롭고 처참하게 만들 수 없었던 거죠. 그러니 어머니, 계속 외로워하고 힘들어 하세요. 나는 행복해질 테니까. 그럼 이만 가 보겠습니다. 아, 아니지."

가려던 하재가 웃음을 머금은 채 몸을 돌렸다. 그러고는 품에서 휴대전화를 꺼냈다. 어딘가로 전화를 건 하재는 예성 쪽으로 화면을 가까이 가져갔다.

"뭔지…… 몰라도 보고 싶지 않아!"

"보셔야 할 겁니다. 아마도 〈백설 공주를 위하여〉를 보는 건 이게 마지막일 테니까."

"……뭐?"

깜짝 놀란 예성이 고개를 돌렸다. 타박상 때문에 반쯤 눈이 감긴 예성의 눈에 보이는 것은 휴대전화 화면 속에 보이는 〈백설 공주를 위하여〉였다. 화면은 천천히 〈백설 공주를 위하여〉에서 멀어지더니 이내 누군가가 그림에 뭔가를 뿌리기 시작했다. 그림에 뿌려지는 것이 석유라는 사실을 알아차린 예성의 두 눈이 기괴하게 일그러졌다.

"무, 무…… 무슨 짓……을 하는 거야."

"아직 재판 신청도 하지 않았으니 내 그림이에요. 불태우든 찢어 버리든. 유언장에는 팔 수 없다는 것만 명시되어 있을 뿐, 훼손하면 안 된다는 문구는 없으니까요."

"아…… 안…… 안 돼!"

예성이 부들부들 떨면서 말했다. 그러나 화면 속의 손은 거침없었다. 칙, 하는 소리와 함께 켜진 라이터가 그림을 향해 던져졌다.

"안 돼!"

귀를 찢는 예성의 비명 소리에 병실 문이 열렸다. 뛰어 들어온 준희가 예성에게로 갔다.

"어머니!"

"그…… 그림! 그림!"

준희가 말렸지만 예성의 시선은 오로지 하재가 들고 있는 휴대전화에 향해 있었다. 준희는 악을 쓰면서 그림이라고 외치는 예성을 진정시키느라 정신없었다. 곧이어 간호사와 의사들이 줄지어서 들어왔다.

"무슨 짓을 한 거야!"

우택이 나가려는 하재의 팔을 붙잡았다.

"네 어머니와 화해하라고 들여보낸 거지! 흥분시키라고 들여보낸 게 아냐!"

"이우택 씨."

하재는 어깨를 붙잡고 있는 우택의 손을 밀어냈다.

"감옥에서 나를 보살펴 준 거, 하찮은 동정심의 발로였겠지만 고마웠습니다. 그러나 앞으로 우리가 뭔가 서로 주고받을 것이 생길 것 같지 않으니 여기서 확실히 말해 두죠. 나는 박예성 씨의 불행했던 과거에 대해서 관심 없습니다. 내 아버지가 천하의 둘도 없는 쓰레기라는 사실은 인정하지만, 그게 나와 어떤 관련이 있는지 모르겠습니다."

"하재야……, 난."

"그리고 한 가지만 더 부탁드리면. 박예성 씨와 나와의 사이가 좋아질 수 있다는 욕심을 버리세요. 나는 저분 용서하지 않을 거고, 저분은 나에게서 아버지를 떼어 놓고 생각하지 못해요."

"하지만 혈육이잖니! 네 어머니야."

우택의 말에 하재는 한숨을 내쉬었다.

혈육, 어머니, 가족. 얼마나 오랫동안 저런 단어들에 붙잡힌 채 살아왔던 걸까? 하재는 여전히 그림이라는 말만 외치면서 침대 위에서 난리를 피우는 예성을 흘깃 바라봤다.

"이우택 씨, 계속 혈육이라는 단어를 사용하실 예정이라면 혈육 간의 일은 혈육들에게 맡겨 놓으시죠. 끼어들 곳이 아니라는 뜻입니다. 그럼."

우택에게 인사를 한 뒤 하재는 몸을 돌렸다.

다급한 움직임들이 들린다. 예성을 부르는 우택의 목소리, 어머니라고 외치는 준희의 목소리, 환자 상태가 좋지 않다면서 급히 의사를 부르는 간호사들의 목소리, 그 모든 목소리들로부터 자신은 자유롭다.

한 발, 한 발.

복도를 걸어가는 하재의 옆으로, 증오로 휩싸였던 과거의 그림자들이 흘러갔다. 어둡고 고단했던 과거. 어디선가 울음소리가 들렸다. 사람이 그리워서 울고 있는 소년. 뚱뚱한 몸이 부끄러워서 옷을 이리저리 잡아당기던 소년. 외로운 세계가 무서워서 울던 소년.

괜찮아. 하재는 버림받은 채 울고 있는 어린 하재에게 속삭였다. 이제 괜찮아. 그 여자는 우리를 괴롭힐 수 없어. 내가 먼저 그 여자를 버렸어. 그러니 울지 마. 우리는 더 이상 외롭지도, 슬프지도 않을 테니까.

병원 밖에서 설아는 이제나저제나 하재가 나오기만을 기다리고 있었다. 하재가 예성을 만나게 둔 것은 실수가 아니었을까? 초조하고 불안한 마음에 설아는 연신 병원 입구만을 바라봤다. 얼마나 기다렸을까? 병원 문을 열고 나오는 하재가 보였다. 하재를 보자마자 설아는 차에서 내렸다.

"하재야!"

설아는 재빨리 하재에게서 걸어갔다. 설아와 시선이 마주한 하재가 빙그레 웃었다.

"끝났어."

"……."

"정말 모두 다 끝났어. 이제 더 이상 그 여자는 나를 흔들지 못해."

하재가 예성이 더 이상 그를 흔들지 못한다는 말을 하는 순간, 어디선가 바람 소리가 들렸다.

그날, 아버지에게 머리카락을 잘렸던 날, 여기저기 멍들고 상처 입은 채로 하재에게 뛰어 가던 날, 뺨을 스치던 바람은 차갑고 매서웠다. 거친 바람이 휘몰아쳤지만 아무것도 할 수 없던 나약한 그들. 눈물만 흘렸던 그 시간이 끝났다.

이제 정말 다 끝났다.

홀가분한 얼굴의 하재와 마주한 채, 미소를 지은 설아는 손을 내밀었다.

"집에 가자."

13년 전 마녀에게서 구해 주겠다면서 뻗었던 손. 이제야 하재가 그 손을 잡는다.

"그래, 가자."

돌아가자. 집으로.

15. 결혼식

웨딩 플래너는 텅 빈 갤러리 이곳저곳을 면밀히 살폈다. 그런 플래너를 지켜보던 설아는 갤러리의 2층으로 올라갔다. 활짝 열린 창문으로 시원한 바람이 들어왔다. 어느새 뜨거운 여름이 지나가고 선선한 가을바람이 조금씩 강해지고 있었다. 창문을 타고 들어온 가을바람은 하얀 가벽과 그림들이 모두 사라진 갤러리 안을 이리저리 지나갔다.

2층 난간에 선 설아는 갤러리 안을 바라봤다.

〈백설 공주를 위하여〉를 불태워 버린 후, 하재는 갤러리에 걸려 있는 그림들도 모두 다 없애고 싶어 했다. 그의 인생을 오랫동안 지배했던 아버지와 어머니의 흔적을 모조리 지우고 싶다는 마음의 발로였다. 그런 하재의 마음을 알기에 설아도 찬성했다. 하지만 수호가 반대했다.

돈 되는 물건을 감정적인 판단으로 없애는 것은 돈에 대한 모욕이라는 것이 수호의 의견이었다. 수호가 강경하게 나서자 하재도 결국 고집을 꺾었다. 하지만 설아가 봤을 때, 돈은 표면적인 이유에 불과했다. 수호는 훗날 예성이 또다시 하재를 괴롭힐 때를 대비해서 그림들을 모두 가지고 있기를 원하고 있었다. 다른 여자들을 모델로 그린 준수의 그림들은 예성에 대한 훌륭한 무기였으니까.

그러나 과연 예성이 그들을 다시 괴롭힐 수 있을까?

〈백설 공주를 위하여〉가 불에 타서 사라진 뒤 예성은 완전히 달라졌다. 좋은 뜻으로든 나쁜 뜻으로든, 예성은 어떤 순간에서도 빛을 발하던 사람이었다. 심지어 타인을 괴롭힐 때조차 강렬한 존재감을 과시했었다.

그러나 〈백설 공주를 위하여〉가 불에 탄 뒤로, 예성은 흐릿해졌다. 생기가 빠져나간 그림자처럼 희미해진 예성은 재판을 포기했다. 재판만이 아니었다. 하재의 인생을 쥐고 흔들려고 하던 그 아집과 광기마저도 모두 사라졌다.

〈백설 공주를 위하여〉가 불에 타서 재가 된 것처럼, 예성 또한 재가 된 것처럼 같았다.

하재는 그렇게 된 예성이 더 이상 그들을 괴롭힐 수 없다고 확신했지만 수호는 안전 장치는 많을수록 좋다는 쪽이었다. 결국 수호의 의견에 따라서 그림들은 갤러리가 아닌 다른 안전한 곳으로 옮겨졌다. 그렇게 그림들이 모두 치워진 갤러리는 하재와 설아의 결혼식장이 될 예정이다.

갤러리를 면밀히 살피던 웨딩 플래너의 얼굴에는 웃음꽃이 활짝 피어올랐다.

"정말 다행이에요. 이렇게 안의 공간이 넓어서. 비가 오거나 날씨가 흐릴 때도 괜찮겠어요."

한번 봇물이 터진 플래너의 입은 다물어질 줄 몰랐다.

"사실 야외 결혼식이 멋지지만 준비해야 할 것도 많고, 신경 써야 할 것이 많거든요. 그런데 정원도 넓고 예쁜 나무들도 많고, 정말 다행이에요. 사실 집에서 결혼식을 하고 싶다고 말씀하셔서 걱정했었거든요. 보통 집이라고 하면 전통 혼례부터 떠올리잖아요. 좁은 정원에서 전통 혼례를 진행할 상상을 했을 때는 아득했었거든요. 그런데 이렇게 넓은 정원과 이런 건물이 있으니 걱정 없이 진행할 수 있을 것 같아요. 여기서 이쪽으로 카펫을 깔고 저쪽에 주례선생님이 서시고. 그리고 여기는 꽃들을 가득 채우면 좋겠어요. 아무래도 가을 날씨가 조금 선선할 테니까……."

"그런데."

설아가 플래너의 혼잣말을 끊었다.

"저는, 아니, 저희는 화려한 결혼식을 할 마음은 없어요. 소박하고 따뜻한 결혼식이면 좋겠어요."

"소박하고 따뜻하게요?"

"네."

설아는 밝은 미소를 지으며 말을 이었다.

"어차피 하객 분들도 많지 않으니까. 가벼운 가든파티 같은 느낌이면 좋겠어요."

"가든파티!"

설아의 말에 플래너는 손뼉을 치면서 반색했다.

"좋은 생각이에요! 가든파티! 그럼 저기에 탁자를 놓고, 물론 레이스 천을 깔아야겠죠. 이런저런 아이템을 가지고 잘 배치하면 정말! 멋진 결혼식 겸 가든파티가 될 거예요!"

말하다가 플래너는 설아의 손을 꼭 쥐었다.

"신부님! 이렇게 다시 뵙게 되어서 정말 좋아요. 사실 다시 뵙게 될 줄 몰랐거든요. 물론 다시 뵙게 되길 바라긴 했죠! 하지만 이런 일들이 사람 마음대로 되는 게 아니라서, 어느 정도 마음의 포기를 했었어요. 그런데 다시 신부님을 뵈었을 때…… 진짜 제가 어떤 기분인지 모르셨을 거예요. 저번에 취소되었을 때는 잠도 안 왔거든요. 결혼식이라는 게 그래요. 한번 미뤄지면 다시 진행되기가 힘들어요. 이쪽 일을 하면서 느끼는 건데 결혼이라는 게, 이성적인 마인드로는 조금 힘들다고 생각해요. 뭐랄까. 미래에 대한 아주 긍정적인 희망! 그런 게 있어야 되는 거거든요. 그런데 결혼식이 중간에 미뤄지면, 당사자들만이 아니라 가족들 모두가 지나칠 정도로 이성적이 되어서…… 다시 진행되기가 힘들어요. 신부님도 그렇게 될까 봐 걱정했었는데."

말하던 플래너의 눈에는 눈물이 살짝 맺혔다. 이내 환하게 웃으면서 눈물을 떨쳐 낸 플래너는 말을 이었다.

"이렇게 다시 결혼식을 하시게 되어서 정말 좋아요. 이제는 잠도 잘 잘 수 있을 것 같아요."

모두를 속이기 위한 위장 결혼 준비였을 뿐이다. 그런 결혼식이 취소된 것을 슬퍼했던 유일한 사람이 있을 줄은 몰랐다. 그것도 진심으로. 하재가 정식으로 결혼식을 치르자는 의견을 말했을 때, 함께 준비했었던 플래너를 떠올려서 다행이라는 생각이 들었다. 두 손을 꼭 쥔 채로, 플래너는 다짐하듯이 말했다.

　"신부님! 제가 꼭 이 세상 그 누구보다도 아름답고 행복한 신부로 만들어 드릴게요."

　"그러실 필요 없어요."

　설아는 웃으면서 손을 저었다.

　"이 세상 누구보다도 아름답고 행복한 신부로 만들어 주지 않으셔도 돼요. 그냥 행복한 신부면 돼요."

　"신부님."

　플래너는 두 눈을 깜박이면서 아주 확고한 어조로 말했다.

　"결혼식에서 신부님은 세상 그 누구보다도 아름답고 행복하게 보여야 해요! 그러려고 저희 웨딩 플래너가 있는 거구요. 이 세상 모든 신부님들은 결혼식 날, 세상에서 가장 완벽하고 행복한 신부가 되는 게 마땅한 거죠! 그런 점에서 신부님, 드레스부터 다시 골라야 할 것 같아요. 화장도 바꿔야죠. 웨딩 업계가 매년 똑같은 것처럼 보여도, 매 시즌마다 엄청나게 다르거든요. 드레스와 화장, 머리 스타일도 모두 다 바꿔야겠네요. 그리고 부케도 계절 꽃에 맞춰서 변화를 주고요. 아우, 해야 할 게 엄청나게 많네요. 아무래도 시간이 조금 빠듯하겠어요. 그리고……또, 보자. 뭘 생각해야 하지?"

"저희는 간소하게······."

"네! 신부님!"

플래너의 입에서 단호하고 딱딱한 목소리가 흘러나왔다. 방금 전 감정에 고양되어서 눈물을 흘리던 사람이 맞나 싶을 정도였다.

"신부님! 간소하게라는 말뜻이 설마 웨딩드레스를 입지 않을 거예요, 피로연 음식은 엉망이라도 상관없어요, 야외 결혼식이기 때문에 파리가 돌아다녀도 괜찮아요, 날씨가 흐려서 사진이 잘 나오지 않아도 좋아요, 라는 뜻은 아니시겠죠?"

"······."

"간소하게라는 건! 어디까지나 치렁치렁한 공주 드레스와 화려한 티아라를 생략하자는 정도지, 우아함과 사랑스러움을 포기하는 건 아니잖아요. 간소하다는 건 아름답지 않아도 상관없다, 라는 말이 아닐 테니까요!"

"그, 그렇죠?"

"네! 당연하죠. 그러니까 걱정하지 마세요!"

말하면서 플래너는 환하게 웃었다. 너무 환해서 조금 두려워질 정도의 미소였다.

"있는 힘을 다해서 간소하면서도 모두의 기억에 남을 만한 결혼식을 만들어 드릴게요. 세상 그 누구보다도 아름답고 행복한 신부로!"

한바탕 폭풍이 휘몰아친 것 같다. 플래너가 돌아간 뒤 설아는 거실 소파에 널브러졌다. 말 그대로 널브러져 있던 설아가 정신을 차린 것은 30분 정도가 지난 뒤였다.

"괜찮아?"

그림 보관 문제 때문에 이곳저곳에 전화를 하던 하재가 거실로 내려왔다. 하재가 다가오자 몸을 일으킨 설아는 질문을 던졌다.

"괜찮지 않아. 그런데 너를 보니까 조금 괜찮아졌어."

"많이 피곤했구나."

하재가 부드러운 손길로 뺨을 살짝 어루만졌다.

"조금. 하지만 이제 곧 너도 피곤해질 거야."

"나도? 왜?"

"플래너가 말하길, 결혼식 전까지 너도 일주일에 두 시간씩은 마사지를 해야 한대."

"마사지?!"

하재는 이처럼 황당한 이야기는 처음 들어 본다는 것처럼 굴었지만 설아는 태연하게 고개를 끄덕였다.

"원래 신랑도 마사지를 같이 받는 게 좋대."

"왜?"

"세상에서 가장 아름답고 행복한 신부가 참석하는 결혼식을 위해서. 신랑은 최고의 들러리니까. 들러리답게 멋진 배경이 되어야지."

"전에는 그런 말은 없었던 것 같은데."

"그때는 호텔의 화려함으로 대충 감출 수 있었지만, 야외 결혼식에서는 신랑 신부의 외모가 빛나야 멋진 결혼식이 될 수 있다고 하더라."

"……음."

하재는 팔짱을 낀 채 음…… 하는 소리를 냈다.

"뭔지 모르게 함정에 빠져들어 가는 느낌인데."

"그래?"

설아는 웃으면서 하재에게 손을 뻗었다.

"이왕 빠진 김에, 조금 더 깊은 함정에 빠져 봐."

"어떤 함정?"

설아의 손을 잡은 하재가 미소를 지었다. 하재와 시선을 마주한 설아는 고혹적인 미소를 지으며 손을 살짝 잡아당겼다.

"이런 깊은 함정?"

하재는 설아가 이끄는 대로 몸을 앞으로 숙였다. 그러고는 설아의 손에 가볍게 입을 맞췄다. 하재의 입술이 손목을 타고 점점 위로 올라갔다. 막 설아의 목을 스치려는 찰나, 현관에서 영순의 목소리가 들렸다.

"아이고, 덥다."

철컥거리는 소리와 함께 영순의 수다가 이어졌다.

"아직은 그래도 확실히 여름이네요. 아무래도 한 달은 더 있어야 더위가 가실 것 같아. 그래도 결혼식을 하실 때에는 시원해서…… 어? 다들 뭐 하세요? 아. 배가 고프셔서 거실로 내려오셨구나. 더워서 입맛이 없으실 줄 알았는데. 잠시만 기다리세요. 시원한 냉국수를 먹으려고 국수를 좀 사 왔어요."

"아……."

하재의 입에서 아쉬움이 흘러나왔지만 영순은 미처 알아차리지 못했다.

"비빔국수 드실래요? 아니면 그냥 잔치국수?"

"비빔으로 먹을게요."

설아마저 자리에서 일어나자 하재는 더욱 안타까운 얼굴이 되었다. 그 순간 하재가 뭐라고 하기 전에 전화벨이 울렸다.

"전화 받아."

"……."

"전화 오고 있어."

"알아. 아는데 아쉬워서 천천히 받을 예정이야."

"아쉽기는 뭐가 아쉬워."

설아는 하재의 옆을 지나치면서 웃었다.

"어차피 밥은 먹어야 하잖아. 그리고 여름밤은 은근히 기니까, 못다 한 것은 밤에 하면 되지."

"너, 방금 여름밤이 길다고 한 거 잊지 마."

"알았어. 그러니까 이제 전화 받아."

설아가 전화를 받으라고 재촉했지만 하재는 여전히 머뭇거렸다. 설아와의 여운도 여운이지만 더 큰 이유는 전화를 건 상대방 때문이었다. 여전히 요란하게 울리고 있는 전화기의 화면에는 '준'이라는 글자가 떠 있었다. 틀림없이 준은 그가 받을 때까지 전화를 끊지 않을 것이다. 어쩔 수 없는 얼굴로 하재는 전화를 받았다.

— 결혼, 축하해!

하재가 전화를 받기까지 지나치게 오랜 시간이 걸렸다는 사실을 깔끔하게 무시한 준은 축하 인사부터 했다.

— 혼인 신고만 하고 결혼식은 하지 않을 줄 알았는데. 결국 하는구나. 하긴 나중에 아이가 태어나서, 엄마 아빠, 결혼식 사진은 어디 있어요, 라고 물으면, 내놓을 것이 있는 게 좋겠지. 그런데 너도 결혼식 사진을 찍어서 거실 벽에 떡하니 걸어 놓을 거야?

"그 문제는 내가 알아서 할 테니까 신경 쓰지 마."

— 신경 쓰고 싶지 않은데, 내 친구 중에서 결혼식을 하는 사람이 네가 처음이거든. 그래서 궁금한 게 많아. 그런 점에서 내가 멋진 제안을 하나 할게.

"……."

— 들어 봐. 너도 좋아할 테니까.

"뭔데?"

— 주례를 할 사람을 구했어?

준의 질문에 하재는 입을 다물었다. 생각해 보니 아직까지 주례를 구하지 않았다. 게다가 떠오르는 적당한 사람도 없었다.

— 없지? 그런 점에서 내가 주례를 하는 건 어때?

"뭐?!"

— 어차피 누군가는 주례를 해야 하잖아. 그러니까 내가 하는 편이 가장 좋은 거지.

"하나만 물어보자. 왜 네가 하는 게 가장 좋다는 거야? 물론 네가 하게 될 일은 없겠지만."

― 내가 초대되는 사람들 중에서는 제일 잘생겼잖아. 아, 잠시만. 들을 가치도 없다고 짜증 내면서 끊지 말고 진지하게 들어.

"……."

― 어차피 결혼식에는 가족들과 몇몇 지인들만 초대할 거잖아. 그런 소박한 결혼식은 아름다워야 해. 그러니까 내가 주례로 안성맞춤이야. 안성맞춤 맞지? 그리고 결정적으로 너는 주례를 부탁할 사람도 없잖아.

"부탁할 사람이 없더라도 너는 아냐."

― 에이, 그러지 말고. 긍정적으로 생각해. 원래 인생은…….

하재는 더 이상 준이 하는 말을 듣지 않고 전화를 끊었다. 준에게 결혼식에 대한 이야기를 꺼낸 것부터 실수였다.

"준은 뭐래? 결혼식에 올 수 있대?"

설아의 질문에 하재는 고개를 저었다.

"왜? 설마 못 와?"

"아니. 올 수 있대. 아마도 꼭 올 거야."

"그런데 왜 표정이 그래?"

"하아. 그게 자기가 주례를 맡겠다고 해서."

"뭐?!"

이번에는 설아의 표정이 확 구겨졌다. 준이 주례를 맡는다? 순간 앞이 아찔해졌다. 모르긴 몰라도 준의 주례사가 그리 좋지는 않을 것이다. 설아는 단호히 고개를 저었다.

"안 돼. 지금 당장 전화해서 절대로 안 된다고 말해. 우리는 이미 주례하실 분을 구했다고 말해! 당장! 만일 그래도 자기가 주례를 하겠다고 하면 전화 바꿔!"

"전화를 바꾸라고?"

"그래! 지금 당장 전화 걸어서 말해! 주례는 꿈도 꾸지 말라고! 아! 그리고 축가도 안 돼. 축사도 안 돼! 아무것도 하지 말고, 그냥 결혼식에 참석만 하라고 해. 알겠지? 감히 다른 걸 하려고 들면, 내가 가만히 있지 않을 거야!"

준과의 작은 소란이 지나간 뒤, 설아는 고민에 빠졌다. 확실히 주례를 생각해야 할 때다. 그런데 그들에게 주례를 부탁할 만한 사람이 있던가? 모르겠다. 하재 역시 고개를 저었다.

"회사 이사들 중에 부탁할 만한 사람이 있긴 하지만……, 그렇게 되면 간신히 이룬 회사 내의 미묘한 평형 상태를 깨트릴 것 같아. 사실 아직 제민이와 내 쪽이 완벽하게 정리된 게 아니라서. 조금 걱정인데."

"아니, 그렇게까지 할 건 없어. 플래너가 말하길, 직업으로 주례를 하는 사람도 있다니까 그쪽으로 알아봐도 돼. 아니면 아버님에게 부탁하는 건 어떨까?"

"아버님?"

"응. 아버님이 주례를 서는 것도 좋을 것 같아서."

"하긴 준과 비교했을 때, 그 누구라도 상관없겠지. 그런데 아버지가 주례를 맡으면 가족석에 앉을 사람이 한 명도 없게 되잖아."

하재의 지적에 설아는 한숨을 내쉬었다. 맞다. 수호가 주례를 맡으면 가족석에 있게 될 사람이 한 명도 없게 된다. 잠시 고민하던 설아가 천천히 입을 열었다.

"김 여사님에게……."

"응?"

"김 여사님에게 가족석에 앉아 달라고 하자."

"아이고!"

설아의 제안을 들은 영순은 펄쩍 뛰었다. 얼굴을 발갛게 물들인 영순은 두 손을 저었다.

"제가 어떻게 가족석에 앉아요. 그동안 제가 한 거라고는 집안일밖에 없는데 갑자기 가족석이라니요."

"저희에게 다른 가족들이 없는 거 아시잖아요."

"그래도 가족석은 곤란하죠. 또 다른 가족이 없기는 왜 없어요. 전에 사모님 아버님도 찾아오셨잖아요."

"그분과 인연은 끝났어요."

설아는 딱 잘라서 말했다. 하재와의 결혼식에 대해서 경주로 연락할 마음은 없다. 민강은 이대로 경주에서 잘살기를 바랄 뿐, 두 번 다시 만날 생각 없다.

설아의 단호한 말에 영순은 고개를 푹 숙였지만 선뜻 승낙하지는 않았다.

"그, 그래도. 아니 아무리 그래도. 내가 무슨…… 대단한 사람도 아니고."

"하재와 저에게 있어서는 대단하신 분 맞으세요."

설아는 환하게 웃으면서 부탁했다.

"그동안 우리를 쭉 봐 오셨잖아요. 그리고 앞으로도 쭉 함께 살 거잖아요. 이런 관계가 가족인 거죠. 호적으로 맺어져야만 꼭 가족인 건 아니잖아요."

"아니…… 뭐. 그래도……. 그런데 가족석에 앉으려면 갖춰 입어야겠죠? 한복을 입어도 괜찮으려나? 사실 내가 정장은 별로 잘 안 어울리는데, 한복은 괜찮거든요. 호호."

"네! 되죠!"

"그나저나 이제부터 할 일이 많겠어요. 머리부터 해야지. 아, 원래 결혼식 날 머리를 하긴 하려고 했는데. 가족석에 앉게 되었으니까 조금 더 신경 쓰는 게 나을 것 같은데. 화장은 어떻게 하지? 내가 화장에는 영 소질이 없어서."

"화장하고 헤어는 그날 나온 메이크업 담당자가 해 줄 거예요. 걱정하지 마세요."

"아. 그래요? 다행이네. 솔직히 내가 살은 좀 쪘지만 그래도 원판이 괜찮은 편이라서……. 어머."

말하다 말고 영순은 호탕하게 웃었다.

"내가 사모님 앞에서 무슨 자랑을 하고 있어. 소싯적에 예쁘지 않았던 사람이 어디 있다고. 나도, 참 주책이야. 어쨌든 가족석에 앉게 해 줘서 고마워요."

진심으로 고마워하는 영순의 눈빛에 설아도 빙그레 웃었다.

"저희야말로 감사합니다."

하늘이 푸르다. 마치 그림에 나오는 것같이 푸른 하늘을 올려다보던 플래너가 만족스러운 얼굴이 되었다.

"신부님, 제가요. 며칠 전부터 계속 기도 드리고 있었거든요. 제발 결혼식이 진행되는 시간만이라도 날씨가 좋기를. 그런데 하늘이 이렇게 화창하다니, 제 마음이 하늘에 통했나 봐요."

날씨가 흐려도 틀림없이 플래너의 정성은 하늘까지 닿았을 것이다. 촉박한 시간 동안 플래너는 엄청난 속도로 일했다. 텅 비어 있던 갤러리 공간을 따뜻하고 부드러운 분위기가 감도는 결혼식장으로 만들었고 설아가 원한 대로 우아하면서도 소박한 웨딩드레스도 찾아냈다.

물론 중간 중간 설아로서는 이해할 수 없는 사소한 것들을 가지고 엄청나게 사람을 괴롭혔었지만, 플래너가 아니었다면 오늘의 결혼식은 존재할 수 없었을 것이다. 마지막으로 설아의 드레스를 손보던 플래너는 그녀가 만들어 낸 작품을 보면서 만족스레 웃었다.

"정말 아름다우세요, 신부님."

"덕분이죠."

"아니에요. 누가 했어도 신부님은 아름다운 신부가 되셨을 거예요. 물론 제가 맡았기 때문에 세상에서 가장 아름답고 행복한 신부님이 되신 거지만."

플래너는 웃으면서 장난스레 말했다.

"사실 세상에서 가장 아름답고 행복한 신부는, 제 좌우명 같은 거예요. 어떤 신부님이든 저는 그렇게 만들어 드리고 싶다는 마음이거든요. 그렇다고 그 표현에 너무 부담감 가지지 마세요."

"네. 알겠어요."

플래너가 하려는 말뜻을 모두 이해했기에 설아는 고개를 끄덕였다.

"저는 다른 분 봐 드리러 가야겠어요. 아까 한복에 꽃을 꽂이 너무 짙은 핑크라서 마음에 좀 걸렸거든요. 신부님은 여기서 잠시만 기다리세요."

"네."

플래너가 밖을 나가고 잠시 뒤 노크 소리가 들렸다. 누구? 문을 열고 들어온 사람은 하재였다.

"무슨 일이야?"

"그냥."

하재는 그 어느 때보다 환하게 웃으면서 방 안으로 들어왔다.

"그냥? 결혼식 전에 신부 모습을 보면 불행해진다는 말, 몰라?"

"응. 몰라. 그리고 내 신부를 미리 보는 게 왜 불행한지 모르겠어."

방문을 닫은 하재는 설아의 허리에 두 손을 감았다.

"그보다 키스해도 돼?"

설아는 이미 그녀의 입술로 다가오고 있는 하재를 손으로 막았다.

"안 돼. 화장 지워져."

"……정말? 안 돼?"

"응. 안 돼."

설아가 안 된다고 했지만 하재는 듣지 않았다. 다만 입술이 아니라 설아의 목선으로 방향을 바꿨다. 가볍게 시작된 입맞춤이 점점 깊어졌다. 의도하지 않은 달콤한 신음 소리가 설아의 입에서 흘러나왔다. 이대로 가다가는 드레스가 엉망이 된다 싶을 때쯤 하재가 입술을 뗐다.

"왜……."

욕망에 들뜬 쉰 목소리가 말한다.

"내 신부를 미리 보는 게…… 불행하다는 건지 모르겠어."

하재는 설아를 꼭 껴안았다. 이대로 설아를 안고 도망이라도 치는 것처럼, 하재는 강하게 끌어안았다.

이 순간을 얼마나 기다렸던가. 자신의 욕심으로 상대방을 괴롭히는 게 아닐까 하는 두려움으로 잠을 이루지 못한 때도 있었다. 거짓말과 가면으로 자신을 감추고 도망치려 했을 때도 있었다. 사랑받지 못하면 어쩌나 하는 걱정 때문에 상대방에게 차갑게 대한 적도 있었다.

그러나 이제 그 모든 시간이 끝났다.

지금 그들은 서류상의 결혼만이 아니라, 인생의 흔적으로서의 결혼을 하려는 중이다.

"신부를 미리 보면 불행해진다는 말. 그 말……, 아마도 옛날에는 얼굴 한번 보지 못한 사람들끼리 혼인하는 경우에서 비롯된 말 같아. 혼례날 기대를 했다가 상대방의 얼굴을 미리 보고 실망하게 된 거지. 그러니까 불행해진다는 말이 나온 거야."

"설득력 있네."

"당연하지."

하재는 웃으면서 설아의 목에 얼굴을 파묻었다.

"내가 말했었잖아. 나는 설득하는 데 재능이 있다고."

비현실적으로 푸른 하늘 아래 설아는 부케를 쥐었다. 결혼식에 모인 사람들은 몇 없었고 가족석에는 영순밖에 없다. 하지만 모여 있는 사람들은 진심으로 결혼을 축하하고 있었다. 물론 준은 주례를 맡지 못해서인지 조금 불만족스러운 표정이었다.

"설아야."

이름을 부르면서 하재가 손을 내밀었다. 천천히 하재의 손을 잡은 설아는 미소를 지었다. 이 손을 다시 잡기까지 얼마나 많은 시간이 지났을까. 오해, 증오, 애정. 그 많은 시간과 감정들. 이제야 그 시간과 감정들이 바람을 타고 사라져 가는 것 같다.

하재야. 처음 너를 만났을 때가 생각 나. 그때의 너는 뚱뚱하고 소심한 아이였지. 그런 너를 알게 되고 너의 세계와 점점 가까워졌어.

너의 세계는, 나의 옅고 알량한 감성으로는 이해할 수 없는 것이었기에 나는 마치 중독된 듯이 빨려들어 갔지. 지금도 그

오피스텔이 선명하게 기억나. 벽면을 가득 메운 책장, 오래된 할리우드의 영화들, 그리고 너의 모든 고통의 근원인 〈백설 공주를 위하여〉.

그 오피스텔의 우리는 어리고 연약한 존재들이었는데, 이제는 모두를 이겨 내고 서로의 손을 잡게 되었구나.

준비된 축가가 흐르고 하재와 손을 잡은 설아는 한 발 한 발 걸어갔다.

이 길의 끝에는 무엇이 기다리고 있을까? 영원한 해피 엔딩? 아니면 또 다른 이야기의 시작? 아마 또 다른 이야기의 시작일 것이다.

불행보다는 행복이 조금 더 많은, 다툼보다는 배려가 조금 더 많은 또 다른 이야기가 되길 바라고 있다. 설아는 웃으면서 하재를 바라봤다.

그 순간 알아차렸다. 지금 하재도 자신과 똑같은 생각을 하고 있음을.

하재야, 우리 행복해지자. 누구에게 이기기 위해서 행복해지는 게 아니라, 우리가 행복해지기 위해서 행복해지자.

16. 그렇게, 행복하게

　　— 내 말을 잘 들어 봐!

　"잘 듣고 있어."

　　— 갑자기 임신을 했다는 거야!

　"네 애야?"

　　— 미쳤어?

　휴대전화 너머로 극도로 당황한 준의 목소리가 들렸다.

　　— 나는 같이 일하는 여자와는 절대로 섹스하지 않아!

　"하긴."

　준의 말에 하재는 고개를 끄덕였다. 그 대단한 한 비서가 준과 함께 침대에 있는 그림을 상상하기는 힘들다. 하재는 흥미가 떨어졌건만 준은 여전히 패닉 상태였다.

　　— 정확하게 어제 3시 17분에 사직서를 내밀더니 임신했다

고 말했다니까!

"사귀는 남자가 있었겠지."

— 없어!

준은 단호히 말했다.

— 절대! 다른 사람도 아니고 한 비서에게 남자가 있을 리가 없잖아!

"하재야."

서재 입구에서 설아의 목소리가 들렸다. 고개를 돌린 하재는 연하늘빛 원피스를 입고 있는 설아를 보고는 미소를 지었다. 하재가 전화를 하고 있다는 사실을 알아차린 설아는 조심스레 뒤로 물러났다.

"아냐. 별로 중요한 전화 아냐."

하재는 방을 나가려는 설아에게 오라는 손짓을 했다. 그 순간 전화기 너머로 준이 버럭 소리를 질렀다.

— 야! 서하재! 중요한 전화가 아니라니!

"누구 전화야?"

전화기 너머로 난리를 치는 준의 목소리를 무시한 채, 하재는 설아에게 가까이 오라는 손짓을 했다.

"준."

"준?"

"그냥 잡담 중이었어."

— 서하재! 잡담이 아니라 생사가 걸린 문제야!

"생사는 무슨. 그냥 새 비서를 뽑아!"

하재는 짜증스러운 말투로 대답을 한 채 전화를 끊었다.

"도대체 이 녀석은 내가 없으면 어떻게 사는지 모르겠어. 왜 자기 비서 일을 나와 상의하려는 거야."

"왜? 무슨 일이 생긴 거야?"

"준의 한 비서가 사직했대."

"한 비서? 설마 한재영 비서?"

"응."

하재에게 다가간 설아는 준의 비서진 중 한 명인 한재영을 떠올렸다. 준의 비서진 중에서 재영은 조금 독특한 여자였다. 비서의 상징과도 같은 금빛 안경테를 끼고 있는 재영은 차가운 돌덩어리 같은 느낌을 주는 여자였다. 남자들로 득실거리는 세계에서도 단 한 번도 주눅이 들지 않았던, 강단 있는 비서이기도 했다.

"왜 그만둔 거야? 더 좋은 직장이 생긴 거야?"

"아니. 임신 때문에."

"뭐?"

깜짝 놀랐다. 비록 외모밖에 모르지만 재영과 임신은 뭔가 모르게 어울리지 않았다. 또 간혹 준과 하재의 대화에 오르는 재영은 일만 하는 사람이었다.

"한 비서가…… 결혼을 했었어?"

"아니. 미혼."

하재는 설아의 손을 끌어당겨서 그의 품으로 이끌었다. 자연스레 하재의 품에 안긴 뒤로도 설아는 여전히 재영에게서 관심을 거두지 못했다.

"한 비서에게 사귀는 남자가 있을 줄 몰랐네."

"남자가 있을 수도 있지. 주변에 준이 있다고 해서 남자와 사귀지 못할 이유는 없으니까. 태휘는 어디 있어?"

"김 여사님과."

이제 네 살이 된 태휘는 온 집안을 천둥벌거숭이처럼 뛰어다녔다. 조금 엄하게 키우고 싶어 하는 하재나 설아와 달리 영순은 태휘에게 너그러웠다. 어떤 때에는 지나칠 정도로.

"또 태휘 편만 들어 주시고 있겠구나."

설아의 허리에 손을 감으면서 하재는 웃음을 지었다. 하재의 손이 허리를 지나서 위로 올라오자 설아가 작은 목소리로 경고를 했다.

"아직 문 열려 있어. 그리고 요즘 태휘는 한창 잘 뛰어다니고."

"알아."

설아의 경고에도 불구하고 하재는 더욱 강하게 힘을 줬다. 향긋한 풀냄새 같은 설아의 향을 맡으면서 하재는 천천히 눈을 감았다. 여인의 부드러운 몸이 그의 손에 유연하게 감겨 들어왔다.

"그리웠어."

"네가 출장만 그리 자주 가지 않으면 그립지 않을 거야."

고개를 숙인 설아가 귀에 대고 속삭이자 하재의 몸이 조금씩 긴장하기 시작했다. 서서히 설아의 블라우스 안으로 손이 들어가려는 순간 또다시 휴대전화가 요란하게 울렸다. 무시하려 했지만 전화는 끊어질 줄 몰랐다. 한숨을 쉬면서 전화를 받자마자 준의 목소리가 들렸다.

— 하재!

휴대전화 너머로 준의 다급한 목소리가 들렸다. 그러나 하재에게 있어서 그의 품에 안겨 있는 설아와 비교했을 때 준의 문제는 먼 곳에서 들리는 메아리에 불과했다.

— 야! 서하재! 너 지금 내 문제가 엄청나게 심각하다는 거 몰라?

"새로 뽑으라고 했잖아."

하재가 준과 통화를 하자, 설아는 몸을 일으키려 했다. 그러나 하재는 힘을 줘서 설아를 그대로 앉아 있게 했다. 설아가 소리 내지 않고 입 모양으로 '통화해'라고 했지만 하재는 고개를 저었다.

— 지금 내 말을 제대로 이해한 거야? 어제 3시 17분에 한 비서가 임신을 했다면서 사직서를 냈다니까! 내가 임신을 해도 상관없다고, 계속 직장을 다니라고 말했는데도 싫다고 했어. 그래서 결혼을 하게 되면 연락하라고 했더니. 결혼식 같은 것도 없대!

"정말 네 애가 아닌 거 확실해?"

하재의 시큰둥한 말에 준은 펄쩍 뛰었다.

— 아니라고 몇 번 말해야 해!

"그럼 내가 도와줄 수 있는 일이 하나도 없어. 이제 그만 전화해."

— 서하재! 너는 내가 얼마나 많이 도와줬는데! 이런 식으로 구는 거야!

"방금 네가 도와줬던 일을 기억하려고 해 봤는데, 기억이 전혀 안 나. 그럼."

하재는 전화를 뚝 끊었다.

"지겹다, 정말. 그놈의 한 비서, 한 비서. 모르는 사람이 들으면 한 비서와 사귀는 줄 알겠어."

"정말 둘이 사귀는 거 아냐?"

설아의 말에 하재는 깜짝 놀란 얼굴이 되었다.

"설마……."

"설마라니? 한재영 비서가 나쁜 사람은 아니잖아."

"아니……. 아무리 그래도 그건 준에게 너무 미안한 일이지. 그리고 너는 한 비서와 일을 안 해 봐서 그래. 한번 일하면……."

하재는 고개를 절레절레 저었다.

"절대로 그 사람을 이성으로 생각할 수 없어."

"왜?"

재영에 대해서 말하던 하재는 어색하게 웃었다.

"혹독해."

"혹독?"

"응. 엄청나게. 일하다 보면 내가 아니라 한 비서가 상사라는 느낌마저 들면서 기가 빨려. 잠시도 쉴 틈을 주지 않고 계속 일을 시키거든. 한 비서 때문에 준이 그나마 일하고 있는 셈이지."

"그래도 준과 남녀 관계가 될 수는 있잖아."

"아니. 남녀 관계가 되는 건 절대로 불가능해. 그런 생각은 나도 해 본 적 없어."

"그럼 다른 여자는?"

"응?"

"한 비서 외에 일하는 중에 만난 다른 여자와는 남녀 관계가 될 수도 있겠다는 생각을 해 봤다는 거야?"

"……."

설아의 유도 신문에 하재는 당했다는 얼굴이 되었다.

"나, 지금 걸린 거지?"

"응."

몸을 숙인 설아는 하재의 귓불을 가볍게 깨물었다.

"그것도 아주 제대로. 말해 봐. 누구를 보고 그런 생각을 했어?"

"……없었다고 말해도 안 믿을 거지?"

"믿기는 하는데……."

설아는 하재의 도톰한 귓불을 잘근잘근 깨물면서 말했다.

"받아들이지는 않을 거야."

설아가 애무를 할수록 하재의 몸은 점점 딱딱하게 굳어 갔다. 눈을 감은 채, 하아 숨소리를 내던 하재는 설아를 안은 채 그대로 몸을 일으켰다. 설아를 책상 위로 올린 뒤, 하재는 서둘러서 허리띠를 풀었다.

"나는 별로 내키지 않는데."

설아가 짐짓 거절을 하자 하재는 크게 숨을 들이마셨다.

"잘못했어. 그러니까 내 상황을 조금 봐 주면 안 돼?"

"상황? 어떤 상황인데?"

고개를 숙인 하재는 설아의 뺨에 살짝 입을 맞췄다.

"어떤 상황이냐면, 근 일주일 만에 드디어 내 부인을 품에 안게 된 상황? 내가 얼마나 감질 나는 상황인지 다 알고 있으면서 모르는 척하는 부인 때문에 속이 조금 상한 상황? 뭐, 대충 그런 거야."

쿡. 하재의 말에 설아는 웃음을 지었다.

"한마디로 굉장히 안타까운 상황인 거네?"

"응. 맞아. 굉장히 안타까우면서도 간절한 상황이지."

말을 마치자마자 하재는 그대로 설아의 목에 입을 맞췄다. 가녀리고 하얀 목에 입술이 닿자 그의 손에 사로잡힌 여인의 몸이 흥분으로 인해 긴장했다. 몸을 강하게 밀착시킨 하재는 서둘러서 설아의 옷을 벗기기 시작했다. 블라우스의 단추를 반쯤 푸는 순간 문밖에서 아이의 목소리가 들렸다.

"어머니!"

방 안에서의 상황은 전혀 신경 쓰지 않는 어린 폭군이 문을 열고 나타났다. 태휘는 어린아이 특유의 발랄함으로 똘똘 뭉친 아이였다. 쪼르르 달려온 태휘는 하재의 다리를 붙잡았다. 입으로는 어머니를 외치면서 하재의 다리를 붙잡은 태휘가 종알거렸다.

"어머니! 정원에 엄청나게 큰 공룡이 나타났어요!"

"그래?"

태휘가 등장하자마자 설아는 서둘러서 옷을 바로 했다. 눈앞에서 모든 것을 빼앗긴 하재는 허탈한 얼굴로 태휘를 내려다바라봤다.

"네. 공룡이 여기서 어흥 하고 저기에서 어흥 해요."

태휘가 두 손을 입에 대고 어흥 하는 흉내를 내자 하재는 부드럽지만 조금 짜증 나는 얼굴이 되었다.

"태휘야. 정원에는 공룡이 나타나지 않아. 그리고 공룡은 절대로 어흥 하며 울지도 않아."

설아는 태휘에게 사실을 말하는 하재의 허리를 팔꿈치로 쿡 쳤다. 미처 자세를 갖추지 못하고 있던 하재는 설아의 힘에 밀려서 의자에 털썩 주저앉았다. 설아는 하재를 무시한 채 태휘에게 활짝 미소를 지었다.

"태휘, 어떤 공룡이 나타났어요?"

"브로키로 콩르스!"

"태휘야. 그런 공룡 없어."

"서하재!"

설아가 발로 다리를 툭 하고 치자 하재는 과장된 소리를 내면서 고개를 푹 숙였다. 환상 속의 공룡을 흉내 내던 태휘는 하재의 소리에 고개를 들었다.

"아버지! 공룡! 공룡 보러 가요."

"그래. 보러 가자, 그 공룡. 존재하지도 않는 그 공룡. 그놈의 콩로스."

"아니에요!"

태휘는 또랑또랑한 목소리로 말했다.

"브로키로 콩르스! 콩로스가 아니에요!"

한 비서 문제로 계속 하재에게 전화를 걸던 준은 3일째 되는
날 기어이 한국으로 날아왔다. 약속이 있다고 해도 들은 척도
하지 않던 준은 한 시간 동안 재영의 사표에 대한 이야기만 읊
어 댔다. 벌써 한 시간 동안 준에게 시달리던 하재는 왼손으로
이마를 짚었다.

"잘 생각해 봐, 서하재. 한 비서가 왜 그런 말을 한 걸까? 임
신이라니!"

"나는, 왜 네가 나에게 이런 말을 계속하는지나 묻고 싶다."

"잘 들어 봐. 3일 전에!"

"그래. 그 3일 전 3시 17분에 한 비서가 임신으로 사직하겠
다고 했다는 이야기를! 지금까지 백 번도 더 들었어."

하재의 핀잔에 준은 주춤했다. 자리에서 벌떡 일어난 하재
는 준에게 다가갔다.

"한 비서가 이번 베트남 쪽 일의 주축이라는 건 나도 잘 알
아. 하지만!"

"……."

"며칠 동안 내내! 3시 17분에 일어난 일을 되풀이하면서 말하는 너도 정상이 아냐! 혹시 한 비서에게 관심 있었어?"

"그게 무슨 말도 안 되는 소리야!"

준은 버럭 화를 냈다.

"내가 몇 번이나 말했던 거 잊었어? 지인의 여자! 그리고 같이 일하는 여자는 쳐다보지도 않는다는 거!"

"그럼 이제 한 비서를 놓아 줘. 도대체 언제까지 3시 17분에 벌어졌던 이야기를 할 거야? 난 3시 18분에 벌어진 일도 궁금해!"

"별로 궁금해할 거 없어. 3시 18분에는 내가…… 어이가 없어서 멍한 얼굴로 한 비서의 사직서를 수리하고 있었으니까."

"1분 만에 참으로 많은 일이 벌어졌군. 그리고 지금은 5시 48분이야."

시간을 확인한 하재가 자리에서 일어났다.

"어딜 가려는 거야?"

"저녁!"

벗어 뒀던 양복 재킷을 입으면서 하재는 짜증스레 말했다.

"네가 한 시간 동안 3시 17분에 벌어졌던 이야기를 하지만 않았어도 진작에 밥 먹으러 갈 수 있었을 거야."

"나도 같이 가자."

"뭐?"

하재가 싫은 티를 노골적으로 드러냈지만 준은 끝까지 따라 붙었다.

"나도 배고파! 내가 한국 음식 좋아하는 거 알잖아!"

주차장에서 설아를 보자마자 준은 반가운 얼굴로 다가와 손을 내밀었다.

"서아르 씨."

"발음 못 하는 척하지 마."

하재가 시니컬하게 말하자 준은 눈썹을 찡그리더니 이내 똑똑히 발음했다.

"설아 씨, 반갑습니다. 그런데 우리 똘망똘망 못생긴 어린 하재는 어디 있습니까?"

"준 삼촌."

설아의 다리 밑에서 태휘가 쏙 튀어나왔다. 우다다 뛰어오던 태휘가 준의 다리에 매달렸다.

"준 삼촌!"

"그래, 준 삼촌이야."

"아니. 네 삼촌 아냐."

준과 하재의 입에서 동시에 말이 나왔다. 준의 다리에 매달린 채로 태휘는 아버지인 하재의 얼굴을 바라봤다.

"삼촌, 아냐?"

"그래, 아냐."

태휘를 번쩍 들어 올린 하재는 다시 한번 더 말했다.

"넌 삼촌 없어, 태휘야."

"무슨 말이야? 나라는 삼촌이 버젓이 여기 있는데."

"삼촌 맞아?"

"아냐, 태휘야. 저건 더러운 거야. 손 대지마. 지지야, 지지."

"지지는 무슨!"

"제발 둘 다 그만해요."

두 사람을 이대로 두면 말싸움이 끝나지 않을 것이다. 그동안 하재와 준과의 말다툼이 어떤 식으로 끝나는지 수도 없이 지켜봤던 설아가 나섰다.

"주차장에서 계속 서 있을 거 아니면 이제 그만 들어가요. 아버님이 기다리시겠어요."

"어? 민 회장도 오는 자리였어?"

태휘의 통통한 뺨을 쓰다듬던 준은 수호가 온다는 말에 금방 시큰둥한 얼굴이 되었다.

"왜?"

"아니…… . 뭐…… 최근 제민과 하나 코퍼레이션과의 관계가 좋았던 건 아니잖아."

준의 말에 하재는 어깨를 으쓱거렸다.

"아버님은 그런 일에 신경 쓰지 않는 분이셔. 알잖아."

"알긴 알지만 내가 껄끄러워서 그렇지. 제민이 그렇게 아끼고 좋아하는 유성 IT를 이번에 우리가 가로챘잖아. 너야, 아들이지만 나는…… ."

"그 일이 신경 쓰이면 여기서 돌아가든지."

"그럴 순 없지. 설아 씨에게 개인적으로 물어볼 것도 있고."

목을 좌우로 까딱거리던 준은 호기로운 얼굴이 되었다.

"자, 그럼 들어가자. 설마 민 회장이 나를 죽이기야 하겠어?"

준은 조금 걱정했지만 수호와의 저녁 식사는 즐거웠다. 하재의 말처럼 수호는 단 한 번도 제민과의 일을 거론하지 않았다. 가만히 보고 있노라면 수호는 하재가 제민의 회사들을 하나하나씩 빼앗는 것을 즐겁게 지켜보고 있다는 느낌마저 들었다.

7년 전 제민은 유성물산 이외의 모든 것을 다 가졌다. 그러나 현재 제민에게 남은 것은 몇 개 없다. 회사 전체에서 제민의 리더십에 대한 의혹과 압박까지 들어가고 있는 상황이다. 자금 압박에 몰린 제민은 여기저기 돈을 빌리러 다니는 중이다. 손자인 제민이 위급한 상황에 처했지만 수호는 평소와 똑같이 느긋했다.

"어머니!"

수호와 함께 화장실에 갔다 온 태휘가 설아에게 매달렸다.

"할아버지가 아이스크림 사 주신대요."

"아이스크림?"

"허허. 고놈이 어찌나 아이스크림을 좋아하는지, 내가 하나 사 주기로 했다. 괜찮지?"

"당연히 괜찮죠. 제가 같이 갈까요?"

"아니, 내가 같이 갈게. 당신은 좀 쉬어."

굽이 높은 힐을 신고 온 설아를 배려하기 위해서 하재가 일어났다. 하재가 동행하려 하자 수호가 손을 저었다.

"괜찮아. 태휘와 둘이 갔다 오마."

"아뇨, 오늘 많이 먹어서 그런지, 저도 좀 걷고 싶었습니다."

"그럴래?"

하재는 태휘를 안은 채로 수호와 함께 나갔다. 태휘를 안고 나가는 하재를 보던 설아는 미소를 지었다. 아이를 갖지 않겠다고 했던 하재. 그런 하재가 마음을 바꾸고 행복하게 살겠다는 결심을 했을 때, 태휘가 찾아왔다. 임신을 알게 된 그날부터 하재는 좋은 아버지가 되기 위해서 노력했다. 그토록 꺼려 하던 상담까지 받으면서 자신의 내부에 숨겨져 있는 어둠을 없애려 했다. 또 태휘가 태어난 이후에는 최선을 다해서 육아를 하고 있는 중이다.

"그런데 말입니다."

수호와 함께 있을 때는 조용히 밥만 먹던 준이 입을 열었다.

"네?"

"혹시 하재에게서 한재영 비서의 이야기를 들어 보셨습니까?"

"네, 듣기는 했는데."

"그럼 어떻게 생각하십니까? 그래도 아이를 낳아 봤고 또 한 명 정도는 더 낳을 생각이 있는 여성으로 생각해 봤을 때, 임신을 했기 때문에 사표를 낸다? 네, 그것까지는 이해할 수 있지만. 아니, 이해해 보려고 온갖 노력을 하고 있는 중이긴 하지만. 왜 사표를 낸 걸까요?"

"글쎄요?"

준의 질문에 성실히 답해 주고 싶지만 해 줄 수 있는 말이 많지 않았다. 재영에 대해서 아는 게 별로 없는 설아는 원론적인 이야기밖에 해 줄 것이 없었지만 준은 포기를 몰랐다.

"임신을 했으니 아이를 잘 키우고 싶었겠죠."

"아이를 키우려면 돈이 있어야죠. 아이는 사랑으로만 크는 존재가 아니잖아요."

"그럼 남편분이 돈을 벌고……."

"결혼은 없다고 딱 잘라서 말했습니다."

준과의 대화는 계속 도돌이표를 그리고 있다. 재영이 임신을 하고 사표를 냈다. 남자는 없다. 아이는 어떻게 키우려고 하는 걸까. 여자로서 어떤 판단을 내릴 수 있느냐?라는 질문이 이어졌다. 서서히 굽이 높은 힐을 신은 자신을 배려하기 위해서 아이스크림을 사러 간 하재의 의도가 수상하다는 생각이 들었다. 어쩌면 하재는 자신을 위해서가 아니라 준을 떨치기 위해서 태휘와 함께 나간 게 아니었을까.

준의 거듭되는 질문이 지겨워진 설아는 조금 세게 나갔다.

"어쩌면 그분은 준이 싫었던 게 아닐까요?"

"네?"

세상에서 자신을 싫어하는 여자는 존재할 수 없다고 믿는 준은 설아의 말에 진심으로 상처 입은 얼굴이 되었다.

"왜요? 어떻게 나를 싫어할 수 있죠?"

"아니, 저는 준을 좋아하지만, 한 비서는 준을 싫어할 수도 있지 않을까요?"

그러나 이미 준은 설아의 말을 듣지 않았다.

"왜요?"

"그냥 싫어할 수도 있는 거잖아요. 뭔가 마음에 들지 않았을 수도 있고."

"그러니까 왜요?"

확실히 하재는 의도적으로 나간 게 확실하다. 오늘 밤에 제대로 기강을 잡아 줘야겠다. 그나저나 준이 왜 이러는 걸까? 지금까지 설아가 알던 준은 유머러스하고 재치 있는 사람이었다. 물론 일할 때는 굉장히 냉정한 사업가지만. 어쨌든 준이 오늘처럼 답답하게 구는 모습은 처음이다. 더 이상의 대화를 포기한 설아는 어색한 웃음을 지으며 몸을 뒤로 젖혔다.

"아, 맞다. 태휘는 민트 아이스크림을 못 먹는데……."

아무래도 오늘은 준에게서 도망치는 게 상책인 듯싶다. 몸을 일으킨 설아는 어색한 웃음을 지었다.

"하재가 민트 아이스크림을 좋아해서……. 태휘에게 먹일지도 모르겠네요. 멀리 가지 않았어야 할 텐데."

말도 안 되는 핑계를 대면서 설아는 자리를 떠났다. 준은 끝까지 매달렸지만 설아는 그 어느 때보다 강경한 얼굴로 고개를 흔들었다.

"민트 아이스크림은 절대로 안 되거든요!"

준을 피해서 음식점 입구로 나간 설아는 아이스크림을 사서 돌아오는 세 사람을 발견했다. 아이스크림을 먹는 데 집중하는 태휘가 걷기 힘들까 봐 신경 쓰고 있던 하재는 설아를 발견하고는 조금 의아한 얼굴이 되었다.

"왜 나와 있어?"

"왜 나와 있었을 것 같아?"

설아의 질문에 하재는 고개를 흔들었다.

"준 때문이구나."

"응, 그래. 준 때문이야. 또 나에게 그런 준을 맡기고 떠난 누구 때문이기도 하고."

설아의 지적에 하재는 억울한 표정을 지었다.

"나는 단지……."

"됐어. 집에 돌아가서 따로 이야기하자. 그나저나 준은 왜 그렇게 한 비서에게 목을 매는 거야? 다른 비서도 많잖아."

"나는 정말 죄 없어. 그리고 한 비서는 이번 베트남 건과 유성 IT 합병에 가장 주도적인 역할을 했으니까, 그만한 비서를 다시 구하긴 힘들지……."

말하다 말고 하재는 수호에게 고개를 돌렸다.

"죄송합니다, 아버님."

"뭐가?"

열심히 아이스크림을 먹고 있는 태휘의 머리를 쓰다듬고 있던 수호는 하재의 말에 뜬금없다는 얼굴이 되었다.

"제민의 일."

"됐다."

수호는 너털웃음을 터트리며 하재의 어깨를 툭 하고 쳤다.

"그놈은 매운맛을 더 봐야 해. 그래도 정신을 차리지 못하겠지만."

"지금 압박이 심하다던데……. 제가 좀……."

"돕지 마라."

수호는 단호하게 말했다.

"능력이 안 되는 사람을 도와 봤자 얻을 수 있는 건 없어. 사람은 자기 분수껏 살아야 하는 법이다."

"하지만……."

"네가 나에게 미안해할 필요 없어. 손자는 실패했지만 아들은 성공했으니 상관없지."

수호는 하재의 등을 쓰다듬었다.

"내 아들은 너다. 그러면 된 거야."

애정이 듬뿍 담긴 수호의 목소리를 듣는 순간 알 수 있었다. 수호는 진심이다. 수호는 진심으로 하재를 자신의 아들이라고 생각하고 있다.

어쩌면……. 아이스크림이 묻은 태휘의 손을 닦아 주면서 설아는 그런 생각을 했다.

부모 자식의 관계는 사람들이 말하는 것처럼 한 가지의 절대적인 사랑이 아닐지도 모른다. 세상 사람들의 수만큼 각양각색의 부모 자식 간의 사랑이 있을 것이다.

수호와 하재처럼.

"자, 이제 그만 들어가자. 준이 저 난리를 치는 걸 지켜보는 재미가 쏠쏠해서 놓치기 싫구나."

수호의 말에 다 같이 룸 안으로 들어오던 사람들은 새파랗게 질려 있는 준과 마주했다. 초조한 얼굴로 홀로 있던 준은 사람들이 들어오자마자 자리에서 벌떡 일어났다.

"하재! 나와 같이 병원에 좀 가 보자."

"병원?"

"그래. 한 비서가 병원에 입원했대."

병원이라는 말에 사람들의 표정이 어두워졌다. 맛있는 음식을 잔뜩 먹고 거기다가 아이스크림까지 먹은 태휘만이 유쾌한 표정이었다. 하재는 서둘러서 나가려는 준을 붙잡았다.

"그 소식을 한 비서가 전한 거야? 아니면 네가 사람을 붙인 거야?"

"당연히 사람을 붙여서 알아낸 거지! 사표를 낸 이상 한 비서가 나에게 연락을 할 리가 없잖아!"

자신이 어떤 짓을 저질렀는지에 대한 자각조차 없는 준을 보면서 하재는 한숨을 내쉬었다. 아무래도 당분간 한 비서와 준에게 단단히 휘둘릴 것 같다.

"아버님. 설아야."

"그래. 알았으니 어서 가 보려무나."

하재가 설명하기도 전에 수호는 손을 저었다. 수호가 허락을 하자마자 준은 하재를 질질 끌고 병원으로 떠났다.

"아무래도 이상해."

자리에 앉은 수호가 고개를 절레절레 저었다.

"아버님이 보셔도 그렇죠?"

"그래, 내가 봐도 확실히 이상하구나. 준이 저렇게 난리를 쳐도 한 비서는 매몰차게 외면할 사람인데. 한시라도 빨리 친부를 찾는 게 좋겠어."

"준이 친부일 가능성은 없을까요?"

설아의 말에 수호는 파안대소를 터트렸다. 그러고는 손을
절레절레 저었다.

"한 비서는 절대로 그럴 사람이 아니야. 내가 비서로 발탁해
서 하재에게 보냈어."

"아버님이 보내셨어요?"

"그래. 하재와 한 1년쯤 같이 일했었지. 그런데 한 비서가
하재를 너무 부려먹어서 도저히 안 되겠다 싶어서 준 쪽으로
갔었는데……. 그사이에 무슨 일이 벌어졌는지 모르겠지만.
오늘 같은 준은 처음이구나. 이제 그만 일어서자. 집으로 가야
겠다."

"할아버지!"

어른들이 이야기를 하는 동안 얌전히 있던 태휘가 수호에게
매달렸다.

"할아버지. 우리 집에 가요! 같이 살아요!"

"이놈아."

수호는 기쁜 얼굴로 태휘의 머리를 어루만졌다.

"내가 너희 집에 가면 우리 서 여사가 울어. 네놈 집 김 여사
와 주방 주도권을 놓고 싸우기에 우리 서 여사는 나이가 너무
많아."

"아버님. 오늘만이라도……."

"됐다."

설아가 같이 집으로 가자고 했지만 수호는 손을 저었다.

"내 성격이 남과 함께 지내는 것을 그리 좋아하지 않아. 남들과 북적이면서 지내는 걸 좋아하는 사람도 있겠지만 나처럼 혼자서 사는 걸 좋아하는 사람도 있는 게지. 자, 자, 이제 그만 집으로 돌아가자꾸나."

병원으로 가는 내내 준은 쉬지 않고 계속 재영의 남자에 대한 이야기를 했다. 마침내 참다못한 하재가 입을 열었다.

"알았어. 내가 찾아볼게. 한 비서의 남자가 누구인지."

"네가 어떻게 찾아? 그리고 찾으려면 내 쪽에서도 찾을 수 있어."

"과연?"

"내가 못 찾을 것 같아?"

"응. 틀림없이 너는 한 비서가 사표를 냈을 때부터 한 비서의 남자를 찾았을 테니까. 그런데 지금까지 그 남자에 대해서 말한 적이 없으니, 못 찾았다는 뜻이지."

"그럼 네 쪽에서는 찾을 수 있을 것 같아?"

"……나도 쉬운 일은 아니지."

다른 사람도 아닌 재영의 남자다. 상사 알기를 길가의 돌멩이보다 더 하찮게 생각하는 비서인 재영이 숨기려고 했다면 결국 그 누구도 찾을 수 없다. 하재는 방금 전보다 조금 힘이 빠진 목소리로 말했다.

"그래도 도전해 볼 수는 있잖아."

"됐어."

됐다고 말하면서 차에서 내리는 준의 모습에 하재는 한숨을 쉬었다. 아무래도 그동안 준이 재영에게 정이 많이 들었나 보다. 엄밀히 말하자면 정이 아니라, 재영의 조련에 가깝겠지만.

준을 뒤따라서 내리던 하재는 반대쪽에서 남자의 부축을 받으면서 걸어오는 여인을 발견했다. 몸이 불편해 보였지만 여인은 우아한 차림새였다. 값비싼 옷과 가방을 들고 있었다. 그러나 여인의 얼굴 가득 자리 잡은 우울하고 어두운 기운만은 감출 수 없었다.

예성이었다. 7년 전의 교통사고가 예성에게 깊은 후유증을 안겨다 줬다는 것은 알고 있지만 이런 곳에서 만날 줄은 몰랐다. 우택에게 의지해서 걷던 예성은 하재를 발견하고는 걸음을 멈췄다. 이내 아무렇지도 않다는 얼굴로 다시 걷기 시작했지만 예성의 눈에 불꽃이 튀었다.

하재는 그런 예성의 옆을 태연한 얼굴로 지나갔다.

과거 모두에게 대가를 치르게 하겠다고 맹세를 했을 때에는, 과연 자신이 복수를 성공하는 게 가능할까라는 의문을 가졌었다. 적들은 너무나 강력했고 자신은 가진 것이 아무것도 없었다. 그러나 마침내 그 맹세를 모두 지켰다. 지 의원은 뇌물 수수로 아직 감옥에 있으며 출소하게 되면 대규모의 민사 소송에 휘말리도록 짜 놓았다. 지준표 역시 출소한 이후로도 힘든 생활을 보내고 있다. 아영도 고의로 사고를 일으킨 죗값을 받은 뒤, 집안의 몰락을 뼈저리게 경험하는 삶을 살고 있는 중이다.

"하재!"

앞서 가던 준은 서두르라면서 손짓을 했다.

예성이 몸을 돌리는 듯한 느낌을 받았지만 하재는 무시했다. 이제 예성은 자신에게 있어서 아무런 존재도 아니다. 어떠한 감정도 불러일으킬 수 없는 완벽한 타인. 그러나 예성에게 있어서 자신의 존재는 여전히 고통의 근원일 것이다. 바로 그 점이 가장 마음에 들었다.

예성은 죽는 날까지 불행하겠지만 자신은 아니라는 점이.

다행히 재영은 별다른 문제가 없었다. 간단한 진찰을 받기 위해서 병원에 입원했을 뿐이었다. 덕분에 일하지 않고 쓸데없이 병원으로 달려왔다는 죄목을 들먹이면서 재영이 날카롭게 쏘아보자 준은 헛기침을 하면서 물러나야 했다.

태휘를 재우느라 함께 침대에서 누워서 반쯤 졸고 있던 설아는 인기척에 고개를 들었다. 벽에 기댄 자세로 그녀를 바라보고 있는 하재가 보였다. 만족스러운 얼굴로 설아와 태휘를 지켜보던 하재가 한 발 다가왔다.

"왔어?"

"방금. 그런데 자고 있는데 괜히 깨운 거 아냐?"

"아냐, 눈만 감고 있었어. 한 비서는 어때?"

"그냥 간단한 진찰이었어. 준이 괜히 난리 법석을 부린 거지. 한 비서는 준을 보자마자, 일도 제대로 못하시는 부사장님이 이런 곳에 올 필요까지 있을까요, 라고 쏘아붙이더라. 그런데 그 녀석은 자?"

"응. 오늘 많이 피곤했나 봐. 씻자마자 곯아떨어지네."

하재는 웃으면서 한 발 다가왔다. 그러고는 곤히 잠을 자는 태휘의 뺨을 부드럽게 어루만졌다. 아이란 참 묘한 존재다. 시끄럽고 손이 많이 가고 귀찮은데, 그런 매 순간 순간조차 사랑스럽다. 이제는 아이가 없었을 때의 삶을 기억하기가 힘들다.

평소보다 유쾌한 하재의 웃음을 본 설아가 물었다.

"좋은 일 있었어?"

"응? 아니. 왜?"

"그냥 그렇게 보여서."

"딱히 좋은 일은 없었지만 굳이 있다고 따지고 들면 있는 셈이야."

"준이 당황해하는 걸 볼 수 있어서?"

"뭐, 대충?"

예성을 만났다는 이야기는 하지 않은 채, 하재는 태휘의 뺨에 가볍게 입을 맞췄다. 그 여자를 만났지만 아무런 감정도 생기지 않아서 즐거웠고, 여전히 불행한 그 사람을 보면서 그의 행복을 다시 한번 더 느끼게 되어서 기쁘다.

새근거리며 자는 태휘를 쓰다듬는 하재의 얼굴에는 미소가 서렸다.

"이 녀석은 하루 종일 먹고 놀고. 하는 일이 없구나."

"애들은 원래 하루 종일 먹고 노는 거야. 그런데 오늘 준이 많이 이상하던데, 혹시 한 비서와 결혼이라도 하는 거 아냐?"

설아의 말에 하재는 강하게 고개를 저었다.

"그런 일은 세상이 두 쪽이 나도 벌어지지 않을 거야."

"어떻게 확신해?"

"절대로 그럴 리가 없으니까. 너라면 악마 같은 상사와 결혼하고 싶겠어? 참고로 상사는 준이 아니라 한 비서야."

"글쎄?"

고개를 살짝 옆으로 돌린 설아는 환하게 웃었다.

"나는 민제하 씨의 말도 안 되는 제안도 받아들였던 사람이라서. 뭐라고 할 말이 없네."

"내가 요즘 매일 매일 느끼는 건데. 너, 정말 뒤끝 길어."

"응, 길어. 그래서 싫어?"

"아니."

말하면서 하재는 설아의 뺨을 두 손으로 감싸 쥐었다.

커다란 검은 눈동자가 자신을 바라보고 있다. 간절히 바라던 여인은 자신의 아내가 되고 아이의 어머니가 되었다. 조금 나이가 들었지만 과거보다 훨씬 여유로워진 모습으로 자신의 앞에 있는 설아를 향해서 하재는 미소를 지었다.

"자러 가자."

"……지금?"

"응. 참고로 싫다는 거절은 거절할게. 난 지금 굉장히 너와 침대로 가고 싶거든."

"태휘가 들어."

"자고 있어서 괜찮아. 가자."

설아는 몸을 일으킨 하재가 내미는 손을 잡았다.

포근하고 따뜻한 손.

하재의 손을 잡는 순간 어디선가 목소리가 들리는 것 같았다.

거울아, 거울아. 세상에서 가장 아름다운 이는 누구?

그건 바로 나의 하재.

《밀어: 거울의 속삭임》 끝